여자 사람 ——————— 검사

드라마가
아닌

현실 검사로
살아가기

여자 사람 ──────── 검사

서아람 + 박민희 + 김은수 지음

라곰

차
례

3. 나는 여자 ————— 검사입니다

4. 나는 사람 ——————— 검사입니다

5. 나는 엄마 ——————— 검사입니다

1. 어찌다 ————————————————— 검사

박
민
희

"민희야, 너 변호사 되는 건 어떠니?"

<솔로몬의 선택>을 보던 엄마가 말했다. <솔로몬의 선택>. 2002년 7월 시작해 2008년까지 방영했던 생활 법률 자문 프로그램으로 전 국민을 법률가에게 매료시켰던 프로그램이었다. 당시 출연했던 변호사들은 엄마들의 스타였다. 우리 엄마도 그 프로에 빠진 한 사람이었다.

"엄마, 무슨 소릴 하는 거야. 변호사가 공부를 얼마나 많이 해야 하는데. 난 저렇게 평생 공부할 자신 없어."

솔로몬과 같이 일상의 분쟁을 법률을 통해 합리적으로 판단한다니 이 얼마나 멋진 직업인가. 누군들 변호사가 되기 싫겠나. 단지 그 직업에 따라오는 방대한 공부량이 자신 없을 뿐.

당시 고1이었던 나의 장래 희망은 '공무원'이었다. 부모님이 원해서가 아니라 순수하게 고1짜리 머리에서 나온 장래 희망. 세상을 얼마나 살았다고 이미 안정적인 현실을 택한 상황이었다. 수능을 보고 나서 젊음을 좀 즐기다가 시험 봐서 공무원이 된다면 맞벌이 하는 아내로서는 꽤 괜찮은 직업 아닌가.

하지만 꿈은 꿈일 뿐, 현실은 냉혹했다. 혹시라도 서울대에 갈지도 모른다며 제2외국어까지 신청해 수능을 봤지만, 언어영역에서 처참한 등급을 받는 사태가 벌어졌다. 수능을 믿고 수시도 쓰지 않았던 터였는데. 배치표를 보니 더욱 참담했다. '아, 이제 뭐 해 먹고 살아야 하지? 내가 할 줄 아는 것이라고는 아무것도 없는데.' 그때 무슨 생각이었는지 '고시'공부를 한다면 뭐라도 할 수 있지 않겠나 하는 생각이 들었다.

"선생님, 저 법대 갈래요. 가서 그냥 고시나 보죠, 뭐."

"뭐? 고시? 이 나라에 이바지하실 분 되시게?"

수능 공부는 이미 토할 만큼 했다는 생각에, 재수는 하기 싫었고, 법대에 들어가 고시를 보면 원래 원하던 '공무원'도 될 수 있겠다는 생각이 들었다. 그렇게 수능 점수에 맞춘 법대에 추가 합격으로 들어간 어느 날이었다.

수업을 마치고 집으로 돌아가는 길. 누군가 길을 막아섰다.

"선한 기운을 가지고 계시네요. 알고 계시나요?"

"……네?"

"나라의 큰일을 하시겠네요. 제가 천기누설은 할 수 없어서 자세히는 말씀 못 드려요. 좋은 기운을 가지고 계시네요. 기억해두세요. 그리고 잘 들어가세요."

누구나 한 번쯤 만나본다는 '도를 믿으십니까'인 줄로만 알고 방어태세를 갖췄는데 오히려 먼저 나를 보내주는 것이 아닌가. 나라의 큰일? 내가 할 수 있는 큰일이 뭐가 있겠는가. 그때 나는 그분의 말을 새겨듣지 않았다.

또 한 번은 대학교 친구들과 대학가 사주카페를 갔을 때다. 사주를 본다는 사장 언니는 감지 않은 머리를 집게 핀으로 꽂고 앉아 있었다. 내부 인테리어도 오묘했다. 붉은 조명이 마치 점집 같았다.

"사주랑 점이랑 다른 건가요? 사주를 보시는 거예요, 점을 보시는 거예요?"

"사주는 그냥 역학 풀이인 건가요?"

"교회 다니는 사람 사주도 보여요?"

사주를 보기 전부터 쉴 새 없이 질문을 던지자 사장 언니는 내가 마음에 안 들었나 보다.

"너, 사주에 고집이라고 쓰여 있네. 고집투성이야. 너 검사 하면 잘하겠다. 검사 될 팔자야."

"제 사주에 고집 말고 다른 건 없어요?"

"없어! 검사 되면 잘하겠네."

진짜로 내게 그런 기운이 있었던 건지는 모르겠지만, 그래도 법대에 다니니 '고시'에는 한 번 도전해봐야겠단 생각이 들었다. 당시 남자친구는 고시 공부를 말렸었다. 너무너무 어렵고 힘들다면서. 그러나 겁 없는 하룻강아지는 고시생이 될 것을 선포했다. 모교에 로스쿨이 생긴다는 소식을 듣고 1년 반 만에 그만두긴 했지만.

죽을 둥 살 둥 공부하면서 하루하루 버티던 로스쿨 2학년 2학기 초. 아버지가 큰 사고를 당해 가세가 기울었다. 당장 로스쿨을 그만두고 나가서 생계를 책임져야 할 상황이었다. 이미 두세 달을 학교에 나가지 못하고 병간호를 했던 그 시기. 그때의 암담함은 지금도 이루 말할 수 없다. 아버지라는 하늘이 무너졌고, 가정이라는 땅이 꺼졌다. 장녀인 내게 돌아온 인생의 무게는 공부와 함께 감당하기가 어려웠다.

"엄마, 나 학교 그만둘까봐. 공부를 더 할 수 있는 상황이 아닌 것 같아."

"1년만 있으면 졸업인데…… 그 정도는 버틸 수 있어. 로스쿨 졸업해."

힘없는 엄마의 말이 진심인지 알 수 없었다. 그저 내가 할 수 있는 건 더 악착같이 공부해서 장학금을 받는 것이었고, 나의 절박함은 높은 학점으로 이어졌다.

몇 달 후 겨울방학. 법원에서 실무실습을 하던 중이었고, 변호사 시험을 보기 전 마지막 실무실습 기관을 결정해야 하는 때였다. 어디든 취업하려면 여러 기관에서 실습하는 것이 이력서 한 줄에

도움이 될 터. 그러나 당시 아버지의 병세가 악화되어 병간호도 해야 했던 나는 3주의 합숙을 요구하는 검찰실무실습이 큰 부담이었다. 내가 '검사'가 되리라고는 한 번도 상상해보지 않았다. 형법보다 민법을 좋아했던 나였다. 일평생 피의자들을 만나는 일은 내가 감당하기 어려울 것이라 생각했다. 단지 억울한 사람들을 만나면 내가 가진 법 지식을 활용해 법률적으로 변론할 수 있는 그런 변호사가 되기를 소망했을 뿐.

"검사 될 생각이 없는데, 3주나 합숙하는 게 의미가 있을까요. 차라리 그 시간에 시험공부를 하는 것이 나을 것 같아요."

"에이, 3주 더 공부한다고 뭐가 달라지겠어요. 시험에 붙을 사람은 3주 공부 안 해도 어차피 붙어요. 그냥 3주 공부하지 말고, 검찰실무실습을 가요. 검사가 되려면 실무실습이 필수잖아요? 인생 어떻게 될지 몰라요. 다녀와요."

법원실무실습을 지도해주시던 배석판사님들이 부추기는 바람에 검찰실무실습을 시작했다. 그 판사님들의 말이 내 인생을 송두리째 바꿀 줄이야.

검사의 직에 대해 잘 알지 못했던 나는 검찰실무실습에서 '찐' 검사를 만난다. 사건의 내막을 꿰뚫어보는 눈을 가지고 피의자의 거짓말을 찾아내는 순발력이 폭발하는, 피의자의 거짓말을 탄핵하기 위해 다양한 수사 기법을 동원하는 검사! 그리고 수사를 통해 나의 추리가 맞았음이 드러났을 때 느끼는 희열이란! 아! 이곳이다. 이곳이 나의 가슴을 뛰게 할 곳이다! 그곳에서 '검사'의 직에 매료되었고, 남은 로스쿨 학업 기간에는 '검사'가 되기 위해 전심을 다했다. 수사의 '수' 자도 모르던 나는 <그것이 알고 싶다>를 꼬박꼬박 챙겨 보았고, 신임 검사 매뉴얼을 빌려 읽었다. 그렇게 나는 퍼즐이 맞춰지듯 검사가 되었다.

내가 만약 수능을 망치지 않았더라면 다른 과를 지망했을 것이다. 다른 대학에 갔을 수도 있고, 대학 공부에 크게 전념하지 않았을 수도 있다. 내 인생에서 수능을 망친 것이 가장 큰 후회이고 절망이라 생각했는데 절대 아니었다. 그건 나를 검사로 이끌기 위한 인생의 전환점이었다.

어쩌다 보니 엄마의 바람대로, 또 나의 바람대로 '법률가'인 '공무원'이 되었다. 검사가 되어 이렇게 인생을 돌아보는 글을 쓰고 있으니 얼마나 감사한 일인가. 돌이켜보면 길 가다 나를 붙잡은 그 도인도, 사주카페의 사장 언니도 꽤나 용한 사람이었다.

수능 망친 나를 보며 "너도 참 똑똑했는데…… 어쩌다……"라고 말하던 선생님. 그 말에 집에 와서 많이 울었던 기억이 난다. 그리고 지금도 어디선가 그런 어른들의 말에 상처받았을 친구들이 있겠지. 그런 친구들에게 꼭 이렇게 말해주고 싶다.

"인생 어떻게 될지 몰라. 포기하지 마. 잘하고 있어."

서
아
람

"난 서울지방검찰청 특수부 장혜미 검사다."

때는 1998년, 난 초등학교 6학년 꼬마였다. TV에서는 당대 최고의 스타였던 손창민이 변호사로, 이영애가 그의 연인이자 사무장으로 나오는 <애드버킷>이라는 드라마가 인기였다. 그런데 정작 내 시선이 가서 꽂힌 것은 검사들이 등장하는 장면이었다. 그중에서도 세련된 투피스 정장에 하이힐을 또각거리며 조직폭력배를 잡으러 다니는 배우 송윤아의 모습이 내 심장을 제대로 저격했다. 난 옆에서 함께 TV를 보고 있던 아빠에게 질문을 던졌다.

"아빠, 검사는 뭐 하는 사람이야? 어떻게 하면 검사가 될 수 있어?"

"검사? 서울대 법대 가면 돼."

"거긴 어떻게 가?"

"이거 열심히 보면 돼."

아빠는 책꽂이에 꽂혀 있던 '동아전과'를 내 손에 척 얹어주면서 대답했다. 지금 생각해보니, 드라마를 보는데 딸이 꼬치꼬치 캐묻는 게 귀찮아 그걸 차단하려고 책을 준 게 아닌가 싶다. 순진했던 난 그 말을 곧이곧대로 믿고는 매일 틈날 때마다 전과를 읽으며 언젠가 서울대 법대에 가서 송윤아 같은 멋진 검사가 될 날을 꿈꿨다.

검사는 뭘 하는 사람인가. 그 질문에 구체적인 대답을 얻게 된 건 중학생 때였다. 우리 아빠는 흔히 말하는 '호인'이었다. 호인의 가장 골치 아픈 점은 까닥 잘못하면 호구로 전락한다는 점이다. 친구와 지인들에게 아낌없이 베푸는 나무였던 아빠는 무려 두 번이나 연대보증채무를 뒤집어쓰고 세 번이나 사기를 당했다. 아빠가 세 번째 사기를 당하고 처음으로 고소했을 때, 난 형사라는 사람들을 처음으로 보게 되었다.

"이 도청기를 셔츠 안에 부착할 겁니다. 침착하게 대화하면서 사기 혐의를 인정하는 말을 유도하시면 됩니다."

사기꾼을 만나러 가는 아빠의 몸 안에 형사는 신기하게 생긴 기계를 붙여주었다. 이 일을 해결 못 하면 집을 잃고 길바닥에 나앉아야 한다는 것도 모른 채, 난 그저 영화 속에서나 보던 일이 눈앞에 펼쳐지는 것에 신기해했다. 증거를 모아 사기꾼을 잡으면 재판이 열리고, 검사님이 사기꾼을 처벌하고 아빠 돈을 도로 받아줄 거라고 했다. 정말 대단한 일이었다.

"아빠, 나 꼭 검사가 될 거야. 그래서 우리처럼 사기당하는 사람들을 도와줄래."

씩씩하게 말하는 내 머리를 쓰다듬어주던 아빠의 씁쓸한 표정이 생각난다. 그런데 사기꾼은 잡았냐고? 잡긴 했지만, 아빠가 고소를 취소해버렸다. 한때 친구였던 사기꾼의 아내가 아들을 데리고 찾아와 울면서 살려달라고 빌었기 때문이었다. 아빠는 우리 오빠와 동갑인 그 사내아이가 아빠 없이 자라는 것을 도저히 두고 볼수가 없었다고 하셨다.

아빠가 내게 해줬던 말은 맞기도 하고 틀리기도 했다. 서울대 법대에 가면 검사가 될 확률이 상당히 높아졌다. 문제는 그냥 전과만 읽으면 안 되고, 공부를 아주, 정말, 무지하게 잘해야 한다는 것이었다. 전국 문과 수험생의 0.02퍼센트가 서울대 법대에 진학한다고 했다. 서울대 법대에 가서 검사가 되고 싶은 마음은 간절했지만, 그 당시엔 '살 빼고 예뻐져서 H.O.T. 오빠들과 사귄다'와 비슷한 수준의 꿈으로 보였다.

'글 쓰는 걸 좋아하니까 인서울 문예창작과에 가야지. 그래서 법정 소설을 써야지.'

좀더 소박한 꿈으로 만족하며 살아가려던 나에게 어느 날 예상도 못 했던 위기가 찾아왔다.

"누나, 이따 답안지 옆으로 밀어놔. 내가 볼 수 있게. 알았지?"

고등학교 2학년에 올라와 첫 모의고사를 보던 날, 잘 알지도 못하는 어떤 남자애가 이죽거리면서 내게 말했다. 그 당시엔 선택과목에 따라 반 편성을 했는데, 학교에서 소위 '논다' 하는 애들 열댓명이 한 반이 되려고 일부러 같은 과목을 고르는 바람에, 우리 반은 문자 그대로 '일진' 반이 된 상태였다. 그중 몇 명이 살이 많이 쪘던 나를 '누나'라고 부르면서 놀리긴 했지만, 그때까진 크게 부딪힐 일이 없었다.

"누나, 뭐 해? 귀에도 살쪘어? 답안지 보여달라니까!"

일진이 독촉하자 다른 애들은 웃겨 죽겠다는 듯 낄낄거렸고, 감독하던 선생님은 조용히 하라고 할 뿐, 별다른 조치를 하지 않았다. 난 고민 끝에 설마 별일 있겠나 하고 답안지를 팔 아래로 감추었다. 그리고 그날부터 지옥이 시작되었다. 일진 남학생들, 그리고 그들과 어울리는 여자 일진 패거리들에게 왕따를 당하게 된 것이다.

"누난 급식 안 먹어도 되지? 이건 내가 대신 먹을게."

"씨×, 나 누나랑 짝 됐어. 쉬는 시간에 옥상 가서 뛰어내릴래."

공공연한 모욕과 조롱이 계속되었다. 식판을 빼앗겨 점심을 거르는 일이 허다했고, 아침에 등교했는데 내 책상이 사라져 있던 적도 있었다. 난 원래 지독하리만큼 참을성이 강한 성격이다. 그런데 그게 한계에 이르면 한꺼번에 터져버린다. 왕따 당한 지거의 1년이 되었을 때, 집에서 저녁을 먹다 말고 엉엉 울음을 터뜨렸다. 검정고시를 볼 테니까 자퇴하게 해달라고. 그동안 왕따 당한 얘기를 들은 부모님은 놀라고 당황하셨다. 무조건 학교를 그만두는 게 능사가 아니니 대책을 차분히 생각해보자고 하셨다. 담임에게 가서 무조건 화를 내는 게 현명한 대처 방식이 아니라는 걸, 부모님도 알고 계셨다. 사과하고 사이좋게 지내라고 타이른다고 해서 그럴 만한 애들은 아니니까. 난 다음 날 울면서 학교에 갔다. 그런데 이번에도 뜻밖의 사건이 날 기다리고 있었다.

"이 반에 김기수, 노경준, 그리고 같이 노는 새끼들. 다 따라 나와라."

점심시간, 생전 처음 보는 3학년 남자 선배들이 우르르 나타나 우리 반 일진 남자애들을 끌고 간 것이다. 무릎 꿇고 빌었다, 각목으로 맞았다, 소문만 무성하고 실제로 무슨 일이 있었는지는 아무도 몰랐다. 그리고 붉어진 얼굴로 돌아온 그 애들은 내게 미안하다고 사과했다. 다시는 내게 말도 걸지 않고, 가까이 오지도 않겠다고 했다.

얼떨떨한 기분으로 집에 가자 오빠가 날 기다리고 있었다. 나보다 세 살 위인 우리 오빠는 예전부터 동네 마당발로 유명했다. 어딜 가나 친구를 만들었고, 전교 1등부터 소년원에 드나드는 문제아까지 친구의 스펙트럼이 어마어마하게 넓었다. 알고 보니 우리 학교 3학년 '짱'이 오빠의 의동생이라고 했다. 의동생이라니 여고생이 듣기에도 오글거리고 창피했지만, 덕분에 난 지옥에서 빠져나올 수 있었다.

하지만 이게 끝이 아니란 걸 난 알았다. 앞으로 살다 보면 이런 일은 얼마든지 생길 수 있다는 걸. 그걸 막고 싶었다. 매번 오빠와 오빠 친구들에게 의지할 수는 없었다. 도덕이나 규칙이 아닌 주먹으로 문제를 해결하는 건 더 넓은 사회에선 할 수 없는 일이었다.

'열심히 공부해서 좋은 대학에 가자. 규칙을 지키는 이성적인 사람들이 있는 곳에 머무르자.'

내가 내린 결론은 그거였다. 물론 좋은 대학에 간다고 해서 다 착한 사람들만 있는 건 아니다. 하지만 적어도 내가 제일 마주치기 싫은 '양아치', '건달', '일진'들과 부대끼고 지낼 일은 없을 것이다. 그들의 능력으로는 쫓아올 수 없는 곳이니까. 그래서 난 이 악물고 제대로 공부하기 시작했다. 타고난 머리가 아주 좋은 편은 아니지만, 다행히 내게는 노력하는 재능이 있었다. 성적은 쭉쭉 올라갔고, 수능 점수는 평소 모의고사 점수보다 30점 이상 높게 나왔다. 숨한 번 돌리지 않고 정신없이 달리다 보니, 어느새 진짜 서울대 법대 신입생이 되어 있었다. 보통은 2학년이나 3학년부터 사법고시를 준비하는 게 정석이지만, 때마침 로스쿨 제도가 생겼다. 변호사 자격증을 따는 동시에 전문 석사도 딸 수 있겠다는 판단에 난 로스쿨에 입학했다.

"나 어제 공부하다 말고 토했어. 진짜로 토했다니까? 무슨 공황장애 같은 거 왔나 봐."

법학부 4년, 고시 준비 3~4년, 사법연수원 2년 과정을 3년 안에 끝내는 게 로스쿨 교육과정이다. '방대하다'는 평범한 단어로는 표현할 수 없다. 아직도 기억난다. 도서관에서 기말고사 공부를 하다 말고 갑자기 벌떡 일어나 주변을 휘휘 둘러본 적이 있었다. 이해가 안 됐다. 이 정신 나간 시험 범위와 그걸 묵묵히 공부하고 있는 사람들이. 다들 미친 거 아냐?

하지만 사람은 적응의 동물이다. 세계대전이 일어나도, 좀비 떼가 습격해 와도 결국은 적응하게 되어 있다. 화장을 포기하고, '생얼'에 사시사철 추리닝을 입고, 해외 직구로 구입한 헬스 트레이닝용 카페인 정제를 입에 달고 살면서, 난 그럭저럭 괜찮은 학점을 유지했다. 국내 최고로 손꼽히는 로펌 세 곳에서 인턴십을 하기도 했다. 부티 팍팍 나는 사무실, 아이비리그 출신이라고 아무렇지도 않게 말하는 변호사님들, 입이 떡 벌어지는 연봉에 나라고 혹하지 않은 건 아니었다. 하지만 정말 하고 싶은 게 뭐냐고 물으면, 역시 답은 정해져 있었다. 검사, 내 평생의 꿈. 실체적 진실을 찾고 정의를 실현하는 사람.

선택해야 했다. 검찰 실무 과목을 수강하면서 검사에 도전해볼지, 아니면 학점 따기 쉬운 과목을 들으면서 안정권으로 취직할 수 있는 로펌을 찾아볼지. 난 전자를 선택했고, 후회는 없었다. 인생에서 해본 공부 중 제일 재미있었으니까. 뭐랄까. 추리소설을 읽으면서 학점을 보너스로 받는 기분이었다. 단순히 법조문을 외우고 판례만 찾는 게 아니라, 실전에서 어떻게 해야 할지 배운다는 게 더욱 좋았다. 심화실습 프로그램을 이수하면서 실제 검찰청에서 조사하는 모습을 참관하러 가기도 했다.

공교롭게도 그때 간 곳이 내가 지금 일하고 있는 검찰청이었다. 두 커플이 서로 시비가 붙어 남자들은 주먹을 휘두르고 여자들은 머리채를 잡으면서 싸운 사건이었다. 검은 눈물을 흘리며 엉엉 우는 여자들 앞에서 내가 얼빠져 있는 사이, 함께 참관 갔던 동기가 센스 있게 손수건을 건네며 그들을 위로해주던 게 떠오른다.

"자, 진정하세요. 울어서 해결되는 일은 없습니다. 차근차근 얘기하시면 됩니다."

난 그 동기의 침착함과 어른스러움에 감동했고, 이런 사람이야 말로 검사가 되어야 한다고 생각했다. 그리고 정말로 나와 함께 검사가 된 그 동기는, 지금 잠시 자리를 떠나 용감하게 투병 생활을 하고 있다. (이 책이 세상에 나올 쯤엔 그 멋진 검사님도 건강한 모습으로 우리 곁에 돌아와 있기를 간절히 바란다. 반드시 그러리라고 믿는다.)

"검사는 과중한 업무에 시달리는 직업이에요. 결혼 생활에도 지장이 있을 거고, 전국을 떠돌아다녀야 하기 때문에 평생 주말부부를 할 수도 있습니다. 그래도 괜찮겠어요?"

"전 철저한 비혼주의잡니다. 애도 안 낳겠습니다."

"에이, 살다 보면 바뀔 텐데."

"법과 연애하고, 사건과 결혼하겠습니다. 이 자리에서 맹세합니다."

검찰 최종면접에서 내가 면접관님과 나눈 대화다. 정말로 살다가 가치관이 바뀐 거라 본의 아니게 거짓말을 한 게 되어버렸다. 하지만 그 면접관님도 알고 계셨을 것이다. 결혼과 임신, 출산을 비롯한 모든 다양한 경험이 검사를 훈련시키고 성장시킨다는 걸. 면접은 그저 우리의 각오를 시험하는 과정이었을 뿐이다. 난 정말 모든 걸 바칠 결의가 있었고, 다행히 면접관님은 그걸 알아봐 주셨다. 8년 차 검사가 된 지금도 가끔 그 시절 순수한 열정이 그리워진다. 검찰 마크만 봐도 사랑에 빠진 것처럼 심장이 두근대던 때가. 초심을 그대로 간직할 순 없겠지만, 그 일부가 평생 내 안에 살아 있길 바란다.

검사로 살고 있는
이유를 서술하시오

김은수

제목이 너무 건방져 보이긴 한다. 검사를 지망하는 동기도 아니고, 검사로 '살고' 있는 이유라니. 검사로 임관된 것만으로도 감지덕지해야 할 주제에. 하지만 이런 이유로 검사를 하는 사람도 있다는 사실을 알리고 싶기도 하고, 대부분의 검사는 저마다의 신념과 소명의식으로 버티고 있다는 것을 믿어주십사 하는 마음으로 글을 써본다(단, 종교적 글임에 주의를 요함).

그저 취업은 하기 싫고, 아직 뭐가 되고 싶은지 목표도 없었던 상태에서 시간을 벌어볼 요량으로 발 들이게 된 로스쿨이었다. 하지만 아이러니하게도 그곳에서 나는 내 인생 그 어느 시절보다도 더 열심히 공부했고 더 열심히 목표를 찾기 위해 노력했다. 부모님도 집안 형편이 어려워졌다는 것을 내게 숨기지 않았다. 더 이상

철부지 20대로 부모님 뒤에 숨어 있을 수는 없었다. 로스쿨을 졸업한 뒤에는 무조건 취업이 되어야 했고, 변호사 시험도 한 번에 붙어야 했다. 변호사 시험에 떨어지면 학비와 생활비를 충당하기 위해 만든 마이너스 통장을 바로 상환해야 했기 때문이다. 정말이지 더는 도망갈 곳이 없다는 절박한 마음으로 공부할 수밖에 없었다. 게다가 타대 출신, 전공도 법학이 아니었던 내가 수재들이 넘쳐나는 이곳에서 B라도 맞으려면 밤낮으로 공부하는 것 외에는 도리가 없었다.

그 와중에 누군가가 내게 희망하는 진로가 무엇이냐고 물어보면, 나는 뒤도 안 돌아보고 검사가 되고 싶다고 말했다. 판검사가 되길 바라는 부모님의 바람도 큰 몫을 했겠지만, 나쁜 사람한테 나쁜 사람이라고 말할 수 있는 직업을 가지고 싶었다. 방학마다 로펌에서 인턴을 하곤 했는데, 그때마다 제시받았던 과제물들이 주로 주어진 법체계에서의 '우회로'를 찾아내는 일들이었다. 문제는 그 우회로가 내 양심이나 가치관에 어긋나는 경우가 종종 있어 마음과 머리가 반대로 움직여야 했다는 것이다. 정말 내 깜냥 밖의 일이었다.

융통성도 없고, 감정을 숨기지도 못하고, 면접관이 질문하는 속내를 알아보지도 못한 채 솔직하게 진심을 실토하고야 마는 멍청이를 뽑아주는 로펌은 이 세상 어디에도 없었다. 머리와 마음이 따로 노는 내가 법률가로서 밥을 벌어먹고 살기 위해서는 판사나 검사가 되어야 했다.

게다가 검사는 정규직이었다. 임신과 출산이 비교적 덜 눈치 보이는 직업이었고, 한 번 들어가면 더 이상 입사를 위한 관문을 거치지 않아도 된다는 장점도 있었다. 로클럭은 법원에서 2년 근무하고 나면 더 이상 법원에 머무를 수 없었고, 사회에 나가 변호사로서 근무 경력을 쌓은 뒤 다시 판사 임용 시험을 치러야 했다. 즉 2년짜리 비정규직이었다.(로클럭은 판사의 재판업무 보조 역할을 하는 재판연구원으로, 변호사 자격을 취득한 사람 중에서 선발된다. 재판연구원의 정원은 200명이며 최대 2년간 근무할 수 있다.)

물론 로클럭으로 근무한 경력이 판사 임용에 큰 도움이 되긴 할 테지만, 나는 로클럭으로 근무한 뒤 판사 임용에서 떨어질 수도 있는 위험을 감수할 여유가 없었다. 내게는 안정적인 직장이 필요했다. 게다가 이 지긋지긋한 시험의 굴레로부터 하루바삐 탈출하고 싶다는 마음뿐이었다. 정말이지 28세의 나는 불안정한 미래를 더 이상 감당할 자신이 없었다. 게다가 로펌은 대놓고 여성 변호사를 기피했다. 성적이 탁월하게 뛰어나거나 의사, 약사, 변리사, 회계사 등의 자격증이 있는 것이 아니라면, 임신과 출산을 겪어야 하는 여성 변호사는 남성 변호사에 비해 사용 가치가 매우 떨어졌다.

"우리 펌이 얼마나 여성 친화적이냐면 말이지, 출산휴가 3개월을 오롯이 다 보장해준다고. 변호사 업계에서 어디 그런 일이 흔한 줄 아나? 얼마나 좋아. 일도 안 하고 3개월 월급을 다 받아가고."

로펌에서 인턴을 할 때 저 말을 듣고 충격과 공포에 휩싸였던 기억이 아직도 생생하다. 내가 운이 너무 좋아 설령 로펌에 입사하더라도, 출산휴가 3개월을 보장받는 것도 거의 불가능에 가까운 일처럼 보였다.

하지만 검사는 달랐다. 7년마다 적격 심사를 받긴 하지만 특별한 결격 사유가 없는 이상 부적격 판정을 받은 사례가 없었다. 그도 그럴 것이 검사는 법원에 준하는 준사법기관으로서 직무상의 독립성이 본질적으로 침해받지 않아야 하는 존재이기 때문이다. 그리고 임신과 출산을 해도 공무원으로서 신분이 보장되기 때문에 3개월의 출산휴가, 1년의 유급 육아휴직도 해고의 두려움 없이 사용할 수 있었다.

게다가 운이 좋아 판사로 임용된다고 하더라도, 더 큰 문제가 나를 기다리고 있었다. 내가 감히 남의 송사를 최종적으로 결론짓는 사람이 되어야 한다고? 그 무게를 감당할 자신은 정말이지 '1도' 없었다.

이런저런 내 나름의 얄팍한 계산에 따라 검사 임용에 도전했다. 최대한 단정하게 보이기 위해 갈색 머리를 까맣게 염색했고, 누가 봐도 검사 옷차림으로 보이게 위아래 검은색 정장으로 맞춰 입었다.

서류 전형 및 실무기록 평가 시험을 통과하고 나면 공포의 대면 면접이 기다리고 있었다. 검찰의 면접 일정은 일주일. 지옥 같은 시간이 시작됐다.

대면 면접은 학기 중에 주중 하루만 빼놓고 총 네 번 이루어졌다. 대면 면접은 세 번의 역량 평가 면접과 최종 면접인 인성 평가로 구성되었다. 역량 평가는 그야말로 압박 면접이다. 3대 3 토론, 사회적 이슈에 대한 입법론적 문제점 해결, 수사와 공판 과정에서 발생하는 돌발 상황에 대한 대처 방안, 관계에서 발생하는 불화에 대한 대응책 제시 등등. 여러 명의 면접관 앞에서 지원자는 혼자 다대일 면접을 보는데, 이때 각종 질문들이 화살처럼 쏟아진다. 매일 면접만 치러도 녹초가 될 지경이었지만, 로스쿨 교수님들은 자신의 수업에 빠지는 것을 결코 허락하지 않았기 때문에(심지어 면접 일정과 겹치는 수업이 있는 경우에도 예외는 없어서 결석 처리가 된 채 감점을 면치 못했다) 면접이 끝나자마자 숨 쉴 틈도 없이 학교로 돌아가 3학년 2학기 수업을 소화해야 했다. 이런 토할 것 같은 일정을 소화하고 보니, 어느새 정말 기적처럼 검사가 되어 있었다.

그런데 막상 검사로 임관할 날을 앞두고 보니, 내가 검사가 되어 어떤 삶을 살고 싶었던 것인지 단 한 번도 생각해본 적이 없다는 사실을 깨닫게 되었다. 남자친구와의 결혼을 반대하던 부모님은 "이러려고 너 검사 만든 거 아니다! 우리가 어떻게 널 뒷바라지했는데!"라고 호통을 치기 바빴고, 나는 그 순간 부모님의 말씀을 제대로 반박하지 못했다.

개천의 용이 되기 위해 검사 임용을 희망한 것은 결코 아니었지만, 그럼에도 나는 정곡을 찔린 듯이 극도로 심란해졌다. 정말이지 내가 왜 검사가 되어야 하는지, 검사가 되어서 무슨 일을 하고 싶었던 것인지 그때까지도 답을 찾지 못했기 때문에 말도 안 되는 부모님의 억지에 반박조차 할 수 없었다. 검사로서 살아야 할 소명의식 같은 것이 애초에 나에게는 없었던 것이다.

내 인생이 의도치 않게 굴러가던 중에 어쩌다 보니 법 영역에 발을 들이게 되어버렸다. 심지어 거짓말을 하기 싫다는(실상은 거짓말 무능력자라서) 단순한 이유 하나만으로, 남의 인생에 개입하기를 죽기보다 싫어하던 철부지가 다른 사람들의 막장 싸움에 끼어들어 그 싸움을 정리하는 일을 해야만 했다. 검사가 되었다는 기쁨보다는 이제 평생 남의 일에 끼어들어 치이며 살게 생겼다는 인생의 아이러니 앞에서 진땀이 나기 시작했다.

그러던 어느 날이었다. 결혼 문제로 부모님과 한바탕 전쟁을 치르고 무작정 집을 나와 친구 집에서 은신하고 있는데 남자친구한테서 '성당에 가봐'라는 메시지가 왔다. 로스쿨 3년 내내 심란할 때면 성당에 가서 미사를 드리거나, 초라도 봉헌하고 오는 내 습성을 잘 알고 있던 그였기에, 한바탕 곤욕을 치르고 머리가 복잡해진 나를 성당으로 떠밀었던 것이었다. 마침 오후 미사 시간이 얼마 남지 않았던 터라 일단 봉천동 성당에 발을 들이밀었다.

내가 성당에 들어갔을 때 신부님의 복음 낭독이 끝나고 강론이 시작된 참이었다. 재빨리 자리에 앉아 신부님 말씀을 듣는데, 그날은 웬일인지 복음과 무관한 주제로 강론이 시작되었다.

"여러분은 예수님을 믿고 있습니까?"

성당에는 날라리 신자들이 많아서 주일 미사에 참석하는 사람들 정도만 되어도 나름 독실한 신자 축에 속했다. 그런 사람들 앞에서 예수를 믿느냐는 가혹한 질문이라니. 사람들은 영문을 모르고 웅성거렸다.

"예수님을 믿는다는 것은 그를 따라 행동한다는 것입니다. 우리를 위해 그분이 십자가에 못 박혀 돌아가시고 사흘 만에 부활하셨다는 것을 믿는 것은, 예수님을 아는 것에 불과합니다. 우리의 죄를 씻어내고자 이 세상에 오셨던 그분을 따라 똑같이 행동할 때 비로소 우리는 예수님을 믿는다고 말할 수 있습니다. 여러분은 세상의 죄를 씻어내기 위해 과연 무엇을 행하고 있습니까."

신부님의 말씀을 듣는 순간 세상이 환해지는 느낌이었다. 내 마음을 무겁게 내리누르던 커다란 바위가 산산조각 나는 것을 느낄 수 있었다. 어차피 영감님 소리 들으며 으스대고 싶어서 검사에 지망한 것도 아니었고, 권력이란 것을 맛보고자 검사에 지망한 것도 아니었다. 감히 나 따위가 범죄자를 감화시켜 회개시킬 수는 없더라도, 피해자들의 억울함을 들어줄 수 있고, 범죄자들이 죄의 대가를 치르도록 일조할 수는 있었다. 피해자들의 눈물을 닦아주고 사회 곳곳에 남겨져 있는 범죄의 얼룩을 씻어내는 것이 내게 주어진 소명 같았다. 이제는 검사로서 살더라도 방황하지 않을 자신이 생

여자사람검사

겼다.

　검사로 살면서 힘든 날이 많았다. 가끔은 왜 이렇게 힘들게 살아야 하나라는 생각이 들기도 하지만 그날의 신부님 말씀 덕분에 내 멘탈은 생각보다 잘 버텨주고 있다. 내가 어디에서 어떤 사건을 맡고 있든 상관없다. 세상의 죄를 씻어내고 닦아내는 사람으로서 집무실에 고이 모셔둔 십자가 앞에서 부끄럽지 않으면 충분했다. 그것이 지금도 내가 검사로 살 수 있는 이유다.

2. 나는 대한민국 ─────── 검사입니다

김은수

"검찰의 가치 중 가장 중요한 것은 무엇이라고 생각합니까?"

검찰 심화실습 때였다. 실제 검찰 면접에 대비하기 위해 모의 면접을 치르는 중이었는데 한 면접 시험관이 검찰의 가치를 물었다.

혹시 검찰 로고를 본 적이 있는가. 검찰 로고는 대나무의 올곧음에서 모티브를 따왔다. 대나무처럼 쭉쭉 뻗은 다섯 개의 직선은 각각 공정, 진실, 정의, 인권, 청렴을 상징하며 검찰의 중립성과 독립성의 가치를 담고 있다. 천칭을 형상화한 상단의 곡선과 칼을 형상화한 중앙의 직선은 균형 잡히고 공평한 사고, 냉철한 판단의 가치를 담았다.

입사 면접을 준비할 때 기본 중의 기본은 로고에 압축된 상징을 외우는 것이다. 나 역시 검찰 면접을 준비할 때에는 검찰 로고에 담긴 검찰의 중요한 가치들을 달달 외우고 있었던지라 "공정, 진실, 정의, 인권, 청렴은 검찰의 가치입니다"라고 대답하는 것까지는 성공했다. 하지만 그중 가장 중요한 것에 대해서는 그 어느 책도, 그 누구도 알려준 적이 없었다. 눈앞이 하얘졌다. 뭐라고 답해야 하지. 문제는 내 뇌는 분명 정지되었는데, 내 입이 혼자서 제멋대로 움직이기 시작했다는 것이었다.

"청렴이라고 생각합니다."

심사숙고해서 대답해도 모자랄 판에 청렴이라는 대답이 튀어나왔다. 기다렸다는 듯이 면접관의 질문이 이어졌다.

"왜 청렴이라고 생각합니까?"

"검사에게 주어지는 업무량과 책임에 비해 월급이 지나치게 박봉입니다. 경제적으로 여유롭지 못한 상태에서 유혹에 흔들릴 기회가 많은 직업인 만큼, 청렴함을 유지하는 것이 가장 기본이 되어야 한다고 생각합니다."

아뿔싸. 로펌에서 인턴을 하며 지도 변호사님들에게 들었던 말이 인상 깊었던 탓일까, 그때 변호사님들의 말을 들으며 머리에 떠올랐던 생각이 입술 사이로 흘러나오고 있었다.

'업무량으로 치면 로펌이 제일 많아. 그렇지만 그만큼 보수가 받쳐주지. 일반 기업에 사내변호사로 취업한다면 업무량은 무난하지만 보수는 상대적으로 적고. 대신 '워라밸'은 가능해. 검사? 검사의 업무량은 온몸을 갈아 넣는 정도? 보수는 그중 제일 박봉이고.'

'월급을 안 받아도 괜찮아요. 검사 조직에서 이 한 몸 불사르겠습니다' 하며 열정을 부르짖어도 모자랄 판에 박봉을 운운하다니. 이 근거 없는 패기는 대체 어디서 나온 건지. 벼락같은 불호령이 나오겠다 싶었는데 웬걸, 면접관은 호쾌하게 웃기 시작했다.

"내가 학생에게 내 연봉도 공개했는데, 그게 모자라요?"

면접관은 당시 검사 15년 차에 육박하는 기수였다. 로스쿨에 파견 나온 검사 교수이기도 했던 면접관은 수업 시간에 본인의 연봉을 공개했던 적이 있었다. 학생들이 어떤 생각을 하길 바라며 공개하셨는지는 모르겠지만, 그분이 받으시는 연봉은 로펌 1년 차 변호사의 초봉보다도 적은 액수였다. '와, 현실은 이렇게 슬프구나' 하는 생각이 들었지만 지금은 그렇게 속물적인 모습을 보여선 안 됐다. 정신 바짝 차리고 내 대답을 수습하기 시작했다.

"교수님께서 알려주신 연봉은 고기수의 연봉이라 생활하는 데는 전혀 부족함이 없습니다. 하지만 초임검사의 월급은 솔직히 매우 짧니다. 검사가 청렴하지 못하다면 아무리 일을 잘하더라도 국민들의 신뢰를 얻을 수가 없다고 생각합니다."

자화자찬 같지만, 검사로 일하면 일할수록 그 시절 나의 대답은 참으로 신통했다는 생각이 든다. 일단 공정, 진실, 정의, 인권 같은 녀석들은 검사가 자의적으로 왜곡하기가 참으로 힘들다. 실체적 진실은 한 가지이고, 검사는 그 진실을 그대로 건져낼 뿐이다. 사건 관계자들이 눈을 시퍼렇게 뜨고 검사의 일처리를 지켜보고 있는 데다 나의 상급자들이 나의 사건 처리 과정을 관리·감독하고 있다. 나 하나의 의지로 저 네 가지 가치를 무너뜨리는 것은 불가능에 가깝다. 하지만 청렴은 다르다. 이것은 오로지 나의 양심 속에서 일어나는 일인지라 나 혼자만이 지킬 수 있고, 그만큼 쉽게 무너질 수 있다. 청렴은 정말이지 나 자신의 의지 없이는 온전히 지킬 수 없는 가치다.

야근을 하느라 지쳐 죽어버릴 것만 같다. 기록을 보느라 눈알이 빠질 것 같고 지문이 닳아 없어질 것 같다. 그렇게 고되게 일하는데도 매월 월급은 통장을 스쳐 지나갈 따름이다. 객관적으로 보자면 적은 액수의 연봉은 아니겠지만, 같이 동고동락하던 동기들이 로펌에 입사해서 버는 돈에 비하면 턱없이 적다. 로스쿨 동기들까지 갈 것도 없다. 웬만한 대기업 신입사원 연봉보다도 적다. 과로사 직전이거나, 거듭된 야근으로 가정이 파탄 날 지경이거나, 집주인이 턱없이 높은 전세금을 부를 때면 변호사로 개업한 선배들의 연봉이 궁금해지곤 한다. 멋모르는 실습생 시절의 대답이긴 했지만, 검사들의 입장에서 지극히 현실적인 대답이었을 것이란 생각이 종종 들곤 한다.

모의 면접 덕분에 실전은 잘 치렀냐 하면, 실전 면접은 더 가관이었다. 총 세 번의 역량면접을 마치고 마지막 최종 면접은 나 홀로 면접장에 들어가 여러 명의 면접관들에게서 쏟아지는 혹독한 질문을 받아내는 것이었다. 서너 명의 면접관들이 "검찰을 지원한다면서 형사법 성적은 왜 이렇죠? 무슨 자신감으로 지원한 거죠?", "민사법이랑 회사법 점수가 더 좋은데 로펌에 지원하시지 그랬어요?"라며 뼈 때리는 질문들로 공격했고, 나는 그 질문들에 혼신을 다해 대답하느라 정신이 반쯤 나가버린 상태가 되었다. 흰색 수건이라도 흔들어야 이 난타전이 끝나려나 싶던 순간에, 반백의 중년 면접관이 질문을 던졌다.

"각오가 되어 있는지 모르지만, 검사는 가정을 돌보기가 매우 힘든 직업입니다. 주말부부도 자주 해야 되고, 매일 야근을 해야 하며, 주말에도 출근해야 합니다. 일과 가정이 충돌할 때 어떻게 대처할 건가요?"

스물여덟 살 취준생이 듣기에는 진부하디 진부한 여성 전용 면접 질문이 아닐 수 없었다. 설마 이런 질문이 나오겠나 싶어 모범 답안도 생각해두지 않았던 질문이었다. 이미 정신이 반쯤 나가버린 나는 될 대로 되라는 심보로 또 머릿속에 떠오른 말을 그대로 내뱉어버렸다.

"지금 결혼을 약속한 남자친구가 있습니다. 남자친구는 야근도 많고 주말부부가 일상인 직업이라는 점을 잘 알고 있다면서 자기가 잘 뒷받침할 테니, 걱정하지 말라며 검찰 지원을 적극 지지해주었습니다. 남편과 함께 집안일을 나누어 하고, 평소에 시댁 어른들에게 예쁨을 많이 받아 원만한 고부 관계 속에서 아이들의 양육도 부탁드릴 것입니다. 가정 때문에 직장에 소홀한 일이 없을 것이라

감히 말씀드리고 싶습니다."

순간 면접관이 냉랭했던 분위기를 깨고 피식 웃었다.

"어디 자네 뜻대로 되나 봅시다!"

그때는 면접관의 코웃음에 내가 뭘 잘못했나 싶어 마음을 졸였는데, 지금 생각해보면 하도 황당한 답변이라 실소가 나온 게 아닌가 싶다. 고부 관계를 아직 경험도 못 한 녀석이 시어머니께 예쁨을 받아 해결하겠다니. 그리고 그 질문이 의미 없는 질문이 아니라는 사실도 깨달았다. 검사가 되어 일하다 보니 일과 가정의 양립 문제는 남녀를 불문하고 모든 검사가 당면한 아주 현실적인 문제였다.

마지막으로 기억에 남는 질문은 전관예우에 관한 것이었다.

"함께 일하던 부장님이 변호사로 개업했습니다. 그리고 당신을 찾아와서 사건 수임을 맡았다며 잘 좀 부탁한다고 말합니다. 어떻게 답변하겠습니까?"

"함께 근무했던 만큼 차갑고 형식적으로 대하는 것은 불가능에 가깝고 또 불필요한 일이라고 생각합니다. 다른 변호사들을 친절하게 대하는 것과 마찬가지로 따뜻하게 맞이하되, '저 잘 아시지 않습니까. 저 못 믿으십니까. 알아서 잘 처리하겠습니다'라고 말하겠습니다."

순간 면접관들의 눈이 휘둥그레 커졌다. 살짝 당황한 면접관은 나에게 알아서 잘 처리하겠다는 말이 무슨 뜻이냐고 물었다. 이번 질문만큼은 예상 질문에 있었기 때문에 준비한 대로 모범 답안을 말했던 것인데 면접관들의 반응이 좋지 않았다. 나도 모르게 긴장이 되었지만 '이왕 망한 면접인데 뭐 될 대로 되라지' 하는 심보가 다시 슬그머니 치솟았다.

"저랑 같이 근무해본 부장님이라면 제가 사심 없이 공정하게 사건의 실체 그대로만 판단한다는 것을 잘 아실 것이라 생각했습니다. 제가 사건을 맡은 이상 부장님 밑에서 일할 때도 그러했듯 억울한 사람이 생기지 않도록 최선을 다할 테니, 믿고 지켜보시라는 뜻입니다."

지금도 저 질문에 대해 법무부가 준비한 모범 답안의 예시는 무엇이었을까 궁금하다. 검사가 일 처리를 하는데, 변호사가 나랑 친한 사람인지 아닌지가 무슨 관계가 있는가. 이미 사건의 진실은 정해져 있는 것인데. 아직 경험이 일천하여 모시던 부장님이나 함께 근무했던 선배들이 내 방 사건을 수임해서 나를 찾아온 역사가 없는지라, 나는 여전히 상상 속에서만 모범 답안을 궁리 중이다.

검찰에 무사히 입사한 다음에도 종종 청에 견학 온 로스쿨 학생들에게 나의 면접 일화를 소개해야 할 때가 있었다. 내 이야기를 들은 많은 학생들은 '어랏, 이 여자 미쳤다'라는 표정을 짓거나, MSG가 첨가된 것 아니냐고 반신반의했지만 그런 학생들에게 내가 해주던 대답은 "어쨌든, 이런 대답을 하고도 입사한 사람이 있다는 것에 용기를 얻으면 됩니다. 파이팅!"이었다.

일하면 일할수록 그때 나의 대답들이 너무나 무식하고 용감했다는 것을 실감한다. 그렇다고 그에 대한 이상적인 답을 찾지도 못했다. 저 질문들은 아직도 나의 삶에 있어서 해결되지 않은 중요한 난제들이다. 어쩌면 영원히 답을 찾지 못할 수도 있겠다는 생각이 들 만큼 말이다. 퇴사할 때까지 과연 나는 정답을 찾을 수 있을까. 오늘도 일하는 틈틈이 열심히 짱돌을 굴려본다.

"안녕하십니까! 오늘부터 3개월간 실무수습을 하게 된 서아람 검사입니다!"

신규 검사로 임용된 로스쿨 출신 검사들은 1년간 법무연수원에서 실무교육을 받는다. 그중 3개월간은 각 검찰청으로 흩어져 수습 검사 직함을 달고 실제 업무에 투입된다. 내가 실무수습을 했던 곳은 전국에서도 일 많기로 소문난 검찰청이었다.

"아, 로스쿨 검사."

몇몇 간부님들의 떨떠름했던 표정이 떠오른다. 지금이야 로스쿨 출신 검사가 많아져서 사법고시 출신과 구별하는 게 별 의미가 없어졌지만, 그땐 그랬다. 로스쿨 출신한테는 두꺼운 기록을 안 준다고 대놓고 말하는 부장님도 계시던 그런 시절이었다. 그런데 나의 첫 부장님은 다르셨다. '로스쿨이고 연수원이고 그딴 거 필요 없다. 입 다물고 일이나 잘해라.' 이런 느낌이었다.

"우리 부장님, 진짜 카리스마 작살이셔. 너무 멋있어."

부장검사와 부 소속 검사의 관계는 사람에 따라, 상황에 따라 천차만별이다. 마음에서부터 우러나와 진심으로 존경하며 모시기도 하지만, 부두 인형에 부장님 이름을 붙여놓고 밤마다 화살로 쏘며 1년이 지나가기만을 학수고대하기도 한다.

그런데 내가 수습검사로서 만난 첫 부장님은 내가 꿈꾸던 검사상의 결정체 같은 분이셨다. 평소엔 근엄하고 과묵하지만, 사석에서는 인간적이고 따뜻하셨다. 어느 정도냐면, 수습 시작 직전에 운전면허를 딴 내가 무사히 집으로 돌아갔는지 걱정되어 생존 확인 문자를 보내주실 정도였다. 그토록 자상하신 분이, 기록을 들여다볼 때면 누구보다 엄격하고 꼼꼼하셨다. 내가 일주일 내내 들여다본 기록을 딱 한 번 훑어보시고 나도 모르는 세부사항들을 척척 기억해내실 정도였다. 컴퓨터도 아니고 사람이 어떻게 저럴 수가 있나 싶을 정도였다. 인터넷에 부장님 성함을 검색해본 난 우리나라를 뒤흔들었던 쟁쟁한 사건들이 전부 부장님의 손을 거쳐 갔다는 사실을 알게 됐다. 비록 3개월이지만 그런 부장님의 부원이 되다니, 영광스럽다 못해 황송했다. 연수 중이긴 하지만 나도 어엿한 검사라고, 부장님과 선배들에게 인정받고 싶은 욕구가 들끓었다.

"서 검사, 지금 뭐 하는 거야? 왜 기록을 만들고 있어?"

사건을 신속하게 처리하고 싶었다. 하지만 내게 따로 배당된 실무관은 없고, 수석검사님 실무관님의 손을 빌려야 하니, 결재 올리는 게 번번이 늦어질 수밖에 없었다. 포스트잇이 붙은 상태로 쌓여가던 기록을 보다 못한 난 실무관님이 일하는 모습을 눈대중으로 보고 직접 결재 올릴 기록을 만들기 시작했다. 프린트도 하고, 구멍도 뚫고, 끈으로 묶는 것까지 손수 다 했다. 처음에는 실수투성이여서 실무관님이 다시 만들어줘야 했지만, 갈수록 비약적으로 발전해 구공판, 그러니까 재판에 올릴 증거기록까지 스스로 만들기에 이르렀다. 쾅쾅 소리를 내며 페이지 스탬프를 찍던 날에는 나를 실무관으로 착각하고 말을 거는 민원인이 한둘이 아니었다. 지나가던 같은 부 선배가 그걸 목격하고 경악하면서 말리지 않았더라면, 아마 난 계속 기록을 만들었을 것이다.

"서 검사 그러는 거, 실무관님들께는 민폐일 뿐만 아니라 무례한 행동이야. 알아?"

선배의 설명을 듣고 나서야 알았다. 초짜 검사인 내가 해야 할 일은 직접 기록을 만들며 그들을 압박하는 게 아니라, 묵묵히 내 할 일에 집중하면서 재촉하지 않고 기다리는 것이었다. 인력이 부족해서 다른 검사실뿐만 아니라 수습검사와 시보까지 커버해주어야 하는 실무관님들에게 내 행동은 '빨리 안 해주니 직접 하잖아'라는 무언의 압박으로 보일 수 있었다. 그 업무의 전문가가 아닌 내가 어설프게 만든 기록을 실무관님들이 일일이 살펴보며 실수를 고쳐야 하는 것은 말할 것도 없었고. 난 기록 만드는 것을 곧바로 그만두었지만, 과도한 의욕이 불러온 참사는 거기서 끝이 아니었다.

"선배님, 좋아하시는 음식과 싫어하시는 음식을 알려주십시오!"

부의 막내이자 총무검사로서 내게 주어진 가장 중요한 책임인 '밥총무'. 아침부터 밤까지 좁은 검사실에 갇혀서 기록에 코를 박고 있어야 하는 검사들에게, 맛있는 점심은 유일한 낙이라고 했다. 난 밥총무 잘한다는 소리를 듣고 싶어 검찰청 주변의 음식점을 모조리 검색하고, 심지어 주말에 돌아다니면서 사진까지 찍어놓았다. 그러나 결과는 그리 좋지 못했다.

"서 검사, 우릴 실험 대상으로 삼지 마. 부탁이야."

매일 듣도 보도 못한 새로운 음식점에 끌고 가는 내게 선배들이 호소해온 것이다. 무슨 맛집 블로그를 만들 것도 아닌데, 왜 음식점 탐방을 하고 있냐고, 제발 전임 밥총무가 하던 대로 하라고 했다. 맛과 서비스, 가격 면에서 이미 검증된 청 주변 음식점 열 군데 정도를 뽑아 순환하는 것. 그게 모두에게 편하다고 했다. 사회 경험이 전혀 없는 난 몰랐다. 줄 서서 기다렸다가 먹는 '얌운센'과 '뿌빳퐁커리'보다, 에어컨 바람 솔솔 부는 방에 앉아 뜨끈하게 먹는 국밥이 연륜 있는 부장님과 선배들에게는 훨씬 편하고 맛있다는 걸. 그 후에도 난 계속 사고를 쳤다.

"으앗, 깜짝이야!"

산뜻한 월요일 아침, 8시에 출근해 영상녹화실 불을 켜던 계장님이 기절할 뻔하신 적도 있었다. 내가 신문지를 둘둘 말고 바닥에 누워 자고 있었기 때문이다. 새로운 배당을 받고 싶은 마음에 새벽까지 밀린 기록들을 싹 처리하고는 집에 돌아가기가 귀찮아 그대로 잠들어버렸다. 그런데 그 후폭풍이 문제였다. 너무 졸린 것이다. 급기야 부장실에 보고하러 들어갔다가 앞이 잘 보이지 않아 부장님의 슬리퍼를 발로 걷어차는 하극상을 저질렀다. 부장님은 당장 조퇴하고 집에 가지 않으면 전직 검사로 만들어주겠다는 무시무시한 경고와 함께 이렇게 말씀하셨다.

"컨디션 관리도 검사의 중요한 임무야. 서 검사가 고소인이면, 비몽사몽 눈도 못 뜨는 검사한테 안심하고 사건을 맡길 수 있겠어?"

물론 밤샘하는 검사들은 많다. 주말 근무를 하는 검사들은 더 많다. 중요한 건 자신의 체력이 어디까지 감당할 수 있는지 정확히 알고, 한계를 넘지 않도록 사전에 업무를 배분해서 처리하는 것이다. 그때의 난 그런 걸 몰랐다. 그냥 눈앞에 쌓인 기록을 해치우고 싶어 안달 나 있는 철부지였다. 오죽하면 첫 직구속(경찰이 영장을 신청하지 않은 사건에서 검사가 직접 영장을 청구해 구속하거나, 검사가 직접 수사한 후 영장을 청구하여 구속하는 것)을 위해 검사장님께 대면보고를 하러 갔을 때는 형식에 안 맞는 보고서를 내놓고는 그냥 결재해주시면 안 되냐고 떼를 썼을까.

"널 어떻게 하면 좋으냐, 너를……."

내가 어떤 만행을 저질렀는지를 들은 우리 부 수석님은 그야말로 망연자실해하셨다. 초임검사도 아닌 수습검사가 검사장님께 '결재해주세요' 하고 고집을 부리다니. 9년 차가 된 지금 생각하면 모골이 송연해진다. 전시 상황의 군대 같으면 항명죄로 사살당해도 할 말이 없을 만큼 무개념한 짓이었다. 그런데도 수석님과 선배들은 노발대발하는 대신 조용히 날 불러 타이르고 훈계하셨다. 보살이 따로 없었다. 나도 이제는 안다. 개념 제대로 박힌 한 명의 검사를 만들기 위해서는 수많은 선배 검사들과 부장님들의 인내심과 노고가 들어간다는 걸.

"어휴, 너처럼 사람 많이 부르는 애 처음 봤다. 안 힘드니?"

수습하기 힘든 사고뭉치 수습검사였지만, 그나마 내게 장점이 있었다면 씩씩함이었던 것 같다. 아침에 왕창 깨지고 와도 점심 무렵이면 무슨 일이 있었냐는 듯 부지런히 소환 전화를 걸고 있는 뻔뻔함도. 실수해도 된다. 혼나도 된다. 아직 수습이니까. 거기서 배우면 된다. 앞으로 같은 실수를 반복하지 않으면 된다. 그렇게 생각하고 기죽지 않으려 애썼다. 절대 검찰청 안에서는 울지 말자. 검사가 되면서 내가 했던 결심 중 하나였다. 수습 시절 만난 선배님들은 정말 인품 있는 분들이셨고, 나 때문에 골치를 썩였을지언정 미워하지 않고 애정을 주셨다.

덕분에 추억도 많이 생겼다. 지금도 난 내 인생에서 가장 스펙

터클하면서도 즐거웠던 시기로 그 석 달을 꼽는다. 저녁 회식을 땡땡이치고 부장님 몰래 여자 검사들끼리 떡볶이를 사 먹은 적이 있었다. 막내인 내가 청 로비로 배달된 떡볶이를 받으러 나갔다가, 남자 검사들과 함께 들어오는 부장님을 정면으로 맞닥뜨렸다. 양손에 떡볶이와 순대 봉지를 들고 '어버버하던' 난 순간적으로 이렇게 말해버렸다.

"부장님, 방금 절 못 보신 겁니다. 전 여기 없는 겁니다."

말도 안 되는 소리를 해놓고 후다닥 도망치는 내 등을, 부장님의 호통 소리가 때렸다.

"앞으로 너흰 회식 없다! 돈 따로 줄 테니까 떡볶이나 실컷 사 먹어!"

부장님은 멋진 분이셨지만 은근히 뒤끝이 있으셨다. 나와 여자 선배님들은 그로부터 며칠간 점심 식사 자리에서 부장님께 "맛있는 떡볶이 먹지 여긴 왜 왔냐"는 타박 아닌 타박을 들어야 했다. 그래도 난 후회하지 않는다. 그날 영상녹화실에 모여 신나게 수다를 떨면서 이쑤시개로 찍어 먹었던, 후추 맛 진하게 나던 떡볶이는 정말이지 끝장나게 맛있었으니까.

그 후로도 내 수습검사 생활은 진땀나는 사건들의 연속이었다. 단체 등산 도중 몰래 도망 나왔는데 우연히 마주친 옆 부 부장님이 통닭을 사주며 당신의 초임 시절 무용담을 들려주셨던 일, 차장님이 주재하시는 독서모임에 인터넷에서 찾아낸 독후감을 출력해 들고 갔다가 책 안 읽은 게 들통났던 일, 서툰 운전 솜씨로 꾸역꾸역 차를 몰고 다니다가 결국 청사 주차장에서 주차 부스를 들이받았던 일도. 이제는 웃으며 회상할 수 있는 즐겁고 소중한 추억들이다. 어리기에, 뭘 모르기에, 모든 게 처음이고 새롭기에, 뼛속까지 스며들었던 감정들. 만일 시간을 돌릴 수 있다면, 그 시절로 돌아가 그 풋풋함을 다시 한번 느껴보고 싶다. 물론 그때보다 실수는 덜해야겠지만.

초임검사라 쓰고
밥총무라 읽는다

박민희

밥총무. 각 부서에서 여러 검사들이 밥을 먹을 때 메뉴를 고르고 인원을 체크한 뒤 식당을 예약하는 사람을 일컫는 말이다. 보통은 막내 검사가 그 역할을 담당하게 되는데, 대부분 초임검사다.

이들은 어리숙함을 '만렙'으로 가득 채운 터라 멀티태스킹이 어렵다. 그래서 오전 시간의 대부분을 점심 예약으로 보낸다. 아침부터 점심 메뉴를 고민하고 참석 인원을 파악한 뒤 식당을 예약하면 오전 11시 30분이다. 선배들의 참석 여부를 확인하는 데만 한 시간이 걸리고, 대부분의 식당이 11시 반은 돼야 문을 열기 때문에 예약까지 마치고 나면 딱 그 시간이 된다. 그래서 밥총무에겐 참석 여부를 빨리 답해주는 선배가 최고다.

"선배님들, 식사하러 가시죠!"

검사실 방문을 두드리며 순회 한 번 돌고 나면 선배들이 느릿느릿 자리를 정리하고 엘리베이터 앞으로 모인다. 전원이 모이면 바로 엘리베이터를 탈 수 있게 미리 잡아놓는 센스! 모두들 옹기종기 모인 엘리베이터에서는 오늘 점심 메뉴 이야기가 흘러나온다.

"박 검사, 오늘 메뉴는 뭐야?"

"오늘은 불고기낙지전골입니다!"

"불낙전골이었어? 에이, 나는 가서 다른 거 시켜 먹어야겠다."

"아, 불낙이었으면 불참한다고 할 걸! 우리 파스타 좀 먹으러 가자."

모두에게 메신저로 메뉴까지 공지했건만, 읽지 않은 것이 분명하다. 다들 일하느라 정신이 없었던 거겠지. 선배들만 정신이 없는 것은 아니었다. 나도 출근하자마자 검찰청 주변 맛집을 검색하느라 정신이 없었다. 오늘은 수석님이 참석하시는 날이라 특별히 불낙전골을 골랐건만 저들은 수석님의 맛 취향을 모르는 게 분명하다. 그러니 저렇게 수석님 면전에서 불평을 하지.

식당에서 자리에 앉자마자 재빠르게 수저와 물컵을 세팅하고 물을 채운다. 밥이 나오면 수석님이 수저를 드시는지 확인한 후 나도 밥 한 숟갈 입으로 퍼 넣는다. 떨어진 반찬은 없는지, 공깃밥이 더 필요한 사람은 없는지 중간중간 체크하는 것 역시 밥총무의 임무다.

"박 검사, 나 라면사리 하나 더 넣어도 돼?"

"네, 그러시죠."

"야! 선배님이 지금 네 허락을 구한 게 아니야. 주문하라는 소리야."

"아, 네, 네! 사장님! 여기 라면사리 하나 추가요!"

난 또 내가 회비를 관리하니 라면사리 시킬 돈이 있는지 물어보시는 줄로만 알았지. 막내 검사는 밥 먹을 때도 수시로 핀잔을 듣다가 체할 지경이다.

"사장님, 여기 계산이오!"

"박 검사, 저기 그러니까, 그…… 현금영수증은 내 번호로 해줘."

"네?"

"나는 미혼이라 소비가 너무 적어. 현금영수증은 내 걸로 해줘."

계산을 하려는데 한 선배가 재빨리 내 옆에 와서 말한다. 오늘은 밥총무의 유일한 특권인 현금영수증도 빼앗겼다. 하, 전임 밥총무 선배가 밥총무를 하면서 소득공제 열심히 받으면 집도 살 수 있다고 했는데. 집을 사는 기간이 좀 늘어나게 생겼네.

비가 오면 그날은 재빠르게 구내식당을 선점해야 한다. 구내식당이 협소한 경우가 많기 때문에 빛의 속도로 예약하는 센스를 발휘해야 한다. 누구든 비 맞기 싫은 건 당연지사. 거기에다 비에 젖으면 감당할 수 없을 만큼 꿉꿉한 정장을 입었으니 말해 뭐 하겠는가. 이러니 매일 일기예보까지 챙기는 버릇이 생겼다. 비가 오전에 오는지 오후에 오는지도 꼼꼼히 챙겨야 한다. 오후에 내린다는 비를 믿고 외부 식당을 예약했는데, 오전에 내리는 날엔 비와 같은 눈총들이 나에게도 쏟아진다.

내게 밥총무는 너무 어려웠다. 나의 능력은 얼마나 맛있는 메뉴를 선정했는가, 얼마나 센스 있는 밥집을 예약했는가에 따라 평가되는 것 같았다. 선배들이 음식을 맛없어하면 그렇게 눈치 보일 수가 없었다. 하루 전날부터 내일 메뉴를 미리 생각해둘 지경이었다. 같은 처지의 동기들끼리 식당을 미리 사전답사까지 하는 치밀함도 생겼다. 처음 가는 식당에 부 검사들과 함께 갔다가 맛이 없으면 낭패이기 때문이다.

"야! 너는 처음 오는 식당에 부장님을 모시고 오면 어떡해!"

"아…… 선배님이 여기로 오자고…… 하셔서……."

"아니, 그건 나중에 부장님 없을 때 우리끼리 가보자는 소리였지!"

"아……."

그날은 한 선배가 친절하게도 식당 리스트를 줘서 쉽게 식당을 골랐는데, 어쩐지 쉽다 했더니.

유독 맛 품평을 잘하시는 미식가 부장님이 오시는 날엔 전임 밥총무로부터 주의사항이 전달된다. A4 용지로 하나 가득! 마치 <엽기적인 그녀>의 견우가 '그녀'에 대해 묘사하듯.

"우리 부장님은요, 물에 빠진 고기는 싫어하세요. 닭고기, 돼지고기는 안 드세요. 해장은 맑은 국물로 하세요. 가장 좋아하는 음식은 짬뽕이에요. 단 커피를 좋아하세요. 이탈리안 음식은 잘 드시지 않아요."

우리가 언제 너에게 음식으로 눈치를 주었냐고 묻는 선배가 있으시다면, 막내 검사는 밥을 먹지 않고 그대들의 눈과 입만 보고 있단 말씀을 드리고 싶다. 부장님이 숟가락을 일찍 내려놓으시는 날에는 나도 덩달아 숟가락을 더 뜰 수 없었다. "에미야 국이 좀 짜다"라고 말하는 시어머니 일곱 분이 내 앞에 계신 것과 같은 상황이라면 다들 이해할 수 있을까?

한번은 나를 짓누르는 밥총무의 압박에서 벗어나고 싶어졌다. 원래 막내 검사는 절대 점심 약속을 잡으면 안 된다. 밥총무 일을 도맡아 할 사람이 없기 때문이다. 그렇다면 식당 예약까지만 하고 빠지는 건? 용기를 내 바로 윗기수 선배에게 말했다.

"선배님, 저 점심시간에 검찰청에서 하는 요가 수업을 들어도 될까요?"

"어……? 그래…… 하고 싶으면 해야지…… 너 마음대로 해……."

"식당 예약까지는 하고 갈게요."

식당 예약까지는 내가 하고 일주일에 딱 이틀만 빠지겠다는 것인데. 입으로는 허락을 하면서도 눈으로는 나를 욕하던 그 눈빛을 나는 잊을 수가 없다. 아, 내 마음대로 해도 된다지만 가장 친하게 지내야 할 바로 윗기수 선배에게 미움을 받으면서까지 운동을 할 용기는 나지 않았다. 그때 섣불리 주문한 요가매트는 아직도 우리

집 창고에서 잠자고 있다.

지방 지청에서 일할 때는 잠시 밥총무의 압박에서 벗어날 수 있었다. 그곳에서는 평검사는 평검사끼리, 지휘부는 지휘부끼리 점심을 먹었기 때문이다. 드디어 점심시간이 우리의 숨통을 풀어주고, 지역 맛집을 습격하는 시간이 된 것이다! 점심시간이 유일하게 평검사들끼리 소통하는 시간이 되다 보니 그렇게 즐거울 수가 없었다.

그 지청에 이런 점심 문화를 만든 지청장님은 떠났지만 검사들은 계속 그 문화를 유지했다. 그렇기에 부장님들은 청장님과의 점심을 피하기 위해 점심 약속을 참 많이도 잡으셨는데. 아마도 청장님 앞에서는 부장님들도 평검사와 같은 마음이지 않았을까.

초임 시절엔 그렇게 힘들던 밥총무였는데, 지금 생각해보니 검사들의 점심시간에 밥총무가 필요한 나름의 이유는 있었던 것 같다.

하루의 유일한 낙인 검사들의 점심시간은 정확히 한 시간. 불시에 감찰이 나오기도 하기에 점심시간은 엄격하게 지켜진다. 점심 식사 직후 바로 조사가 잡혀 있기 때문에 점심에 시간을 길게 쓸 수도 없다. 점심 식사를 하고 커피숍에 앉아 커피를 마시는 것은 거의 불가능. 테이크아웃이라도 하는 날은 그나마 운이 좋은 날이다. 이렇다 보니 12시에 다른 회사에서 쏟아져 나오는 회사원들과 같은 시간에 메뉴를 고르고 식사를 기다리다가는 총알같이 밥을 흡입하고 청으로 뛰어 들어와야 하는 사태가 벌어질 것이다. 그러니 대표로 누군가 메뉴를 정하고 예약을 해서 고민과 대기 시간을 줄이고자 했던 것 같다.

검사들은 하루에도 수십, 수백 번의 고민과 결정을 내린다. 그렇다 보니 점심 메뉴만큼은 고민하고 싶지 않은 것이 아닐까. 구내식당에 가면 될 것을 왜 그리 메뉴에 집착하느냐고 물으신다면 이역시 직업적 특성에 기인한다고 답하고 싶다. 검사들은 전국을 돌아다니며 근무를 한다. 그러니 그 지역의 맛집을 한 번쯤은 가보고 싶지 않겠는가! 언제 다시 갈지 모를 그곳에 내가 있으니, 그 지역 맛집에 또한 내가 있으리.

재판정에 선
검사

    보통 사람들에게 공판검사라는 말은 매우 낯선 단어다. 그도 그럴 것이 드라마나 영화에 나오는 검사들은 범인도 쫓아다니고, 범인을 잡아 조사도 하고, 재판에 들어가 범인에게 엄벌을 내려달라고 호소도 한다. 그곳에는 '검사'만 있을 뿐, '공판검사'라는 말은 등장하지 않는다.

    하지만 현실에서는 한 명의 검사가 수사부터 재판까지 모두 진행하는 것은 불가능하다. 검사 한 명이 한 달간 처리하는 사건은 적게는 150건, 많게는 300건 이상이다. 그중 30~50건 정도에 대해 정식 재판이 열리게 되는데, 수사도 하면서 재판도 들어가는 것은 물리적으로 불가능한 일이기 때문이다. 바로 이러한 문제점을 해결하기 위해 검찰은 수사를 담당하는 '수사'검사와 재판만 담당하는

'공판'검사를 따로 두고 있다.

보통 한 명의 공판검사는 재판부를 두 개 정도 담당하게 되고 각각의 재판부는 주 2~3일 재판을 열게 된다. 그러니 한 주에 4~5일 법정에 들어가고 하루 평균 30~50건 가까운 형사재판을 소화하면서, 나머지 시간에 공소 유지에 필요한 각종 서류를 작성하고 각종 집행 관련 업무를 처리해야 한다. 물론 야근과 주말 근무는 필수다.

공판검사들은 법정에서 자주 난감한 순간에 처하곤 한다. 바로 피고인이나 참고인(피해자 포함)이 수사기관에서 했던 말과 다른 이야기를 법정에서 꺼내놓을 때가 그렇다. 많은 검사들이 공판을 럭비공에 비유하는데, 정말 탁월한 비유가 아닐 수 없다. 그야말로 상상력의 한계를 시험하는 각종 반전들이 법정에서 수시로 일어난다.

"사실은 제가 음주운전을 한 것이 아니고요. 재가 벌금을 대신 내준다고 해서 거짓말했어요. 정말이지 재판까지 올 줄은 몰랐어요."

20대 남자들의 우정은 이리도 무겁다. 친구가 음주운전으로 처벌받았는데 얼마 지나지 않아 또 음주운전을 했다. 그러자 친구는 '벌금을 대신 내줄 테니 네가 음주운전 한 것으로 말해달라'고 했고, 그만 마음이 약해졌단다. 그런데 예상과 달리 벌금으로 끝나지 않고 정식으로 재판이 열리고 만 것이다. 너무 놀란 피고인은 법정에 서자마자 자신이 진범이 아님을 실토했다.

공판검사는 황당함을 뒤로한 채 이제부터 이 철부지들의 거짓말들을 뒷정리해야 한다. 진범으로 지목된 사람을 증인으로 신청해서 피고인의 주장이 사실인지 확인하고, 당시 사고 현장에 있던 목격자들을 불러 증인신문을 진행해야 한다. 피고인의 휴대폰을 제출받아 진범과의 통화 내역, 문자 메시지 내역 등을 확인하는 것도 필수.

피고인의 주장이 사실로 확인되면 더 많은 일들이 공판검사를 기다리고 있다. 수사검사에게 그가 기소한 사건의 전말을 알리고 그 수습 방법을 모색하는 것 또한 공판검사의 역할인데, 참으로 난감한 순간이 아닐 수 없다. 수사검사가 피고인 일당에게 속았다는 것을 전하는 일이다 보니, 그 소식을 전하는 사람도, 그 소식을 접하는 사람도 서로 민망할 따름이다.

법정에서 피고인이나 참고인이 수사기관에서 했던 말을 번복하는 일은 정말 자주 일어난다. 공판검사로서 그런 상황이 달갑지 않긴 하지만 이런 일들은 공판검사의 숙명 같은 것이므로 굳이 피하고 싶은 생각조차 들지 않는다.

공판검사의 악몽은 따로 있다. 바로 내가 수사했던 사건을 공판에서 다시 만나게 되는 일이다. 정말이지 가장 피하고 싶은 일이 아닐 수 없다. 어쩐지 내가 직접 작성한 공소장인데도, 그 범죄사실을 읽는 것만으로도 괜히 겸연쩍고 부끄럽다. 나의 부족한 수사 실력을 스스로 만천하에 까발리는 것만 같은 기분도 든다. 게다가 만약 무죄라도 나게 되면 수사를 잘못한 것도 내 탓, 재판을 잘못한 것도 내 탓이니 도대체 빠져나갈 구멍이 없다.

"수사검사가 조사하는 내내 자백하라고 호통을 치고, 계속 유도신문을 하면서 겁을 주었습니다. 강압적인 수사에 못 이겨 어쩔 수 없이 허위로 자백하고 말았습니다."

'어라? 어디서 많이 본 얼굴인데?'

도대체 변호인이 수사검사에게 무슨 억하심정이 있어서 저런 말을 할까 하는 생각에, 피고인의 얼굴을 유심히 쳐다보았다. 그런데 피고인의 얼굴이 매우 낯이 익었다. 어쩐지 피고인도 내 얼굴을 바라보고는 황급히 시선을 피하는 것 같았다. 황급히 공소장에서 수사검사의 이름을 찾아보았다. 아뿔싸. 내 이름이 적혀 있다.

변호인이 수사검사를 비난하는 강도가 높아질수록 그 옆에 있는 피고인의 얼굴도 붉게 타오르기 시작했다. 나는 그저 입꼬리가 올라간 채 지그시 피고인의 눈을 쳐다볼 따름이었다. 어디까지 거짓말을 하나 지켜보자는 생각이었다.

"판사님, 죄송하지만 피고인에게 몇 가지 질문 해도 괜찮을까요?"

판사님은 흔쾌히 내 요청을 수락해주셨다. 그 법정에서 공소장에 적힌 검사의 이름이 공판검사의 이름과 같다는 것을 모르는 사람은 피고인의 변호인밖에 없었다.

"피고인, 저 아시죠?"

"……."

"피고인이 저한테 조사받으실 때, 제가 허위 자백 하라고 억박 지르거나 겁준 적 있어요?"

"아니요."

"그런데 변호인은 왜 저렇게 말씀하세요?"

변호인은 매우 당황한 눈치였다. '뒷담화'도 아니고 무려 '앞담화'였다. 심지어 거짓말로 수사검사를 향해 신랄하게 인신공격까지 했던 터였다. 수사검사랑 공판검사가 같을 확률은 계산에 없었던 모양이다.

"피고인 분명 저한테 음주운전 했다고 인정하셨죠?"

"너무 긴장한 상태로 조사를 받아서 제가 뭐라고 했는지……."

"제가 본인이 말씀하신 내용대로 조서에 쓰여 있는 것이 맞는지 몇 번이나 물어봤죠? 기억나세요?"

"네. 저도 맞다고 말씀드린 것은 맞는데……."

분명 내 앞에서 조사를 받을 때만 해도 울먹거리면서 자신이 음주운전을 하다가 그만 도로 한가운데서 잠들어버렸다고 실토했었는데. 조서를 볼 필요도 없다고 고집을 부리는 통에 우리 계장님이 그 조서를 한 장 한 장 낭독해주고 그로부터 서명까지 받았건만! 깊이 반성하며 재범 방지를 다짐하는 그분의 모습에 감동한 나머지, 이렇게 법정에서 말을 바꿀 것이라고는 전혀 생각조차 못 했던 터였다.

조사 과정을 영상녹화 해두지 못했던 것이 나의 패착이라면 패착이었다. 어쩌겠는가. 이미 지나가 버린 일인 것을. 이미 피고인은 자신의 직장 동료를 섭외해서 말을 맞춰둔 상태였다. 머리가 지끈지끈 아파오기 시작했다.

한 달 정도 지난 후, 증인신문 기일이 돌아왔다. 악어의 눈물에 속았다는 분노도 잠시, 어떻게 해야 이 사건의 실체를 밝혀낼 수 있을지 잠을 설칠 지경이었다.

'신은 디테일에 있다.'

공판검사의 가장 훌륭한 무기는 증인신문이 아닐까. 매우 세부적인 상황을 답변으로 이끌어내 범죄 당시의 상황을 법정에 생생하게 재현시키고, 피고인의 거짓말이 드러나도록 질문을 아주 치밀하고 세밀하게 작성해야 했다.

첫 번째 증인은 단속 경찰관이었다. 피고인을 음주운전으로 단속했을 당시 상황에 대해 질문하기 시작했다. 단속 경찰관은 피고인의 거짓말을 듣고는 황당한 기색을 감추지 못했으나, 이내 씩 웃으며 답변을 이어갔다.

"어찌나 잘못했다고, 한 번만 봐달라고 사정을 하시던지, 제가 피고인의 그 모습을 보고 반성하고 계신다고 속아버렸던 것 같네요. 그때 현장에 출동해서 찍어두었던 영상이랑 사진들이 사무실 컴퓨터에 몇 개 더 남아 있어요. 어떤 사람이 남의 차를 대신 운전해 집에 데려다주면서 2차선 도로 중 1차선 한가운데에 차를 세워

놓겠습니까. 이분, 차의 시동을 켜둔 채로 1차선 한가운데에 주차하시고는 핸들 위에 엎드려 주무시고 계셨다니까요."

두 번째 증인은 피고인이 운전자라고 지목했던 피고인의 동료였다. 출발지와 목적지를 질문했으나, 피고인의 주장과 대략 일치하는 답변이 돌아왔다. 질문이 이어질수록 증인이 거짓말을 하는 것 같지는 않았다. 어라, 어찌된 일이지?

미리 준비해둔 단속 장소의 지도를 증인에게 제시한 후 차량을 주차한 위치가 어디인지 물어보았다. 옳거니! 그는 피고인이 단속된 장소와 전혀 다른 곳을 지목하고 있었다.

"증인이 주차한 곳은 구체적으로 몇 차선이었나요?"

"차선이라뇨? 저분이 점심 드신 식당 말고 다른 식당에서 지인을 만나신다고 하셔서 그 식당 모퉁이 코너에 주차했어요. 그리고 저는 회사로 돌아갔고요."

아하! 사건의 전말이 그려지기 시작했다. 피고인은 점심 식사를 하고 다른 사람과의 약속 장소로 이동하기 위해 회사 동료에게 부탁해 차량을 대리 운전시켰다. 그 후 두 번째 약속 장소에서 모임이 끝나자 피고인은 만취한 상태로 그만 운전대를 잡고 직접 운전을 하다가 도로 한가운데서 잠이 들고 말았던 것이다. 피고인은 증인을 노려보기 시작했고, 변호인은 황급히 피고인에 대한 불리한 증언을 수습하기 위해 유도 질문을 던지기 시작했다. 증인의 눈빛이 흔들리기 시작했다.

"증인, 이 법정에서는 사실만 말씀하셔야 됩니다. 거짓말하시면 위증죄로 처벌됩니다."

판사님은 엄숙하고 단호한 목소리로 당황하는 증인을 제지하기 시작했다. 결과는? 피고인이 그토록 두려워했던 실형 선고 및 법정에서 구속 수감하는 법정 구속이었다. 그 재판을 준비하고 진행하면서 어찌나 마음고생이 심했던지, 다시는 공판검사로 들어가는 재판에서 내가 수사했던 사건을 마주칠 일이 없었으면 싶었다.

가끔 공판검사를 보면서 다른 검사가 해결한 사건을 들고 법정에 가서 수사검사가 작성한 공소장을 읊기만 하면 된다고 생각하는 사람들이 있다. 그럴 때면 정말 억울하다. 나 같은 경우에는 쌍둥이를 임신한 상태로 공판검사로 근무하다가 그 업무량과 압박감에 시달린 나머지 31주 0일에 조산하기도 했다. 수사검사도, 공판검사도 저마다의 애환이 있기 마련이다. 검사장님의 번개 소식을 듣자마자 황급히 메신저를 끄고 퇴근을 위장한 채, 기록이 가득 채워진 캐비닛과 함께 컵라면을 먹으면서 몰래 야근하는 심정은 수사검사든 공판검사든 마찬가지일 터였다.

나는 법정에 들어가기 전에 공판실 한쪽에 마련된 거울을 보며 법복을 입은 내 모습을 살펴보고 옷매무새를 가다듬는다. 혹시나 단정하지 못한 모습으로 신뢰감을 주지 못하는 것은 아닐지, 나의 모습을 살피고 또 살펴본다. 바쁜 일정 속에서 법복을 자주 세탁하지 못하다 보니 법복은 사무실 냄새에 찌들어 있기 마련이었다. 하지만 그 냄새는 불쾌하기보다는 되레 안정제 같은 역할을 하곤 했다. 그 퀴퀴한 냄새를 맡고 있다 보면 부담감 내지 긴장감 같은 것들이 사그라지곤 했다.

공판검사가 겪는 애로 사항 중 큰 부분을 차지하는 것은 법정에서의 고독함이다. 피고인, 변호인은 검찰의 기소가 잘못되었다고 또는 가혹하다고 외치며, 판사는 검찰의 기소가 잘못된 것은 아닌지, 행여 무죄 사안은 아닌지 매의 눈으로 검증하기 바쁘다. 피고인 측 변호인들의 하소연이나, 판사님의 날카로운 질문에 시달리다 보면, 피고인이 나쁜 사람인지, 아니면 피고인을 처벌해달라고 외치는 내가 나쁜 사람인지 혼란스러울 지경이었다. 그러다 보면 법정 한가운데 내 편 하나 없이 고립된 것만 같은 기분이 들어 한없이 외로워지고 만다. 그럴 때면 나는 습관처럼 법복 소맷자락을 만지작거린다. 법복에서 풍기는 사무실 냄새는 왠지 모르게 동료들의 열정을 연상시켰고, 외롭기 짝이 없는 법정에서 든든한 뒷배가 되어주었기 때문이다.

법정의 검사석에 가득 쌓여 있는 기록들에는 그 사건을 담당한 경찰관과 수사검사의 인고의 시간과 피땀 어린 노력이 배어 있었다. 이제는 내가 공판검사로서 그들이 밝혀낸 진실을 법정에 재현해낼 차례였다. 망망대해에 홀로 던져진 조각배 같은 신세였지만, 기록이 만들어지는 과정을 머릿속으로 되짚어보다 보면 더 이상 외롭지 않았다.

드라마보다 더 드라마 같은 현실 속 법정. 이 시각 전국의 수많은 공판검사들은 속으로 간절히 빌고 있겠지. 모두의 노력이 헛되지 않았기를, 판결문에는 진실과 그에 상응하는 결과가 함께하기를!

CSI처럼 될 줄
알았지

서아람

"검사님, 부장님께서 직접 검시 다녀오시라는데요."

두둥. 예능 프로그램에서 나올 법한 효과음이 귓전을 울리는 듯했다. 드디어 그 순간이 왔다. 은근히 오길 기대하면서도 정말로 올까봐 걱정했던, 내 첫 검시였다. 드라마나 영화에는 주로 국과수에서 법의관이 시신을 해부하는 '부검' 장면만 나오지만, 실은 그전에 한 단계가 더 있다. 바로 검사가 범죄로 인한 사망인지 판단하기 위해 시신의 상태를 육안으로 확인하고 부검 여부를 결정하는 '검시'다. 부검만큼은 아니지만 검시도 만만치 않은 일이다. 첫 검시에서 토막살인 사체를 맞닥뜨리는 바람에 영혼까지 토했다느니, 구더기를 손으로 만졌다느니, 지금 생각하면 꾸며낸 것이 분명한 선배 검사들의 괴담을 떠올리며 계장님과 함께 청에서 마련해준 차량에

올랐다.

"그렇게 긴장하실 것 없어요, 검사님. 금방 끝납니다."

주먹을 꾹 쥐고 정자세로 앉아 창밖만 보는 내게 계장님이 넌지시 일러주셨다. 하지만 어떻게 긴장하지 않을 수 있겠는가. 그때까지 난 살아 있지 않은 사람을 눈으로 본 경험이 한 번도 없었다. 차량이 장례식장 앞에 당도하는 순간, 심장박동은 걷잡을 수 없이 빨라졌다.

'헐, 진짜 형사야!'

가죽점퍼 차림에 경찰수첩을 들고 문 앞에 선 형사를 봤을 때, 나도 모르게 속으로 그렇게 외쳤다. 그전에도 수사지휘를 받으러 온 교통계나 형사계 소속 경찰을 만난 적은 있지만, 영화나 드라마에서 보던 강력계 형사를 만나는 건 처음이었다.

'진정해. 체통을 지켜야지. 난 검사라고.'

짐짓 차분한 척 형사와 악수하고, 안치실로 들어가면서 대략의 보고를 들었다. 기록에서 읽은 대로였다. 변사자는 50대 남성, 무직자에 무연고자. 유흥가 싸구려 모텔을 전전하다가, 추운 겨울 아침 골목길에 쓰러진 채 발견되었다. 의료기록을 추적한 결과 지병으로 오랫동안 치료받은 전력이 있어, 단순 병사로 짐작된다고 했다. 초임에게 배당될 만한 그런 사안이었다.

"장갑 끼시고요. 이쪽으로 오십시오."

안치실 직원의 안내에 따라 싸늘한 냉기가 감도는 지하실로 들어갔다. 칸칸이 나뉜 냉장고가 열리고, 푸르스름한 빛을 띤 변사체가 모습을 드러냈다. 한때 좋아해서 무한 반복 시청했던 미국 드라마 'CSI' 시리즈에서 보던 것과 똑같았다. 그래서 현실감이 없었다. 모형 같다는 느낌이 들었다.

"팔꿈치와 무릎에 타박상이 있습니다. 넘어지면서 생긴 것 같아요. 그밖에 외상은 없고요."

형사의 설명이었다. 저분은 훨씬 심각하고 처참한 시신들을 수두룩하게 보셨겠지. 나무토막처럼 뻣뻣하게 굳어진 초임 여자검사가 얼마나 가소롭게 보일까. 그래도 난 용기를 냈다.

"제가 직접 봐도 될까요?"

검시는 눈이 아닌 손으로 하는 거라고, 연수원에서 그렇게 배웠다. 법의학은 내가 학부 시절과 로스쿨 시절 가장 좋아했던 과목이기도 했다. 다른 출혈 부위는 없는지 샅샅이 살펴보고, 상처 상태는 어떤지 손끝으로 만져보기도 했다. 형사는 그런 내 모습을 힐긋 쳐다보았다. 영 가망 없는 애송이는 아니네. 꼭 그렇게 말하는 것처럼.

"심장마비 맞는 것 같네요. 그래도 혹시 모르니까 부검 한번 해보죠."

조심스럽게 결론 내리고, 첫 검시를 마무리 지었다. 'CSI' 시리즈에서는 시신을 매의 눈으로 분석한 후 단번에 살인범을 짚어내던데, 그것과 현실은 안드로메다와 지구 사이만큼 거리가 멀었다.

"검사님, 점심 드시기 힘드실 것 같으면 검사실로 들어가시죠."

"아뇨, 저 괜찮은데요."

장례식장을 나온 난 계장님과 헤어져 미리 예약해놓은 청 근처 식당으로 갔다. 부장님과 선배님들은 식사 중이셨다. 메뉴는 벌겋게 양념한 제육볶음.

"나 때는 말이야, 첫 검시 후엔 무조건 육회였어."

"저희 때는 곱창이오. 거기에 선짓국도 곁들여서."

선배들의 왁자지껄한 목소리를 들으며 난 '처묵처묵' 제육볶음을 먹었다. 혹시 비위가 상하진 않았을지 날 걱정스럽게 지켜보시는 부장님과 수석님의 시선이 느껴졌다.

스스로 꽤 놀라울 만큼, 난 정말 괜찮았다. 첫 검시가 이토록 단조롭게 지나가다니. 누군가의 한평생이 종장(終章)을 덮었는데, 그게 고작 스무 장 남짓한 기록과 10여 분의 검시로 끝나다니. 어딘가 허망했다. 그날 온종일 시신의 영상이 뇌리를 맴돌아 일을 못 하지도 않았고, 악몽에 잠을 설치지도 않았다. 다만, 아무렇지 않게 일상을 이어가다가도 불쑥불쑥 떠올랐다. 영안실을 메우고 있던 그 냄새가. 지독한 악취는 아니었다. 인공적인 느낌이 강한 방부제 냄새에 가까웠다. 하지만 그게 다는 아니었다. 화학약품으로 완전히 감추지 못한 죽음과 부패의 흔적이 숨어 있었다.

그 후로도 나는 많은 검시를 나갔다. 검사 직접 검시를 원칙으로 하는 지침이 내려온 후에는 매주 한두 번은 나갔던 것 같다. 다행이라고 해야 할까. 혈흔이 난자한 참혹한 시신이나, 덩치 큰 남자 검사도 엉엉 울게 한다는 어린 아기의 시신을 본 적은 없었다. 난 주로 자살, 고독사, 병사로 추정되는 비교적 정돈된 시신들을 보았다. 하지만 그 죽음들이 가볍게 느껴진 적은 한 번도 없었다. 검사 업무의 많은 부분이 매일 반복되면서 검사 또한 무뎌지지만, 검시는 그렇지 않았다. 매번 새롭고 매번 무거웠다. 내가 만나는 망자(亡者)들이 평범하고 현실적이기에 더욱 가깝게 느껴졌다.

'나도, 내 가족도, 언젠가 저렇게 될 수 있겠구나. 아니, 당장 내일이라도. 누가 알겠어.'

오랜 수험 생활 끝에 공무원이 된 청년이 있었다. 그는 자랑스럽게 첫 출근한 날, 환영 회식을 마치고 돌아온 바로 그 밤 사망했다. 더할 나위 없이 건강한 육체를 가졌던 그 청년은, 다음 날 해장국을 차려주려고 방문을 열었던 어머니에 의해 발견되었다. 청년의 변사체를 검시하러 나갔던 난, 그렇게 아무 전조도 증상도 없이 사람이 죽을 수 있다는 것에 아연해졌다. 청장년 급사증후군이라고 했다. 그동안 극진하게 아들의 뒷바라지를 했던 어머니는 너무 큰 충격에 빠진 나머지 울지도 못하고 있었다. 그저 넋이 나가 있었다. 이제 꽃길만 남은 줄 알았는데. 그저 행복할 줄 알았는데. 모자(母子)를 기다리고 있던 사별은 운명이란 말로 치부하기엔 너무 가혹하고 잔인했다.

검시는 사람이 어떻게 죽었는지 파헤치는 과정이다. 하지만 수많은 영안실을 드나들며 내가 깨달은 건, 정작 어떻게 죽었는지보다는 어떻게 살았는지가 훨씬 중요하다는 것이다. 특히 유족과 만날 때 그걸 실감했다. 검시를 맡은 검사가 유족과 대화하는 건 보통 한 가지 목적에서다. 사인(死因)에 대한 일말의 의심도 남기지 않기 위해 부검을 하려는 경우.

"상관없어요. 맘대로 하세요."

내가 만난 유족 중 가장 빨리 부검을 승낙했던 이는 이제 막 중학교를 졸업한 남학생이었다. 사망한 사람은 그의 아버지. 알코올 중독자에 다수의 전과를 지닌 폭력 사범이었다. 어머니는 폭력 성향을 가진 남편에게서 일찌감치 도망갔고 아버지가 아들을 키우며 살고 있었다.

사망자의 전과 중에는 가정폭력으로 '공소권 없음' 처분을 받은 게 서너 개나 있었다. 아들은 경찰이 출동할 만큼 심하게 두들겨 맞고도, 아버지의 처벌을 원치 않는다고 했을 것이다. 그래도 아버지라서, 아니면 보복이 두려워서. 영안실 복도에 담임교사와 나란히 서 있던 남학생의 얼굴은 젖어 있지 않았다. 그렇다고 충격에 빠진 것도 아니었다. 묘하게 평온한 표정에서 해방감과 안도감이 느껴졌다. 더는 맞고 살지 않아도 된다는.

비슷한 상황에서 완전히 다른 반응을 보인 아들도 있었다. 아파트 분리수거장에서 쓰러져 급사한 60대 경비소장의 장남이었다. 회사원인 그는 이틀 연달아 퇴근하자마자 검찰청을 찾아왔다. 부검하지 말아달라고 호소하기 위해서였다. 사실 부검 지휘에 반드시 유족의 동의가 필요한 건 아니다. 하지만 유족의 의사와 감정을 존중한다는 게 원칙이었다. 경비소장은 타살 의심이 있어 부검하려는 경우는 아니었다. 그보다는 병사로 추정되는 사인을 명확히 밝히자는 쪽에 가까웠다. 사흘째 밤, 장남은 상복 차림으로 찾아와 당직 중이던 내 검사실 문을 두드렸다.

"평생 고생하다 돌아가신 아버지, 시신까지 헤집어지게 할 수 없습니다. 마지막 가는 길은 편안히 보내드리고 싶어요. 검사님, 제발 부탁드립니다!"

울면서 무릎 꿇는 상주를 일으키는 난 얼마나 미안했는지 모른다. 그 마음을 알기에 더욱 그랬다. 나도 내 소중한 사람이 추운 냉장고 속에 갇혀 있다고, 날카로운 메스에 흉곽이 갈라지고 오장육부가 꺼내지기를 기다린다고 생각하면, 당장 시신을 훔쳐 달아나고 싶을 것 같으니까.

하지만 만일이라는 게 있었다. 만분의 일 확률이라도, 자연적 질환이 아닌 인위적인 개입으로 사망했을 가능성을 무시하고 지나갈 순 없었다. 난 상주를 붙잡고 정성껏 설명했다. 거의 한 시간 가까이 면담하고 나서야, 상주는 부검이 아버지를 위한 일임을 납득해주었다. 당직 계장님의 안내를 받아 검찰청 밖으로 나가기 직전, 상주는 생각난 듯 내게 물었다.

"저기, 그 부검이란 건 의사 선생님이 하시나요?"

"예, 국과수 법의관에 의해 이루어집니다. 법의관은 당연히 의

사고요."

"이상하게 들리겠지만…… 혹시, 그 선생님께 전해주실 수 있을
까요?"

상주는 너무 울어 실핏줄이 다 터진 눈으로 간곡하게 말했다.
법의관에게 메시지를 전해달라는 유족은 처음이어서, 무슨 말이
나올지 나도 긴장했다.

"저희 아버지, 부디 잘 부탁드린다고요. 아프시지 않게, 괴로우
시지 않게, 조심히 다뤄주시라고요."

난 아무 말도 하지 못했다. 먹먹한 가슴으로 고개만 끄덕였다.
실은 말해주고 싶었다. 하나도 이상하지 않다고, 나도 이해한다고,
나 같아도 그런 심정일 거라고. 진실한 사랑을 주고받으며 살았던
부모와 자식 사이는 그런 거니까.

죽은 후에도 추울까봐, 아플까봐, 외로울까봐 걱정되어 사무치
는 마음에 잠도 안 오겠지. 앞으로 몇 년일지 몇십 년일지 모르겠지
만 내게 주어진 시간이 끝났을 때, 내 두 아이에게 난 어떤 존재로
남아 있을까. 다른 가족들에게는, 친구들과 동료들에게는 어떨까.
나의 삶과 죽음은 결코 극복할 수 없는 날카로운 아픔이 아니라, 가
늘게 흐르는 물처럼 잔잔한 그리움으로 기억되었으면 좋겠다. 그
리고 그게 이루어질지 아닐지는 온전히 내게 달려 있다. 지금이 나
의 마지막 순간이 될지도 모른다는 마음가짐으로 살아야지. 그 다
짐을 철저히 지키기는 어렵겠지만, 그래도 생각날 때마다 상기하

면서 살아가려 한다. 그게 검사로서 만난 망자들이 내게 주고 간 가르침이니까.

검사. 검사가 무슨 일을 하는 사람인가. 아이들의 슈퍼 히어로로
경찰관에 대해서는 아무것도 가르쳐주지 않아도 뱃속에서부터 배
운 것 같더니, 당최 나의 직업은 아이들에게 친숙하지 않다.

"엄마, 오늘 나 숙제 안 해갔더라고."

"그랬어? 어제 한결이가 잘 챙겼어야지."

"엄마가 챙겼어야지."

"왜 엄마가 챙겨야 해? 한결이 숙제잖아."

"엄마는 검사하는 사람이라며. 내 숙제 검사했어야지."

그렇다. 아이들이 알고 있는 단어 수준에서의 검사는 숙제 '검
사' 정도에 그친다. 엄마의 직업이 무엇이든 내 아이에게는 지금 당
장 옆에 있어주는 엄마만이 의미 있을 뿐. 그 이상 알 필요가 없다.

차라리 '검사'라는 직의 무게가 숙제 검사와 같다면 얼마나 좋을까. 내게 검사라는 이름의 무게는 결코 가볍지 않다. 법무부에서 처음 법복을 입고 검사 선서를 했던 그 떨림. 그때 그 전율.

"나는 이 순간 국가와 국민의 부름을 받고 영광스러운 대한민국 검사의 직에 나섭니다."

아직도 검사 선서는 나의 가슴을 뛰게 한다. 그리고 검찰은 이런 평검사들의 열정으로 하루하루 버틴다. 국민들에게 박수받지 않아도, 국민들이 알아주지 않아도 그렇게 묵묵히.

검사가 돼서 좋은 점은 직업에 대한 설명이 굳이 필요하지 않다는 것이다. 사람들이 드라마의 이미지를 떠올리며 검사라는 직업을 이해하고 있을지 몰라도.

결혼 초기에는 시어머니가 걱정을 참 많이도 하셨다. 내가 마약 사범을 쫓아 잠입수사라도 하고 있는 건 아닌지, 칼을 든 유괴범을 마주하고 설득하고 있는 건 아닌지. 그러나 현실 검사의 업무는 책상 앞에 앉아 기록을 보는 업무가 주를 이룬다. 내 책상 너머에 말로 위협하는 피의자들이 앉아 있긴 하지만 칼을 들고 있는 사람들과 대치하고 있는 상황은 아니다. 오해를 하고 있든 어쨌든 내 직업에 대해 설명이 필요 없다는 것. 그것이 내가 생각하는 이 직업의 첫 번째 이점이다.

"박 검사님, 아이를 낳아 그 아이가 세상에서 앞가림을 한다는 것만으로도 부모한테는 큰 효도입니다. 그런 면에서 박 검사님은 검사님도 되시고 한 가정을 이루셨으니 부모님께 할 수 있는 효도는 다한 셈입니다. 저도 제 아이가 그렇게 크길 바랍니다."

당시 같은 재판부에서 근무했던 판사님께서 함께 점심을 먹으러 가면서 말씀하셨다. 당신이 판사가 된 것의 대단함은 생각지 않으시고 이제 막 검사가 된 내가 자신의 아이를 생각나게 한 모양이었다.

'나의 아이가 세상을 잘 이겨나가고 있구나' 하는 안도감을 부모님께 드릴 수 있다는 것. 그것이 내가 생각하는 이 직업의 두 번째 이점이다.

세 번째를 기대했다면, 세 번째 이유는 없다. 이 두 가지가 내가 검사라서 좋은 점의 전부다. 그리고 그게 전부여야 한다고 생각한다. 그런데 검사의 직에 내려진 책무는 결코 가볍지 않다. 국가와 국민의 부름에 의한 책무의 막중함에 온몸이 부서져도 비명 하나 내지를 수 없다.

아직도 내가 초임 시절 처음 만난 총장님과의 면담을 기억한다. 검찰은 해마다 위기였다. 단 한 차례도 조용한 해가 없었던 것 같다. 그해에도 마찬가지였다. 초임검사를 모아놓은 총장님은 우리에게 이렇게 말했다.

"너희들의 인권은 포기해라. 니들 인권은 없다고 생각해야 한다."

인권을 수호하는 기관에서 정작 그 구성원의 인권은 '포기하라'고 공공연히 말하고 있었다. 그리고 일을 하면 할수록 검사들의 인권은 '포기될 수밖에' 없음을 깨달았다. 방대한 업무량, 끊임없는 야근에 특근, 2년마다 주거지 변동, 결정의 중요성에서 오는 압박, 여론의 질타. 내 인권을 챙길 틈은 조금도 주어지지 않았다. 그리고 검사들이 인권을 포기할 때, 그 가족들의 인권도 함께 포기되어야 했다.

초임검사 시절 교육을 받을 때, 여러 선배 검사들이 와서 자신의 경험담을 늘어놓았다. 격무에 시달리다 팔에 마비가 와서 팔을 들어 올릴 수 없을 지경인데도 타이핑을 치며 일한 선배. 아침 7시 전에 출근해서 새벽까지 매일 일하고 있다는 선배. 긴급한 현안을 수사하다가 과호흡증과 상반신 마비가 와서 119에 실려간 선배까지.

나도 초임 시절에는 '청에서 가장 늦게 퇴근하라'는 조언을 듣고 그렇게 해보려 노력했던 적이 있다. 그리고 몇 주 만에 포기했다. 당최 퇴근을 안 하는 선배들을 내가 이길 수 없었기 때문이다. 그나마 나의 워라밸은 임신을 기점으로 조금씩 조정됐다. 초임검사 신분으로는 절대 불가능한 일이지만, 임신 '쉴드'를 통해 그나마 정시 퇴근이 이따금씩 가능해졌다. 꽤나 강력한 임신 쉴드도 무력화되는 때가 있었는데, 바로 다른 여자 검사의 임신이다. 그리고 그 여자 검사가 일도 매우 잘한다면, 당최 임신의 힘든 기색은 찾아볼 수도 없다면, 심지어 출산 3개월 만에 복직까지 한다면, 나의 임신

쉴드는 내 배 하나도 가리지 못할 정도로 작아진다.

"서 검사는 임신하고서도 일 잘하던데, 왜 박 검사는……."

지휘부에서 이런 소리를 한다는 것이 내 귀에까지 들려왔을 때, 임신한 서 선배가 나를 위로했다.

"나는 임신 체질인가 봐. 임신이 하나도 힘들지 않았어. 몸 상태는 사람마다 다르잖아. 어떻게 그걸 비교해? 그리고 너랑 나랑 연차가 한참 차이 나는데 어떻게 나랑 똑같이 일해. 업무성과가 다른 건 당연하지. 넌 초임이잖아."

한껏 풀이 죽어 있는 내게 아무렇지 않은 듯 던지던 그 무덤덤한 말이 큰 위로가 되었다. 나는 서 선배처럼 될 수 없었다. 내가 보기에 서 선배는 검찰에서 원하는 완벽한 검사상이었다. 일이면 일, 술이면 술, 사람관계면 사람관계. 그 모든 면에서 완벽했다. 내가 존경하는 여자 선배들 중 한 명으로, 내가 닮으려야 닮을 수 없는 사람이라고 생각했던 선배였다. 그런데 몇 년 후, 서 선배가 암 투병을 한다는 소식이 들려왔다. 청천벽력이었다. 나와 같은 나이의 아들을 두고 비슷한 시기에 둘째까지 임신했던 선배였기에. 아이를 둔 엄마의 투병이 어떤 의미인지는 더 이상 말하지 않아도 알 수 있었다.

어느 해 10월 말. 같이 근무하는 수석검사의 낯빛이 좋지 않았다. 최근 건강검진을 받았다고 했다. 항상 우직하고 듬직한 수석검사였기에 큰 일이 아닐 거라고 생각했다. 무엇보다 젊지 않은가. 단순한 운동 부족과 과로일 거라고 생각했는데, 든든하게 자리를 지키던 수석검사는 그해를 마저 근무하지 못하고 휴직계를 냈다. 그리고 휴직한 수석검사의 사건을 재배당받았을 때, 그가 온몸으로 버티고 있었던 그 무게를 그제야 짐작할 수 있었다. 수많은 현안들, 공소시효가 한 달도 채 남지 않은 산더미 같은 기록. 계좌 분석을 하고 또 해도 시간이 모자란 횡령 사건들. 그 무게를 더 일찍 나누지 못한 것이 너무 미안했다. 임신한 나를 대신해 선뜻 궂은일을 해주던 선배. 수석이라는 이유로 가장 어려운 사건을 맡았을 선배. 그렇게 묵묵히 그 자리를 지키던 방파제는 결국 무너졌다.

그 뒤로 1년이 지났을까. 소리 없이 그러나 묵직하게 날아온 두 선배의 부고는 나의 세상도 멈추게 했다. 내 나이 또래의 부고는 나를 깊은 나락으로 떨어뜨렸다. 믿을 수도 없었고, 믿고 싶지도 않았다. 같이 근무하는 기간, 가족보다 더 오랜 시간을 함께하며 바로 옆에서 지켜보았기에. 그리고 네다섯 살배기 아이를 가진 같은 부모였기에. 마지막까지 자신을 삼키는 병마 앞에서도 내 곁의 작은 고사리손을 더 오래 잡아주지 못하는 그 아픔이 더 컸을 선배들. 나 또한 당시 개인적인 일로 힘든 시간을 보내고 있던 터였지만 내 앞에 있는 모든 근심과 걱정은 그들 앞에서 아무런 의미를 갖지 못했다. 나에게는 두려운 내일도 그들에게는 하루라도 더 허락됐으면 하는 시간이었다.

여전히 투병을 하고 있는 동료들의 이야기가 전해져 온다. 젊은 나이의 투병은 업무의 막중함에서 오는 스트레스가 원인이지 않을까 하는 생각을 지울 수 없다. 파르테논 신전 기둥처럼 엄청난 무게를 온몸으로 받치고 있는 검사들. 더 이상 우리에게 인권을 포기하라는 말로 검찰을 지탱하지 않았으면 한다. 더 이상 젊은 검사들의 희생으로 검찰을 버티게 하지 않았으면 한다. 우리도 결국 평범한 가정의 가장이고, 엄마일 뿐이다. 그리고 이미 검사들은 검사라는 직의 무게를 전심을 다해 버티고 있다. 더 이상 검사들의 몸과 마음이 아프지 않기를.

묵비권에
대처하는 자세

헌법 제12조 제2항. 모든 국민은 고문을 받지 아니하며, 형사상 자기에게 불리한 진술을 강요당하지 아니한다.

드라마나 영화에서 형사가 범인을 체포하는 장면이 나오면 어김없이 등장하는 말이 있다. "당신은 묵비권을 행사할 수 있으며, 변호인을 선임할 수 있고……." 검사 역시 피의자를 신문하기 전에 알려야 하는 권리가 있는데 그것이 바로 진술하지 않을 권리다. 일체의 진술을 하지 않거나 개개의 질문에 대하여 진술을 하지 않을 수 있다. 그리고 진술을 하지 아니하더라도 불이익이 없다.

로스쿨에서 공부할 때 꽤 비중 있게 다뤄졌던 주제, 묵비권(진술거부권)은 종교재판에 대한 비판에서 시작됐다. 사람들은 고문을 받으면서 자백할 것을 강요받았다. 고통 속에서 내뱉은 자백이 과연 진실을 가리키는 것일까? 설사 그것이 자백이라 한들, 고문을 통해 자백을 얻는 과정이 과연 정당한 것일까? 이런 고민에서 출발한 것이 진술거부권이다.

피의자 또는 피고인은 신문에 대한 진술 의무가 없고, 수사기관 또는 법원은 진술을 강요할 수 없다. 진술거부권은 피의자와 피고인의 권리이므로 이를 행사했다는 이유로 형벌이나 기타 제재를 가하면 안 되고, 진술거부권 행사만을 이유로 유죄를 확신해서도 안 된다.

처음 이 조항에 대해 공부할 때는 어쩌면 이렇게 피의자에게 유리한 권리가 있을 수 있나 싶었지만, 현장에서 3개월간 실무수습을 하는 동안 이 권리를 행사한 피의자는 단 한 번도 만나보지 못했다.

'이렇게 좋은 권리를 왜 묵혀놓고 안 쓰지?'

비록 지금은 로스쿨에서 배운 법학으로 밥벌이를 하고 있으나, 경제학을 전공한 나의 특이한 습성 중 하나는 난제에 부딪히면 기댓값을 계산해보는 것이다. 종이를 펴놓고 경우의 수를 그려본 다음 각 경우의 수마다 예상되는 결과를 적어보았다. 단, 전제는 공범이나 별건 범죄가 없다는 것에서.

첫째, 범죄를 저지른 적이 없고, 증거도 없다. 굳이 침묵을 선택해서 불필요한 오해를 불러일으키는 것이 도리어 불리하다.

둘째, 범죄를 저지른 적은 없지만 증거가 있는 경우. 이때도 굳이 침묵할 이유가 없다. '기억이 잘 안 나지만 내가 기억하기로는~' 이라고 설명하면 될 일이다. 괜히 진술을 거부하겠다고 말해버리는 순간, 거짓말을 하는 것은 아닌지 괜한 오해를 불러일으킬 가능성이 있다. 그 증거가 잘못된 것임에 대해 적극적으로 반박해야지만 억울한 누명을 벗을 길을 찾을 수 있다.

셋째, 범죄를 저지른 적이 있는데, 증거가 없다. 어차피 자백해도 증거가 없어서 자백보강법칙에 따라 처벌하지 못한다. 자백보강법칙이란 자백을 보강하는 다른 증거가 없을 때는 유죄 인정을 할 수 없다는 헌법 및 형사소송법상 원칙이다. 따라서 피의자가 범행을 모두 자백했어도 그 자백을 입증할 수 없다면 처벌할 수 없다.

넷째, 범죄를 저지른 적이 있고, 증거도 있다. 이 경우야말로 묵비권을 사용할지 말지를 고민할 경우다. 자백하고 선처를 구할까? 아니면 오리발을 내밀고 묵비권을 행사하면서 무죄로 빠져나갈 방법을 찾아볼까? 머리가 복잡해지는 순간이 바로 이 경우다.

'진술을 하지 않더라도 불이익이 없다'는 것이 '거짓말을 해도 상관없다'는 뜻은 아니다. 상식적으로도 반성하는 사람과 반성하지 않는 사람은 구별되어야 하지 않을까? 법원도 반성과 가책의 여부를 반영하면서, 객관적이고 명백한 증거가 있음에도 진술거부권을 행사하는 경우에는 이를 근거로 무거운 형을 선고할 수 있다는 입장을 취하고 있다. 그러니 명백한 증거가 있음에도 침묵을 택하는 것은 결코 도움이 되지 않는다.

여자사람검사

그런데 만약 묵비권 행사로 수사기관이 범죄를 입증할 만한 충분한 증거를 확보하는 데 실패한다면 처벌을 피할 수 있게 된다. 이런 경우, 피의자(피고인)는 모험을 감수할 가치가 있다.

'추가 증거만 발견되지 않는다면 나는 무죄를 선고받을 자신이 있다!'

이론적으로는 이런 확신이 있어야만 부담감 없이 묵비권을 행사할 수 있다. 하지만 과연 누가 이런 확신을 가질 수 있을까. 묵비권 행사가 현실적으로 거의 이루어지지 않는 이유가 바로 여기에 있다. 묵비권을 행사해봤자 본인에게 딱히 도움이 안 될 가능성이 높은 것이다.

'아하. 앞으로도 엄청난 지능범이 아니라면 묵비권을 행사하는 사람을 접할 일이 거의 없겠구나.'

하지만 이론과 현실은 달랐다. 묵비권을 행사하는 사람들은 대체로 증거가 얼마나 확실한지에는 전혀 관심이 없었다. 내가 기댓값을 계산하면서 간과한 부분이 있었던 것인데, 이는 바로 감정이 이성보다 앞선다는 사실이었다.

조사 초반부터 묵비권을 행사하겠다고 선언하는 사람들은 대부분 체념과 짜증이 뒤섞인 채 '아! 아무 말도 하기 싫어. 귀찮아 죽겠으니 나 좀 내버려둬'라는 태도로 일관했다. 공교롭게도 이런 사람들은 대부분 처벌 전력이 있는 사람들이었는데, 또다시 교도소에 가야 한다는 사실만으로도 세상만사가 다 귀찮다며 화를 냈다.

이렇게 조사를 받는 것이 자신에게 무슨 의미가 있느냐, 그까짓 형량 줄든지 늘든지 신경 쓰지 않는다며 신경질을 부렸다. 이런 반응은 내가 전혀 상상하지 못했던 것이었다.

상습 절도로 구속된 상태로 검찰에 송치된 70대 남성. CCTV 영상에는 그의 얼굴이 또렷이 찍혀 있었지만, 그는 침묵을 선택했다. 나는 입을 열어볼 요량으로 범죄사실을 묻는 대신 범행 동기가 혹시 생활고 때문은 아닌지, 반성은 하고 있는지를 물었다. 재판 과정에서 그에게 도움이 되어줄 것이라 믿고, 하고 싶은 이야기가 있으면 해보라고 운을 띄웠다.

"말하기 싫다고 했잖아, ××년아! 그만 좀 물어보라고, 이 어린 년아!"

20년간 살았던 감옥에 또 들어가야 한다니, 자신의 지난 삶이 또다시 반복되는 것에 환멸을 느꼈던 것일까. 그는 내게 쇳소리같이 갈라지는 목소리로 엄청난 욕설을 퍼부어댔다. 결국 내가 할 수 있는 건 그저 묵묵히 그의 욕설을 조서에 옮겨 적어 법원에서 이를 보고 판단하도록 자료를 남기는 것뿐이었다.

가끔은 부끄러움, 수치심, 자괴감, 서러움 때문에 진술거부권을 행사하는 경우도 있었다. 소매치기 혐의 등으로 구속된 20대 중반 탈북 남성을 조사한 적이 있었다. 그는 이딴 게 다 무슨 소용이냐며 묵비권을 행사했다.

그의 수법은 신통했다. 복잡한 시장통에서 아주머니들의 핸드

백에서 신용카드를 훔친 다음 주변 금은방에서 그 신용카드로 금을 대량 구입한다. 그리고 다른 지역 금은방으로 이동해서 그 금을 되팔아 현금을 마련한다. CCTV마다 그의 얼굴이 또렷이 찍혀 있었던 탓에, 그는 얼마 지나지 않아 경찰에 체포되었다. 그는 CCTV에 등장하는 얼굴이 당신이 맞느냐는 질문에 "그쪽 눈에 그렇게 보이면 뭐 그런 거겠지요. 말하기 싫수다"라고 비아냥거리더니, 곧 의자 위에 반쯤 드러누웠다.

나도 사람이기에 짜증이 나기 시작했다. 하지만 최대한 내색하지 않으면서 범죄를 왜 저지르게 되었는지, 범죄를 통해 얻은 돈을 어디에 썼는지 등을 물어보았다. 범행 동기나 범행 후 정황과 관련하여 피의자에게 참작할 만한 사정이 있는지 말해보라고 하고, 법원에서는 그런 부분들까지 다 고려해서 형을 선고할 것이라는 안내도 덧붙였다.

하지만 그로부터 돌아온 답은 "하, 뭐 그런 게 궁금해요? 도움이 되긴 뭐가 도움이 돼요? 아무도 나를 신경도 안 쓰는데"라는 비아냥뿐이었다. 그래도 나는 생계가 어려워서 범죄를 저지르는 경우에는 아무래도 참작할 여지가 있지 않겠냐며 그를 다시 설득했다.

"아 ××, 엄청 귀찮게 구네. ×쳤어요. 됐어요?"

"뭐…… 뭐라고요? ×이오?"

순간 나도 모르게 말을 더듬었다. 내가 너무 당황했던 탓일까, 도리어 내 빨개진 얼굴을 보던 피의자의 눈동자가 흔들리기 시작했다. 내가 자신의 말을 똑같이 따라 할 줄은 몰랐던 것 같았다.

그는 내가 못 알아들었을까봐 친절하게도 술집에 가서 여자를 끼고 놀았다는 부연설명까지 잊지 않았다. 나는 예상하지 못한 그의 발언에 더욱 당황한 나머지 "형편도 어려우신 분이, 왜 돈을 그런 데다가 탕진하셨어요?"라고 말해버리고 말았다.

"외로워서 그랬수다. 어디 남조선 사람들이 우리를 사람 취급이나 해줬나요? 목숨 걸고 내려왔는데, 누구 하나 환영해주는 사람도 없습디다."

그의 얼굴은 벌겋게 상기되어 있었다. 조금은 슬퍼도 보였다. 나도 모르게 그 슬픔에 동조하기 시작했다. 걱정 가득한 눈빛으로 그에게 '가족들은 지금 어디에 있느냐, 안부는 확인되느냐, 가족들이 많이 그립지는 않으냐' 등을 물어보았다.

그러자 그의 눈이 갑자기 촉촉해지는가 싶더니, 그가 바른 자세로 고쳐 앉기 시작했다.

"어머니가 북한에 있습니다. 여기 와서 받은 정착지원금으로 어머니를 모셔 오려고 했는데, 그만 브로커에게 사기를 당했습니다. 다시 다른 브로커를 알아봤지만 금액이 너무 어마어마하더라고요. 그때부터 어이가 없어서 그냥 이러고 삽니다."

어머니가 그립다면서 잠시 울먹이던 그는 이내 목소리를 가다듬더니 자신이 그 CCTV에 등장하는 사람이 맞다고 인정했다. 아까는 미안했다고, 그냥 자기 신세가 너무 처량하고 서러웠다고 말했다. 그러면서 부끄러움에 그랬다고 했다.

그의 진심 어린 사과를 받고 보니, 결국 조사도 사람의 마음을 움직여야 가능한 것이라던 검사 교수님들의 말이 생각났다. 죄는 미워하되, 사람은 미워하지 말라고 했다. 피의자의 굳게 닫힌 입을 열게 하는 것은 어쩌면 그가 처했을 가혹한 세상살이에 대한 연민일지도 몰랐다.

초임검사들이 가끔 메신저로 "선배, 어떡해요! 지금 조사 중인데 진술거부권을 행사해요!"라고 SOS를 칠 때가 있다. 그럴 때면 어김없이 탈북자 아저씨가 내 머릿속에 떠오르곤 한다.

어쩌긴 뭘 어쩌겠는가. 짜증나고 두렵고 다 귀찮은 것, 이해한다고. 무슨 말을 하든 들어줄 준비가 되어 있으니, 억울한 이야기든 답답한 마음이든 간에 하소연이라도 해보시라고 멍석을 펼쳐드려야지. 죄를 엄정하게 처벌하되, 다짜고짜 묵비권으로 무장하겠다고 선언하는 피의자를 설득해 자신의 범죄를 인정하고 반성할 기회를 한 번이라도 더 주는 것. 딱 거기까지가 검사에게 주어진 역할이 아닐까.

나, 지금
떨고 있니

서아람

"검사님, 축하드려요! 드디어 첫 구속사건이시네요?"

수습검사로 지내며 매일같이 사고를 치던 어느 날이었다. 드디어 그게 왔다. 구속사건.

구속사건은 피의자가 불구속이 아닌 구속 상태로 수사 중인 사건을 일컫는다. 보통 경찰 단계에서부터 구속되어 오는 '송치구속'과 검찰 단계에서 검사가 직접 영장을 쳐서 구속하는 '직구속'으로 나뉜다. 내가 맡은 것은 송치구속사건이었지만, 본질은 같았다.

일반 형사사건이 그냥 '커피'라면 구속사건은 'TOP'다. 일단 사건의 규모 자체가 크고 죄질도 중할 뿐만 아니라, 검찰에 송치된 날부터 열흘 내에 사건을 처리해야 한다는 규정이 있다. 구속기간을 연장하려면 정당한 사유가 있어야 하고 법원의 허가가 필요하다.

여자사람검사

그뿐만 아니라 사람의 몸이 구속되어 있기 때문에 각종 절차가 훨씬 까다롭고 복잡하다. 자칫 잘못하면 불법 구금이 되어버린다. 교육받으면서 이런 내용을 귀가 닳도록 들었기에, 첫 구속사건기록을 받아드는 내 심정은 복잡했다. 잘해낼 수 있을까. 엄청 무서운 사람이 오면 어떡하지. 졸면 안 되는데.

"어, 그러니까, 진술을 거부할 권리가 있고요. 거부하더라도 불이익은 없고요."

난 기껏해야 열여섯 내지 열일곱 살 정도 되어 보이는 피의자에게 중얼거렸다. 수습검사에게 대단한 중범죄가 배당될 일은 없다. '중고나라' 사기 사건이었다. 피의자 윤호는 기록상 열아홉 살이었다. 아직 유치장에서 구치소로 들어가기 전이라 사복 차림에 아이돌 가수처럼 샛노란 머리를 하고 있었다. 학교는 중퇴했고, 한 살 어린 여자친구와 동거 중에 아기가 생겼다. 윤호도 여자친구도 결손가정 출신에 도와줄 만한 친척도 없는 상황이었고, 낙태는 어떻게 하는 건지도 몰랐다고 했다. 결국 여자친구는 미혼모 시설의 도움을 받아 겨우 아기를 낳았고, 윤호는 분유 값이라도 벌어야 한다는 생각에 동네 형들과 함께 사기를 쳤다고 했다.

"저 이제 어떻게 되는 거예요? 몇 년이나 살아야 돼요?"

윤호는 수갑을 찬 채 벌벌 떨면서 울먹였다. 그런데 책상 너머에서 나도 떨고 있었다. 조사 과정에서 뭔가 실수할까봐. 꼭 해야 하는 말을 안 할까봐. 하면 안 되는 말을 할까봐.

"제가 다 한 거 맞고요. 잘못했습니다. 나중에 사회 나가면 벌어서 갚을게요."

윤호는 구치소에 있는 무서운 형님들에 비하면 한 마리 온순한 양이었다. 윤호가 피의사실을 순순히 인정해준 덕분에 난 순조롭게 첫 피의자신문을 마칠 수 있었다.

"검사님, 안녕히 계세요. 감사합니다."

"네, 잘 들어가요."

검사와 피의자 사이의 대화라고는 믿어지지 않는 우호적인 대화를 나눈 후, 난 윤호를 검사실 밖으로 내보냈다. 같은 방에서 내지도를 맡고 계신 수석님은 다른 사건을 조사 중이셨다. 사건 조사를 마치신 수석님이 날 보시더니 문득 생각난 듯 물어보셨다.

"근데 서 검사, 간인 날인은 받았어?"

"헉!"

세상에나, 그걸 잊어버리다니. 간인과 날인이 없으면 피의자신문조서는 아무런 효력이 없는 그냥 종잇장에 불과했다. 계장님은 서둘러 구치감에 전화를 거셨고, 호송 버스에 올라타기 직전에 윤호를 다시 불러올 수 있었다. 윤호는 엄지손가락에 인주를 묻혀 날인과 간인을 하면서 쑥스럽게 웃었다. 이런 거 처음 해본다고. 신기하다고. 난 속으로 대답했다.

'나도 처음 해봐. 완전 신기해.'

그 후로 윤호를 만날 일이 많았다. 중고나라 사기의 특성상 전국에 흩어진 사건이 많았고, 윤호가 구치소에 수감되면 해당 관할 검찰청으로 그 모든 사건이 이송되기 때문이었다. 내 첫 구속사건 은 이미 '구공판'(공판을 구한다는 의미로 법원에 재판을 청구했다는 뜻), 그러니까 기소하여 재판이 열리도록 했지만, 거기서 끝이 아니었 다. 그 후에 올라오는 사건들이 그 사건과 함께 재판받을 수 있도록 신속하게 병합 기소를 해주어야 했다. 그것도 검사의 중요한 임무 였다. 따로 재판을 받으면 형량이 상대적으로 늘어날 수 있기 때문 이다. 수십 건을 조사하는 동안, 노랑머리였던 윤호는 빡빡머리가 되었다. 첫 조사에서는 말도 제대로 못 하고 울먹거렸는데 점차 하 고 싶은 말도 똑똑히 할 수 있게 되었다.

"걔는 정말 아무것도 몰랐어요! 제가 한 거예요!"

여자친구가 공범으로 송치되었을 때, 윤호는 그 어느 때보다 격 앙된 반응을 보였다. 여자친구의 휴대폰과 계좌를 자기가 몰래 범 행에 쓴 거라고 했다. 아무것도 몰랐다고 하기엔, 여자친구가 윤호 의 범행을 어렴풋이나마 짐작했을 만한 정황이 있었다. 하지만 그 렇다고 방조의 고의를 확실히 입증할 만한 물증이 있는 것은 아니 었다. 무엇보다 여자친구까지 구속되어버리면, 얼마 전 세상에 태 어난 아기를 돌봐줄 사람이 없었다. 법에도 눈물이 있다. 그 말을 되새기며 난 여자친구를 기소유예(피의자의 피의사실이 인정됨에도 불구하고 선처할 만한 사유가 있을 때 검사가 기소하지 않는 것) 처분해주 었다. 윤호는 내게 고맙다며 몇 번이나 고개를 숙였다. 그 일을 계기로 우린 친해졌다.

"검사님, '더치트'라는 사이트 아세요?"

"익명으로 이메일 만드는 법이 있어요. 어떻게 하는 거냐면요."

"중고나라에 가입할 때 거주지를 완전 시골로 적어요. 그러면 직거래 하자고 못 하거든요."

열 번 넘게 조사를 받으면서 윤호는 내게 중고나라 사기에 관한 각종 '꿀팁'을 전수해주었다. 지금은 널리 알려졌지만 그때만 해도 생소했던 '더치트' 사이트의 활용법, 사기꾼들이 '더치트'를 피하는 방법까지. 마지막 병합 기소를 하면서, 난 공판카드를 눈앞에 두고 오랫동안 고민했다. 공판카드는 형사소송법에 규정된 서류는 아니지만, 실제 검찰 수사에서는 핵심이나 다름없는 서류다. 수사검사가 공소사실과 증거관계, 피의자 진술의 핵심과 대응 방법, 그리고 본인이 생각하기에 적정하다고 여기는 형량을 적어 법정에서 사건을 맡게 될 공판검사에게 넘겨주는 것이다. 이변이 없는 한 공판검사는 수사검사의 구형을 존중해주기 마련이다.

윤호가 충분히 죗값을 치르고 나오면 좋겠다. 하지만 너무 늦게 나와 사회 복귀를 못 하게 될 정도는 아니었으면 좋겠다. 어딘가 취직해서 피해금 일부라도 갚을 기회가 있었으면 좋겠다. 아기가 자라는 것도 볼 수 있었으면 좋겠다. 그런 소망을 담아 구형량을 적었다.

구속사건뿐만 아니라, 처음은 뭐든지 인상적이다. 검사들이 중요하게 여기는 것 중 '인지'라는 게 있다. 기존 경찰 송치 단계에서

부터 존재했던 혐의 외에, 수사 과정에서 밝혀진 혐의를 검사가 직접 추가하는 것이다. 그 짜릿함은 겪어보지 않은 사람은 모른다. 쌍방 합의되어 불기소 의견으로 올라온 평범한 사기 사건을 들여다보다가, 그 이면에 숨겨진 불법 선물거래소를 발견해냈을 때는, 마치 내가 형사 콜롬보나 셜록 홈스가 된 기분이었다. 참고인 신분으로 조사받는 줄로만 알고 방심하고 있던 사람에게 '지금부터 피의자로 조사하겠다'고 비장하게 선언했을 때, 난 말로만 듣던 읍소형 피의자를 실제로 대면하는 경험을 해보았다.

"검사님, 죽을죄를 지었습니다. 제발 용서해주세요!"

"이러지 마세요. 제가 용서해드리고 말고 할 수 있는 게 아니라고요!"

난 얼른 피의자를 일으켰다. 검사 앞에서 무릎을 꿇는 피의자는 TV 속에나 있는 줄 알았는데, 이렇게 빨리 보게 될 줄이야. 내가 뭐라고. 그저 규정과 절차를 따르는 사람일 뿐인데.

그와 동시에 내가 쥐고 있는 검사라는 직함의 무게가 완연히 실감 났다. 아, 그렇지. 이건 게임도 소설도 아니었지. 난 셜록 홈스도 아니고. 눈앞에 있는 건 진짜 사람이야. 내가 내리는 결정에 따라 인생이 바뀔 사람. 그것도 다신 돌이킬 수 없게. 그러니 정신 바짝 차리지 않으면 안 된다고. 전과자가 되면 가족들 볼 면목이 없다면서 어깨를 축 늘어뜨리고 돌아가는 피의자를 보며 그렇게 다짐하고 또 다짐했다.

그리고 검사 생활에서 절대 빼먹을 수 없는 부분. 일반인의 상식으로는 온전히 이해하기 어려운 피의자 또는 민원인들이 있었다. 가령 내가 자신에게 벌금을 매겨 약식기소(법정에 출석할 필요 없이 약식 절차로 벌금형에 처해달라고 검사가 법원에 청구하는 것)했다는 이유로 매일 아침 검찰청 정문 앞에서 날 찾아다니는 중년 여자가 있었다.

"서아람 검사 어디 있어요? 만나서 얘기 좀 해야겠는데. 어디 있는지 알아요?"

눈이 벌게져서 멀리서도 다 들릴 정도로 외치는데, 솔직히 나도 겁을 먹었다. 저러다 칼이라도 들고 오는 게 아닌가 싶어서. 출근길엔 후문으로 빙빙 돌아 피해다녔다. 그러던 어느 날 점심을 먹으러 나가다 정면으로 그 여자와 맞닥뜨렸다. 도망갈까 생각하고 있는데, 여자가 날 빤히 쳐다보며 물었다.

"저기요, 서아람 검사 어디 있는지 알아요?"

날 알아보지 못한 것이다. 다행이었다. 난 그런 사람 모른다고 웅얼거리고 그대로 지나쳤고, 그녀는 일주일 정도 더 검찰청 주변을 서성이다 어느 날 갑자기 사라졌다. 그뿐이 아니었다. 집 앞에 똥을 싸고 간 동네 개의 DNA를 추적하라면서 똥냄새 나는 '쓰레빠'를 던져주고 가는 사람, FBI가 자신을 죽이려고 하니 성형수술을 시켜달라는 사람, 사실 자신은 일곱 개 행성의 왕이니 수갑을 풀어주기만 하면 '지구 돈'으로 5억을 주겠다는 사람까지 정말 레퍼토리도 다양했다. 난 소심하고 걱정 많은 수습검사였기에, 그들의 허무맹랑한 얘기도 그냥 지나치지 못하고 다 들어주었다. 고소인이 주고 간 낡은 카세트테이프 스무 개를 주말 내내 들은 적도 있었다. 물론 사건과 아무 상관도 없는, 그냥 한풀이와 신세타령이 가득한 카세트테이프였다.

3개월의 수습 기간이 끝난 후, 나는 그 시끄러운 사람들로부터 해방되어 평화로운 연수원으로 돌아왔다. 처음엔 살 것 같았다. 그렇게 좋을 수가 없었다. 그런데 이상했다. 일주일, 열흘이 지나니까 연수원이 너무 조용하게 느껴지기 시작했다. 삭막하고 심심했다. 사람 사는 곳 같지가 않았다. 동기들도 나와 비슷한 기분이었는지 이따금 기지개를 켜며 말하곤 했다.

"아, 사건 떼고 싶다. 조사하고 싶다."

'뗀다'는 말은 수사를 종결하고 사건에 대한 최종 처분을 내리는 걸 말한다. 불기소하거나, 기소하거나, 이송(다른 검찰청으로 옮김)하거나. 당사자들의 일생을 좌우하는 사건을 무슨 벽에 붙은 벽보 취급 한다며 저 말을 싫어하는 선배님들도 계시긴 하다. 하지만 몇 달간 골머리를 썩게 하던 사건을 마침내 해결했을 때의 그 후련함과 성취감은 저 단어 외에 다른 말로는 설명할 수 없다. 그야말로 앓던 이가 쑥 빠지는 느낌이다. 검사 일을 한 번도 안 해본 사람은 있어도, 한 번만 하고 그만두는 사람은 없지 않을까. 사람들의 이야기를 듣고, 정신없는 분쟁 속에 갇히고, 그걸 해결하고, 성취감과 만족감을 느끼고. 그 과정에는 어딘가 중독적인 게 있다. 교육을 마치고 2년의 정식 근무를 시작하기 위해 초임지로 향할 때, 우리의 가슴은 힘차게 뛰고 있었다. 하루도 바람 잘 날 없는 그곳에 돌아간다는 설렘과 기대로.

김은수

검찰의 특이한 풍습이나 전통을 묻는다면 나는 주저 없이 '사직 인사'를 꼽고 싶다. 검사들은 퇴사할 때 검찰의 모든 구성원들이 볼 수 있는 게시판에 사직에 대한 자신의 단상과 함께 주변인과 조직 구성원들에 대한 감사의 말을 남긴다. 보통 검사들의 사직은 인사 발표가 난 뒤에 이루어지기 때문에 사직 인사 역시 인사철인 1~2월과 7~8월에 집중적으로 올라온다.

보통 회사에서 퇴사할 때 함께 일했던 사람들이나 고마운 사람들에게 개인적으로 메일을 보내 인사하는 것과 달리 조직 전체를 대상으로 자신의 사직을 알리는 글을, 그것도 본인이 게시하는 것은 검사 조직의 독특한 문화다. 내용은 보통 자신의 입사 동기, 직업관, 조직과 국가에 대한 충성심 어린 조언(가끔은 격한 비판), 가족들에 대한 감사와 미안함, 자신의 20~30년에 가까운 인생에 대한 셀프 평가 등이 버무려진다.

검사가 된 이후 생긴 슬픈 취미가 바로 게시판에 올라오는 사직 인사를 구경하는 것이다. 사직 인사를 챙겨 보는 나의 의도는 다소 불순하다. 보통 내가 사직 인사를 열람하는 시기는 크게 둘로 나뉜다. 하나는 인사이동 시즌이고, 다른 하나는 일하기가 너무 싫거나 슬럼프에 빠졌을 때다. 검찰에 대한 비합리적 악담에 가까운 악플을 보고 마음을 다친 경우도 후자에 해당한다. 바닥에 고꾸라진 나의 근로 의욕을 고취하려는 이기적인 마음으로 누군가의 사직 인사를 보고 있다는 것이 떠나는 사람들에게는 너무나 미안하지만, 그래도 난 이 취미를 그만둘 수가 없다.

물론 완전히 불순한 의도만 가지고 사직 인사를 보는 것은 아니다. 개인적으로 인연이 있는 선배님의 사직 인사를 접할 때면 착잡해지는 심정에 그들의 마지막 인사를 곱씹으며 댓글을 달기도 한다. 그분의 인상적인 말씀들이나 즐거웠던 에피소드들을 떠올려보고, 그분의 평소 언행 중에 간직하고 싶을 정도로 멋졌던 것들을 되새김질하면서, 그 마음을 두세 줄의 댓글로 정리하는 건 내 나름의 신성한 의식에 가깝다.

정말 너무 일하기 싫거나 심한 슬럼프에 허우적거릴 때 사직 인사를 읽는 이유는 단 하나다. 지친 내 마음을 선배들의 경험과 연륜에 기대고 싶기 때문이다. 내가 지금 겪고 있는 고통은 나만의 것이 아니라는 것을 확인하고 싶고, 전 국민이 우리를 싫어하고 미워해서 우리에게 수많은 욕을 퍼붓는 가운데에도 이 일을 해야 하는 이유가 어딘가에는 있을 것이라고 믿고 싶기 때문이다. '공노비'라고밖에는 설명이 안 될 정도로 혹사당하면서도, 이 업무를 사랑하는 내가 절대 변태적인 것이 아님을, 선배님들이 남긴 사직 인사에서 깨닫게 된다.

2020년 하반기 검찰 인사가 이루어지기 직전, 나는 과로 끝에 쌍둥이를 조산하고 남편도 아이들도 없이 산후조리원에 홀로 갇히게 되었다. 그야말로 생사를 오간 조산 끝에 내가 점차 회복되어가자, 남편은 한편으로는 안도하면서도 다른 한편으로는 나에 대한 원망이 급속도로 커졌던 모양이다. 그도 그럴 것이 주치의 선생님께서 아이들이 위험할 수도 있다면서 최대한 빨리 출산휴가를 내라고 신신당부했지만, 내가 우리 부의 동료 검사들에게 민폐를 끼치기가 싫다면서 그 당부를 무시하고 출근하다가 이 꼴이 났기 때문이었다. 도대체 애들보다 더 중요한 것이 무엇이냐고 화를 내는 남편의 문자 메시지를 보자마자, 젖몸살에 시달리며 힘들어하던 나는 갑자기 서러움이 복받치며 욱하고 화를 내버렸다.

'그럼 동료 검사들이 주 5일 재판에 들어가는 꼴을 보고 있으란 말이야? 위에서 후임 검사를 빨리 못 준다는데, 난들 이렇게까지 될 줄 알았냐고!'

제 성질머리를 이기지 못하고 적반하장으로 화를 내고는 영 마음이 불편하던 그때, 포털 사이트에 검찰의 하반기 인사가 발표 났다는 기사가 뜨기 시작했다. 존경하던 많은 윗분들이 고검으로 좌천되시더니, 연이어 윗분들의 사직 인사를 인용한 기사들이 업데이트되기 시작했다. 나를 지탱하던 두 기둥이 모두 세차게 흔들리는 기분이었다. 가정은 가정대로, 직장은 직장대로. 아내, 엄마로서의 나는 누구지? 검사로서의 나는 어떻게 살아야 하는 거지?

— 선배님, ○ 청장님 사직 인사 올리셨어요.

친한 후배 검사로부터 비보가 전해졌다. 정말 무섭기로 치면 호랑이 따위는 비교도 될 수 없는 분이셨는데, 나한테는 그분이 인생의 롤모델이었다. "니들이 검사야!"라는 호통을 달고 사는 분이었는데, 나는 전혀 개의치 않았다. 내가 잘못해서 혼났고, 혼날 만해서 혼났으니 당연한 일이었다. 나는 정말 너무나 많은 가르침을 그분으로부터 받을 수 있었다.

책방 아드님이셨던 그분은 엄청난 독서가였다. 그래서일까, 그분은 박학다식함으로 법의 틀에 갇혀 있는 검사들의 시선을 법 바깥으로까지 확장시켜주시곤 했다.《레미제라블》완역본을 읽고 그 내용으로 현대 시대상을 비평하고, 청사진을 그려내는 분이었다. 내가 지금 학부 때 들었던 정치외교학 전공 수업의 '팀플'로 돌아간 것인가 싶을 정도였으니 말 다했다. 법서와 무관한 소설책 이야기로 한참을 낄낄거리며 수다를 떨다가도 호통과 함께 정신 바짝 차리고 일이나 제대로 하라면서 수사 방향을 지도해주시던 분. 나의 상사이자, 나의 스승이었던 분이 이제 법복을 벗으시겠다고 선언하신 것이다. 안팎으로 혼란한 시국에 마음의 위로라도 얻을 수 있을까 싶은 욕심에, 후배 검사에게 그분의 사직 인사를 내게도 보여달라고 부탁했다.

> 아이들을 낳을 때마다 병원에서 손 한번 잡아주지 못했던 나를 (중략) 한결같이 지지하고 응원한 아내에게 고마운 마음을 글로나마 남깁니다. 야근과 회식이 연속되던 시절 '검사가 좋으냐, 내가 좋으냐, 선택해라'라는 말에 '검사가 좋다'고 뻔뻔하게 말했지만, 고백하건대 그 말은 거짓말이었습니다.
>
> (중략) 머리는 차갑지만 가슴이 따뜻한 검사, 엄정하되 잔인하지 않은 검사, 약하고 소외된 사람의 편에 서는 검사, 마음이 부유한 검사가 되고 싶은 소망을 이제 내려놓습니다. 저와 같은 꿈을 가진 후배 검사님들이 쑥쑥 자라나기를 바랍니다.
>
> 그곳에 이르는 외길은 '듣는 마음'입니다. 준사법기관인 검사의 지혜는 오직 '듣는 마음'에서 비롯됩니다. (중략) 그동안 고마웠습니다. 눈감는 날까지 그리워할 것 같습니다. 안녕히 계십시오.

10년 묵은 체증이 내려가는 것만 같았다. 청장님의 사직 인사를 읽는 내내 왜 그렇게 훌쩍거리며 울었는지. '검사가 좋으냐, 내가 좋으냐'라는 말에 '검사가 좋다'고 말했지만 그 말은 거짓말이었다고 고백하시는 부분이 꼭 지금의 내 상황인 것만 같았다. 그리고 수사권 조정이니 검찰 개혁이니 하면서 검사가 무엇인지에 대해 세상이 왈가왈부하더라도, 내가 가야 할 길은 결국 사람의 이야기를 들어주는 검사가 되는 것이었다. 청장님의 사직 인사는 나에게 큰 위로가 되어주었고, 한 줄기 빛이 되어주었다.

사직 인사는 오랜 경력을 쌓은 선배 검사님들이 정말 오랜만에 직접 작성하는 매우 개인적이면서도 엄청나게 공적인 글인데, 하나같이 명문 중의 명문이다. 일에 지친 머리를 쉬고 싶을 때나, 직업적인 고민으로 머리가 깨질 것 같을 때 한 템포 쉬어가는 용도로는 이보다 더 좋은 글이 없다. 사직 인사에는 검사로서의 가치관과 직업관뿐만 아니라 필력, 박학다식함, 법조인으로서의 내공, 법철학적인 심오한 고민이나 형사법 체계에 대한 이해도 등이 여실히 드러나기 때문에 그들의 글을 읽는 것만으로도 치유받는 느낌이 든다. 그들의 뒤를 따라 걷고 있는 나로서는 보물찾기를 하는 심정으로 한 줄 한 줄 읽으면서 그 줄들 사이에 숨겨진 메시지들까지 하나도 놓치지 않고 파헤쳐보고 싶은 욕심이 샘솟는다.

업무 중에 대선배 검사님들의 글을 접할 기회는 드물다. 대부분 기획 업무를 맡은 검사들이 초안을 작성하기 때문에 그분들의 필력을 직접 구경할 일이 별로 없다. 게다가 수많은 일개미들 중 하나에 불과한 나로서는 결재를 받는 것 외에는 대선배님들의 개인적 신념이나 지적 수준, 업무적 내공 등을 직접 경험할 방법이 없다.

하지만 사직 인사를 통해서라면 간접 경험을 할 수 있다. 사직 인사에는 나보다 먼저 검사의 길을 걸어온 선배님들이 반평생 동안 얻은 깨달음과 후회는 물론 후배들에 대한 당부 등이 담겨 있다. 그래서 사직 인사는 길을 잃어버렸다는 생각이 드는 내게 이정표가 되어준다. 또한 나의 열정과 노력은 이제 무용한 것이라는 생각이 들 때에도 다시 기록을 붙잡고 정독하게 만드는 원동력이 되어준다.

전생에 내가 무슨 죄를 지었기에, 이생에 검사가 되어 이렇게 욕을 먹으면서 공노비처럼 전국을 기약 없이 떠돌며 하염없이 일하고 있는 것인지 막막해지면, 난 어김없이 사직 인사를 찾는다. 나보다 먼저 검사의 길을 걸어간 이들이 '검사'라는 직업에 띄운 연서를 읽고 있노라면 어느새 나처럼 힘없는 사람들도 마음 편히 살 수 있고, 억울하지 않은 세상을 만들어야겠다는 초심이 떠올라 다시 일할 마음이 생기는 것이다. 공무원이 아닌 법률 전문가로서의 검사, 하늘이 두 쪽이 나더라도 나쁜 놈은 나쁜 놈이라고 말할 수 있는 준사법기관으로서의 검사로 살아갈 용기가 생겨나는 것이다.

어차피 나는 승진은 포기한 검사인데, 뭐가 무서우랴. 내 할 일 제대로 하면서 내가 꿈꾸던 세상을 만드는 일에 조금이나마 도움이 되면 그만이지. 이렇게 해를 거듭하며 사직 인사를 읽다 보니 어느덧 남모르는 비밀 하나가 생겼다. 바로 나의 꿈은 할 말 다하는 고검 할머니로 정년퇴임하는 것. 그때 난 과연 어떤 사직 인사를 남기게 될까. 내 사직 인사도 누군가에게는 힘이 되어줄 수 있을까.

참을 수 없는
이사의 무거움

박
민
희

"선배님, ○○지검 영전을 축하드립니다."

매년 2월 초중반이 되면 인사 발표를 두고 검사들끼리 주고받는 영전 인사. 영전의 기준은 무엇일까. 영전의 사전적 의미는 전보다 더 좋은 자리나 직위로 옮기는 것이다. 예전에는 나름 줄 세워진 검찰청의 순서가 있었다지만, 요즘에는 그 의미도 많이 퇴색된 것 같다. 나의 영전 순위는 가족과 함께 거주할 수 있는 곳이니까.

그러나 아직도 인사 발표만 나면 웃기보다는 울상인 검사들이 많다. 한 선배는 자신은 단 한 번도 1지망 부임지에 가본 적이 없다고 했다. 그래서인지 설 전에는 인사 발표를 하지 않는 것이 관례라고 했다. 민족의 대명절인 설을 앞두고 검사들의 기분을 상하게 만들 필요가 없다고. 그래서 초임 때는 매년 설이 언제인가 살펴보면서 인사 발표 날짜를 서로 점쳐보기도 했다.

초임 시절보다 나아진 것이 있다면 평검사 인사 일정은 이제 명문으로 고정돼 있다는 점이다. 매년 2월 첫째 주 월요일을 부임 날짜로 명시하고, 그 날짜 10일 전에 인사 내역을 발표하게 돼 있다. 이렇게 날짜가 고정되기 시작한 것이 불과 2년 전이다. 그전까지만 해도 검사들은 1월 초부터 2월 말까지 피 말리는 시간을 보냈다.

전국 각지를 옮겨 다니는 검사. 어떻게 생각하면 멋있을 수도 있겠지만, 2년마다 임지를 바꿔야 하는 검사들 입장에서는 생활이 이보다 더 불안정할 수가 없다. 2년마다 짐을 싸야 한다는 것. 특히 육아를 병행하는 검사 엄마라면 더욱 그러하다.

나는 감사하게도 이직이 자유로운 남편과 결혼하여 임관 이후 줄곧 가족과 같이 이동해왔지만 주변을 보면 주말부부, 월중부부도 심심찮게 보인다. 아니, 오히려 더 많은 것 같다. 검사 부부인 경우는 두 집 살림, 그 부부가 아이까지 낳은 경우에는 세 집 살림, 네 집 살림을 차리기도 한다. 이것이 과연 가족인가 싶을 정도로.

매번 발목을 잡는 건 주거 문제다. 온 가족이 머물 곳을 2년마다 구하는 것이 어디 쉽겠는가. 지방 근무를 할 때에는 그나마 관사가 있어서 당장 전셋집을 구하지 않아도 되지만, 그 관사 상태는 차마 눈을 뜨고 보기 어렵다.

"선배님, 관사의 도배나 장판 상태는 어떤가요? 상태가 안 좋으면 제가 하고 들어가려고요."

"굳이 안 해도 될 것 같은데요. 크게 나쁘지 않습니다."

3년 전 지방 어느 도시로 발령받았을 때였다. 관사가 있어 다행이었다. 게다가 관사 상태까지 나쁘지 않다니, 정말 기쁘지 않을 수 없었다. 그런데 아뿔싸. 내가 너무 순진했던 거였다. 부임 이틀 전에 관사에 가보니, 몬스터가 시공간 이동에 써먹을 듯한 곰팡이 벽에 천장 도배는 모두 뜯어져서 시멘트 가루가 바닥에 떨어지고 있었다. '아…… 망했다. 이틀 후가 이사인데.' 집 전체를 들어내지 않으면 차마 이사할 수 없는 지경이었다.

아이와 함께 관사 생활을 해야 하는 입장이다 보니 집 상태에 예민할 수밖에 없었다. 내 아이를 깨끗한 집에서 쾌적하게 살게 하고 싶은 것이 모든 부모의 마음 아니겠는가. 그러나 지방에 있는 관사들은 기본 수명이 20년을 훌쩍 넘었다. 검찰청이 생겼을 때와 그 나이를 같이하는 데다, 모두가 잠시 머물다 떠나는 공간이니 관리도 그리 잘되는 편이 아니었다. 심지어 기수가 낮으면 관사 선택권도 없다. 연차대로 좋은 관사를 배정받고 나면 기수가 낮은 검사가 들어가야 하는 관사의 상태는 상상에 맡기겠다.

관사는 누가 나서서 살펴보고 관리하지 않는다. 따라서 검사들이 별다른 말을 하지 않는다면 그 관사는 문제없는 관사로 취급된다. 그래서 나는 자칭 '좋은 관사 만들기 운동본부' 본부장으로 활동 중이다. 내 후임 검사들에게 부끄럽지 않은 관사를 넘겨주고 싶고, 타지에서 격무에 시달리는 검사들이 집에서라도 쾌적하게 지냈으면 하는 바람 때문이다. 첫 관사에서는 밑으로 물이 줄줄 새는 에어컨을 고쳤고 전등을 LED로 바꿨다. 덕분에 동굴처럼 어둡던 집이 환해졌다. 두 번째 관사에서는 터진 보일러를 고쳤고, 도배와 페인트칠을 새로 했다.

그나마 관사라도 있으면 다행이다. 지방에는 관사의 수라도 여유 있지만, 수도권에는 그마저도 수가 턱없이 부족하다. 당연히 관사에 들어가기는 하늘의 별 따기. 게다가 수도권은 전세 값도 비싸지 않은가. 하루 이틀 만에 몇억 원의 전세금을 치러야만 한다. 보통 검사들은 부임하기 열흘 전에야 부임지를 알 수 있다. 다시 말해 열흘 안에 집을 구해야 한다는 뜻이다. 미리 집을 구할 수도 없다. 어디로 발령 날지 모르기 때문이다.

한번은 육아휴직 중에 발령이 났는데 힘들게 요청한 관사가 눈앞에서 사라진 적이 있었다. 관사 배정을 받았다는 전화를 받은 지만 하루도 지나지 않아 해당 지역에서 근무하던 검사가 우선순위로 들어가기로 했다는 것이었다. 그때가 인사이동 3일 전. 그날 밤, 나는 집도 보지 않은 채 비어 있던 집을 월세로 원격 계약했다. 서러웠다. 내 직업 때문에 내 가족들이 오갈 데가 없는 것 같았다. 서러운 마음을 같이 근무했던 친한 후배에게 털어놓았다. 그랬더니 후배가 날 위로했다.

"선배님, 위로가 될지 모르겠지만…… 저희도 집을 못 구해서요. 140만 원짜리 월세로 들어가요."

아…… . 더 서러워졌다. 우리 집 월세보다 더 비쌌다. 집을 고를 수가 없으니 그 후배도 선택권이 없었겠지. 내가 집을 보지도 못하고 계약했던 것처럼 내 후배도 그랬겠지.

이것이 가족과 함께 움직이는 검사의 고난이다. 혈혈단신이라면 며칠 호텔에 묵고 가벼이 원룸을 구할 수도 있지만, 가족 단위가 움직이는 날엔 신경 써야 할 것이 여간 많은 게 아니다. 남편의 새 직장. 그리고 가장 골치 아픈 아이의 어린이집과 유치원. 발령지를 미리 알 수 없기 때문에 11월 일반 유치원의 원아 모집 기간에 원서를 쓸 수 없고, 집이 구해지지 않았기 때문에 어린이집 대기자 명단에 넣을 수도 없다. 여가부에서 운영하는 돌봄 도우미는 짧으면 2~3개월, 길면 6개월 이상 대기해야 하는데, 이 역시 지역을 알 수 없으니 미리 대기를 걸 수도 없다. 아, 아이를 둘 낳고 보니 정착에 대한 간절함이 가슴에 사무쳤다. 이래서 아이를 시댁에 하나, 친정에 하나 맡기고 네 집 살림을 하게 되나 보다. 그나마 우리 남편은 내 발령에 앞서 구직을 한다. 운 좋게 구직에 성공했다고 해도 내 발령지가 생뚱맞은 곳으로 나오는 날에는 네 집 살림 당첨.

수도권에서 관사는 애초부터 포기하는 편이 나았다. 그다음 발령지 역시 수도권으로 예상되었기 때문에 이번엔 아예 6개월 전부터 전셋집 구하기에 나섰다. 교통편과 아이의 학교 그리고 남편의 직장을 두루 살펴 수도권 그 어딘가에 전셋집을 구하기로 했다. 동네를 선택하고는 추레하게 보이지 않기 위해 화장까지 하고 부동산중개업소로 갔다.

"요즘 전세 구하기 힘든 거 아시죠? 지금 전세 물건이 두 개 나와 있는데, 한 개는 지금 보실 수 있고, 나머지 하나는 오후 4시쯤 가능하대요."

전셋집을 보겠다며 남편은 점심도 못 먹고 달려왔지만 어쩌겠는가. 전셋집 한 곳을 보고 남는 시간은 어린이집 상담을 갔다. 이곳에 발령을 받을지, 이 아파트에 살 수 있을지, 이 어린이집에 들어갈 수 있을지 아무것도 알 수 없었다. 하지만 만에 하나, 발령과 전셋집 콤보가 이뤄지는 혹시 모를 가능성에 기대를 걸었다. 나를 위해 일부러 토요일 출근을 해주신 두 원장님은 너무나 친절하셨다. 내가 2월이나 돼야 어린이집 등원 여부를 결정할 수 있다고 해도 선뜻 기다려주시겠다고 하는 따뜻한 분들이었다.

하지만 내가 원하던 기적의 콤보는 이루어지지 않았다. 30년 된 화장실을 그대로 품고 있던 두 전셋집. 전세금을 올려서라도 집주인에게 화장실 수리를 요청했지만 단칼에 거절당했다. 아직 시간이 있으니 조금만 더 살펴보자.

이후에도 전셋집 구하기 수난기는 계속됐다.

— 지금 완전 깨끗한 집 나왔으니까, 얼른 택시 타고 와요.

부동산 중개인의 전화를 받고 혼자 아이를 데리고 뛰어갔지만 6억 5000이나 대출이 끼어 있는 집이었다. 집은 너무 마음에 들었지만 집주인이 근저당권 말소를 못 하겠다고 버텼기에 포기.

─ 이건 아무도 안 보여준 매물이에요. 지금 나오세요.

'히든' 매물이라는 소리에 일요일 한낮에 바로 달려갔는데 주변 시세보다 1억이나 높게 나온 집이었다. 집도 깨끗하고 주변 환경도 마음에 쏙 들었지만 내가 이 동네 전세 최고가를 경신해주고 싶지는 않았다. 또 포기.

─ 이 집은 몸만 들어가면 되는 집이에요.

30년 된 꼭대기층 아파트였지만 구조와 인테리어는 완벽했다. '드디어, 내 집을 만나나 보다.' 한껏 희망에 부풀어 있는데, 작은 방을 구경하던 남편의 목소리가 들린다.

"사장님, 여기 천장에 누수가 보이는데요?"

세상에나. 천장이 반이나 젖어 있었다. 긴 장마에 누수가 생긴 듯했고, 관리소에서 직원들이 출동해 우리는 자리를 비켜줘야 했다.

나의 떠돌이 생활은 언제까지 계속될까. 문득 검사가 되기 위한 마지막 최종 면접에서 장관님이 이렇게 물으셨던 것이 기억났다.

"검사는 2년마다 떠돌며 근무해야 하는데 괜찮겠어요?"

그래서 물으셨구나. 그래서 마지막 관문에서 나를 시험하셨구나. 사람이 어딘가 정착하지 못하고 떠돌아야 한다는 것, 그리고 그것을 나뿐만 아니라 가족들도 짊어져야 한다는 것을 받아들일 수 있겠느냐고. 그때 아무것도 모른 채 그 숙명을 받아들이겠노라 대답했으니, 이제는 그 몫을 감당하는 일만이 남았을 뿐.

나는 여전히 부동산 중개업소를 전전하며 발품을 팔고 있다. 이젠 사장님들하고 농담도 하면서 히든 매물을 내놓게 할 수 있을 정도로 도가 텄다. 전셋집을 구하는 날엔 남편과 와인 한 병 따야겠다. 이걸로 나의 이사 내공은 또 쌓이겠지.

범죄 공포증에
걸리다

서
아
람

"그 사람 치아만 눈에 들어오더라니까. 치열도 엉망이고, 스케일링도 안 한 것 같더라고."

나에게는 소개팅 백전백패를 자랑하는 치과의사 친구가 있다. 그녀의 직업병은 만나는 사람마다 치아 상태를 먼저 확인하고 거기에 집착하는 것이다. 그러니 짧은 시간에 상대방에 대해 다양한 것을 알아내고 판단해야 할 소개팅에서 성공할 리가 있나.

검사들에게도 직업병이 있다. 과중한 업무와 야근으로 인한 거북목 증후군, 수근관 증후군, 목 디스크, 허리 디스크는 기본이다. 그 외에도 옵션이 있다. 바로 '의심하고 또 의심하라'는 의심증. 각종 범죄를 최전선에서 맞닥뜨리니, 범죄에 대한 경계심이 발달한 나머지 편집증적인 성향마저 나타나는 것이다.

검사들의 범죄 포비아는 대개 그 무렵 어떤 사건을 다루고 있는지, 전담이 무엇인지에 따라 달라진다. 내게 첫 포비아가 찾아온 건 초임검사 시절 공판검사로서 성범죄 전담 재판부를 맡았을 때였다. 성범죄 재판부의 아침은 상쾌하다. 적게는 서른 명, 많게는 쉰 명 넘는 성범죄자들이 인정신문(법정에서 판사가 피고인의 이름, 연령, 직업, 주소 등을 물어 그 신원을 확인하는 절차)을 받고 공판 일정을 잡는데, 그중 90퍼센트 이상이 몰카범들이다. 그들이 찍은 몰카의 양을 합친다면 만리장성을 도배하고도 남을 것이다. 언제 어디서 찍은 건지도 기억 못 해서, 증거 사진을 일일이 들이밀어가며 그들에게 확인을 받아내는 것이 나의 주된 업무였다.

수백 수천 페이지에 달하는 몰카 사진들을 계속 들여다보고 있자면 정신이 이상해지는 기분이었다. 다리, 엉덩이, 허리. 앞에서 뒤에서 옆에서 참 끈질기게도 찍는다. 정말 무서운 건, 몰카범들이 겉보기에는 참 멀쩡해 보인다는 것이다. 대부분 건실한 직장을 갖고 있고, 학력도 나쁘지 않으며, 심지어 가정이 있는 사람들도 드물지 않다.

내가 본 몰카범 중에는 딸만 셋 둔 교회 집사도 있었다. 그는 인터넷으로 초소형 캠코더와 셀카봉을 구입해 무인모텔에 투숙했다. 그리고 셀카봉을 매단 캠코더를 옆방으로 들이밀어 생판 모르는 커플의 성관계 장면을 촬영했다. 붉게 깜박이는 불빛을 발견한 여자가 비명을 지르기 시작했다. 남자가 모텔 주인과 함께 옆방 문을 따고 들어갔을 때, 범인은 달아나지 않고 뭔가 열심히 오물거리고 있었다. 캠코더에 넣었던 SD카드를 먹어서 없애버리려 했던 것이다.

'몰카범들은 진짜 못 하는 게 없구나.'

그날도 재판이 끝나고 법원 화장실에 들어가던 난 갑자기 흠칫했다. 혹시 여기도? 에이, 아냐. 설마 법원에? 설마가 사람 잡는다잖아. 법원이야말로 성범죄자들이 가장 많이 드나드는 곳이니까, 혹시 모르지. 직원용 화장실까지 들어올지도. 한 번 생긴 의심은 끝도 없이 자라났다. 어디선가 내가 모르는 붉은 불빛이 깜박이며 날 찍고 있을 것 같았다. 결국, 난 손만 씻고 화장실을 나오고 말았다. 그 후로도 꽤 오랫동안 공중화장실을 사용하지 못했다. 여행 가서 펜션이나 호텔에 묵을 때는 옷을 걸친 채 속옷을 벗는 습관이 생겼다.

공판부를 떠나 다시 형사부로 돌아왔을 때는 사행성 범죄와 함께 보이스피싱을 전담하게 되었다. '신한은행 김미영 팀장'이나 '우리은행 햇살론'이 등장하는 사건을 매달 백 건 넘게 다뤘다. 그러다 보니 내가 모르는 번호로 전화가 걸려오면 다 보이스피싱 같았다. 전화를 안 받는 건 물론이고 그 번호를 아예 차단해버렸다. 바뀐 휴대폰 번호를 알려주려고 내게 전화를 걸었다가 얼떨결에 차단당한 친구는 자기가 뭘 잘못했는지 한참 생각했다고 한다. 한번은 근무하고 있는데 친정 오빠로부터 전화가 왔다.

— 누가 나한테 전화해서 ○○지검 직원이라는데, 이거 보이스

피싱인가 싶어서.

드디어 올 게 왔구나. 난 주먹을 불끈 쥐었다. 감히 검사 가족을 노려? 내가 네놈들을 영혼까지 탈탈 털어주마.

— ○○지검 직원들이 회식하면서 영수증 처리한 게 내 번호로 잘못 들어갔다고 정정해야 한다는데. 내 이름이나 직장 알려주면 안 되겠지?

"미쳤어? 그거 알려주는 순간 오빠 개인정보가 그놈들 손에 들어가는 거야. 통장이 순식간에 털린다고. 절대 알려주지 마. 경찰에 신고도 하고."

— 신고해야 하는데 계속 전화가 와. 엄청 끈질겨. 어떡하지?

"동생이 검사라고 해. 진짜 검찰청이면 동생한테 먼저 확인시켜주라고."

단호하게 말하고 전화를 끊었다. 요놈들, 진짜 검사가 등장하면 혼비백산해 도망가겠지, 하면서. 그런데 몇 초 후, 내 책상 위의 내선 전화가 울리기 시작했다. ○○지검 번호였다.

— 검사님? 여기 ○○지검 총무과인데요. 오빠분이 이쪽으로 연락해보라고 하셔서…….

세상에, 진짜 ○○지검이었다! 난 전화에 대고 백배사죄하기 시작했다. 의심해서 죄송합니다, 번거롭게 해드려 죄송합니다.

보이스피싱 공포증은 검사들만 겪는 게 아니다. 2000년대 후반부터 보이스피싱 범죄가 기승을 부리면서, 검찰청의 소환 업무가 극도로 힘들어졌다. 피의자고 고소인이고 참고인이고 가리지 않고 '검찰청'이라는 단어만 들어도 전화를 끊거나 의심하기 시작하는 까닭이다.

— 무슨 검사가 나 같은 사람한테까지 전화를 걸어요?

"함께 치킨집 운영하시는 ○○○ 씨한테 업무상횡령으로 고소 당하셨죠? 그 사건으로 열흘 전 경찰서에서 조사받으셨고요. 제가 그 사건 주임검삽니다. 피의자 조사 받으셔야 해요."

— 우와, 요즘 보이스피싱은 모르는 게 없다더니 진짜네. 한국 말이 좀 어색한 거 같은데, 조선족이죠?

이럴 때 즉효 약이 하나 있다. 인터넷에서 검찰청 통합번호를 찾아 전화를 건 후, 이쪽 검사실로 연결해주도록 부탁하라고 하는 것이다. 이 절차를 통해 마침내 의심을 씻어낸 사람들은 검사실에 들어오며 멋쩍게 웃는다.

"죄송합니다. 요새 보이스피싱 얘기를 워낙 많이 들어서요."

그러면 난 항상 똑같이 대답한다.

"이해합니다. 조심하는 게 현명하죠."

건강염려증 환자는 의사들을 피곤하게 하지만, 범죄 공포증 환자는 주변 사람 모두를 괴롭힌다. 우리 엄마는 무슨 물건을 사 들고 올 때마다 내가 그 출처를 꼬치꼬치 캐묻는 게 엄청 짜증난다고 하셨다. 동네 주민 모임에 나갔다 올 때마다 그거 다단계 아니냐고 닦달하는 건 덤이다. 누가 땅을 산다고 하면 부동산 기획 사기는 아닌지 걱정한다. 새 차를 산다고 하면 속아서 헌 차를 살까봐 걱정한다. 중고차를 산다고 하면 대포차가 아닌지 걱정한다. 차가 멀쩡하면 연료가 가짜일까봐 걱정한다. 편집증 수준이다. 이것 때문에 절연당할 뻔한 적도 있었다. 중학교 동창의 청첩 모임에 갔을 때였다. 시댁이 자산 백억 원이 넘는 준재벌가라는데 아무래도 수상했다. 어디선가 익숙한 '꾼'의 향기가 났다. 서울대를 나왔다면서 내가 학교 얘기를 하면 알아듣는 표정이 아니었다. 신랑이 사업을 벌이느라 전 재산을 쏟아부은 상태라 신혼집을 마련할 수 없어 당분간 시댁살이를 할 거라는 말을 듣고, 난 슬그머니 친구에게 조언했다.

"좀 자세히 알아봐. 예랑(예비신랑)한테 재직증명서랑 전과경력 조회도 떼어달라고 하고."

"어휴, 넌 잘 모르나 본데 일반인들은 그런 서류 다 안 떼봐. 전과경력? 그건 대놓고 의심하는 거잖아. 결혼할 사이에 어떻게 그래."

"그래도……."

"너 자꾸 그럴래? 우리 예랑 진짜 좋은 사람이야!!"

친구는 불같이 화를 냈고 난 입을 다물 수밖에 없었다. 그로부터 3년 후, 친구는 이혼했다. 사유는 남편의 거짓말과 부양의무 태만이었다. 그때 처음으로 난 더 철저히 파고들어 행동에 옮기지 않은 걸 후회했다. 어쩌면, 그 불행한 결혼을 막을 수 있었을지도 모르는데.

그렇다고 의심이 생겼을 때 무조건 행동으로 옮겨야 한다는 건 아니다. 그랬다간 생사람 잡는 수가 있다. 내가 지방 발령을 받아 가족도 지인도 없는 먼 타지에서 홀로 근무하고 있을 때였다. '2학년'으로 올라가니 연차가 좀 쌓였다고 초임 때보다는 무겁고 심각한 사건들이 주어졌다. 예전에는 구경도 못 해봤던 강도, 특수강도 사건도 가끔 배당되곤 했다. 그날도 강도로 돌변해 미혼 여성을 습격한 빈집털이범 사건기록을 눈알 빠지게 들여다보다가 집으로 돌아와 곯아떨어졌는데, 불현듯 문에서 삑삑삑 비밀번호 누르는 소리가 들렸다. 난 반사적으로 벌떡 일어났다. 벽시계는 새벽 3시를 가리키고 있었다.

'강도다, 강도가 들었어!'

심장이 미친 듯이 뛰기 시작했다. 무슨 강도가 저렇게 당당하게 비밀번호를 누르냐고? 그럴 수도 있다. 아파트 복도에 CCTV를 설치해 비밀번호를 알아내는 놈들도 있으니까. 손이 벌벌 떨렸다. 검사라고 해도 강도 앞에서 무서운 건 똑같았다. 아니, 무슨 일들이 벌어질 수 있는지 알고 있기에 더욱 무서웠다. 난 소리가 새어나가지 않게 이불을 뒤집어쓰고 먼저 경비실에, 다음은 112에, 그다음은 우리 엄마한테 전화를 걸었다. 으허엉, 엄마. 나 좀 살려줘. 무서워!

"흐아, 정말 죄송합니다! 제가 좀 취해 가지고…… 딸꾹!"

경비 아저씨가 데려온 범인은 강도가 아니었다. 폭탄주에 전 윗집 아저씨였다. 엘리베이터 버튼을 잘못 눌러 여기가 자기 집인 줄 알았다고 했다. 맥이 탁 풀렸다. 윗집 아줌마가 내려와 아저씨 귀를 잡고 끌고 가셨지만, 날 덮쳤던 공포는 오랫동안 사라지지 않았다. 여자 혼자 외지에 산다는 게 이렇게 위험하고 무서운 일이구나, 새삼 실감했다. 다음 날 출근해서 그 이야기를 하자, 어떤 선배님이 말씀하셨다.

"그래서 난 관사 선반에 항상 명패를 둬. 검사 임명장 액자랑 선서 패도 올려놓지. 그러면 도둑이나 강도가 들어오다가도 그걸 보고 도망가지 않겠어?"

"도망가면 다행이지. 반대로 앙갚음할 수도 있잖아. 만일 내가 기소했던 피의자면 어떡해? 앗, 누구누구 검사? 너 잘 걸렸다! 어디 한 번 죽어봐! 이렇게."

"음, 그런가……."

선배들의 대화를 들으며 난 이러지도 저러지도 못 하고 고민에 빠졌다. 답은 나오지 않았다. 원래 그렇다. 범죄를 예방하는 절대적인 방법이란 없다. 아무리 착하게 살아도, 조심하면서 살아도, 어느 순간 천둥 번개처럼 범죄가 우릴 내려칠지 모른다. 그래서 난 소망한다. 내가 이런 공포증을 앓을 필요가 없는 그런 사회가 오기를. 어느 한 가정의 선량한 아버지를 보면서 몰카범이나 도둑일지 모른다고 의심할 필요가 없는 날이 오기를. 그런 미래를 만드는 게 검사들을 비롯한 우리 모두의 과제일 것이다.

유서를 읽는 자가
된다는 것

김은수

검사가 되어 난생처음 들어본 단어 중에 하나가 바로 '변사체'
다. 변사체의 사전적 정의는 뜻밖의 사고(우리가 흔히 아는 자살 사건
이나 돌연사 사건이 해당된다)로 죽은 사람의 시체다. 범죄에 의하여
죽었을 것으로 의심이 가는 시체를 뜻하기도 한다. 대부분은 병원
외의 곳에서 사망한 사람의 사인불명인 시체를 일컫는 말로 쓰이
는데, 물론 병원에서 사망한 사람의 시체라 하더라도 범죄로 인한
죽음으로 의심되는 경우에는 변사체라는 말을 쓴다.

당직을 설 때마다 적게는 서너 건, 많게는 하루에도 일고여덟
건씩 변사 발생 보고를 접하게 된다. 난 검사가 될 때까지 그렇게나
많은 사람들이 변사체로 발견된다는 사실을 몰랐었다. 죽음은 우
리 삶의 그림자처럼 항상 우리 곁에 있는 것이었는데, 나는 그 사실

을 전혀 모르고 살았던 것이다. 사람은 죽음 앞에 너무나 연약한 존재여서 정말 <순간포착 세상에 이런 일이>에나 나올 법한 황망한 죽음도 넘쳐났다. 자신의 수명을 다 채우고 숙환으로 별세한다는 것이 얼마나 어렵고 희귀한 일인지 새삼스레 실감 났다.

내가 접했던 대부분의 변사체는 사망 원인이 자살 또는 돌연사로 추정되는 시체들이었다. 이런 경우 담당 검사는 변사체에 대하여 부검을 진행할 것인지를 결정해야 했는데, 유서는 그 여부를 결정하는 중요한 기준이 되었다. 사인이 불명인 경우에는 부검을 통해 정확한 사인을 밝혀야 했는데, 유서는 그 사인이 자살이라는 점을 보여주는 중요한 단서였기 때문이다.

나는 자살로 추정되는 변사체를 접할 때마다 그가 스스로 생을 마감한 것이 맞는지 판단해야 했다. 혹시나 유서가 위조된 것은 아닌지, 강압에 의해 작성된 것은 아닌지, 모든 가능성을 염두에 두고 한 글자 한 글자 꼼꼼하게 살펴봐야 했다. 유서를 검토한다는 것은 매우 부담스러운 일인 동시에 감정적으로 큰 동요를 일으키는 일이기도 했다. 생면부지의 타인이 남긴 유서였지만, 삶과 죽음에 대한 내 태도에 많은 영향을 주었다.

내가 믿는 종교인 천주교의 교리에서 자살은 너무나 큰 죄였다. 신이 주신 생명을 감히 인간이 스스로 포기한다는 것은 신의 뜻을 거역하는 것이라는 논리였다. 하지만 수많은 자살 사건과 틈틈이 발견되는 유서들, 그리고 생전의 진료 기록들을 꾸준히 접하다 보니 그 논리에 의문이 들기 시작했다.

"과연 자살이 '스스로의 의지'로 이루어지는 것인가?"

삶의 고통 앞에서 죽음의 유혹은 너무나 강렬했다. 게다가 사람의 신체는 너무나 연약해서, 아주 간단하고 단순한 방법으로 쉽게 죽을 수 있었다. 집 근처 뒷산에 올라가 나무에 목을 매기도 했고, 강물에 몸을 던지기도 했다. 건물 옥상에서 뛰어 내리기도 했고, 옷장의 행거나 샤워기 거치대에 목을 매기도 했다. 표면적으로만 본다면, 그들은 자의로 삶을 포기한 것이 분명했다.

하지만 많은 유서들은 그 선택이 '의지'에 의한 것이 아니었다고 강변했다. 삶의 의지를 유지하는 것이 어려워서 원치 않는 선택을 하게 됐다는 것이었다. 너무나 어려운 일이었다. 그들에게는 남은 삶이 지옥 그 자체였다.

40대 초반의 여성이 고층 아파트 베란다에서 뛰어내렸다. 베란다에는 의자가 쓰러져 있었고, 자필 유서가 놓여 있었다. 총 다섯 장인 유서에는 그녀의 글씨가 빈틈없이 빼곡하게 차 있었다. 그녀는 지난 20년 동안 엄청나게 많은 허상들이 자신의 눈앞에 나타나 자신을 저주했다고 썼다. 가족들이 자신을 사랑하는 걸 잘 알지만, 그 고통에 더 이상 버틸 힘이 없다는 것이었다.

그녀의 옷장에서는 먹다 만 정신과 처방약들이 발견되었다. 가족들은 약을 복용한 이후로 한동안 증세가 호전되었지만 오래가지 않았다고 말했다. 그녀가 자신은 미치지 않았다면서 더 이상 약을 먹지 않겠노라고 선언했기 때문이다.

한 달에도 몇 건씩 우울증, 정신 질환 등으로 자살하는 사람의 유서를 접했지만, 대부분은 마지막 안부를 매우 짧게 전했다. 이번 40대 여성의 경우처럼 길게 자신이 그동안 겪었던 고통에 대해 모든 서사를 풀어헤친 장문의 유서는 처음이었다.

절규로 가득 찬 그녀의 유서는 자살을 바라보는 나의 시각을 송두리째 흔들어놓았다. 암 덩어리로 인해 우리의 심장이 어느 순간 작동하지 않게 되는 것처럼, 정신적 질환 역시 그 병의 증상들을 통해 우리의 신체 기관을 중단시킨 것뿐인지도 몰랐다. 그녀의 이성이 사라진 상태임을 여실히 보여주는 유서 앞에서, 나는 그녀가 '자유의지'를 발현하여 능동적으로 고통을 종료한 것이라고는 평가할 수가 없었다. 법적으로, 의학적으로 그녀의 죽음은 '자살'이 분명했지만, 그녀의 유서는 그녀가 정신 질환으로 '병사'했음을 보여주었다.

또 다른 유서들은 상당수의 비율로 경제적인 어려움을 호소하고 있었다. 그들 대부분은 이미 가족, 친척, 지인들과의 금전 거래로 인해 관계가 단절된 상태였다. 그들에게 남은 것은 카드 돌려막기나 고리의 대출밖에 없었다. 그들은 끝없는 빚 독촉 전화에, 직장과 집으로 찾아오는 추심업체 직원들의 성화 앞에서 지킬 수 없는 약속만 반복할 따름이었다. 그들에게 죽음은 모든 것을 끝낼 수 있는 유일한 방법이었다. 그들은 자기 앞에 놓인 선택지는 죽음뿐이라고 확신했다.

가끔은 자신의 예견된 죽음을 몇 년 또는 짧게는 몇 달 앞당긴 것에 불과한 자살 사건도 발생했다. 그런 사건들 앞에서 나는 한없이 막막한 기분이 들면서 깊은 무기력감에 빠지곤 했다.

치매 진단을 받았던 80대 할머니 한 분은 "얘들아, 나 간다. 사랑해"라고 쪽지를 남기고 농약을 들이마셨다. 그런 사건을 한두 번 겪은 것이 아닌데도 매번 나는 치매에 걸린 채 요양원에 들어가신 우리 할머니가 떠올라 남몰래 참 많이도 울었다. 우리 할머니도 치매에 걸리시기 전까지는 입버릇처럼 "아이고, 치매에 걸리면 확 죽어버릴 거야. 내가 나도 몰라보는데 살아서 뭐 하게"라고 말하시던 것이 생각났기 때문이다. 가족에게 짐이 되기 싫은 그 마음을 걷어내고 나면 실존적인 난제가 발생한다. 나를 잃어버린 나는 누구인가. 다른 사람에게 기억되는 나의 마지막 모습을 온전한 정신 그대로 남겨놓고 싶은 욕망까지 금지할 수 있는가.

검사가 되고 나서, 원인 모를 극심한 통증으로 갑자기 쓰러져 병원에 입원하는 일이 종종 생기곤 했다. 검사 결과를 기다릴 때면, 유서 대신 직원들에게 폐업을 알리며 퇴직금이 담긴 봉투를 건네주었다던 40대 초반 여성의 변사체 사진이 머릿속에 떠올랐다. 그녀는 소파에 바로 누운 상태로 평온하게 눈을 감고 있었고, 그녀의 팔뚝에는 모르핀이 담긴 링거줄이 연결되어 있었다. 그녀의 서재에 설치된 컴퓨터에서는 뇌종양으로 가득 찬 MRI 영상이 발견되었다.

만약 내가 불치병에 걸린 것을 알게 된다면, 나는 과연 내게 정해진 죽음의 순간까지 인내할 수 있을까. 그들이 처한 고통 앞에서 신은 어디에서 무엇을 하고 있었던 것일까. 나약한 인간에게 신은 도대체 무엇을 기대하는 것일까.

나는 유서 속에 담긴 자살의 이유들을 보면서 안타까워하고 막막해했지만, 그 이유들을 해결하는 것은 내 능력 밖의 일이었다. 그러다 보니 심리적으로 한없이 지친 상태에서 유서를 접하는 날에는 커다란 무기력감에서 빠져나오지 못하고 한참을 괴로워해야 했다. 도대체 검사가 뭐라고, 나는 이러한 무기력감에 시달려야만 하는 것일까. 왜 검사가 되어 이 고생을 하고 있나 후회되기도 했다. 하지만 아이러니하게도 나를 이런 무기력감에서 구출해준 것도 바로 유서였다.

"인생 참 재미없다. 나는 간다."

30대 중반의 고아 청년은 외딴곳에 있는 모텔에서 저 문구가 적힌 쪽지와 함께 발견되었다. 그의 가족관계등록부에는 오로지 그 혼자만이 적혀 있었다. 그에게는 사망한 부모조차 없었다. 태어나자마자 버림받았던 것이다. 그의 휴대폰에는 업무적인 연락을 주고받는 사람 외에는 '지인'이라 불릴 만한 사람이 단 한 명도 없었다. 누구도 그의 안부를 묻지 않았고, 그 역시 누구의 안부도 묻지 않았다. 그의 유서의 수신처는 그를 발견한 사람들밖에 없었다.

유서를 남길 대상조차 없었던 그에게, 내가 그 유서를 읽었다는 사실이 작은 위로라도 되었으면 좋겠다는 생각이 들었다. 도리어 그 사실이 내게 묘한 위로가 되어주었다.

이후 나는 누군가의 마지막 길을 배웅하는 사람이라는 마음가짐으로 유서를 보게 되었고, 유서를 읽는 일이 조금은 덜 힘들어졌다. 그들이 남긴 마지막 하소연을 묵묵히 들어주고 그 고통에 공감하는 것이 나의 일이라는 것을 깨닫게 되었던 것이다. 내가 그들의 죽음을 막을 수는 없었지만, 그들의 마지막 변호인이 된 심정으로 죽은 이의 영혼을 위해 기도할 수는 있었다.

당직 일과를 시작할 때마다 나는 기도한다. 오늘은 사망 사건이 발생하지 않도록 해주세요. 만약 발생한다면 억울한 죽음은 없게 해주세요. 만약 세상을 저버린 사람이 있다면, 그 사람의 영혼을 벌하지 마시고, 그에게 영원한 안식을 주소서.

3. 나는 여자 ─────────── 검사입니다

서
아
람

"전 검사가 될 거예요."

내 나이 여덟 살, 장래 희망을 발표하는 시간이었다. 요즘 애들은 유튜버와 건물주를 장래 희망으로 꼽는다지만, 그때의 우리는 순수했다. 남자아이들은 대통령, 우주비행사, 축구선수가 되고 싶다고 했고, 여자아이들은 미스코리아, 선생님, 피아니스트가 되고 싶다고 했다. 그 속에서 생소한 단어를 말하는 날 보고 나이 지긋한 할아버지 선생님이 고개를 갸웃거리셨다.

"애야, 검사는 위험한 직업이란다. 특히 여자한테는. 차라리 변호사나 판사를 하면 어떻겠니?"

지금 같으면 성차별이라며 한바탕 난리가 나겠지만, 그 무렵 초등학교가 아닌 국민학교에서는 그런 정도의 성차별은 비일비재했다. 당시의 나를 비롯해 대부분의 사람들은 그 말에서 전혀 이상함을 느끼지 못했다. 그리고 20년이 흘렀다. 강산이 두 번 변하는 세월 동안, 법조계에서 여성의 지위는 완전히 달라졌을까? 차별은 역사 속으로 사라졌을까? 딱히 그렇진 않다. 로스쿨 졸업반이었던 난 검찰 시험에 불합격할 경우에 대비해 변호사 채용 면접을 보러 다녔다. 그중 나름 잘나간다는 중견 로펌의 대표가 내게 이렇게 말했다.

"솔직히 말이죠, 여자 변호사를 뽑는 건 멍청한 짓이에요. 임신, 출산, 육아…… 그게 경영자 입장에서는 일종의 페널티거든. 부상병을 데리고 전쟁에 나가는 거랑 똑같지, 안 그래요?"

그래서 난 검찰이 좋았다. 가장 남성적인 조직이라는 검찰은, 내 눈에는 오직 실력만을 냉정하게 따지는 곳처럼 보였다. 실제로 내가 검찰 관련 수업에서 만났던 검사 교수님들은 선발 과정에서 여자라는 점이 불리하지 않느냐는 내 질문에 호쾌하게 웃으며 답해주셨다.

"여자 검사가 백 배 낫지. 여자 검사가 룸살롱에 가길 해, 성접대를 받길 해? 게다가 요새는 여학생들이 성적도 더 좋고, 성격도 딱 부러져. 남자 검사들이 아주 꼼짝 못 한다니까? 허허허."

그 덕분일까. 신임검사 교육을 받을 때 우리 기수는 3분의 1이 여자였다. 전 청에서 여자 검사 한 명을 찾아보기 힘들었던 예전에 비하면 그야말로 눈부신 도약이었다. 하지만 그런 검찰에도 투명한 색깔로 존재하는 성별의 장벽이 있었다. 가령 조직폭력배나 마약사범들이 밥 먹듯이 드나드는 강력부는 아주 높은 확률로 전원 남자 검사다. 마찬가지로, 조금 위험하거나 업무 부담이 너무 크다 싶은 사건은 대체적으로 여자 검사보다는 남자 검사에게 배당해주곤 한다.

여성에 대한 배려일 수도 있겠지만 내겐 여자 검사는 여기까지밖에 못 한다고 선을 긋는 느낌이었다. 나도 강력부에서 일해보고 싶고, 부검도 참관해보고 싶고, 한 달 내내 밤새워 매달려야 하는 중대한 사건도 처리해보고 싶었다. 보호해주어야 하는 대상이 아니라 대등한 존재로 경쟁하고 싶었다.

그래서 난 그 장벽을 깨부수기 위해 남자보다 더 독하게 일하고, 술도 더 열심히 마시고, 옷도 남자처럼 입었다……고 말하면 다 거짓말이다. 난 조직을 위해 나 자신을 바꿀 수 있는 타입의 인간은 아니었다. 어린 나이부터 너무도 절실히 짝사랑해왔던 검찰이기에, 그곳에 내 자리가 있다는 것만으로 충분했다. 그래도 내가 여자라는 사실로 인해 민폐는 끼치지 않도록 늘 주의했다. 나로 인해 만들어진 '여자 검사라서 저렇지'라는 프레임이, 나보다 훨씬 능력 있고 패기 있는 후배들의 앞길을 가로막는 일만큼은 없기를 바랐다.

그런 내가 가장 화날 때는 자신이 여자라는 점을 훈장처럼 내세워서 처벌을 면하거나 가볍게 받으려는 피의자들을 만날 때였다. 절도 혐의로 입건되어 송치된 피의자 최 씨와의 첫 만남이 그랬다.

30대 후반의 미혼 여성이었던 피의자는 특이하게도 대형 마트에서 무려 10킬로그램에 가까운 한우를 훔치다가 발각되었다. 그녀가 멘 숄더백이 축축 처지는 것을 수상하게 여긴 직원이 가방을 뒤져보자 손톱으로 바코드를 긁어놓은 고기 팩이 잔뜩 쏟아져 나왔다. 그녀는 자신의 절도 범행이 '생리전증후군' 때문이라고 주장했다.

"검사님도 여자니까 아시죠? 생리통이 얼마나 끔찍한지. 첫날은 거의 죽어나잖아요."

나도 공감하지 않을 수 없었다. 생리가 올 때마다 전기담요를 끼고 바닥을 데굴데굴 굴러본 일인으로서. 생리가 시작되기 사나흘 전부터 급격한 호르몬 변화로 세상만사가 짜증스러워져서 가족이나 친구에게 평소 같으면 상상도 못 할 폭언을 해놓고 후회해본 경험을 해본 사람으로서.

"진열대에 있는 고기를 보는데, 그런 충동이 들었어요. 이 정도는 가져가도 괜찮지 않을까 하는. 영양 보충을 잘해줘야 생리통도 완화된다는데, 전 고기 사먹을 형편이 안 되거든요."

펑펑 우는 피의자를 보면서 난 동정심이 솟구쳤다. 그렇지, 생리할 때는 잘 먹어야지. 가만히 서 있기만 해도 현기증이 나서 허공이 빙빙 도는 걸 나도 겪어봤으니까.

"뜨끈한 사골로 국물을 내서 한 사발 들이켜면 생리통이 싹 가실 것 같았어요. 그래도 훔치면 안 되죠. 저도 알아요. 그냥 그 순간은 제가 제정신이 아니었어요. 정말이에요."

피의자는 '생리전증후군으로 인한 도벽 충동'이라는 진단명이 기재된 신경정신과 진단서도 제출했다. 난 그녀에게 일단 마트의 손해부터 배상하라고 조언했다. 마트 측에서 원만히 합의해주기만 하면, 피의자가 앞으로 생리전증후군에 관한 약물 및 상담 치료를 받는다는 전제하에 최대한의 선처를 베풀어도 될 것 같았다. 그런데 예상치 못한 반전이 날 기다리고 있었다.

"어, 잠깐? 이 이름 낯이 익은데?"

일주일 후 새로 송치된 절도 기록의 피의자 이름이 익숙했다. 고기를 10킬로그램이나 훔쳤던 그 여자, 최 씨였다.

기록을 들춰본 나는 벙쪘다. 최 씨는 다른 대형 마트에서도 고기를 훔쳤던 것이다. 심지어 CCTV를 통해 확인된 범행 횟수가 서른 번이 넘었다. 피해액은 약 200만 원 상당.

"범행 날짜를 종합해보니까 한 달 평균 대여섯 번이던데, 생리를 참 자주 하시나 봐요?"

최 씨를 불러다 놓고 그렇게 묻자, 그녀는 얼굴이 빨개진 채 아무 변명도 하지 못했다. 그런 그녀를 보며 생리도 안 하던 내가 생리통을 느낄 지경이었다. 난 그녀를 선처해주는 대신 죄명을 상습절도로 바꿔 기소했다. 그녀가 법정에 가서도 생리전증후군을 주장할지, 그렇다면 판사는 뭐라고 할지 무척 궁금했다.

여자라면 항상 연약할 거라는 편견을 악용하는 사람도 있다. 쌍방폭행으로 서로를 고소했던 젊은 부부. 남편은 덩치 큰 곰 같았고, 아내는 바람 불면 날아가 버릴 가녀린 백조 같았다. 여자는 하얗고 가느다란 팔에 남은 멍 자국을 보여주면서 울먹거렸다.

"남편에게 바람피우는 버릇이 있어요. 또 여자가 생긴 것 같아서 휴대폰을 한 번만 보자고 했더니, 죽어도 안 된다면서 절 붙잡아 밀친 거예요."

아내의 말만 들으면 남편은 천하의 죽일 놈이었다. 그런데 남편의 주장은 또 정반대였다.

"아내에게 의부증이 있습니다. 제가 이웃집 아줌마와 인사하는 것만 봐도 눈이 뒤집혀서 폭언과 폭행을 해요. 그날도 제가 거래처 여직원과 업무상 통화하는 걸 듣고 마구 달려들기에 얼떨결에 밀어낸 거였습니다."

가정집에 CCTV가 있을 리는 없고. 증거라곤 상반되는 두 사람의 진술뿐이었다. 조금 혼란스러워진 내가 아내 쪽을 바라보자, 그녀는 어깨를 으쓱하며 당치 않다는 듯 받아쳤다.

"남편하고 저하고 체급 차이를 보세요. 제가 이이를 때린다는 게 말이 돼요?"

난 여자의 주장에 수긍했다. 세 살 위의 오빠와 함께 자란 나는 경험적으로 알고 있었다. 내가 아무리 젖 먹던 힘까지 쥐어짜봤자 오빠가 마음먹고 제압하면 한 주먹거리도 안 된다는 것을. 난 어설픈 정의감에 불타올라 남편에게 호통을 치기 시작했다.

"아무리 화가 나도 그렇지, 여자를 때리면 되겠어요? 그것도 평생 보호하고 사랑하겠다고 맹세한 자기 아내를? 남자로서 부끄럽지도 않으세요?"

"아, 미치겠네. 제가 더 많이 맞았다니까요! 검사님!"

"저 조그만 주먹에 맞아봤자 얼마나 아프겠어요? 어휴, 엄살은."

남편은 아내로부터 폭행당했다고 주장하면서도 그녀에 대한 처벌은 원치 않았다. 폭행은 피해자의 의사에 반해 처벌할 수 없는 죄이므로 아내에게는 '공소권 없음' 처분을 해야 했다. 하지만 아내는 이번 기회에 남편의 폭력적인 습성을 고쳐주어야겠다며 남편에 대한 처벌을 고집했다. 어떻게 처리해야 하나 고민하던 중 남편이 USB 하나를 들고 검사실을 찾아왔다.

"검사님, 이것 좀 봐주십쇼."

"이게 뭔데요?"

"제가 맞고 있는 장면을 찍은 동영상입니다."

지난번 검찰 조사가 끝난 후 남편은 법대 출신 여자 후배와 통화하며 조언을 받았다고 했다. 그걸 본 아내는 또 바람을 피운다며 길길이 날뛰었다. 남편은 그런 아내를 서재로 데려갔다. 서재에는 남편이 미리 켜놓은 노트북 캠이 있었다.

난 캠에 찍힌 영상을 보고는 문자 그대로 얼어붙었다.

— 짝! 짜악! 짜아악!

뺨을 그렇게 세게 때릴 수 있다는 걸 난 처음 알았다. 청순한 아내가 긴 생머리를 휘날리며 가녀린 손목을 휘두르고 있었다. 남편의 얼굴이 홱홱 돌아가고 고개가 꺾였다. 보는 내가 다 아플 지경이었다. 옆에서 함께 보던 계장님이 "어이쿠" 하시는 소리가 들렸다.

"저도 남자인데, 쪽팔려서 이렇게까진 안 하고 싶었어요. 하지만 어쩝니까. 저도 아프다고요!"

남자는 울부짖듯 말했다. 아내가 달려들어 때려도 기껏 그 팔을 잡고 밀어붙이는 정도밖에는 할 수 없었던 비운의 남편. 난 그에게 남자답지 못하다고, 엄살을 부린다고 질책했던 것을 반성했다. 이 동영상을 보지 못했다면 정말 억울한 사람을 만들어낼 뻔했다.

심심하다는 이유로 늑대가 나타났다고 거짓말을 했던 양치기 소년의 결말을 우리는 알고 있다. 결국 늑대가 소년의 양을 전부 잡아먹어 버렸다. 소년이 양들을 잃은 건 거짓말의 대가다.

그런데 거짓말한 적이 없는 다른 양치기들은 어떨까? 양치기 소년의 거짓말 때문에, 선량한 다른 양치기들조차 늑대가 나타났다고 아무리 외쳐도 마을 사람들의 도움을 받을 수 없게 된 건 아닐까?

생리전증후군 환자, 가정폭력 피해자 행세를 했던 저 피의자들은 내 눈에 양치기 소년과 똑같아 보였다. 그런 몇몇 사람들로 인해 진짜 생리전증후군 환자들과 가정폭력 피해자들이 억울한 취급을 당해서는 안 된다. 햄릿은 말했다. 약한 자여, 그대의 이름은 여자이니라. 지극히 시대착오적인 이 발상을 깨부수기 위해 지금도 무수히 많은 여성들이 이 사회에서 고군분투하고 있다. 그러니 스스로 만든 약자라는 감옥에 스스로를 가두는 일은 그만두자. 아무리 벌금이 무서워도, 그게 같은 여자들에게 지켜야 할 최소한의 도리가 아닐까.

검찰청에 온
그녀들

박민희

요즘은 검찰청에도 여성 검사가 30퍼센트를 넘어선다. 실제로 근무하는 평검사를 기준으로 한다면 형사부의 성비가 50대 50이 되는 경우도 자주 보인다. 그만큼 검찰에도 여성 검사, 여성 수사관들이 많이 임용되었다. 시대가 변해 여성 검사 비중이 많이 늘어난 것만큼이나 검찰청에 자주 보이는 이들이 있으니, 바로 여성 피의자들이다.

수많은 피의자들이 검사실을 다녀가지만 그중에서도 유독 기억에 남는 여성 피의자들이 있다. 여성 피의자를 조사하다 보면 그녀들의 내심을 들여다보게 되는데, 그 제각각의 사연에 나도 고개가 끄덕여질 때가 많다. 오늘은 기억에 남는 그녀들의 사정을 풀어보고자 한다.

명예훼손 사건은 매우 까다롭다. 우리나라는 사실이든 허위이든 각각 사실적시 명예훼손과 허위사실적시 명예훼손으로 모두 처벌한다. 그런 이유로 당사자의 발언이 '명예훼손'적인 발언인지 아닌지만이 아니라 그것이 사실인지, 허위인지도 판단해야 한다. 그렇다 보니 때로는 이 수사로 인해 사실인지 허위사실인지를 밝히는 것이 되레 '명예훼손'이 되는 웃지 못할 상황이 벌어지기도 한다.

요즘은 정말 많은 명예훼손이 인터넷 카페에서 일어난다. 특히나 음식점, 병원, 인테리어 등에 대한 각종 후기가 넘쳐나는, 이른바 '맘카페'가 사건의 중심이 되는 경우가 많다. 정보를 교환하는 것이 무슨 문제가 되겠냐만은 좋지 않은 후기가 올라오면 고소감이 되기도 한다. 그날은 신혼의 달콤함을 누리고 있어야 할 젊은 여성이 검사실을 방문했다.

"인테리어 후기를 쓰셨네요. 이렇게 자음으로만 상호를 쓴다고 가려지는 게 아니에요. 댓글을 보세요. 다들 어딘지 알잖아요. 그리고 봐요, 자음으로 욕한다고 해도 욕인지 다들 알잖아요. 사장님한테 진짜 욕도 쓰시고."

"아니에요, 검사님. 제가 인테리어에 들인 비용이 얼마인데, 이렇게 엉망으로 했잖아요. 저 진짜 너무 억울해요. 제가 이렇게 고소당할 줄은 몰랐어요."

"이런 글은 단순히 후기라고 생각해서 명예훼손이 아니라고 여기시면 안 돼요. 후기에 감정이 실리기 때문에 '비방의 목적'이 문제될 수도 있고요."

"검사님, 저 어떡하죠? 저 정말 조심할게요. 이렇게까지 일이 커질 줄은 몰랐어요."

많은 사람들이 이렇게까지 될 줄 모르고 카페에 글을 쓴다. 나름대로 상호를 가렸다고 생각할지 모르지만 '엄마 수사대'들은 이미 그곳이 어디인지 정확하게 파악한다. 그러니 사장님 귀에 들어갈 수밖에.

사정은 딱했다. 피의자는 인테리어 보수를 제대로 받지 못해 다른 곳에서 보수를 하느라 추가 비용이 상당히 들었다. 카카오톡 대화를 보니 사장님도 응대를 꽤나 사납게 하셨다.

나도 인테리어가 얼마나 스트레스인지 아는지라 되도록 합의로 종결하고 싶었다. 하지만 사장님의 감정은 극에 달해 합의는 어려웠다. 고소 사건이기에 가벼이 처리할 수도 없는 노릇.

합의가 안 된 이 고소 사건은 사실 벌금형으로 가벼이 처리할 수 있었다. 그러나 이미 벌금형보다 훨씬 큰 금액을 인테리어 보수 비용으로 지불한 이 딱한 피의자를 위해 검찰시민위원회(시민을 대표하는 위원들과 함께 기소, 불기소 적정 여부를 검토하는 위원회)를 개최하기로 마음먹었다. 이후 이 안건을 가지고 부장님과 청장님의 결재 핑퐁을 세 번 당한 후에야 나의 결심은 이뤄질 수 있었다.

"검사님, 간단한 사건인데 고생 많으시네요. 그래도 검사님처럼 사건 처리를 해주셔야 검사죠."

수사관님의 말 한마디에 힘을 얻고, 끝끝내 검찰시민위원회를 열어 위원들의 만장일치로 기소유예, 즉 기소하지 않는 것으로 의견을 이끌어냈다. 사건은 기소유예 처분으로 종결.

사건을 들여다보면 각자 저마다의 사정이 있다. 그리고 이 사건 속의 여성처럼 기소유예로 종결될 수도 있다. 그렇다 할지라도 인터넷 카페에서 분노의 키보드질은 조심, 또 조심해야 한다는 사실을 잊지 마시길.

＊ 두 번째 그녀, 나는 포주가 아니에요

두 번째 그녀는 공판에서 만났다. 분홍색으로 염색한 머리를 양갈래로 묶고 있던 피고인은 법정에서 소리를 버럭버럭 질렀다.

"저 아니라고요! 저는 아니에요. 저는 그 여관에 그날 그냥, 그냥 놀러 간 것뿐이라고요!!"

평범한 여관인 줄 알고 성매매 업소에 그냥 놀러 간 것이라고 주장하는 이 여성. 카운터에 앉아서 귤을 까먹었을 뿐, 아무것도 모른다고 주장한다. 성매매 업소의 카맨(Car man, 성매매 여성을 성매매 장소까지 차로 이동시켜주고 데려오는 사람) 김 씨 역시 그날 분홍 머리 여성을 처음 보았다고 증언한다.

"저기…… 피고인은 그냥 놀러 왔다고 했어요. 저도 그날 처음 봤고요……."

"경찰 조서에는 피고인이 포주라고 진술했던데, 왜 본 법정에서 진술을 바꾸는 거죠?"

"저…… 조서 안 봤어요. 조서에 뭐라고 쓰여 있는지도 모르고 그냥 서명한 거예요."

수사된 사실관계와 명확히 반대되는 진술. 증인의 위증이었다. 경찰서에서 작성된 조서를 확인하지 않았다는 증인의 증언에 힘입어 분홍 머리 피고인은 더욱 기세등등해졌다.

"거 봐요! 판사님! 경찰 조서도 엉망이고, 지금 증인이 사건 당일 저를 처음 보았다고 하잖아요!!!"

그러나 증거관계가 명백했다. 사건 당일 전화를 받고 성매매 여성을 연결시켜준 이는 분명 피고인이었다. 기세는 등등했지만 명백한 증거 앞에서 그녀의 자신감은 재판부의 판단 근거가 될 수 없었다. 피고인에게는 결국 유죄가 선고되었다. 그리고 위증을 수사하는 것은 내 몫이 되었다.

"김○○ 씨. 법정에서 거짓말하셨죠?"

"네…… 사장님이 시켜서 했어요."

"그 피고인이 성매매 업소 사장님 맞죠?"

"네. 맞아요······."

한껏 풀 죽은 김 씨는 혼자서 위증의 처벌을 감당할 정도로 단단한 사람은 아니었다.

분홍 머리 피고인이 거짓말을 시킨 것이라면 단순한 위증이 아닌 위증교사로까지 수사가 확대되어야 할 판이었다. 교사의 입증은 단순히 공범의 진술만으로 끝나는 것이 아니었다. 분홍 머리 피고인이 부인할 것이 명확해 보였기 때문이다.

김 씨를 세 차례 조사하고서야 위증교사의 실마리를 잡을 수 있었다. 김 씨가 위증을 부탁받던 날의 시간과 장소를 확인했고, 그의 휴대폰 분석과 위치추적을 통해 증거를 보강했다. 수사를 통해 확인한 결과 피고인은 대포폰을 세 대나 사용하면서 김 씨에게 위증교사를 지시해왔다. 말 그대로 꽤나 치밀했다.

"아니에요. 증인이 거짓말하는 거예요! 아니라고요!!! 증언 중단시켜주세요. 증인 나가요!!"

위증교사 사건에서 다시 만나게 된 분홍 머리 피고인은 김 씨가 사실대로 진술하는 증언을 듣고 울부짖었다. 그러나 사실은 분홍 머리 피고인이 성매매 업소 포주이고, 그녀의 지시로 '사건 당일 처음 보았다'고 진술했다는 김 씨의 증언은 흔들림이 없었다. 성매매 사건은 단순 벌금형이었으나, 집행유예 기간이었던 피고인은 결국 위증교사 때문에 법정구속을 면치 못했다.

이후 피고인은 나에게 반성문과 아이의 재학증명서, 어머니의 병원비 영수증 등을 제출했다. 피고인의 아이는 자사고를 다니고 있는 우등생이었다. 그리고 피고인의 어머니는 병환으로 수천만 원의 병원비가 체납된 상황이었다. 아이와 어머니의 뒷바라지가 너무 힘들어 어쩔 수 없이 성매매 알선에 손을 댔고, 집행유예 기간에 구속될 것이 두려워 김 씨에게 위증을 시켰다는 게 반성문의 내용이었다. 피고인의 안타까운 사정에 숙연해지면서도 여성이 여성을 이용하여 자신의 상황을 모면하려고 했다는 아이러니에 마음이 씁쓸했다. 안타까운 마음으로 피고인의 반성문을 항소심 재판부에 보내주는 것이 내가 할 수 있는 마지막 일이었다.

＊ 세 번째 그녀, 엄마에게 엄마가 사기를

검찰청 복도를 가득 메우는 아기의 울음소리. 그리고 어딘지 모르게 무겁게만 느껴지는 터벅터벅 발소리. 아이를 낳은 지 얼마 되지 않아 잔뜩 부은 몸에 아이를 업고 출석한 한 씨는 내 방 앞에서 아이를 달래느라 검사실에 들어오지 못했다.
"괜찮아요. 아이와 같이 들어오세요."
연신 허리를 숙이며 나에게 인사하고 들어오는 한 씨는 중고나라 사기꾼이었다. 그 품목은 산양분유와 기저귀.
분유와 기저귀는 중고나라의 단골 사기 품목이다. 만만치 않은 가격 때문에 중고나라에는 조금이라도 더 저렴하게 분유와 기저귀를 구입하려는 사람들이 많다. 하지만 아무리 시세보다 저렴하게 판다고 해도 분유와 기저귀 값 자체가 높은 데다 박스 단위로 구매가 이루어지다 보니 거래 금액이 결코 낮지 않다. 그래서 한 사람당 피해 금액이 상당해진다. 사기범 입장에서는 매우 쏠쏠한 아이템인 것이다. 거기다 산양분유? 일반분유보다 훨씬 비싼 산양분유를 선택한 한 씨는 제법 '꾼'인 것이다.

"아니, 아기 엄마 마음도 잘 아실 분이 어째 분유하고 기저귀로 사기를 치십니까?"

"검사님, 그게요. 흑흑…… 저희 아이가…… 산양분유밖에 못 먹는데 너무 비싸요. 제가 미혼모인 데다 아기는 아토피가 심해서, 아이 키우기가 너무 힘들었어요……."

본인이 생활비를 벌 수도 없고, 벌어올 사람도 없는 상황. 하필 아이는 산양분유만을 먹을 수 있으니 어깨의 짐이 얼마나 무거웠을까. 그래도 사기는 엄연한 범죄.

"중고나라에서 산양분유를 구입한 많은 엄마들도 같은 상황 아니었을까요. 좋은 분유를 발품 팔아 싸게 샀다고 좋아했을 텐데, 그 엄마들은 얼마나 속상하겠습니까."

"네, 맞아요, 검사님…… 제가 열심히 돈 벌어서 피해자들과 합의 보도록 하겠습니다. 정말 죄송합니다……."

한 씨는 범행을 모두 자백하고 반성하고 있었고, 그 마음도 진실하게 느껴졌다. 일부 피해자와는 합의해서 합의서도 몇 장 제출된 상태. 추가 합의를 위해서는 시간이 조금 더 필요해 보였고, 어깨가 무거운 미혼모에게 줄 수 있는 최대한의 선의로 나는 사건 처리를 잠시 미루었다.

한 달 뒤 많은 피해자와 합의한 한 씨는 다량의 합의서를 제출했다. 그 덕분에 벌금형의 가벼운 처분이 가능했다. 내 아이에게 먹일 산양분유를 마련하기 위해 다른 아이의 산양분유를 뺏은 꼴이 된 사건. 엄마가 엄마에게 사기를 치게 된 이 비극이 날 씁쓸하게 했다.

그런데 얼마 지나지 않아 또다시 중고나라 사기로 아기를 업고 검사실을 방문한 한 씨. 이번에는 아기 전용 세탁기를 미끼로 사기를 쳤다고. 그렇게 나의 선의는 무색해졌다. 나는 결국 내 앞에서 눈물을 훔치는 한 씨를 보며 다시 조사를 할 수밖에 없었다.

각자 저마다의 사정으로 검사실을 방문한다. 그리고 그들의 속사정은 형법 법조문처럼 간단하지 않다. 법조문에 해당하는 사실관계를 찾는 것도 중요하지만 더 나아가 법조문 밖의 사연을 들어주고 이해해주는 것도 검사에게 필요한 덕목이 아닐까. 오늘도 여성 피의자들의 각양각색의 사연에 귀 기울이며 나도 삶을, 인생을 배워간다.

김은주

내가 가장 싫어하는 속담은 '열 번 찍어 안 넘어가는 나무 없다'
라는 말이다. 가끔 '남사친'들이 저 속담을 들이밀면서 자신들의 짝
사랑에 대해 상담을 구하곤 했다. 그럴 때면 나도 모르게 절로 욕설
을 구사하며 진절머리를 쳤다.

"야, 이 ××새끼야! 정신 차려. 백 번 천 번을 찍어봐라. 한 번 남
자로 안 보이면 그냥 끝인 거야."

검사가 된 이후에는 어쩐지 저 말이 범죄의 냄새까지 풍기는 것
만 같아, 듣기만 해도 소름 끼치는 지경이 되어버렸다. 스토킹(놀
랍게도 아직 법적으로 스토킹 행위에 대한 정의가 없다) 가해자들을 만날
때면, 내가 감히 뭐라고 그분들을 훈계하나 싶기도 하고, 내가 할
수 있는 일이 없어서 무기력함을 느끼기도 한다. 나의 역할은 그들

의 말도 안 되는 소리를 고스란히 조서에 남겨드리는 것이 전부인가 싶어 헛웃음이 나오기도 한다.

도대체 검사씩이나 되어서 왜 이렇게 스토킹 가해자들 앞에서 무기력해지냐고? 검사는 법에 규정된 것만 수사하고 기소할 수 있기 때문이다. 경찰이든 검사든 판사든, 심지어 대통령이든 간에 법에 범죄로 규정되지 않은 행위에 대해서는 그 누구도 처벌할 권한이 없다. 그런데 대한민국 형사법 체계에서 스토킹 범죄는 아직 그 개념 정의조차 제대로 입법이 되지 못했다. 여성들의 들끓는 항의에 대한 입법부의 반응은 살인, 상해 등의 추가 피해로 발전되지 않은 기초적 단계의 스토킹 행위를 '경범죄'에 편입시키는 것으로 끝나고 말았다.

[경범죄 처벌법 제3조 제1항 제41호.] (지속적 괴롭힘) 상대방의 명시적 의사에 반하여 지속적으로 접근을 시도하여 면회 또는 교제를 요구하거나 지켜보기, 따라다니기, 잠복하여 기다리기 등의 행위를 반복하여 하는 사람

→ 10만 원 이하의 벌금, 구류 또는 과료(科料)의 형으로 처벌

우리나라에서 스토킹 행위는 고작 '경범죄'이기 때문에, 법원은 스토킹 가해자에 대해서 벌금 10만 원을 초과하여 처벌할 수가 없다. 심지어 현장에 경찰이 출동해서 그를 현행범인으로 체포라도

하게 되면 고작 10만 원의 벌금조차 안 내도 된다. 그가 체포되는 순간 미결구금일수(수사 및 재판 과정에서 체포, 구속하여 경찰서 유치장이나 구치소에 수감된 일수. 실형이 확정되지 않은 상태에서 구금되기 때문에 '미결'구금이라 함) 1일이 발생하여, 미결구금일수 1일에 해당하는 벌금 10만 원이 차감되기 때문이다.

이 경범죄의 무게가 어느 정도인지 잘 모르겠다면, 다른 10만 원짜리 경범죄들과 비교해보면 더 쉽게 이해될 것이다. 다른 사람의 집이나 자동차 등에 함부로 광고물을 무단 부착하는 것, 담배꽁초·껌·휴지·쓰레기 등을 함부로 아무 곳에나 버리는 것, 길이나 공원 등에 함부로 침을 뱉거나 대소변을 보는 행위 등이 모두 경범죄에 해당한다.

그렇다. 우리 형사법 체계에서 스토킹은 광고물 무단 유포, 쓰레기 무단 투기, 노상방뇨에 준하는 아주 귀여운 범죄인 것이다. 심지어 직장도 있고 거주지도 일정한 사람인 경우에는 경범죄처벌법위반 행위만으로는 원칙적으로 현행범인 체포도 못 한다.

결국 검사들은 스토킹 가해자들을 처벌하기 위해 그들의 행위를 낱낱이 쪼개어 기존 형사법 체계로 처벌할 수 있는 범죄로 재구성하는 작업을 거치게 된다. 협박죄, 상해죄, 살인죄, 명예훼손죄, 모욕죄, 정보통신망법위반죄, 성폭법위반죄 등.

스토킹 행위가 가지는 고유의 특성에 적절히 대응할 수 있도록 법체계가 마련될 필요가 있지만, 아직 우리의 입법자들은 관심이 없다. 지금껏 수많은 스토킹 가해자들을 만나봤는데, 특히 구애를 목적으로 범죄를 저지르는 사람들에게는 몇 가지 공통점이 있다.

"감히 제깟 ×이 주제도 모르고 어떻게 제 마음을 안 받아줍니까."

첫 번째 공통점은, 스토킹 가해자들은 자신에 대한 과한 자신감을 보인다는 것이다. 놀랍게도 가해자들 중에는 사회적 조건이 좋은 사람들이 꽤 있다. 이들은 피해자가 부유한 배경, 사회적 지위, 평균 이상의 외모(라고 착각)를 가진 자신을 사랑하지 않는 것을 도저히 믿을 수가 없다고 했다. 사회적 조건이 나쁜 사람들은 그래도 자신이 피해자보다는 조건이 좋다느니, 지금 자신을 무시하냐느니, 각종 궤변을 늘어놓으면서 피해자가 자신을 사랑하지 않는다는 것에 분노했다. 그런 그들에게 "피해자는 그래도 당신이 싫대요"라고 말해줘봤자, 그들로부터 돌아오는 대답은 피해자의 부모가 피해자를 세뇌시켰다느니, 자신과 떨어져 있는 시간이 길어지면서 피해자가 자신의 매력을 잊어버린 것에 불과하다느니 하는 망상 가득한 말들뿐이었다.

"피해자가 저를 더 이상 만나주지 않습니다. 그런데 어떻게 합의를 합니까. 제가 처벌받으면 다 피해자 탓입니다."

두 번째는 합의 여부를 묻는 질문이 더 큰 악순환을 불러오기도 한다는 것이다. 처벌의 정도를 정할 때는 피해자와의 합의 여부가 매우 중요하다. 즉 피해자가 합의해주지 않으면 피고인은 더욱 무거운 처벌을 받을 수밖에 없다. 대부분의 스토킹 피해자들은 가해자의 접근을 원하지 않기 때문에 자신의 연락처가 그들의 변호인에게 제공되는 것을 극히 꺼려하며, 그 결과 합의가 이루어지지 않는 경우가 압도적으로 많다. 그런데 피해자가 가해자에 대한 처벌을 원하는 것은 스토킹 범죄에서 더욱 큰 악순환의 시발점이 되곤한다.

'나의 사랑을 받아주지 않는 것도 괘씸해 죽겠는데, 네가 나를 용서하지 않아서 내가 더욱 무거운 처벌을 받게 되었다고?'

스토킹 범죄로 아무리 오래 형을 산다 치더라도 1~2년이면 풀려나기 마련이다. 초범인 경우에는 합의가 되지 않더라도 벌금형이나 집행유예가 선고될 뿐이다. 많은 가해자들은 원망과 복수심에 가득 차서 또다시 피해자들에게 접근하려고 호시탐탐 기회를 노리지만, 안타깝게도 현재 법체계상 스토킹 피해자들을 범죄로부터 미리 보호할 방법은 없다. 추가 범죄가 일어나게 되면 그제야 더 무겁게 처벌할 수 있을 뿐이다. 살인이라도 일어나면? 피해는 회복될 수 없다.

법원이 피해자를 직접 보호해줄 것도 아니면서 가해자에게 '피해자가 합의를 해주지 않으면 무겁게 처벌할 수밖에 없다'는 신호를 주는 것은 매우 위험하기 짝이 없는 일이다. 가해자에게 필요한 것은 당신의 잘못된 행동 때문에 처벌받는다는 강력한 경고다. 피해자에 대한 망상으로 인한 집착에서 시작되는 범죄가 곧 스토킹 행위인데, 법원이 피해자와 합의되지 않아 무겁게 처벌되는 것이라고 안내하는 순간, 이는 가해자에게 피해자를 탓할 빌미를 제공해준 것이나 다름없기 때문이다. 개인적으로는 스토킹 행위와 관련된 양형 참작(판사가 형을 정할 때 범행 후 정황, 피해자와의 관계, 피고인의 연령과 성행, 범행 동기와 결과 등을 고려하는 것) 사유로 피해자와의 합의 여부가 언급되어서는 안 된다고 생각한다. 그것보다는 가해자가 피해자에게 접근하지 않고 있는지 여부, 더 이상 피해자를 괴롭히지 않겠다는 굳은 다짐 등이 더 중요한 양형 요소가 되어야만 하지 않을까.

"피해자가 자신을 더 이상 사랑하지 않는다는 것을 인정하나요?"

스토킹 사건에서 가장 중요한 건 재발 방지다. 그래서 나는 스토킹 사건들을 접할 때마다 가해자에게 꼭 이 질문을 한다. 스토킹 가해자의 재범 위험성을 판단하는 매우 유용한 질문이기 때문이다.

자신의 행동이 잘못되었다고 객관적으로 인식할 능력이 있는 사람은 거짓말로라도 '네'라고 답한다. 다시는 피해자에게 접근하지 않겠다면서 자신이 반성하고 있음을 강하게 호소한다. 하지만 대부분의 스토킹 가해자들은 거짓말을 할 필요조차 느끼지 못하는 것 같았다. 피해자가 아직도 자신을 사랑하고 있는데 피해자만 모를 뿐이라며 자신만 만나면 다시 자신을 사랑한다고 말해줄 것이라고 확신에 차서 떠들어댔다.

심지어 어떤 피고인은 저 질문에 끝내 답하기를 거부하면서 왜 그렇게 가혹한 질문을 하느냐고 반문했다. 그러고는 그녀는 아직도 나를 사랑하고 있는데 그녀만 그 사실을 모를 뿐이라면서 대성통곡하기 시작했다. 그 모습을 지켜보던 변호사님의 표정이 정말 일품이었다. 순간 넋이 나간 표정을 짓더니, "보시다시피 피고인은 처벌이 아닌 치료가 필요한 사람입니다"라고 판사님께 간청했던 것이다.

어쩌면 그 변호사님의 말이 완전히 틀린 것은 아니다. 스토킹 가해자들의 경우 피해자에 대한 망상이 병리적 수준에 이르는 사람이 많고, 치료가 필요한 사람도 상당히 많다. 형사법 체계상 정신병적 질환을 가진 사람들을 교도소나 구치소가 아닌 치료감호소라는 곳에 가두고 치료하는 치료감호라는 제도가 있긴 하지만, 스토킹 행위는 치료감호 대상에 해당되지 않는다. 알코올 중독, 마약 중독, 성적 도착증 등 매우 제한적인 정신 질환의 경우에만 치료감호 대상이 된다. 현실이 이렇다 보니 스토킹 가해자들이 정신 질환을 주장하는 경우에는 심신미약으로 형이 감형되는 요소로만 작용할 뿐, 그들의 치료가 강제되는 일은 거의 발생하지 않는다. 그리고 그들은 그렇게 정신 질환이 치료되지 않은 채 다시 망상에 가득 차서 피해자의 주변을 마음껏 맴돌게 된다.

스토킹 행위는 그 어떤 범죄보다 피해자에 대한 재범 위험성이 높고, 그 원인이 정신적 질환에 기인한 망상에서 비롯되는 경우가 대다수다. 심신미약의 사유로 인정해주기보다는, 그 위험성을 무겁게 평가하여 가해자에 대한 장기간의 치료감호가 선고될 수 있도록 제도가 정비되어야 하지 않을까.

개인적으로는 스토킹 행위의 재범 방지를 위해서는 이러한 행위를 전자장치 부착 명령의 대상에 포함시키는 것이 꼭 필요하다고 생각한다. 매우 과격한 주장일 수도 있지만, 이런 명령이야말로 피해자를 추가적인 스토킹 피해로부터 보호하는 가장 효과적인 방법이기 때문이다.

스토킹 피해자들은 경찰로부터 범죄 예방을 위해 필요한 사전조치를 보장받을 수 없기 때문에 자신의 주거지에 몇백만 원의 사비를 들여 CCTV를 설치하거나, 개인 경호원을 섭외하는 등의 조치를 취해야만 한다. 가해자가 수시로 피해자의 직장에 찾아와 난동을 부리기 때문에 일정하게 직장을 유지하는 것도 불가능에 가깝다. 언제든, 어디에든 가해자가 나타나 괴롭힐 수 있기 때문에 피해자들은 범죄의 공포로 인해 사회적으로 고립된 채 24시간 불안감에 노출되어 있다.

다른 범죄 유형에 비해 스토킹 가해자들은 의외로 멀쩡하게 직장도 잘 다니고 정상적인 사회생활도 유지하는 경우가 상당히 많다. 그들이 최후 변론에서 자신이 구속되면 직장에서 쫓겨나 생계가 어려워진다고 애걸하는 모습을 보고 있자면, 직장의 중요성을 그렇게나 잘 아는 사람이 피해자의 직장을 쫓아다니며 이런 짓을 하나 싶어, 분노를 금할 수가 없다. 하지만 그들이 사회생활의 중요성을 인식할 지적 능력이 있다는 것은, 전자장치가 그들에게 매우 효과적인 범죄 제어 도구가 되어줄 수 있다는 것을 방증한다. 그들에게 전자장치란, 그들이 언제든지 피해자에게 접근하기만 하면 국가가 이를 실시간으로 알아차릴 수 있고 곧바로 그의 사회생활이 중단될 수도 있음을 매일 일깨워주는 도구가 될 수 있고, 더 나아가 그들의 스토킹 욕구를 차단할 수 있는 제어 기제가 될 수 있다.

그리고 전자장치는 피해자 보호 측면에서도 탁월한 효과가 있을 수 있다. 스토킹 가해자가 피해자에게 접근하는 것을 국가가 실시간으로 감시할 수 있기 때문에 피해자를 보호하는 효과가 매우 크고, 따라서 피해자가 안심하고 일상생활을 영위하게 하는 원동력이 되어줄 수 있다. 단언컨대, 전자장치 부착으로 인한 가해자의 인권 침해보다 그를 통해 얻을 수 있는 피해자 보호의 공익이 훨씬 더 크다. 정말이지 스토킹 사건에서만큼은 국가가 '가해자의 인권이 피해자에 대한 보호보다 더 중요하다'는 말을 하면서 피해자들에 대한 보호를 등한시하지 않았으면 좋겠다.

사랑은 두 사람의 교감이 있어야 아름다운 것이다. 상대방의 의사와 무관하게 나의 일방적인 호감을 상대방에게 강요하는 것을 '구애'의 범주에 더 이상 포함시켜서는 안 된다. 구애 행위에 지나치게 관대한 우리 사회의 인식도 이제는 달라져야 하지 않을까. 지나친 구애 행위에 대해서 '열 번이고 백 번이고 찍어보자'고 부추기는 대신, '너 그러다 감방 간다? 그만해라. 상대방이 싫다잖아'라고 경고하는 사람들이 늘어나길 희망한다. 몇 명이나 더 스토킹 피해로 죽어나가야 국회는 이 파국을 막을 생각이 들까. 더 이상 법이라는 이름 앞에서 스토킹 피해자들의 고통이 경범죄로 방치되지 않았으면 좋겠다.

검사가 소개팅에
나갔을 때

서
아
람

"대한민국에서 제일 시집가기 힘든 직종은 해녀고, 그다음이 검사야."

법무연수원 시절 들었던 그 말을, 난 농담으로 받아들였다. 비록 중산층도 못 되는 소박한 서민 가정 출신에, 외모 평범, 몸매 평범, 성격은 다소 더럽기까지 하지만, 그래도 난 검사 아닌가. 진정한 전문직이자, 3급에 준하는 고위 공무원. 거기다 사회적 지위와 명예까지. 드라마에 나오는 것처럼 재벌 2세와 불타는 연애를 하고…… 뭐 그런 건 아니어도 선택의 폭이 꽤 넓으리라 생각했는데, 현실은 완전히 달랐다.

"서 검사, 얼른 시집가야지. 연애 안 하고 뭐 해?"

부장님들은 걸핏하면 그런 얘기를 하시면서도 정작 누굴 소개해주진 않으셨다. 오랫동안 사업을 하셔서 지인이 많은 아빠조차 항복을 선언하셨다. 서울대 법대, 서울대 로스쿨 출신 여자 검사라고 하면 다들 "소개해줄 만한 사람이 없다", "기가 너무 셀 것 같다"며 고개를 절레절레 젓는다는 것이다.

"그냥 혼자 살자. 검찰청이 내 시댁이고 기록들이 남편이야."

기왕 이렇게 된 거, 난 검찰 면접에서 했던 다짐을 지키기로 했다. 하지만 나의 비혼, 비연애 다짐은 그리 오래가지 못했다.

"연애하기는 귀찮은데 혼자 있자니 외로워."

드라마 제목처럼, 내 상태가 딱 그랬다. 모두가 퇴근한 시각까지 텅 빈 검사실에 남아 혼자 야근을 하고 있자면, 가슴속에서 찬바람이 휭휭 불어오는 것 같았다. 그렇게 좋아하던 영화도 혼자 보니까 재미없고, 소문난 맛집도 혼자 가니까 별맛이 없었다. 집에 돌아와 자취방 침대에 혼자 누워 있으면 별별 상념이 다 들었다.

엄마, 아빠가 돌아가시면 이 세상에 나 혼자겠구나. 오빠도 장가가겠지. 친구들도 시집가서 애 낳으면 만나기 힘들어지겠지. 기쁜 일이 생겨도 말할 사람도 없고, 아프거나 다쳐도 함께 있어줄 사람도 없겠구나. 염세주의적인 생각에 찌들어 일상조차 무기력해질 정도였다. 이대로 살면 안 되겠다는 생각이 절실하게 들었다. 특히 심하게 덜렁거리고 제 한 몸도 잘 못 챙기는 나 같은 인간은 더더욱. 외골수 기질이 강한 내 성격상 다른 사람과 관계를 맺는 게 번거롭고 힘들어도, 매번 실패해도, 포기하지 말고 계속 노력해보자 싶었다.

'그래, 소개를 못 받으면 내가 찾으면 되지. 목마른 사람이 우물을 파는 법!'

"나 소개팅 좀 시켜줘. 직업, 학벌 안 따지고, 그냥 성실하고 말잘 통하는 사람이면 돼."

그렇게 주변 사람들에게 적극적으로 어필하고 다니기 시작했다. 그냥 하는 말이 아니라, 정말로 조건은 별로 중요하지 않았다. 내가 밖에서 돈 벌어오고, 남편은 집에서 살림하며 애를 키워도 된다고 생각했다. 까다롭게 고르지 않자 만남의 기회가 많아졌다. 평일에는 바쁘니 주말에 부지런하게 소개팅을 했다. 많을 때는 토요일 점심, 저녁, 일요일 점심, 오후, 저녁 이렇게 다섯 명을 만나기도 했다. 내 캘린더는 평일엔 피의자신문으로, 주말에는 소개팅 신문(?)으로 빡빡하게 채워졌다. 그러다 보니 두 개가 정말로 비슷해지기 시작했다.

"피의자의 직업은 무엇이고 가족관계는 어떻게 되나요."

→ "펀드매니저를 하신다고 들었어요. 지금은 본가에 살고 계신거죠?"

"피의자는 사건이 발생한 주말에 무엇을 하고 있었나요."

→ "주말엔 주로 뭘 하면서 시간을 보내세요?"

"피의자는 마지막으로 하고 싶은 말이 있나요."

→ "저한테 궁금하신 건 없으세요?"

형식적인 문답이 오가고, 예리한 시선으로 상대의 반응을 캐치하고, 심지어 신문을 마치고 나면 대충 심증이 생기는 것도 비슷했다. 기소 아니면 불기소. 고(GO) 아니면 스탑(STOP).

수십 번의 소개팅을 거쳐도 별 수확은 없었다. 모름지기 소개팅이란 서로에 대해 알아가고 친밀감을 쌓아야 하는 과정이 아닌가. 그러나 사람들은 검사라는 직업을 마냥 신기해하며, 드라마나 영화와 비슷한지 자세히 듣고 싶어 할 뿐이었다. 내가 들은 가장 기막힌 말은 이거였다.

"와, 살아 있는 검사님을 보는 건 처음이에요!"

사건 얘기를 자세히 하는 건 규정에 어긋나기에, 검사 생활이 어떤지 풀어서 들려주면 누구나 재미있어했다. 하지만 남들이 생각하는 것과 달리 박봉이고, 평일엔 무조건 야근, 주말에도 당직 근무를 해야 하며, 2년에 한 번씩 전국 어디로 발령이 날지 모른다는 사정을 들으면 다들 표정이 어두워졌다. 변사체 검시를 하러 나가서 시체를 보고 만진다는 얘기에 대놓고 경악하던 이도 있었다. 검사가 그렇게 험한 일을 직접 해야 하는지 몰랐다고 했다. 일상적으로 시체를 보면서 어떻게 사냐고 뜨악한 눈으로 날 보는데, 로맨틱한 분위기가 만들어질 리가.

물론 모든 소개팅이 별로였던 것은 아니었다. 딱 한 번, 첫인상부터 내 이상형이었던 사람이 나온 적이 있었다. 키도 훈훈, 외모도 훈훈. 인사는 또 얼마나 예의 바르게 하던지. 이번엔 기필코 잘해봐야지 다짐하며 함께 카페 안으로 들어가려는데, 눈치 없게 휴대폰이 울렸다.

— 검사님, 저번 달에 직접 체포영장 치신 심○○, 아파트 평상에서 수박 먹다가 잡혔답니다. 조사하러 오실 거죠?

휴대폰을 부숴버리고 싶었다. 아니, 한 달 동안 잘 도망쳐 다니더니, 왜 갑자기 밖에 나와서 수박을 처먹고 난리야! 하루만 더 늦게, 아니면 하루만 더 빨리 붙잡혀주지 않은 피의자가 원망스러웠다. 피의자가 체포되어 오면 당직 검사에게 조사를 맡기기도 하지만, 초임이었던 난 감히 선배들에게 그런 부탁을 할 수 없었다.

"저기, 정말 죄송하지만 제가 일이 생겨서요. 가봐야 할 것 같아요."

"지금요?"

소개팅남은 황당하기 짝이 없다는 반응이었다. 자기는 오늘 약속 때문에 지인의 결혼식에도 안 갔다면서, 아무리 급한 일이어도 커피 정도는 마실 수 있지 않으냐고 했다. 나도 그러고 싶은 마음이 굴뚝같았다. 하지만 체포한 피의자를 붙잡아둘 수 있는 건 24시간뿐이고, 그사이 무슨 돌발 상황이 생길지 몰랐다. 말의 목을 잘랐던 김유신의 심정으로, 난 택시를 잡아탔다.

그날 밤 난 주선자 친구에게 전화로 혼쭐이 났다.

"야, 맘에 안 들면 차라리 대놓고 말해. 10분 만에 도망가는 건 뭐냐?"

그게 아니라고 열심히 설명했지만, 만남의 기회는 저 멀리 안드로메다로 날아가 버렸다. 그래, 난 결혼을 안 하는 게 아니고 못 하는 거다. 실버타운을 진지하게 알아봐야겠다고 생각할 때쯤, 우연을 가장한 필연이 날 찾아왔다.

"오랜만이다. 여기 근무한단 얘긴 들었어. 잘 지냈지?"

로스쿨 스터디를 함께했던 서울대 1년 선배가 구내식당에 앉아 밥을 먹고 있었다. 한때 내가 인턴을 하기도 했던, 유명한 로펌의 형사팀 소속 변호사가 되었다고 했다.

"정말 반갑다. 여기서 얘기하긴 어려우니까, 담에 같이 밥 먹자. 맛있는 거 사줄게."

선배는 진심으로 반가워하면서 내게 바뀐 휴대폰 번호를 알려주었다. 사실 난 좀 어색했다. 스터디 안에서 우린 그렇게 친한 편이 아니었고, 서로 다른 로스쿨에 진학한 후로는 한 번도 만나거나 연락한 적이 없었으니까. 그냥 인사치레겠지. 그렇게 넘어가려고 했는데, 그 후에도 계속 메시지가 왔다. 밥 먹자고, 언제 약속 잡을 거냐고.

"아, 그거? 신경 쓰지 마. 그 선배 최근에 여자친구랑 헤어졌대. 외로워서 그래. 너 말고 다른 사람들한테도 똑같을걸."

로스쿨 동기에게 그 말을 들었을 때, 난 이유는 알 수 없지만 좀 실망했다. 역시 그렇구나. 별 뜻 없었구나. 심심풀이 땅콩이 되긴 싫었다. 저 번호로 절대 연락하지 말자 다짐했다.

그렇게 보름이 지나고, 난 또 소개팅을 하러 나갔다. 이번 상대는 갓 콤플렉스(God Complex: 자기가 남들보다 우월한 존재라고 생각하는 증상)에 걸린 외과 레지던트였다. 두 시간 동안 자기 자랑만 입이 닳도록 해댔다. 내가 하는 일을 간략히 소개했을 때의 반응은 더욱 걸작이었다.

"아, 검사. 공무원이죠?"

그러고는 다시 자기 자랑. 나도 꽤나 잘난 척을 많이 하는 타입이라 생각했는데 그 남자 앞에서는 명함도 못 내밀 정도였다. 그렇게 20년 같은 두 시간이 흐른 후.

"이 근처에 그럭저럭 잘하는 레스토랑이 있어요. 저녁 먹으러 갈래요?"

"아뇨, 전 너무 피곤해서요."

사실 너무 배가 고팠다. 하지만 '의느님'과 마주 앉아 밥을 먹다간 내가 체할 것 같았다. 도망치듯 카페를 나왔는데, 배는 고프고 갈 데는 없었다. 기껏 꽃단장하고 나왔는데 이대로 집에 들어가면 너무 우울할 것 같았다. 휴대폰을 뒤지던 난 충동적으로 선배에게 연락했다.

— 저 지금 가로수길인데요. 저녁 안 드셨으면 같이 드실래요?

답장이 오리라곤 기대하지 않았다. 그런데 선배는 즉각 답장해준 건 물론이고, 30분도 걸리지 않아 내 앞에 짠, 하고 나타났다. 우린 저녁을 먹으며 친구처럼 편하게 대화했다.

"의뢰인들한테 거짓말을 너무 많이 들으니까, 인간이란 존재에 회의가 드는 것 같아."

"맞아요, 저도 그래요."

"그래서 오래 알고 지내던 사람이 편해. 전적으로 믿을 수 있으니까."

"저도 소개팅하는 거 진짜 신물 나요."

커피와 케이크를 먹고, 다시 야식을 먹으면서 새벽 2시까지 실컷 수다를 떨었다. 이렇게 말이 잘 통하는 사람인 줄 몰랐다. 선배는 형사변호사로, 난 검사로 일하고 있다 보니 척하면 딱이었다. 겹치는 지인들도 많고, 관심 있는 사건들도 비슷해서 서로 대화거리가 무궁무진했다.

이 관계가 특별하다는 확신이 든 건 정말 엉뚱한 계기에서였다. 쇼핑몰에서 함께 옷가게, 신발가게 등을 구경하다가 여행용 캐리어를 파는 전시장에 다다랐을 때, 유독 크고 튼튼하게 생긴 까만색 가방이 내 시야에 들어왔다.

"와, 가방 엄청 크다."

가방은 자물쇠가 채워져 있고, 이중 방수 기능도 있다고 쓰여 있었다. 범죄에 이용되기 좋겠다는 생각이 들었다. 시신을 은닉한다거나, 마약을 밀수한다거나. 머릿속에서 한 편의 추리소설을 술

술 쓰고 있던 난 문득 옆에 있던 선배를 쳐다보았다. 이런 생각 하는 걸 알면 음침하다고 싫어하겠지. 뭐 저런 여자가 다 있나 하겠지. 그런데 바로 그 순간 선배가 말했다.

"저거, 연쇄살인범이 쓰기 딱 좋게 생겼다."

난 감동했다. 이렇게까지 나와 코드가 맞는 사람이 있다는 것에. 이 사람 앞에서는 피곤하게 여성스러운 척, 새침한 척, 얌전한 척 내숭 떨지 않아도 됐다. '여자'인 내가 아니라, '검사'인 나로 있을 수 있었다. 그게 참 좋았다.

"난 누구와 결혼할까. 20대인 여러분은 근사한 로맨스를 꿈꾸겠지. 근데 말이야. 내가 예언하는데, 너희들은 결국 '그냥 아는 사람'과 결혼하게 될 거야. 두고 봐."

내가 법대 졸업반이었을 때, 행정법 보강을 하면서 교수님께서 하셨던 말씀이다. 운명의 상대가 어디서 짠, 하고 나타날 거라고 믿지 마라. 결국 인연은 가까운 곳에 있다.

행정법 교수님의 예언은 맞았다. 스터디 선배는 그로부터 1년도 지나기 전에 내 남편이 되었다. 어떤 사람이 남편으로 좋은지 묻는 후배들에게 난 항상 이렇게 말한다.

"그냥 아는 사람이랑 결혼해. 그게 최고야."

헤어진 연인의
거짓말

박
민
희

대부분의 여자 검사들은 검사 생활을 하며 한 번쯤은 성폭력 전
담을 맡게 된다. 아무래도 피해자의 대다수가 여성이기에, 피해자
들의 마음을 잘 이해할 거라고 생각해서 그렇지 않을까.

성폭력 사건은 살인 사건 못지않게 정신을 피폐하게 만든다. 사
건 자체를 설명하는 것부터 어렵다. 공소장에 사실관계를 적시할
때도 그 수위를 어느 정도로 해야 할지 고민된다. 초임 때는 피의자
의 행위를 공소장에 순서대로 자세히 적었다가 수석님에게 "다 지
워. 보기 힘들어"라는 말과 함께 퇴짜를 맞았던 적도 있었다.

성폭력 사건이 어려운 대표적인 이유는 객관적 증거가 없는 경
우가 많아서다. 은밀한 장소에서 피의자와 피해자 단둘이만 있는
상황. 목격자도 없다. 오로지 피해자의 진술에만 의존해야 하는 경

우가 허다하다. 그렇기에 피해자 진술의 신빙성이 사건을 판단하는 핵심이라 해도 과언이 아니다.

이러한 이유로 사건에서 드러나는 사람과 사람 간의 감정, 사실관계에 대한 질문, 답변에 대한 추궁 등 모든 것이 극세사처럼 섬세해야 한다. 같은 여성이기에 공감할 수 있는 울컥함도 단전 아래로 깊숙이 숨겨야 한다. 그리고 같은 여성이기에 이해 안 되는 그 순간도 정확히 포착해야 한다. 그 지점이 사건의 전환점이 되기도 하기 때문이다. 그 때문에 어떤 검사도 성폭력 전담을 쉬이 반길 수 없다.

평소와 같이 기소 의견으로 올라온 경찰 송치 사건을 집어 들었다. 강제추행. 100페이지 남짓의 아주 얇은 기록이었다. 고소인의 진술과 피의자의 진술만으로 이뤄진 기록. 경찰은 고소인의 진술에 손을 들어주었다.

사건기록을 읽는데 고소인의 진술이 어딘가 많이 부족해 보였다. 갓 대학생이 된 고소인 유 양은 이 일로 인하여 공황장애 증세까지 생겼다고 주장했다. 그래서 이렇게 고소인 진술도 제대로 못한 건가? 어린 친구가 얼마나 충격을 받았을까 걱정부터 앞섰다. 어지간해서는 성범죄 피해자를 다시 조사하지 않지만 지금 기록만으로는 불충분해 보였다. 공황장애까지 있는 친구를 조사했다가 다시 충격으로 검사실에서 쓰러지면 어떡하지?

그런데 조금 더 읽어보니 사건이 좀 이상했다. 고소인과 피의자는 연인관계였던 것이다. 연인관계에서 있을 법한 스킨십인 가벼운 키스. 이 키스에 피의자는 강제추행범이 되었고, 성추행범 낙인이 찍히기 일보 직전이었다. 과연 강제추행이었을까 의문이 들었다.

"실무관님, 고소인 조사 일정 잡아주세요."

대학교 수업을 마치고 온 유 양은 두려움 어린 표정으로 검사실에 입장했다. 성년이지만 이제 갓 학생티를 벗은 아이였다. 검찰청까지 오고 싶지 않았을 것이다.

"당시 상황에 대해서 진술할 수 있겠어요?"

"……네."

"이 일로 공황장애가 생겼다고 알고 있어요. 진술을 하다가 힘들면 언제든 조사를 중단해도 좋아요. 힘들면 바로 말해요. 119를 불러줄게요. 힘들겠지만 같이 이야기해봐요."

유 양은 고개를 끄덕이더니 진술을 시작했다.

"걔가요…… 제가 싫다고 하는데도 억지로 제 몸을 끌고…… 키스하고…… 그리고……."

유 양은 작은 목소리로 피의자가 자신에게 한 행위를 상세하게 나열했다. 이렇게 구체적인 진술은 거짓말로는 하기 어렵다. 이 행위는 분명 있었던 것이 맞다.

"어떻게 사귀게 됐어요?"

"언제부터 사귀었어요?"

"자취방에는 어떻게 가게 된 거예요?"

"자취방에서는 어떻게 나왔어요?"

"사건이 있은 다음 날 둘이 만났어요?"

유 양은 전 남자친구와 싸우고 홧김에 피의자를 만났다고 했다. 그리고 만난 지 일주일 만에 강제추행 사건이 발생했다. 그날 피의자의 자취방에 처음 갔고, 둘은 술을 마시며 영화를 봤다. 그러다 사건이 벌어지자 유 양은 피의자의 자취방을 나와 자신의 집으로 돌아갔다. 사건 다음 날, 피의자와 학교에서 만났다는 진술도 했다.

"혹시 지금 만나는 친구 있어요?"

"네……. 전 남자친구를 다시 만나요."

"같은 학교예요?"

"아니요. 같은 학교는 아니에요."

"혹시, 전 남자친구도 이 일을 알고 있어요?"

"네……. 전 남친이랑 이야기했어요."

"남자친구는 무슨 공부를 해요?"

"법대 다녀요. 검사님, 근데 이게 뭐가 중요하죠? 저 조사 힘들어서 더 못 하겠어요. 갈래요."

사건의 앞뒤 정황을 묻는 내가 못마땅했는지 유 양은 자리를 박차고 나갔다.

법을 공부하는 전 남자친구와의 불화, 새로 만난 남자친구와의 키스, 전 남자친구와의 재회. 그리고 그사이에 발생한 강제추행. 사건이 이상하게 흘러가고 있었다.

뒤이은 피의자 조사. 피의자는 고소인 유 양의 진술과는 완전히 다른 이야기를 하고 있었다.

"검사님, 먼저 사귀자고 했던 것도 걔였어요. 그날 자취방에 가게 된 것도 걔가 먼저 영화를 보자고 해서 그런 거였고, 키스를 해 달라고 한 것도 걔가 먼저였어요. 그날 자기 집에 돌아가서 떡볶이를 먹었다고 저한테 문자도 했어요. 오히려 제가 고소를 당해서 너무 어이없어요."

"혹시 유 양과 싸운 적이 있나요?"

"아니요. 헤어진 것도 그쪽에서 일방적으로 그만 만나자고 한 거예요."

"주고받은 문자 남아 있어요?"

"아뇨, 헤어지고 나서 다 삭제했어요."

상반된 진술. 어색한 사건의 흐름. 두 사람 중 한 사람은 거짓말을 하고 있었다.

유 양과 피의자의 관계를 아는 친구 세 명을 추가로 조사했다.

"유○○, 둘이 사귀는 거 자랑하고 다녔는데……. 키스도 했다면서 저희에게 말해줬고요."

"검사님, ○○이가 공황장애가 있다는 이야기는 처음 들어요. 가끔 호흡곤란을 일으킨 적이 있다는 이야기는 들었어요. 물론 그것도 걔한테 들었지, 제가 직접 본 적은 없어요."

"○○이가 키스 얘기해준 이후에도 남자친구랑 잘 지냈는데요. 다 같이 놀기도 했으니까요. 며칠 후에 헤어졌다고 해서 저희도 놀랐어요."

유 양과 피의자의 휴대폰 분석도 의뢰했다. 그리고 발견된 휴대폰 문자들. 사건 발생 직후 피의자에게 아무렇지도 않게 배고파서 떡볶이를 먹었다는 문자를 보냈고, 그 이후에도 애정 어린 말투와 일상적인 대화들이 오고 갔다.

유 양의 진찰 내용도 확인했으나 유 양이 주장했던 공황장애 증세는 어디에서도 확인되지 않았다.

친구들의 진술, 두 사람의 휴대폰 분석 결과, 진찰기록. 그 모든 것이 피의자의 진술과 부합했다. 아, 유 양. 어쩌자고 고소를 했을까. 다시 유 양을 조사해야 했다. 피의자 신분으로 전환하여.

"피의자로 전환하여 조사를 시작합니다."

"네? 검사님? 제가 피의자라고요? 으아아아아악!!!"

우려하던 일이 발생하고야 말았다. 유 양이 내 말을 듣더니 검사실에서 쓰러졌다.

"진료기록부 다 확인했어요. 자 심호흡하세요. 다시 앉을 수 있죠?"

검사실 바닥에 쓰러져 당장이라도 어떻게 될 것처럼 행동하던 유 양이 실눈을 뜨고 나에게 쌍시옷을 날리는 입모양을 했다. 그 후 아주 담담하게 조사를 마쳤고, 두 발로 검사실을 멀쩡히 걸어

나갔다.

유 양이 나간 뒤, 나 역시 자리에 주저앉았다. 네 시간의 미묘한 신경전을 버틴 후였기 때문이었다. 다시 만난 전 남자친구는 유 양에게 그간 만났던 사람에 대해서 집요하게 추궁했고 유 양은 피의자와 있었던 일을 말해주었다. 전 남자친구는 유 양에게 강제추행에 대해 알려주었고 그 둘은 같이 고소를 결심하게 되었다고. 유 양은 기소를 피할 수 없었다. 그리고 한 달 후 재판 과정에서 범행을 부인한 유 양의 법정구속 소식이 들려왔다. 징역 8개월. 갓 성인이 된 그녀는 교도소 경험까지 하게 되었다.

대한민국은 고소 공화국이라는 말이 있다. 고소 절차에 비용이 따로 들지 않고, 고소 범죄사실이 무혐의라 해도 고소인에게는 어떤 불이익도 없다. 그러나 고소인의 고소로 형사사법절차를 밟아야 하는 피의자는 그렇지 않다. 기소될 경우 피의자는 직장을 잃게 되거나, 가정이 파탄 나는 등 일상이 깨지는 불안정성에 놓인다. 그뿐만 아니라 경찰과 검찰에 불려 다니며 조사를 받아야 하는 엄청난 스트레스를 감당해야 한다. 단순히 무혐의 처분만으로는 치유되지 않을 고통이다.

더구나 성폭력 사건은 피의자에게 엄청난 사회적 낙인을 찍는다. 단순히 형사처벌에서 그치는 것이 아니라, 성범죄자로 신상정보가 관리·공개되고 전자발찌를 착용하게 되는 등 피의자가 감내해야 하는 불이익이 이루 말할 수 없다. 그렇기에 성폭력 무고는 다른 무고와는 차원이 다르다. 그 엄중함을 알기에 더욱더 고심하고 또 고심하며 샅샅이 보아야 하는 사건이 성폭력 사건이다.

전 남자친구와의 사이를 회복하기 위해 시작된 유 양의 고소는 그녀의 구속으로 끝을 맺었다. 성범죄 무고의 엄중함은 성범죄의 그것 못지않다. 유 양도 그녀의 전 남자친구도 20대에 큰 대가를 치르고 인생을 배우지 않았을까.

그녀들의
강냉이 타임

김은수

"뭐야, 또 저녁 안 먹는다고?"

"아이고 부장님. 안 먹는 게 아니라 못 먹는 거예요. 여자 선배들 다 야간 조사 잡혀 있어서 조사 끝나고 강냉이로 때울 거래요."

당시 우리 부 여자 선배들이 맡은 전담은 성폭력 범죄였다. 다른 사기 사건이나 폭력 사건들은 대질조사가 가능해서 피해자와 피의자를 한꺼번에 조사할 수 있었지만, 성폭력 사건은 그럴 수가 없었다. 성폭력 사건의 특성상 피의자와 피해자가 한자리에, 그것도 마주 보면서 설전을 벌일 수는 없지 않은가. 극히 예외적인 경우를 제외하곤 피해자 따로, 피의자 따로 조사하는 것이 원칙이었다.

문제는 그러다 보면 다른 사건보다 시간과 노력이 두 배로 들어갈 수밖에 없다는 것이었다. 다른 전담이라면 하루 두세 번이면 끝

여자사람검사

날 조사가, 성폭력 전담의 경우 하루 평균 네다섯 번을 조사해야만 했다. 그러다 보니 저녁을 먹을 시간이 되어도 여자 선배들의 메신저 상태는 '조사 중'이기 일쑤였다. 피의자든 피해자든 간에 검찰청에 오래 머물고 싶은 사람은 없었다. 식사를 생략해도 좋으니 최대한 빨리 조사를 끝내달라는 항의가 빗발치기 때문에 매일같이 저녁 식사 시간을 반납한 채로 조사에 매진할 수밖에 없었다. 밥총무로서 선배들의 밥을 잘 챙겨드리고 싶지만 조사가 끝나지 않으니 방도가 없었다.

"선배님, 조사는 다 끝나셨어요? 부장님께서 강냉이로 배를 어떻게 채우냐고 걱정하시면서 조각 케이크를 사주셨어요. 제가 커피 내려올게요. 같이 드세요."

부장님은 후배들이 강냉이로 저녁을 때운다는 소식을 듣고 마음이 좋지 않으셨는지 내게 조각 케이크를 들려주셨다.

당시 우리 부에서는 매주 사람 키만 한 강냉이 봉지가 한 개씩 소비되고 있었다. 강냉이로 배가 터질 지경이었다. 달콤한 케이크가 있었지만 어찌 오늘도 강냉이를 생략할 수 있으랴. 선배들은 어른 몸통만 한 플라스틱 과자 통에 강냉이를 담으면서 함박웃음을 지었고, 나는 부랴부랴 커피머신에서 우리의 생명수인 카페인 가득한 커피를 추출해 왔다.

지방에서 근무하는 대부분의 검사들은 낯선 타향에서 부모도, 배우자도, 자식도 없이 홀로 지낸다. 남자 검사들이야 가족들과 함께 이동하는 경우가 종종 있었지만, 여자 검사들에게는 온 가족이 움직이는 것이 현실적으로 쉽지 않았다. 검사들끼리는 농담으로 지방 근무를 '징역 2년, 벌금 2000만 원'에 빗대곤 했다. 2년 동안 가족들과 떨어져 지내야 하고, 가족들을 만나기 위해 써야 하는 교통비와 두 집 살림에 낭비되는 생활비를 합쳐보면 대략 2000만 원 정도 된다는 자조적인 비유였다.

하지만 가족들에게 응석을 부릴 수도 없는 노릇이었다. 가족들이 겪어야 하는 고통은 훨씬 더 컸다. 우리 집만 하더라도 남편이 느낀 외로움과 분노는 내가 생각했던 것보다도 훨씬 더 강했다. 남편은 대통령 명의로 도착한 연하장을 받아들곤 콧방귀를 뀌더니 "뭐라는 거야. 내 마누라나 내놓으라지" 하며 그 자리에서 보란 듯이 찢어버렸다. 그 종이에는 "검찰 가족들의 희생에 감사드리며, 앞으로도 잘 부탁드립니다"라는 내용이 담겨져 있었다.

미혼이거나 아이가 없는 검사들은 그나마 사정이 괜찮았다. 아이들과 떨어져 지내야 하는 엄마 검사, 아빠 검사들에게는 지방 근무가 너무나 가혹한 일이었다. 한창 엄마, 아빠의 손이 그리운 아이들은 일요일 밤마다 "안 가면 안 돼요?"를 외치며 울음보를 터뜨렸고, 선배들은 무거운 마음으로 사무실로 돌아와야 했다. 어떤 선배는 아이로부터 "나도 유치원 친구들한테 우리 엄마 보여줄 거야. 애들이 나 엄마 없다고 놀린단 말이야"라는 말을 들었다고도 했다.

선배들은 영상통화로나마 아이에게 엄마, 아빠 얼굴을 자주 보여주고자 애썼고, 산더미 같은 기록 속에 파묻혀 있다가도 아이들의 전화를 받으면 언제 그랬냐는 듯 하이톤의 목소리로 밝게 말했다. 종종 야근 중에 다른 선배 방에 들러보면 아이들과 영상통화를 하는 선배들과 자주 마주칠 수 있었다. 아이들은 내게도 방긋 웃어주며 "이모, 안녕하세요"라고 반갑게 인사해주었다.

주말이라도 편히 가족들과 보내기 위해서는 월화수목 새벽 2~3시까지 일해야 했다. 그러니 밥 먹는 시간까지 아끼면서 조사하고, 기록을 검토하고, 결정문을 써야 했던 우리에게 강냉이는 최적의 음식이었다. 냄새가 강하지 않기 때문에 야근에 방해가 되지 않는 데다 끈적거리거나 크게 부스러기가 남지 않기 때문에 기록을 보는 틈틈이 집어 먹기에도 안성맞춤이었다. 무엇보다도 포만감이 상당해 기나긴 야근을 버틸 수 있었다.

외롭기 그지없는 타향 생활에서 우리가 의지할 곳은 결국 다른 동료들의 품이었다. 그 시절 나는 밤 8~9시가 되면 강냉이와 함께 그 주에 새로 득템한 신상 과자를 들고 옆방 선배의 집무실에 놀러 갔고, 우리는 서로를 향해 업무의 피로감과 애환, 가족에 대한 한없는 그리움을 하염없이 털어놓곤 했다. 선배와 나는 각자 '시발비용'으로 질러버린 신상 립스틱과 화장품들을 구경하거나 핫딜, 깜짝 쿠폰, 신상, 핫 아이템을 추천해주며 수다를 떨었다. 선배 아이들이 다니는 어린이집에서 보내준 그날그날의 활동사진들을 함께 보면서 고달픈 서로의 두뇌와 육신을 충전하기도 했다.

"참, 김 검사. 아까 어떤 여자 분이 울면서 아들 손을 잡고 김 검사 방에서 나오시던데, 무슨 일 있었어?"

"아, 그분이오. 다 선배님 덕분이에요. 어제 야근할 때 상의드렸던 무면허 오토바이 소년범의 어머니신데요, 선배님 덕분에 사건이 잘 해결되었어요."

당시 내가 맡았던 주요 전담 중 하나가 소년 전담이었다. 그런데 아이가 없는 나로서는 도대체 이 녀석들을 어떻게 상대해야 할지 감이 잡히지 않았다. 게다가 소년범 사건들의 경우 단독 조사가 불가능하고 보호자를 대동한 상태에서만 조사가 가능했는데, 그 보호자들을 상대하는 것은 정말이지 너무나 어려웠다.

"검사님도 애가 있을 거 아니에요. 엄마의 마음으로 선처 좀 해주세요. 네?"

많은 엄마들이 모성애에 호소하면서 자식들의 선처를 구했지만, 당시 내게는 애가 없었다. 그들은 악의 없이 내게 동정심을 불러일으키고 호의를 구하기 위해 그런 말을 했겠지만, 사실 그런 말을 매일 듣고있다 보면 진절머리가 날 지경이었다. 대체 엄마의 마음이 무엇이기에, 무수히 많은 엄마들이 모성애에 호소하는 것일까. 내게 여자 선배들과의 강냉이 타임은 한줄기 빛과 같았다.

그날도 어김없이 한 녀석이 모자를 푹 눌러쓰고 슬리퍼를 질질 끌면서 검사실 문을 열었다. 그의 어머니는 연신 머리를 조아리며 그 녀석의 옆구리를 쿡쿡 찔렀지만, 녀석은 왜 찌르냐며 퉁명스럽게 쏘아붙일 뿐이었다.

어젯밤 강냉이 타임에서 선배가 알려준 대로 최대한 간결하게 범죄사실을 보호자에게 고지하고, 이로 인해 발생할 수 있는 불행한 결과들을 안내해주기 시작했다. 마치 내가 선배의 아바타가 된 것만 같았다.

"학생, 학생이 보험 가입도 하지 않고 번호판도 없는 오토바이를 무면허로 운전하다가 다른 사람을 다치게 했어요. 그 보상금은 누가 물어줘요?"

"엄마요."

"제가 보는 오토바이 사망 사고만 해도 한 달에 여러 건이에요. 사고 나서 학생이 다치기라도 하면, 막말로 죽기라도 하면 누가 제일 슬퍼할 것 같아요?"

"⋯⋯엄마요."

반쯤 의자에 드러누운 채 조사를 받던 녀석은 슬그머니 옆에 있던 엄마를 쳐다보더니 풀이 죽은 목소리로 대답했다.

"아까 반성문 쓰면 된다고 했죠? 누구한테 미안해야 될 것 같아요?"

"검사님이오."

"나한테 미안할 게 뭐가 있어요. 나는 법에 따라 죄가 되는지 안되는지 조사하는 사람일 뿐인데요? 엄마가 지금 어떤 마음일지 생각은 해봤어요?"

옳다구나! 의자에 반쯤 드러누워 있던 녀석이 자세를 고쳐 잡곤 옆에 앉아 있는 엄마를 곁눈질하기 시작했다.

"오토바이 타는 거 그만둘 자신 있으면 '엄마, 죄송해요. 그리고 사랑합니다'라고 말하면서 엄마를 안아드려요. 반성하는지 안 하는지 지켜볼 거예요."

녀석은 한참을 머뭇거리더니 결국 못 이기는 척 두 팔로 엄마를 껴안으면서 개미만 한 목소리로 "엄마 사랑해"라고 속삭였다. 그런데 갑자기 어머니가 눈물을 흘리시며 통곡하기 시작했다. 이건 선배들의 수많은 조언 속에서도 들어보지 못한 광경이었다.

나는 당황한 나머지 어쩔 줄을 모르고 허둥대기 시작했다. 그러자 가만히 그 장면을 지켜보던 실무관님이 주섬주섬 티슈를 챙겨서 어머니 옆으로 가시더니 달래기 시작했다. 아, 맞다, 실무관님도 삼남매의 엄마셨지.

"검사님, 정말 감사해요. 얘 학교 들어간 뒤로 사랑한다는 말 처음으로 들었어요. 제가 이런 말을 다시 들을 수 있을 거라곤 생각도 못 해봤어요. 맨날 자기 방에 처박혀서는 묻는 말에 답도 안 하고 전 유령 취급만 당했어요. 이 녀석이 저를 안아주는 게 얼마만의 일인지 모르겠어요. 다시는 이런 곳에 오지 않도록 제가 잘 가르치고 보살피겠습니다. 정말 죄송합니다."

펑펑 우는 엄마의 모습에 놀랐던 것일까. 다시는 안 그럴 테니 그만 울라면서 녀석도 엄마를 달래기 시작했다.

선배의 작전은 대성공이었다. 그날의 후일담을 전해 들은 선배는 호탕하게 웃으면서 "거봐, 내가 뭐랬어"라며 뿌듯해했다.

"아무리 센 척해도 애는 애야. 소년범 사건은 피해자가 없는 경우가 대부분이고, 피해자가 있다 해도 사소한 범죄인 경우가 더 많아. 고딩이 편의점에서 담배 한 갑을 훔쳤다고 치자. 편의점 사장이 더 놀랐을까, 훔친 애 엄마가 더 놀랐을까? 아이들의 범죄로 인해 가장 상처받는 사람이 누구겠어? 바로 걔네들 엄마, 아빠라고. 게다가 이건 무면허 오토바이 범행이잖아. 사고라도 나서 애가 다쳐 봐. 걔네 부모 마음이 어떻겠어?"

자식의 범죄 앞에서 대부분의 부모는 자신의 관심과 애정이 부족했던 탓이라고 자책한다. 검사들은 바로 그 마음까지 헤아려야만 했다. 범죄를 저지른 소년범들도 심하게 악질적인 아이들을 제외하곤 네가 부모님의 전폭적인 사랑과 관심을 받고 있다는 사실만 제대로 깨우쳐줘도 반성한다고. 결국 소년범 사건을 처리하는 검사에게 요구되는 가장 중요한 역할은 부모와 아이들 사이에 희미해져버린 유대감과 애정을 되살려주는 것. 가족의 울타리 안에서 아이들의 재범을 최대한 방지하고 예방하는 일이라고 했다.

'아이에게 부모란 무엇일까? 어떤 역할을 해야 하는 것일까. 반대로 부모에게 아이란 어떤 존재인 것일까?'

그렇게 나는 선배들과 함께 강냉이를 먹으며 수다를 떨면서, 미처 준비하지 못했던 엄마의 마음을 선행 학습하기 시작했다.

결혼 사기꾼의
순정

서
아
람

"신부님, 너무 행복하시죠. 설레서 밤에 잠도 안 오시죠."

목발을 짚은 채로 결혼 준비를 시작한 나는 '검사님'이 아닌 새로운 호칭으로 불리게 됐다. 바로 결혼 시장의 유일신이자 절대신이라는 '예신'. 뭔 콩깍지가 씌었는지 내가 좋아 죽겠다는 이 남자를 꽉 잡자는 결심은 했는데, 막상 식장 예약을 하고 나자 불안감이 스멀스멀 몰려왔다. 정말 결혼해도 되는 걸까? 나 같은 게? 누군가와 평생을 함께하겠다고, 검은머리 파뿌리 될 때까지 헌신하면서 살겠다고 감히 맹세해도 되는 걸까? 연애도 한 사람과 2년 이상 해본 적이 없는 나인데? '메리지 블루(marriage blue)'가 아닌 '메리지 패닉(marriage panic)'이 찾아왔다. '그래서 그들은 결혼해서 행복하게 잘살았다'는 건 동화 속에나 나오는 문장이었다. 50퍼센트에 육박하는 이혼율, 현실은 이거니까.

단언컨대 검찰청은 비혼주의자를 양성하기에 최적화된 곳이다. 하루 종일 그곳에 앉아 있으면 돈과 술, 그리고 치정으로 인해 너 죽고 나 살자 식으로 싸우는 사람들을 질리도록 보게 된다. 치정 문제로 가장 빈번하게 고소당하는 유형은 아마 결혼 사기꾼일 것이다.

혼인빙자간음죄(결혼하겠다고 여자를 속여 간음했을 때 성립하는 죄)가 2012년 대한민국 형법에서 폐지되면서 사전적인 의미의 결혼 사기는 사라졌지만, 아직도 애정을 빌미로 돈을 뜯어내는 바람둥이들은 숱하게 있다. 재미있게도 내가 검찰청에서 만난 바람둥이들은 죄다 XY염색체 소유자들이었다. 인류의 절반은 여자이니 바람둥이의 비율도 비슷할 텐데 왜일까? 여자들은 속칭 '선수'에게 당하면 이를 갈면서 그놈의 오장육부를 낱낱이 헤집어 전시하고 싶어 하는 반면, 남자들은 당했다는 사실 자체를 부정하거나 숨기려고 하는 경향이 있는 듯하다는 것이 내가 개인적으로 내린 결론이다.

"왜 아내를 발로 걷어찼죠?"

"찬 게 아니라 못 들어오게 막은 겁니다."

"그러니까, 왜 발로 그랬냐고요."

"그럼 어쩝니까? 양팔로는 장모님과 B를 막고, 등으로는 C가 못 나오게 막고 있었는데요! 남은 게 발밖에 없었다고요!"

저 어처구니없는 대화는 실제로 내가 어떤 사기꾼을 조사하면서 받은 조서의 일부다.

A는 피의자의 3년 된 애인, B는 1년 된 애인, C는 갓 동거를 시작한 여자친구였다. 피의자가 유부남인 것을 알게 된 A는 주민등록상 주소지에 쳐들어갔다가 본처를 만났고, 피의자에 대한 분노로 본처와 의기투합했다. 그들은 B를 찾아내 힘을 합치자고 제안한 후, A의 엄마까지 넷이서 피의자와 C가 살고 있는 집에 쳐들어갔다.

반백수였음에도 불구하고 피의자는 최고급 가구들로 집 안을 꽉 채울 만큼 럭셔리하게 살고 있었다. 비결은 간단했다. 카드 돌려막기를 하듯 여자들로 돌려막기 하기.

두 자녀의 양육은 본처가 책임지고, 집값은 A가 빌려주었으며, 차와 가구는 B가 사주었고, 옷값과 유흥비는 C가 대주고 있었다. 음대생인 C는 피의자에게 돈을 마련해주기 위해 하나뿐인 값비싼 악기까지 저당 잡혔다. 피의자는 사기, 공갈, 상해, 폭행 등의 혐의로 수사를 받게 됐다. 수배자가 아니었고 도주 우려도 없었기에 따로 출국금지는 하지 않은 상태였다. 이대로 별탈 없이 불구속 기소하면 되겠지 생각했었다. 어느 날 B가 울면서 검사실로 전화를 걸어오기 전까진.

"검사님, 들으셨어요? 그놈 오늘 하와이에서 결혼했대요! 그것도 스무 살짜리랑!!"

내가 저 골 때리는 일화를 들려주면 사람들, 특히 남자들은 대개 비슷한 반응을 보인다.

"도대체 얼마나 잘생겼으면 그래? 무슨 매력이 있기에 여자들이 정신을 못 차리는 거야?"

하지만 대개 결혼 사기꾼들의 외양은 지극히 평범하다. 그 소박한 외모가 여자들을 안심시킨다. 이 사람한테는 나밖에 없구나 하면서 모성애에 가까운 맹목적인 애정을 쏟게 만든다. 결혼 사기꾼들에게 남다른 장기가 있다면 그건 아마 말솜씨일 것이다. 대기업 CEO처럼 현란한 화술은 아니다. 서툴지만 묘하게 여심을 자극하는, 사기꾼의 DNA에 새겨진 특유의 화술이다.

난 그 화술의 위력을 눈앞에서 목격한 적이 있다. 이름 빼곤 모든 게 거짓인 피의자였다. 나이도, 학력도, 재력도. 원래 대리운전 기사인데 대학병원 의사라고 속이고 다녔다. 그의 덫에 걸려든 사람은 미혼모로 딸을 힘들게 키우며 살아온 중년 여자였다. 개원비 명목으로 3억 원을 내줬다는 피해자는 고소인 조사를 받을 때만 해도 합의 따윈 없다며 격분에 차 있었다. 그런데 피의자와 대질조사를 하는 날부터 분위기가 이상하게 바뀌었다. 검사실 문간에서부터 애수에 가득 찬 눈빛으로 피해자를 바라보던 피의자는 내가 뭔가 질문을 던지면 나 대신 고소인에게 대답했다.

"왜 피해자에게 직업을 속였죠?"

"내 형편이 어렵다고 솔직히 말하면 네가 떠날까봐 무서웠어.

알아, 내가 못난 놈인 거.”

거짓말한 건 인정한다. 하지만 사랑하는 마음은 진실이다. 돈은 열심히 벌어서 갚으려고 했다. 지나가는 개도 안 믿을 개소리를 어찌나 절실하게 하는지, 피해자의 표정이 누그러지는 게 내 눈에도 보일 정도였다. 하이라이트는 다른 여자관계에 대한 질문이 나왔을 때였다.

“으이구, 이 바보야. 내가 너한테 상처 주는 짓 할 것 같아?”

피의자는 웃으면서 피해자의 이마를 꽁 쥐어박는 시늉을 했다. 속이 훤히 들여다보이는데도 피해자의 눈가는 젖어들고 있었다. 또 넘어가버린 것이다.

조사를 마친 피의자와 피해자가 다정하게 팔짱을 끼고 나가는 모습을 보면서, 난 조만간 고소취소장이 들어올 것을 짐작했다. 검사가 아무리 도와주고 싶어도 본인이 계속 허상 속에 살기를 택한 이상 도와줄 방법이 없다.

지금은 없어졌지만, 내가 초임 때까지만 해도 있었던 간통 사건은 더 다양한 레퍼토리들이 펼쳐지곤 했다. 간통 사건은 말 그대로 검사들의 등골 브레이커였다. 눈뜨고 못 볼 만큼 지저분하고, 증거는 없고, 고소취소와 재고소가 밥 먹듯 이뤄지는 사건. 어쩌다 대질 조사라도 하게 되면 그날은 검사실이 초긴장 상태가 된다. 본처와 상간녀 사이의 피 튀기는 육탄전이 언제 벌어질지 모르기 때문이다. 난 아직도 처음으로 조사했던 간통 사건을 잊지 못한다. 아리따운 꽃 이름을 가졌던 상간녀 사건.

"무슨 사람 이름이 민들레냐고! 어떤 부모가 그렇게 지어!!"

남편 통장에 주기적으로 찍힌 '민들레'를 보고 사업상 꽃을 납품하는 것인 줄로만 알았다며 울부짖던 아내. 남편과 상간녀가 간통죄로 벌금형을 받는다 해도, 통장의 돈처럼 차곡차곡 빠져나가 버린 그녀의 인생은 누가 보상해줄까.

이혼 문제도 그렇다. 전처의 집에 아이들을 보러 갔다가 주거침입으로 고소당한 남자, 전남편이 아이를 보여주지 않아 어린이집에 찾아갔다가 유괴범으로 몰린 여자 등등. 사랑이란 이름을 무색하게 만드는 일들을 끝도 없이 보고 들었다.

웨딩드레스를 보고 오던 날, 난 남편에게 속내를 털어놓았다. 결혼이 실수일까봐 두렵다고.

"그게 무섭다고 해서 나랑 결혼 안 할 건 아니잖아."

"응, 그렇지."

"그럼 걱정하지 마. 해보기 전에는 모르는 거니까."

"……."

"인간관계도 노력이 필요한 거야. 일단 서로 최선을 다해보자. 그래도 안 된다면 어쩔 수 없지만, 해보지도 않고 포기하진 말자고."

시원하고 명쾌한 남편의 논리에 난 감탄했다. 과연 변호사. 결혼하기 망설여진다는 말이 섭섭할 수도 있었을 텐데, 남편은 그런 내색 없이 차분하게 말했다.

"난 자기가 어떤 문제에 부딪혔을 때 그걸 해결하고 극복하는 방식이 참 좋아. 그러면서 조금씩 관심사와 시야를 넓히고, 성숙한 어른이 되어가는 게 좋아. 나도 옆에서 도와줄 테니까, 한번 같이해 보자. 결혼."

내 외모나 직업, 학벌이 아닌 '문제를 해결하는 방식'이 좋아서 결혼을 마음먹었다는 남편. 그 말이 내게 용기와 믿음을 주었다. 그래, 상대방이 날 위해 인생을 걸어준다면, 이쪽에서도 똑같이 걸어야 하지 않겠는가.

도전의 결과는 어떻게 됐냐고? 5년이 지났고, 난 여전히 미성숙한 '어른애'지만, 느릿느릿 성장하려고 노력 중이다. 아내로서, 엄마로서, 그리고 검사로서. 한 가지 확실한 건, 그때 도전해보지 않고 포기했다면 평생 후회했을 거라는 것. 나와 같은 이유로 결혼을 망설이는 이들이 있다면, 말해주고 싶다. 일단 최선을 다해보고 얘기하자고.

아내들의
특이한 반성문

김은수

상당수의 피의자와 피고인들이 자신의 잘못을 뉘우치는 반성문을 제출하며 검사나 판사에게 선처를 호소한다. 한 글자 한 글자 눌러쓴 진심 어린 글도 있지만, 가끔은 누가 봐도 대필인 것이 분명한 격조 높은 반성문들도 등장한다.

"앙망합니다? 계장님, 혹시 '앙망하다'라는 말 들어보신 적 있으세요?"

"아이고, 검사님. 그 반성문이랑 사건기록 좀 줘보세요."

반성문을 보면서 처음 보는 단어의 등장에 이런 단어도 있었나 의아했다. 그래서 계장님께 물었더니 뭔가 촉이 오셨는지 기록을 달라고 하신다.

"캬. 필체 한번 죽이네. 검사님, 이거 조서에 적힌 피의자 필체랑 반성문 필체가 너무 다른데요? 딱 봐도 대필이네요."

사실 개인적으로는 반성문 대필이 비난받을 일이라고는 생각하지 않는다. 검사실에 찾아온 피조사자(피해자, 피의자, 참고인 모두)들에게 진술서를 작성해달라고 얘기를 꺼내면, 십중팔구는 그냥 말로 하면 안 되겠냐고 말한다. 글을 쓴다는 것 자체가 사람들에게는 부담스러운 것이다. 생각해보면 나 역시 글쓰기에 재주가 없기에 그 마음이 이해되지 않는 것은 아니다.

혹시 자신의 부족한 글솜씨 때문에 사실관계가 잘못 기재된 것은 아닐까? 불필요한 오해를 불러일으키는 것은 아닐까? 그런 걱정들 때문에 대필을 선택하는 거겠지. 대필이든 자필이든 반성문의 내용을 보면 그 사람의 진심이 담겨 있는지 알 수 있기 때문에, 나는 딱히 대필 반성문에 대해 거부감을 가지고 있지 않다.

가끔은 과연 선처를 원하는 것이 맞을까 하는 의구심을 들게 하는 반성문들도 등장하곤 했다. 자신의 책임을 부인이나 여자친구에게 전가하는 내용의 반성문이었다. "와이프의 바가지에 너무 열받아서 술 한잔한다는 것이 그만 운전대를 잡고 말았습니다", "헤어지자는 여자친구의 말을 듣고 너무 화가 나서 저도 모르게 만취한 상태로 파출소에 들어가 난동을 부렸습니다"라는 식의 반성문을 읽고 있으면 이게 선처를 해달라는 것인지, 자신을 더 엄하게 처벌해달라고 애원하는 것인지 헷갈렸다.

공판검사로 일하다 보면 수사검사실에 있을 때보다 더 절박하고 간절한 내용의 반성문들을 보게 된다. 한번은 반성문을 읽다가 혈압이 올라 뒷목을 주물러야만 했던 적이 있다. 피고인의 부인이 작성한 반성문 때문이었다.

'왜 피고인의 부인이 반성문을 써야 하지?'

실무관님으로부터 제법 두툼한 반성문을 건네받았는데 한 부는 피고인이, 다른 한 부는 그의 부인이 작성한 것이었다. 그 자체가 특이한 건 아니었다. 피고인의 선처를 위해 가족이나 친지 또는 동료들이 서류를 제출하기도 했다. 하지만 그 서류들의 제목은 대개 '진정서', '탄원서'였다. 그런데 이번에 올라온 건 피고인 부인의 '반성문'이었다. 월요병 때문이었을까, 안 그래도 신경이 잔뜩 날카로워져 있는데, 부부의 반성문을 읽고 있으려니 "하!"라는 탄식이 절로 나왔다.

피고인은 강제추행으로 재판을 받는 중이었다. 버스 정류장에 앉아 있던 여학생을 갑자기 뒤에서 껴안았던 것이다. 피고인이 쓴 반성문은 정말이지 가관이었다.

저는 아내와 같은 분야에서 활동하고 있습니다. 아내는 특출한 재능을 가지고 있는데, 저는 그런 재능이 없었습니다. 그러다 보니 아내에 대한 열등감으로 인해 사이가 멀어졌습니다. 소원해진 부부 관계와 부부 사이의 불화로 인해 그만 이런 범죄를 저지르고 말았습니다.

같은 분야에서 일하면서 아내는 특출한데 본인은 평균 이상이 되기도 어려운 실력이라면 열등감이 생길 수 있다. 그리고 그로 인해 아내와 사이가 소원해질 수도 있다. 그런데 뭐? 부부 관계가 소원해져서 길을 가다가 생면부지의 여학생을 추행했다고? 도대체 저 반성문 중 어느 부분에서 이 사람의 범행 동기를 참작할 여지가 있는 건지 나로서는 알 턱이 없었다.

존경하는 검사님, 남편은 지금 자신의 잘못을 깊이 뉘우치며 반성하고 있습니다. 남편은 저와의 불화 때문에 그만 이런 일을 저지르고 말았습니다. 남편을 잘 내조하지 못한 제 잘못이 너무 큽니다. 다시는 이런 일이 일어나지 않도록 남편을 잘 내조하며 화목한 삶을 꾸려나가겠습니다. 이번 일로 인해 큰 충격을 받아 저는 그만 유산을 하고 말았습니다. 이런 사정을 고려해주시고 이번 한 번만 남편에게 선처를 베풀어주세요.

부인의 반성문을 읽는 내내 화가 치밀어 올라 미칠 것만 같았다. 남편을 엄벌해달라고 호소해도 모자랄 판에, 그녀는 자신이 내조를 제대로 하지 못해 벌어진 일이라며 자책했다. 남편의 범죄는 자신이 남편을 멀리했기 때문이라면서 앞으로는 그를 멀리하지 않고 화목하게 잘 지내겠다고 다짐했다.

가장 충격적인 것은 그녀가 반성문에서 자신이 유산했다는 사실을, 남편을 선처하는 요소로 고려해달라고 간곡히 요청하고 있다는 점이었다. 아무리 생각해도 이해할 수가 없었다. 그 부인이 겪었던 끔찍한 시간은 바로 피고인의 죄질이 얼마나 나쁜 것이었는지를 제대로 보여주는 것이었다. 그런데 그 부인이 겪었던 고통의 시간이 피고인이 받아야 할 벌을 가볍게 만들어주는 근거가 되다니. 그 부인은 남편이 저지른 범죄의 또 다른 피해자나 다름없었는데.

피고인이 정말 반성하고 있다면 부인에게 이런 반성문을 쓰게 하지는 않았을 것이다. 정말 이 반성문이 부인의 진심이기는 할까. 제발 이 반성문이 그녀의 진심이 아니기를 마음속으로 빌었다.

남편을 위해 반성문을 쓴 또 한 명의 20대 아기 엄마가 있었다.

존경하는 판사님, 정말이지 이번은 너무 억울합니다. 아이 엄마가 상비약을 제대로 챙겨오지 않는 바람에 제가 어쩔 수 없이 약국에 가기 위해 운전한 거에요.

30대 초반의 피고인은 자신은 너무 억울하다며 눈물을 글썽거렸다. 그는 집행유예 기간에 음주운전을 하는 바람에 재판을 받고 있었다. 음주운전으로 처벌받은 전력이 무려 세 번이 넘었다. 심지어 그는 몇 달 전 음주운전으로 단속되는 바람에 현재 집행유예 기간이었다.

변호인은 법정 방청석에 앉아 있는 20대 중반의 여성을 가리키며 피고인이 구속될 경우 그녀의 생계가 끊기고 거처조차 없어지게 된다는 점을 강조했다. 피고인의 부인인 그녀는 백일도 안 된 갓난아이를 품에 안고 재판을 방청하고 있었다. 기록에는 그녀가 자필로 빼곡히 써내려 간 반성문이 붙어 있었다.

아이를 낳고 처음으로 가족 여행을 가게 되었습니다. 제가 너무 들떴던 나머지 그만 아이의 상비약을 챙기지 못했습니다. 남편과 함께 저녁 식사를 하면서 반주로 술 한잔을 하게 되었는데, 갑자기 아이가 열이 나기 시작했습니다. 약국은 너무 멀리 있었고, 저는 운전을 할 수 없었습니다. 남편은 아이를 위해 어쩔 수 없이 운전대를 잡았습니다. 다 제가 상비약을 제대로 챙기지 못해서 벌어진 일입니다. 제발 남편을 용서해주세요. 저는 친정도 없습니다. 아기는 백일도 안 되었는데, 저는 직업도 없고 아기를 맡길 만한 곳도 없습니다. 남편이 구속되면 저와 아기는 오갈 곳도 없습니다. 부디 선처해주세요.

기적의 논리였다. 피고인은 구석진 곳이라 대리기사가 연결되지 않았다고 항변했으나, 유명 관광지인 그곳에 택시까지 없을 리는 만무했다. 만약 택시가 쉽게 잡히지 않았다고 하더라도 그가 주장하는 것처럼 아이가 많이 고통스러워하는 상황이었다면 119에 전화를 해도 되었을 것이다. 백일도 안 된 아기와 몸조리도 제대로 하지 못한 부인을 태운 상태로 음주운전을 하다니! 온 가족을 위험에 몰아넣은 주제에 마치 자신이 부인의 실수를 용감하게 수습한 것마냥 잘못을 영웅담처럼 포장하고 있었다.

애당초 해열제를 못 챙긴 것도 온전히 그녀의 실수만은 아니었다. 해열제를 챙기는 일은 부모가 같이 해야 할 일이니까. 저녁을 먹으면서 술을 마시기 시작했다면, 식당에서 숙소까지 돌아갈 대리기사를 구할 수 있는지부터 먼저 알아봐야 했다. 음주운전은 전적으로 그의 고의에 의한 것이지, 결코 부인의 실수 때문에 벌어진 일이 아니었다.

그녀의 반성문은 백일도 안 된 갓난아이와 함께 한 푼도 없이 거리에 나앉게 될지도 모른다는 공포로 가득 차 있었다. 이 모든 것은 자신의 잘못이니 남편을 선처해달라면서, 남편이 구속이라도 되면 자신과 아이는 살아갈 방법이 없다고 애원하고 또 애원했다. 피고인에 대한 나의 분노가 너무 컸기 때문일까, 피고인은 부인을 인질 삼아 법원을 협박하는 것처럼 보였고, 그녀의 반성문은 인질이 쓴 호소문처럼 보였다.

많은 여성들이 엄마의 이름으로, 아내의 이름으로, 여자친구의 이름으로 피의자 또는 피고인을 위해 반성문을 쓴다. 자신들의 불찰로 범죄가 발생했다면서 스스로를 탓한다. 남편에 대한 애틋한 사랑 때문일 수도 있고, 끔찍한 모성애 때문일 수도 있다. 내 가족이 감옥에 가게 되면 나 또는 내 자식들이 사회에서 얼굴을 들고 다닐 수가 없을 것이라는 두려움 때문일 수도 있다. 어쩌면 그들이 감옥에 갈지 말지는 그녀들의 생존이 걸려 있는 문제일 수도 있다. 그들의 선처를 호소하는 마음까지, 동기까지 탓할 수는 없는 노릇이다.

　하지만 그녀들이 자신들의 잘못이 아닌 일로 자책하지 않았으면 좋겠다. 이러한 반성문은 그들에게 자신들이 범죄를 저지른 이유는 그녀들이라고 생각하게 만들 수도 있다. 진정한 반성이 없는 사람이, 어떻게 범죄와 작별할 수 있을까. 정말 미안한 말이지만 이런 반성문은 그에게 아무런 도움이 되지 않을 것이다. 더 이상은 이렇게 슬프고 황당한 반성문을 볼 일이 없었으면 좋겠다.

여자사람검사

세상 모든 걱정을 안은
임신부 검사

박민희

검사가 되면 더욱 대범해질까? 아니면 겁이 많아질까? 검사마다 성향이 다르겠지만 나는 후자다.

책으로 세상을 간접 체험하듯 난 사건기록으로 세상을 간접 체험한다. 그런데 내가 읽는 기록 속의 세상은 항상 비극이다. 다시는 일어나지 않았으면 하는 결말이다. 책이라면 그냥 덮어버리면 그만이지만, 기록은 꼼꼼하고 자세하게 한 자 한 자를 탐닉해야 한다. 그러니 내가 경험하는 세상 속 모든 사람들의 한 걸음 한 걸음은 범죄의 시초가 될 수 있다. 그 불안감에, 나는 오히려 겁이 많아졌다.

나는 검찰청 밖에서 피의자들을 만난 경우가 없다. 아니, 마주쳤으나 내가 기억하지 못하는 것일지도 모른다. 하루 동안 여러 피의자가 내 검사실을 지나쳐가고, 수십 건의 기록이 내 앞에 쌓여 있다. 만약 내가 그들을 모두 기억한다면 내 인생이 또 얼마나 기민해질까. 나쁜 내 기억력에 감사할 뿐이다. 하지만 나는 검사실 밖에서 피의자를 만난 검사들의 이야기를 왕왕 듣는다.

"고 검사님이시죠?"

"네? 누구시죠?"

"검사님한테 조사받았던 사람입니다. 상해 사건으로 재판받고 있어요. 구형을 세게 하셨더라고요."

내 옆방에서 근무하고 계시는 7년 차 고 선배님은 조폭 앞에서도 겁먹지 않을 만큼 듬직한 풍채를 자랑한다. 그 풍채 덕분에 피의자들이 잊으려야 잊을 수 없는 검사일지도 모른다. 하루는 늦은 시간까지 일하고 집에 가기 위해 택시를 탔는데, 택시기사가 자신이 기소한 사건의 피의자였다. 순간 당황하고 겁먹은 고 선배님은 자신의 집이 알려질 것이 두려워서 집이 아닌 엉뚱한 곳을 목적지로 말했고, 그곳에서 내린 다음 한참을 걸어서야 집에 들어갔다고 했다. 고 선배님은 택시가 이동하는 내내 택시기사가 자신을 산으로 데려가지 않을까 하는 두려움에 떨었다고 했다. 그래서 택시가 이동하는 길을 예의 주시하고 있었다고.

우리에게 피의자는 수백 명 중의 한 사람이지만, 피의자 입장에서 우리는 일생에 한 번 만날까 말까 한 사람이다. 그리고 그 앞에 있는 사람이 자신의 구형을 정하는 사람이라면? 그러니 검사와 피의자는 기억의 정도는 물론, 기억 속의 감정도 간극이 클 것이다.

그런데 공판검사는 수사검사보다 더 많은 피고인들을 만난다. 공판검사는 하루 종일 법정에 앉아 있을 뿐만 아니라 재판이 끝날 때까지 피고인들을 한 달 주기로 보기 때문에 서로가 서로를 더 잘 기억할 수밖에 없다. 수사 방향도 구형량도 모두 수사검사가 정한 것이지만 피고인은 그런 역할 분담을 명확히 알지 못한다. 당연히 자신에게 센 구형을 외치는 공판검사에게 모든 원망의 화살이 돌아갈 수밖에. 그러다 보니 얼굴이며 이름이며 모두가 노출된 공판검사에게는 심심치 않게 협박편지가 날아든다.

"검사님, 오늘은 제가 검찰청 가시는 길까지 같이 가겠습니다."

"네? 왜요, 경위님?"

"밖에서 피고인이 검사님을 기다려요."

어느 지방에서 공판검사로 근무할 때였다. 재판을 마치고 나오는데 경위님이 내 옆에 바짝 붙으며 말씀하셨다. 재판 과정에서 변호인 없이 한참 설전을 벌였던 피고인이었다. 법정에서도 여러 번 판사님을 향해 앞으로 나가려다가 경위에게 제지됐던 피고인. 욕설도 섞어가며 자신의 주장을 강력히 피력하던 피고인은 모순되는 주장으로 판사님을 적잖이 당황하게 했었다. 재판방해의 죄를 물어 감치(폭언, 폭력 등으로 법정에서 소란을 일으킨 사람을 판사의 명령으로 유치장, 교도소 또는 구치소에 일시적으로 가두는 것)시키겠다는 판사님의 레드카드에도 아랑곳하지 않던 주인공. 그 주인공이 나를 기다린다니 두려웠다. 그저 경위님이 나를 잘 가려주길 바랄 뿐이었다.

"어? 어? 검사님 어디 가세요? 저랑 얘기 좀 해요!!"

검찰청과 법원이 내부 통로로 이어져 있는 곳도 있지만, 오래된 검찰청과 법원은 그렇지 않아 피고인들과 검사들이 같은 통로를 쓴다. 돌아갈 길이 없어, 부디 나를 알아보지 못하기를 바라며 종종걸음으로 문을 나서는데 피고인의 눈에 떡하니 내가 보였나 보다. 그렇지, 나는 어느 누가 봐도 검사인 것을 알 수 있는 법복을 입고 있지 않던가. 경위님과 판사님이 온몸으로 피고인을 가로막아 겨우 자리를 피할 수 있었다.

이런 상황이 반복되니 대범해지기는커녕 더 겁이 많아졌고, 세상을 바라보는 눈은 더 염세적으로 바뀌었다. 특히나 남편이 밤늦게 들어오는 날에는 정말 안절부절, 좌불안석, 왔다 갔다, 머릿속은 온갖 범죄에 관한 일로 가득 찼다.

임신했을 때의 일이다. 가만히 있어도 마음이 심란한데 그날은 남편이 친구들과 술 약속이 있었다. 밤 12시가 되니 불안감이 스멀스멀 올라오기 시작했다. 전화를 걸어봤지만 받지 않았다. 새벽 2시, 3시, 4시…… 남편은 연락도 되지 않고 들어오지도 않았다.

'아, 남편이 만취한 걸 알고 나쁜 사람들이 으슥한 데로 끌고 갔으면 어쩌지?'

'어디서 돈 뺏기고 있는 건 아닌가? 아냐, 돈은 괜찮은데 누가

남편을 쳤으면 어쩌지?'

'술 마시다가 시비 붙어서 지금 유치장에 끌려가 있는 건 아닐까?'

'아, 같이 술 마시는 사람들 전화번호를 왜 안 받아놨을까. 이렇게 한심할 수가.'

아리랑치기, 퍽치기…… 치기란 치기는 이미 다 보았다. 술에 취한 사람이 도로에 쓰러져 차량이 치고 다음 차가 또다시 치는 블랙박스도 수차례 보았다. 그런데 내 남편이 집으로 돌아오지 않다니. 내 머릿속에서 남편은 이미 수차례의 범죄를 당하고 있었다.

그렇게 좌불안석, 새벽 6시가 되어서야 현관문도 스스로 열지 못할 만큼 취한 남편이 돌아왔다. 당장이라도 일으켜 세워서 임신한 아내를 집에 두고 연락이 두절된 지난 여섯 시간을 추궁해야 했지만 그럴 수 없었다. 말 그대로 남편이 정신이 나가 있었기 때문이었다. 다행히도(?) 토요일이니 일단 재우고 일어나면 사생결단을 보리라.

오전 10시가 되어서야 남편은 겨우 실눈을 떴다. 아직 현실 자각도 못 하는 상태로 보였지만 일단 심문부터 시작했다.

"대체 왜 전화를 안 받은 거야?"

"……."

"휴대폰 가져와봐. 휴대폰 어딨어?"

남편은 말이 없었다. 그제야 나의 분노를 알아챘는지 주섬주섬 일어나 자신의 옷가지를 뒤지는 시늉을 했다. 그런데 아무리 뒤져도 휴대폰이 나오질 않았다.

"잃어버린 것 같아……. 맞아. 한참 찾다가 못 찾아서 그냥 집으로 왔어."

밤새 술을 마신 것도 모자라서 휴대폰까지 잃어버리고 왔다니. 그 소리를 듣자마자 천불이 났지만, 일단 잃어버린 휴대폰부터 찾아야 했다.

휴대폰 실종 사건쯤이야. 그래도 명색이 내가 검사인데, 이 정도 일쯤은 가뿐하게 해결해야지.

"남편이 휴대폰을 잃어버려서요. 휴대폰 위치추적 좀 해주세요."

남편과 나는 같은 통신사였고, 상대의 동의만 있으면 휴대폰 위치추적이 가능했다. 통신사를 통해 휴대폰 위치추적 결과를 받아 본 나는 놀라움을 감추지 못했다.

'아니, 개인에게 제공되는 휴대폰 위치추적 자료가 이렇게 자세하다고? 내가 수사하면서 받는 자료보다 더 나은데? 이걸 수사에 활용할 수는 없나?'

직업은 사람의 생활양식과 생각을 지배하는 것이 틀림없다. 난 휴대폰의 위치가 담긴 지도를 보며 엉뚱하게도 수사를 생각하고 있었다. 이토록 쉽고 빠르고 정확하게 위치를 찾을 수 있다니.

그 길로 남편과 나는 택시를 타고, 휴대폰이 있음직한 장소로 향했다.

"여기 내가 다 찾아봤어……. 그러고도 못 찾은 거란 말이야……."

다물라, 다물라, 그 입 다물라. 위치추적이 가리키는 곳은 그곳이 아니란 말이다! 휴대폰이 발견된 곳은 큰 사거리의 길가 가로등 아래 연석 바로 밑. 휴대폰 진동이 조금만 더 요란했다면 휴대폰이 하수구로 빠졌을 그런 위치였다.

남편의 휴대폰 위치를 본 나는 더욱 아찔했다. 술에 취해 큰 사거리 가로등에 몸을 기대고 비틀대다가 연석에 털썩 주저앉았을 것이 분명한 위치. 정신을 잃은 여섯 시간이 밝혀지고 나니 수렁으로만 빠졌던 내 상상이 단순히 상상이 아니었음에 가슴이 철렁했다.

남편은 자신이 요단강 근처에 앉아 있었다는 사실을 아는지 모르는지 휴대폰을 찾은 것에 마냥 기분이 좋았다. 그 뒤로 두 시간 동안 아리랑치기와 퍽치기는 물론, 술 취한 사람들이 당하는 교통사고의 유형에 대해 연신 강의를 들으면서도 남편은 그 위험성을 크게 인식하지 못하는 듯했다. 하. 당신이 어두컴컴한 도로에 쓰러져 있는 사람이 1차로 치이고 2차로 치여서 어느 차에 치여 사망했는지 알 수 없는 미궁 사건을 보지 못해서 이렇게 해맑구나.

검사가 되고 나서 겁이 많아지는 만큼 문제 해결 능력이 향상된 것도 사실이다. 문제 앞에서 검사의 전투력을 어찌 말리겠는가. 눈앞에 문제가 생기면 해결을 해야 직성이 풀리는데. 아내 잘 만난 줄 알아! 세상이 얼마나 험한데!!

삼신할미가
미쳤어요

김은수

"김 검사, 임신했어?"

점심을 먹고 돌아오는 엘리베이터였나. 우연히 마주친 다른 부 남자 선배가 밝은 표정으로 인사를 건넸다.

'내가 지금 뭘 들은 거지?'

선배에게 악의라곤 하나도 없어 보였다. 그도 그럴 것이 진심 으로 축하한다는 표정을 하고 있었다. 애써 웃으며 아니라고, 임신 이면 얼마나 좋겠느냐고 넋두리를 늘어놓자 선배는 당황하며 매우 미안해했다.

"아, 아니, 김 검사가 요새 살이 갑자기 좀 쪘잖아. 그래서 임신 한 거 아니냐고 소문이 돌기에."

"어머 선배님, 제가 좀 살이 찌긴 했나 봐요. 아니라고 해명 좀 해주세요. 살부터 빼야겠네요, 정말.”

애써 씩씩하게 웃으면서 대꾸했지만 나도 모르게 눈물이 고이기 시작했다. 그날 아침에도 어김없이 임신테스트기에는 한 줄만이 선명했기 때문이다. 눈물이 더는 나오지 않길 간절히 바라면서 황급히 고개를 쳐들고 안간힘을 다해 천장만 쳐다봤다.

내 뜻대로 굴러가지 않는 인생에 대해서 신을 탓해본 적은 없었다. 시험이나 취업 면접 같은 일들은 내 노력에 따라 결과가 결정되는 것이라고 생각했고, 결혼 문제로 인한 부모님과의 갈등 역시 서로의 가치관이 평행선을 달렸던 것뿐이라고 생각했다. 하지만 난임의 고통은 차원이 달랐다. 지극히 내 개인적인 문제였음에도 내가 해결할 수 있는 일은 아무것도 없었다. 임신은 정말이지 오롯이 신의 영역에서 벌어지는 일 같았다.

내 나이 만 30세, 난소 나이는 28세로 난소 기능에는 전혀 문제가 없었다. 만 35세의 남편 역시 건강상 문제가 발견되지 않았다. 원인불명 난임이었다. 주치의는 과배란 치료를 권했고 그렇게 고통스러운 난임 치료가 시작되었다.

남편은 새벽 5시마다 내 배에 주사를 놔주었고, 나는 따끔한 주삿바늘의 통증과 함께 하루를 시작했다. 과배란 주사로 인한 호르몬 증가에 내 몸은 미쳐 날뛰었다. 한 달에 예닐곱 개의 난자를 배란시키는 것을 목표로 하는 호르몬 주사였는데 두통도 너무 심했고, 그냥 사무실에 앉아 있기만 해도 멀미를 달고 살았다. 몸은 항상 찌뿌드드했고, 신경은 극도로 날카로워졌다. 속이 더부룩해서 밥도 제대로 챙겨 먹지 못하는 와중에 살은 급속도로 찌기 시작했다. 치료가 시작되고 두 달도 안 되어 몸무게가 5킬로그램이나 불었다.

내가 아기를 기다리고 있음을 아는 동료와 선후배들은 임신했는지를 안부처럼 물었다. 그들은 진심으로 나의 임신을 바랐다. 하지만 고통스러운 난임 치료가 계속되면서 그들의 친절도 고통이 되었다. 내 감정도 조금씩 무뎌져 갔고 매번 여지없이 한 줄인 임신 테스트기를 보아도 더 이상 한숨조차 쉬어지지 않았다.

그러던 어느 당직 날이었다. 평소와 다름없이 책상 앞에 앉아서 김밥 한 줄과 컵라면으로 끼니를 때우던 참이었는데, 공익 요원이 변사 기록이 올라왔다면서 내 책상 위에 기록 한 뭉치를 두고 갔다. 당직 때면 적게는 두세 건, 많게는 일곱 건까지 변사 기록을 보게 되는지라 딱히 놀랄 일은 아니었다. 하지만 기록을 열자마자 나는 놀랄 수밖에 없었다. 먹던 것을 잠시 치워두고 기록을 찬찬히 살펴보았다. 원룸촌에서 영아 시체가 발견되었다는 내용이었다.

원룸 빌딩들로 빽빽이 둘러싸인 골목 한구석에서 지나가던 행인에 의해 시체 한 구가 발견되었다. 갓 태어난 아이였다. 눈도 채 뜨지 못한 채 알몸으로 버려진 상태였다. 핏덩이들이 온몸에 덕지덕지 묻어 있었고, 아이의 후두부는 깨져 있었다. 발견 당시 이미 아이의 몸은 새파랗게 얼어 있었고, 숨은 붙어 있지 않았다. 섣부른

추측은 금물이었지만, 아이의 사체는 이 아이가 태어나자마자 건물 밖으로 던져졌음을 짐작하게 했다.

추락에 의한 타살로 추정되므로 정확한 사인을 밝히고 DNA를 확보하기 위해 부검이 필요하다는 내용의 부검용 압수수색영장청구신청서가 기록 표지 위에 붙어 있었다. 사체가 발견된 인근 원룸촌 주민들을 상대로 DNA를 임의로 제출받고 있다는 내용의 수사보고가 기록에 첨부되어 있었다.

기록 파악이 끝나기 무섭게 곧바로 경찰관에게 전화를 걸었다. 다행히 주민들이 협조해주어 큰 마찰 없이 주민들의 DNA를 확보하고 있다고 했다.

"아이 부모로 의심되는 사람은 없었나요?"

"짐작 가는 곳이 한 집 있습니다. 저희가 노크를 하자 남성 한 명이 문을 열어주더라고요. 집 안을 살펴보고 DNA를 채취해야 한다고 설명하는데, 한 여성이 방에 숨어 있는 게 보였습니다. 여성은 겁을 많이 먹은 상태였는데, 함께 있던 남성이 설득해주어서 동의하에 DNA를 채취했습니다. 아무래도 의심스러워서 여성의 DNA부터 신속히 검사를 의뢰했고, 현재 국과수에서 사체의 DNA와 대조하고 있습니다."

"그 여성이 아이의 엄마라면 도망갈 가능성이 커 보여요. 범인이 도주할 가능성에 대비하시고 필요하면 바로 신병 확보하세요. 특이사항이 발생하거나 DNA 검사 결과가 나오면 곧바로 제게 연락주세요."

그 여성과 남성은 동거인이었다. 두 사람은 출산은커녕 임신조차 하지 않았다고 말했다. 아이가 없다고 말하고 있으니 이 사건과 관련성이 있다고 볼 수는 없었다. 하지만 경찰이 방문하자 안방에 숨어버린 것은 아무래도 미심쩍었다. 심증은 있었지만 방에 숨어버렸다는 사실만으로는 체포영장을 발부받을 근거가 부족했다. 최대한 빨리 DNA 결과가 나오기를 기다리는 수밖에는 별다른 방법이 없었다.

불안감은 왜 늘 적중하는 것인지. DNA 검사 결과, 그 여성이 아이의 엄마였다. 다행인지 불행인지 그녀의 동거남은 아이의 아빠가 아니었다.

경찰은 결과를 확보하고 바로 아이 엄마를 체포하러 그 집으로 향했지만 이미 아이 엄마는 자취를 감춘 뒤였다. 경찰은 동거남에게 아이 엄마를 설득해줄 것을 요청했고, 그의 설득으로 아이 엄마는 고향 근처 경찰서에 자수했다.

동거남은 처음에 DNA 검사 결과를 듣고 매우 당황했으나, 이내 침착하게 경찰 수사에 협조해주었다고 했다. 그 여성의 배가 불러오는 것은 알았으나 원래 살집이 좀 있어서 비만이 심해지고 있다는 그녀의 말을 믿었다고 했다. 임신일 것이라곤 상상도 하지 못했다고 했다. 출산 직후의 건강 상태가 우려되어 그녀는 체포된 상태로 병원에 곧바로 후송되었다.

그녀는 출산한 지 만 하루도 지나지 않은 상태로 병상에 누워 있었지만, 나는 그녀에 대한 구속영장청구 여부를 결정하기 위해 그녀를 면담해야만 했다. 머리끝까지 화가 치밀어 올랐지만, 최대한 마음을 가라앉히고 흥분된 목소리를 가다듬었다. 그리고 담당 경찰관을 통해 그녀에게 전화를 걸었다.

"아이를 살해한 것을 인정하시나요."

아이를 살해한 것을 인정하는지, 어떻게 살해했는지, 왜 살해했는지, 동거남이 살해에 가담했는지 등을 물었다. 그리고 그녀는 놀라우리만치 담담한 어조로 당시의 상황을 찬찬히 설명했다.

전 남자친구와 헤어진 후 갈 곳이 없어 방황하다가 지금의 동거남을 만나게 되었다. 함께 살림을 차린 후에야 이전 남자친구의 아이를 가진 사실을 알게 되었다. 지금 살고 있는 집에서 쫓겨날까봐 임신 사실을 숨겼단다. 살이 쪘다고 거짓말을 하며 지내던 중 집에서 진통이 왔고, 화장실에서 혼자 아이를 낳았다고 했다. 아이를 낳은 사실을 동거남에게 들킬까봐 겁이 나서 아이를 흐르는 물에 대충 씻은 뒤 집 밖으로 던져버렸단다. 자기도 왜 그랬는지 모르겠지만, 그때는 그렇게 할 수밖에 없었다고 말했다. 그런 그녀가 내게 먼저 말을 건넸다.

"그런데, 검사님, 뭐 하나만 물어봐도 되나요?"

"네. 앞으로의 절차가 궁금하신가요? 건강은 괜찮아요?"

"제가 할 말은 아닌 것 같긴 하지만……. 아이 얼굴이 너무 보고 싶은데 기억이 안 나요. 아이 성별은 아들이었어요, 딸이었어요?"

그 말을 듣는 순간 왜 그렇게 눈물이 났는지 모르겠다. 혹시나 내 울음소리가 들릴까봐 수화기 하단을 황급히 부여잡았다. 흐느 끼지 않기 위해 최대한 노력하면서 아이의 성별과 함께 아이의 사 체는 지금 국과수에 있다는 사실을 알려주고 전화를 끊었다.

나는 그녀가 던진, 이 황당한 질문 앞에서 화를 낼 수도 있었고, 비난을 퍼부을 수도 있었다. 하지만 이상하게도 나는 그녀의 질문 에 애써 침착하게 대답하는 것 외에는 아무런 말도 할 수 없었다. 죽은 아이가 너무 불쌍하고 안타까웠지만 기댈 곳 하나 없는 상태 에서 원하지 않는 아이를 임신한 그녀도 안타까웠다.

아이를 무참하게 살해한 그녀가 너무 미웠다. 그런 질문을 던지 는 그녀가 너무 가증스러웠다. 하지만 이내 얼마나 고통스러웠으 면, 얼마나 당황스럽고 무서웠으면 아이 얼굴 한번 쳐다볼 겨를이 없었을까, 아이가 딸인지 아들인지 살펴볼 여력도 없었을까 하는 생각에 마음이 아려왔다. 부모도 없이, 아이의 아빠는 행방도 모르 는 상태에서, 지금 동거남에게서 쫓겨나면 갈 곳 하나 없는 상태로 작은 원룸의 낡은 화장실에서 변기를 부여잡고 혼자 진통을 겪으 며 아이를 낳았을 그녀의 모습이 머릿속을 떠다녔다. 세상에 그 막 막함을 어떻게 겪어냈을까.

아이를 살해한 죄가 결코 가볍지는 않다. 하지만 피임에 실패 한 어린 여성 앞에 놓인 가혹한 현실을 생각해보면, 정말이지 집도 절도 없는 20대 초반의 그녀가 그런 결정을 내리게 된 것을 오로지 그녀의 잘못만으로 치부할 수도 없었다.

"미친 삼신할미 같으니라고! 달라는 곳에는 안 주고 왜 이런 곳에 애를 주고 ××이야, 이게 다 당신 때문이야, 이 할망구야!"

나의 화살은 삼신할미에게 향했다. 아이 엄마가 미처 봐주지 못한 아이의 얼굴을, 나라도 대신 봐주자 싶은 마음에 기록에 있는 사체 사진을 몇 번이고 쓰다듬고, 또 쓰다듬었다. 신과 삼신할미에게 내가 아는 온갖 쌍욕이란 쌍욕은 다 내뱉으며 울고 또 울었다. 난생처음 진심으로 신을 원망하고 저주했다.

'그 아이가 우리 부부에게 왔으면 얼마나 좋았을까요. 그 아이가 좋은 곳으로 갈 수 있게 인도해주세요.'

어느 한쪽에서는 아이를 낳아 기르고 싶어도 아이가 생기지 않아 고통을 받고, 다른 한쪽에서는 원하지 않는 아이가 생겨도 지울 방법이 없고, 낳아도 기를 방법이 없어 고통받고 있었다. 심지어 원하지 않는 생명이었던 아이들은 눈 한번 떠보지 못한 채 살해당하고 있었다.

신에 대한 끝없는 원망 속에서 아이의 명복을 빌고 또 빌었다. 내가 할 수 있는 일이라곤 눈이 퉁퉁 부은 채로 계속 훌쩍거리며 그녀에 대한 구속영장청구서를 출력하는 일밖에 없었다. 신의 가혹한 무심함 앞에서 나는 한없이 무기력해질 따름이었다.

4. 나는 사람 ──────── 검사입니다

검사 엄마,
중고나라 입성기

박민희

"그래서, 얼마 받아?"

모두가 가장 알고 싶어 하는 것. 그러면서도 차마 대놓고 물어 보지 못하는 것. 바로 검사 월급이다. 그 해답은 의외로 쉽게 찾을 수 있다. 인터넷 검색창에 '공무원 봉급표'라고 쳐보면 아무런 여과 없이 엑스 파일이 짠하고 나타난다. 아무리 검사라고 해봤자 일개 공무원에 불과하므로, 당연히 이에 맞춰 월급을 받는다.

내가 임관해서 받은 첫 월급은 268만 6860원. 첫 월급치곤 많 아 보일지 모르지만, 초임검사의 나이가 보통 서른 이상이라는 걸 감안하면 그렇지만도 않다. 대학 동창들이 이미 대리 이상 진급해 월급을 60번도 넘게 받았을 때쯤에야, 비로소 첫 월급을 구경해본 것이다.

임관한 지 1년이 지나 결혼을 했고 첫아들을 만났다. 아이에게 무엇이 아깝겠냐만, 현실은 조금 달랐다. 육아 초보에게 꼭 필요한 '꿀템'들은 짧은 사용 기간에 비해 너무 비싸고, 내 통장은 한없이 가벼웠다. 고민 끝에 난 결심했다. '중고나라'에 손을 대보기로.

중고나라는 워킹맘이 살아남기에는 척박한 곳이었다. 하루도 빠짐없이 해야 하는 피의자 조사, 수시로 잡히는 검사 회의, 기습적으로 날아오는 구속사건 배당. 그 틈틈이 실시간으로 올라오는 매물을 매의 눈으로 확인하면서 판매자에게 연락하고, 거래를 성사시켜야 했으니까.

— 상태는 민트급(물건을 사놓고 거의 사용을 안 했다는 뜻)인가요? B급인가요?

— 택포 가격인가요? 반값 택배 되나요?

— 쿨거래(이것저것 따지지도 묻지도 않고 거래하는 것) 시 에누리되나요?

하루 한두 번 날까 말까 하는 휴식시간에 난 휴대폰을 붙잡고 빛의 속도로 키패드를 두드렸다. 새것과 다름없는 물건을 거저 구했다는, 동시에 나의 현명한 소비가 가계를 구했다는 희열과 자긍심을 느끼며 매력적인 중고 천국에 빠져들었다.

첫아이를 낳고 육아휴직에 들어간 뒤에도 사냥은 계속되었다. 백일이 지나고 아이가 본격적으로 외출할 수 있는 시기가 되면 쓰기 위해, 난 카시트를 찾기 시작했다. 며칠을 눈알 빠지게 검색한 끝에, 아이가 잠들어도 목 꺾임이 없어 인기가 많다는 카시트를 낙점했다. 문제의 카시트를 '민트급'으로 구하기 위해 난 평일이고 주말이고 모니터링을 게을리하지 않았다. 친정엄마 찬스로 출산 6개월 만에 남편과 외출을 했을 때도 휴대폰을 만지고 있었고, 덕분에 원하던 매물이 올라오자마자 발견할 수 있었다. 그게 '덕분에'가 아닌 '때문에'로 변할 줄을, 그때는 몰랐지만.

카시트 판매자는 내게 카카오톡 아이디를 알려주었고, 우리는 카카오톡으로 대화를 시작했다. 판매자의 프로필에는 예쁜 여자애의 사진과 함께 "지민아 사랑해"라는 상태 메시지가 있었다.

'이쪽도 부모구나. 그러면 속일 일은 절대 없겠네?'

판매자가 보낸 실물 박스 사진까지 확인한 나는 회심의 미소를 지었지만, 꼼꼼한 확인 절차를 게을리하진 않았다. 신분증 사진을 보내달라고 요구한 것이다. 두근거리는 마음으로 기다리던 내게 전송된 건 주민등록번호를 가리지도 않은 날것의 주민등록증이었다. 게다가 민증의 주인공이 교회 십자가 앞에서 목사님과 사이좋게 찍은 사진까지 덤으로 날아왔다.

― 전 교회 부목사로 봉사하고 있어요, 믿으셔도 돼요.

신자인 내게는 그 말이 결정타였다. 하느님을 두려워하는 기독교인이라면 사기꾼일 리 만무했다. 판매자를 완전히 믿게 된 난 혹시 이 좋은 거래가 깨질까봐 안전거래도 요구하지 않고, 택배를 받기로 했다. 안전거래를 못 한다고 할 때, 눈치챘어야 했는데.

— 오늘 입금하면 배송은 언제 될까요?

— 제가 방송국 장비팀에서 일하는데, 여기는 일요일에도 택배가 가능해요. 지금 입금해주시면 바로 송장 보내드릴 수 있어요. 마침 30분 후에 택배 수거하러 와요.

30분 후 배송 출발이라니. 이렇게 순조로울 수가! 내가 주저하는 동안에 물건이 팔릴까 조바심을 내며 같이 있던 남편에게 입금을 부탁했다. 검사 아내가 어련히 알아서 잘 거래했으려니. 철석같이 믿은 남편도 곧장 폰뱅킹 앱을 켰다. 그런데 송금 직전, 남편이 돌연 판매자 이름을 묻는 게 아닌가.

"김○○? 이 사람 사기꾼이라고 조심하라고 나오는데?"

인터넷 검색창에 판매자 이름을 검색해본 남편이 말했다. 난 남편에게도 문제의 십자가 사진을 보여주며 생면부지의 김○○ 씨를 변호했다.

"교회 부목사님이시래. 택배 바로 발송 가능하다는데 사기일 리 있어? 동명이인일 거야."

믿지 않았다. 아니, 믿고 싶지 않았다. 당장 내일 온다는 카시트의 유혹이 너무도 강렬했기에. 하지만 남편은 김○○가 흔한 이름도 아니고, 사기 위험성이 조금이라도 있다면 굳이 거래할 필요가 없다며 합리적으로 날 설득했다. 구구절절 맞는 말인데 어쩌겠나. 난 아쉬운 마음을 억누른 채 거래 취소 메시지를 보냈다.

— 남편이 오프라인으로 구매하자고 하네요. 정말 죄송합니다.

몇 분 뒤, 그 게시물은 자취를 감췄다. 판매가 이루어진 걸까? 아니었다.

며칠 후 줄줄이 올라온 피해자들의 글을 통해, 난 그 사람이 정말 사기꾼이었단 걸 알 수 있었다. 창피했다. 부끄러웠다. 사기꾼한테 속은 검사라고 놀려대는 남편을 볼 낯이 없었다. 만일 돈을 보냈다면 어떻게 됐을까? 지금까지 해온 일을 송두리째 부정당할지 모른다는 두려움에 아마 신고도 못 했을 것이다.

기나긴 자기반성의 시간이 끝나고, 나에겐 분노가 찾아왔다.

"내가 복직하면 육아용품으로 사기 치는 놈들을 철저히 응징해주겠어!"

사실 중고나라 사기는 검사들이 반기는 종류의 사건은 결코 아니다. 자잘하고, 횟수는 많고, 범인은 잡기 힘들고. 심지어 범인 스스로 자기가 무엇무엇을 사기 쳤는지 제대로 기억을 못 해 자백도 엉성하게 하는 경우가 많다. 하지만 복직 후, 난 중고나라 사기 사건이 올 때마다 열의에 불타오르며 기록을 받아들었다. 형식적으로 처리하면 될 사건들도 대충 넘기지 않았다. 그러던 중, 이제 겨우 스무 살이 된 한 청년의 중고나라 사기 사건이 내 레이더망에 포착되었다.

"이상한데? 초범인데 혼자 이렇게 많은 건수를 했다고? 그것도 이렇게 능숙하게?"

사기 물품을 고르는 것부터 연락을 주고받는 방식까지. 중고나라에서 오랫동안 굴러본 난 직감적으로 알 수 있었다. 연륜 있는 사기꾼의 솜씨였다. 난 피의자를 불러다 앉혀놓고 범행 동기부터 시작해서 범행 방식, 특히 다른 사람의 개입 여부에 대해 샅샅이 캐묻기 시작했다. 길고 끈질긴 조사가 이어진 끝에, 풋내기 범죄자는 겁에 질린 표정으로 털어놓았다.

"검사님, 사실은요. 저 혼자 한 게 아니에요. 형들이 시켰어요. 전 초범이라서 경찰서에 가도 금방 나올 수 있다고요. 전부 형들이랑 같이한 거예요."

이 얼마나 순수한가. 수십 명이 수천만 원을 사기당했는데 경찰서에 쓱 들어갔다가 나오기만 하면 된다는 말을 믿었다니. 난 그 자리에서 피의자의 휴대폰을 제출받아 휴대폰 분석을 의뢰했다. 메신저와 통화 내역에서 '형님'이라 불리는 두 공범의 존재를 확인할 수 있었고, 실시간 휴대폰 위치추적을 통해 그들의 소재까지 파악했다. 구속영장청구는 당연한 수순. 그중 리더 역할을 했던 '맏형'은 원래 피의자보다 기껏해야 한 살 많은 스물한 살. 용맹하게 승천하는 용 문신을 새긴 팔을 민소매 밖으로 위풍당당하게 드러낸 인물이었다.

"어휴, 팔 좀 가리지 그랬냐"

구속 전 피의자심문을 위해 검찰청에 출석한 '맏형'에게, 그의 아버지뻘쯤 되는 우리 계장님이 본인의 재킷을 벗어주었다. 양팔에서 승천하는 용은 분명 구속을 판단하는 판사에게 좋은 인상을 주지 못할 것이었다. 사건의 주범이라 할지라도 계장님 입장에선 그냥 철딱서니 없는 아들 친구 놈을 보는 기분이었을지도 모르겠다. 용 문신을 재킷으로 가렸건만, 구속은 피할 수 없었다. 어깨가 푹 처진 채 법정으로 들어가는 주범의 뒷모습을 보며, 난 김○○ 씨에게 감사했다. 사기를 당할 뻔한 경험이 있었기에 중고나라 사기 사건을 꼼꼼히 보게 됐고, 피해자들의 심정도 진심으로 이해할 수 있었으니까.

"중고나라 사기꾼한테 낚였었다고? 검산데?"

내가 이 얘기를 하면 지금도 다른 엄마들은 배꼽을 잡고 웃는다. 고스톱 쳐서 검사를 따낸 게 틀림없다면서. 어허, 얕보지 마라. 중고나라 사기꾼들의 정교한 물품 선별 능력과 문학에 가까운 게시글 작성 능력, 정말로 선물받은 물건을 팔려고 내놓은 아기 엄마인 듯 상대방과 대화하는 연기력은 가히 대종상 감이니까.

그래서 난 중고나라를 끊었을까? 아니, 여전히 난 그 매력적인 매물들의 손짓을 거절하지 못하고 있다. 물론 그전보다는 훨씬 신중해져서, 신분증을 곧바로 보내주는 판매자는 다시 한번 의심하는 혜안까지 생겼지만. 여러분도 늘 명심하길 바란다. 의심하는 여러분의 그 마음조차 사기꾼은 이미 꿰뚫고 있다는 것을!

"니가 검사면
나는 대통령이다"

김은수

검사 생활을 하면서 가장 힘들었던 시기가 언제였냐고 물어본
다면 항상 '지금'이라고 말하게 되지만, 가장 기억에 남는 시기가 언
제였냐는 질문을 받게 되면 어김없이 실무수습을 받을 때를 떠올
리게 된다. 육체적으로 가장 고달팠던 시기도, 황당한 일을 가장 많
이 겪었던 시기도 실무수습 기간이었다. 정말이지 맨땅에 헤딩하는
기분으로 좌충우돌하면서 많은 것을 배울 수 있었던 시기였다.

실무수습을 나가자마자 내가 부딪혔던 첫 번째 난제는 내 존재
에 대한 조직 구성원들의 의문을 해소하는 일이었다. 실무수습 검
사로 첫 출근을 하고 보니, 나를 바라보는 사람들의 시선이 매우 난
감해 보였다.

"저 그런데, 뭐라고 불러드려야 하나요? 시보님이라고 부르면

되나요?"

그도 그럴 것이 일선 청에서 로스쿨 출신 검사는 매우 낯선 존재였다. 1기 선배님들이 발령받은 상태였지만 그 숫자는 매우 미미했고, 시보가 아닌 실무수습을 받는 검사라는 존재 자체가 처음 겪어보는 일이었다. 대검이나 법무부에서 호칭을 어떻게 하라고 일선 청으로 전달한 것도 없었다. 다들 나만 보면 '너는 누구세요? 여긴 왜 왔어요?'라는 눈빛인데, 그럴 때면 나도 모르게 '나는 누구? 여긴 어디?'라고 절로 탄식하게 되었다. 툭하면 시보라고 잘못 불리기 일쑤였고, 실무수습이 끝나야 검사가 되는 것이 아니냐는 악의 없는 질문도 참 많이 받았더랬다. 울컥 서러움이 몰려오는 순간이었지만, 애써 담담한 표정으로 나의 존재에 대한 답변을 차분히 늘어놓아야 했다.

로스쿨 출신 검사라는 존재가 생긴 지 2년밖에 안 되었으니 당연할 수밖에 없는 상황이었다. 내가 열심히 일하고 끈기 있게 배우다 보면, 로스쿨 검사들에 대한 막연한 우려나 오해들이 없어지지 않을까, 내심 위축되어 있던 나 자신을 그렇게 다독여가며 항상 웃는 얼굴로 내 소개를 반복하는 것만이 유일한 대처 방안이었다. 정말 다행인 것은 만나는 분들마다 다들 하나같이 나를 반갑게 맞아주셨고, 나의 수많은 질문들에도 친절하게 답변해주셨던 덕분에 내가 달갑지 않은 객식구라거나 미운 오리새끼라는 식의 자괴감이 들 일은 전혀 없었다는 것이다. 그저 나는 해맑게 자기소개를 하고,

열심히 일만 하면 되는 그런 상황이었다.

내 호칭 문제에 적응될 무렵 새롭게 등장한 난제는 '전화하기'
였다. 실무수습 검사였던 나는 피의자나 고소인 소환도 직접 전화
로 해야 했다. 이때 사건 관계자들의 날것 그대로의 반응을 여과 없
이 그대로 접하는 것은 생각보다 매우 힘든 일이었다.

― 왜 벌써부터 범죄자 취급을 하십니까?

― 어차피 내 말 안 믿어줄 건데, 나가봤자 시간 낭비 아닌가요?

― 뭐 그리 대단한 잘못이라고 이까짓 일로 검찰청까지 나가야
됩니까?

잔뜩 날이 선 채 비아냥거리는 경우는 양반이었다. 자신의 30
대 자녀가 소환 전화를 받았다면서 "선생님, 우리 애가 말을 잘 못
하는데, 그런 데 혼자 못 보냅니다. 저랑 얘기하고 끝내시지요"라
는 말을 들으면, 나도 모르게 욱해서 "댁의 아드님 미성년자세요?"
라고 울분을 토해버리곤 아차 싶은 생각에 감정을 추스르고 변호
인 조력권을 설명하게 됐다. 가끔은 "이런 독한 ×이! 너도 자식이
있을 것 아니냐! 세상에 이런 피도 눈물도 없는 독한 ×을 보았나"
라는 악담도 덤으로 따라왔다.

피해자의 현재 상황(합의 여부, 피해 회복 여부, 처벌 희망 의사 등)을
확인하기 위해 인터넷 물품 사기 피해자에게 전화할 때에는 정말
이지 단단히 각오를 해야 했다. "안녕하십니까, 저는 김은수 검사
입니다"를 마치자마자 한바탕 욕설이 쏟아진다.

— 야 이 미친×아, 너같이 어린것이 무슨 검사냐. 니가 검사면 나는 대통령이다. 어디 할 짓이 없어서!

— 내가 또 속을 줄 알아! 어디서 어린×이 어른을 등쳐먹으려 들어!

억울한 마음을 가다듬고 친절하게 검찰청 대표번호를 안내한다. 이리로 전화를 걸어 김은수 검사를 연결해달라고 하라고, 그럼 제가 검사인 거 믿으실 수 있지 않느냐고 설명을 하고 나면 2~3분 뒤에 확인 전화가 온다. 그럴 때면 여지없이 "여자 검사가 흔하지 않잖아요. 게다가 목소리가 이렇게 어린데 제가 어떻게 믿겠어요"라는 변명 섞인 사과가 돌아온다. 그래도 전화로 한 번은 통성명했다고, 조사를 진행할 때에는 면전에서 욕을 먹는 일은 없었다. 참으로 위안이 되는 일이었다.

어느덧 전화로 이어지는 악담에도 익숙해져서 멘탈 하나는 제대로 단련이 되고 있구나라는 생각이 들 때쯤이었다. 야근하다가 사무실에서 이름 모를 벌레에 물려버렸는데, 웬걸 쉽게 낫지를 않았다.

"김 검사, 니 발이 왜 그라노?"

그냥 벌레 알레르기라서 발이 붓고 있는가 보다 생각하고 평소처럼 일하고 있었는데, 절뚝거리는 나를 보고 깜짝 놀란 선배가 말했다. 벌레 알레르기와 두 달간 이어진 야근의 환장할 콜라보로 벌레에 물린 발등은 어느새 평소 세 배는 부어 있었고, 그마저도 시커떻게 변색되고 있었다. 부랴부랴 남편을 호출해 24시간 운영되는 병원을 찾아갔더니 이게 웬일. 봉와직염이었다. 난생처음 들어보는 병명이었다.

의사는 상태가 좋지 않아 일주일 정도 입원해야 한다고 강조했지만, 그 말은 내 귀에 들리지도 않았다.

'아씨, 망했다. 남은 사건 수가 몇 건이더라?'

머릿속에는 처리하지 못한 사건 개수만 떠오를 따름이었다. 사건을 다 못 떼고 가면 지구 끝까지 쫓아올 거라던 선배들의 농담도 머릿속에서 둥둥 떠다녔다. 무엇보다도 배당받은 사건들을 다 처리하지 못하면 어떡할지 공포가 밀려왔다. 일주일이나 쉬었다가는 배당받은 사건 중 상당수를 손도 대지 못할 것이 뻔했다.

"입원은 절대 못 해요. 회사 가야 되는데, 방법이 없을까요?"

남편과 의사의 눈빛은 '이 여자 미쳤네'라고 말하고 있었다. 하지만 어쩔 수 있나. 환자가 '또라이' 워커홀릭인데. 한참을 의사 선생님과 흥정하듯 치료 방법을 논의한 결과, 완치될 때까지 매일 병원에 찾아와서 항생제를 수액과 함께 투여받기로 했다.

결국 11~12시까지 야근한 나를 거의 업다시피 둘러메고 병원에 데리고 가는 것은 남편의 몫이었지만, 남편은 싫은 기색 한번 없이 병 수발을 들어주었고, 그 덕에 무사히 나는 회사에 출근하며 치료를 받을 수 있었다.

"여자가 무슨 봉와직염이냐?"

"군화 신고 다니냐?"

"발 좀 닦아라!"

발 안 닦아서 걸리는 병이라고 엄청난 놀림을 받아야 했지만, 뭐 바빠서 발 닦을 시간도 없는 게 사실이긴 했다. 집에 들어오면 밤 12~1시, 아침에 일어나면 5시인데 제대로 씻을 시간이나 있었나 모르겠다. 한 일주일쯤 지나자 진심으로 '아, 힘들다. 진작 발 좀 씻고 다닐걸'이라는 생각이 나도 모르게 들기 시작했고, 투병과 야근의 이중고로 멘탈이 바스러져가던 와중 다행히도 병은 완치되었다.

'와, 세상에 이렇게 다양한 욕설이 있구나', '다짜고짜 욕을 먹으면 이런 기분이구나', '깨끗이 씻고 다녀야겠구나' 등등 온갖 새로운 경험을 거듭하면서 3개월간의 실무수습은 종료되었다. 아마 이 3개월 동안의 고생이 현재 검사로서의 내 모습을 90퍼센트쯤 빚어준 것 같다.

매도 먼저 맞는 것이 낫다고 했던가. 어떤 욕을 들어도 당황하지 않는 멘탈, 욕의 절반쯤은 칭찬으로 걸러 듣는 뻔뻔함, 아파도 죽을병만 아니면 된다는 담대함은 바로 이때 만들어졌던 것이다. 이상 조금은 슬픈 김 검사 더 비기닝이었다.

제발,
합의 좀 해주세요

서
아
람

경찰에 신고했는데, 별것 아니니 합의하라고 종용하면서 수사해

주지 않았습니다. 이게 나라입니까?

인터넷에 올라오는 범죄 피해 호소 글을 보다 보면 이런 내용이
눈에 들어온다. 그걸 보면서 사람들은 분노한다. 견찰이라느니, 세
금 축내는 기생충이라느니, 합의하고 싶으면 너나 하라느니 등등.
나도 동의한다. 수사기관은 면밀하게 수사해서 실체적 진실을 밝
혀야 한다는 것에. 하지만 모든 사건에 경중을 가리지 않고 수사 자
원을 쏟아부어야 한다는 데는 동의하지 않는다.

수사 자원은 한정되어 있다. 한 줄짜리 고소장으로도 사건 접
수가 가능한 시대에, 전 국민의 절반이 검찰, 경찰에 취직하지 않

여
자
사
람
검
사

는 한, 수사 자원은 언제나 모자랄 수밖에 없다. 그래서 형법에서는 일부 죄명에 한해 고소취소나 당사자 간 합의가 있으면 수사를 중지하고 즉시 '공소권 없음' 처분을 내릴 수 있는 규정을 마련해놓았다. 좋게 좋게 넘어가자고 끝낸 사건을 파헤치는 건 당사자들도 반가워하지 않으므로, 이 제도는 여러모로 합리적이라 할 수 있다. 물론 그 과정이 애 하나 낳는 것만큼 힘들긴 하지만.

내가 초임으로 근무했던 검찰청 근처에는 대형 교회가 있었다. 7, 8년 전부터 대대적인 법적 분쟁에 휘말려왔던 그 교회는 내가 초임으로 근무할 무렵에는 갈등의 절정에 치달아 있었다. 무려 9000명에 이르는 교회 신도들이 절반으로 갈라져, 매주 주일마다 어느 세력이 본당을 차지해 예배를 드리느냐를 두고 혈투를 벌였다. 정말로 피를 봐야 끝나는 질긴 싸움이었다.

— 김○○ 장로, 이○○ 집사, 박○○ 권사에게 집단폭행 당했기에 이들을 고소합니다.

— 수십 명의 신도가 지켜보는 가운데 최○○ 장로가 제게 욕을 했습니다. 모욕죄로 고소합니다.

주일이 끝나고 월요일이 되면, 신도들이 서로를 지목하며 제출한 고소장이 산더미처럼 책상에 쌓였다. 나만 그런 게 아니었다. 부소속 검사들이 사건을 N분의 1로 나눴는데도 감당 안 되는 양이었다. 죄명도 다양했다. 특수상해, 특수폭행, 상해, 폭행, 업무방해, 예배방해, 모욕, 명예훼손, 공갈, 협박, 심지어 추행까지 있었다. 검사들의 업무용 전산 시스템인 KICS는 1000여 명의 피의자 이름이 한꺼번에 등록되는 바람에 먹통이 되어버렸다.

"김○○ 장로님 되시죠? 고소당하신 건에 대해 조사를 받으셔야 하는데요."

— 전 이미 조사받았는데요. 그것도 두 번이나.

"아뇨, 그건 2주일 전과 일주일 전 주일에 있었던 사건 조사였고요. 이번엔 저번 주 평일에 있었던 일 때문에……."

사건이 하도 많다 보니 피의자들도 나도 헷갈렸다. 그들의 사전에 합의는 없다고 했다. 거기다 혐의는 절대 인정하지 않았고, 목격자 진술은 누구 편인지에 따라 정신없이 엇갈렸다. 수백 명의 신도가 파도 풀에서 놀듯 이리저리 휩쓸려 다니는 CCTV를 충혈된 눈으로 분석하고, 하루에도 대여섯 번씩 대질조사를 했다. 형사부 검사들이 가장 건드리기 싫어하는 3대 사건이 '교회, 종중, 재개발조합'이라고 하는 데는 그럴만한 이유가 있었다. 아무것도 모르고 밑반찬을 들고 오셨던 우리 엄마는 문제의 교회 건물에 걸린 현수막을 보고 기함하셨다.

서아람 검사 구속!

원래 현수막에 적힌 문구는 '서아람 검사는 범죄자들을 신속히 구속하라!'였다. 그런데 현수막을 만든 업체의 실수였는지, '구속'만 엄청 크게 박히고 나머지 글자들은 작아서 잘 보이지 않았던 것이다. 우리 엄마는 그날 딸에게 계속 검사 일을 시켜도 되는 건지

처음으로 진지하게 고민하셨다고 했다.

우리 부 검사들의 업무 스트레스는 극에 달했다. 우리 부 검사들이 그 교회 사건에만 매달릴 수 있는 게 아니었다. 그 외에도 처리해야 할 사건이 산더미 같은데, 처리 일정은 자꾸만 뒤로 밀리고 대대적인 업무 과부하가 걸렸다. 숨 가쁜 오전 근무를 간신히 마치고 점심을 먹으러 가는 길, 길거리에 천막을 쳐놓고 전도하는 중년 여자들을 보면서 우리는 몸서리를 쳤다. 저러다가 또 반대파와 싸움이 붙으면 거기서 몇십 개의 형사사건이 파생될 거라는 생각에 끔찍했다. 교회 이름조차 듣고 싶지 않아 발걸음을 재촉하는데, 천막을 물끄러미 바라보며 서 계신 수석님이 보였다.

"서 검사, 우리 같이 교회 다닐까?"

우리가 만약 그 교회를 다니면 이해관계자가 된다. 그러면 사건을 기피해야 하고, 수사하지 않아도 된다. 수석님은 그 순간 그런 생각이 드셨다고 했다. 검찰청의 생불(生佛), 날개 없는 천사이신 우리 수석님이 이렇게 말씀하실 정도면 상황은 정말 심각한 것이었다. 보다 못한 부장님께서 양쪽 신도 무리의 대표를 불러 평화회담을 시도했지만, 결과는 처참했다. 서로를 향해 "마귀", "이단"이라고 고함치고 삿대질하는 것으로 끝나버렸으니까.

어떻게든 원만한 합의를 이끌어내 보려던 우리 부는 기조를 바꿨다. 그래, 당신들이 원하는 대로 갈 데까지 가보자고. 그러면 어떻게 되는지 똑똑히 보라고. 혐의가 인정되는 사건들은 일말의 선처 없이 원칙대로 기소했다.

그러자 이번에는 어마어마한 업무량이 마치 바이러스처럼 법원으로 옮겨갔다. 그 교회와 무슨 악연이 있는지, 때마침 공판부로 옮기게 된 나도 그들을 따라 법원으로 갔다.

"피고인들, 자리가 부족하니 방청석 앞에 일렬로 서세요."

스무 명도 넘는 피고인들이 떼로 몰려나왔다. 그들 모두 가해자이자 피해자였기 때문에, 피고인석에 있다가 증인석으로 갔다가 다시 피고인석으로 옮겨다니는 어이없는 광경이 반복되었다. 똑같은 영상을 백 번 가까이 보신 판사님은 넌덜머리를 내시면서 정말 합의 의사가 없는지, 용서를 구하고 용서해줄 마음은 없는지 물으셨다. 그러자 법정이 발칵 뒤집혔다. 서로 욕하고 싸우느라고. 보다 못한 판사님이 판사봉을 두드리며 일갈하셨다.

"같은 기독교인으로서 부끄럽군요. 피고인들이 믿는 하느님은 서로 다른 하느님인가요?"

그제야 그들이 입을 다물었다. 검사석에 있던 난 속이 다 시원해졌다. 내가 하고 싶었던 말이 바로 그것이었다. 아마 천국에서 자신의 길 잃은 양들을 지켜보시던 하느님도 똑같은 심정이었을 것이다. 그때 판사님이 하셨던 말씀을, 난 내가 법정에서 들었던 최고의 명언들 중 하나로 손꼽는다.

그밖에도 합의 문제로 속 썩는 사건들은 수두룩했다. 피해자가 합의를 안 해주니 검사님이 대신 해주시라며, 다짜고짜 5만 원짜리

지폐 두 장을 내 책상에 던져놓고 뛰어가 버린 피의자도 있었다. 덕분에 난 부정 청탁으로 걸리진 않을까 조마조마해하며 감찰에 신고까지 해야 했다.

장장 몇 주에 걸쳐서 간신히 합의시켜놨더니 사건종결 후 맘을 바꿨다며 찾아오는 사람들도 부지기수였다. 이게 떡장수 맘대로가 아니다. 고소취소의 취소는 불가능하다고 해도 소용없었다. 반대로 합의가 절대 안 될 것 같은 사건이 마법같이 그 자리에서 합의되어버릴 때도 있었다.

"뭐, 사람이 화가 나면 칼로 찌르고 할 수도 있죠. 이해합니다."

내가 검찰에서 만났던 민원인 중 '쿨'하기로 베스트3에 들어가는 고소인의 명언이었다. 고시원에서 살며 일용직에 종사하던 고소인은 함께 술을 마시던 형님과 만취 중에 다툼을 벌였는데, 열 받은 형님이 고소인의 등을 과도로 무려 두 번이나 찔러버렸다. 다행히 깊이 찔리지는 않아 영구적인 장애는 남지 않았지만, 그래도 죄명을 상해로 해야 할지, 아니면 살인미수로 해야 할지 고민했을 정도로 심각한 사건이었다. 그런데 고소인은 병원비도 받지 않고 합의하겠다고 했다. 다 같이 어렵게 사는 처지에 뻑뻑하게 굴고 싶지 않다는 게 이유였다. 그 사건의 경우 합의한다고 해서 공소권이 없어지는 건 아니었지만, 피의자의 처벌 수위가 훨씬 낮아지긴 했다. 때로는 가벼운 사건이 죽어도 합의가 성사되지 않고, 절대 합의 못할 줄 알았던 무거운 사건이 어이없을 만큼 쉽게 합의가 되어버리니 참 검사로서도 알 수 없는 노릇이다.

검찰청에서 일하면서, 참 안타까운 광경을 많이 보았다. 부모 자식은 절연하고, 형제는 서로 멱살잡이를 하고, 우정은 깨지고, 사랑은 원한으로 돌변한다. 조금만 화를 가라앉히면, 상대방의 입장에서 생각해보면 훨씬 평화롭게 해결할 수 있는 일들이 '끝장을 보자'며 법정까지 간다.

고소를, 법정에 가는 것을 너무 쉽게 생각하지 않았으면 한다. 꼭 감옥에 가거나 벌금을 내지 않더라도 수사와 재판을 받았던 경험은 당사자들에게 평생 지울 수 없는 날카로운 상흔을 남기기 마련이다. 그 관계는 다신 돌이킬 수 없게 된다. 그걸 알기에, 그걸 막고 싶기에 우리는 오늘도 합의를 '종용'하는 것이다. 몇 년 전부터는 형사조정제도가 생겨 전문적인 식견을 갖춘 형사조정위원들이 당사자들의 합의를 전담해 도와주고 있다. 오늘도 쌈닭들 싸움에 등 터지고 있을, 몸속에 큼직한 사리를 하나씩 키우고 있을 조정위원님들께 감사와 경의를 표한다.

박
민
희

어떤 검사를 붙잡고 물어봐도 기억에 남는 에피소드로 초임 시절의 이야기를 빼놓지 않을 것이다. '검사'라는 직책만 달았지 만렙 실무관님, 수사관님 앞에서는 갓 서버에 등장한 헐벗은 용사일 뿐, 모든 것이 처음인 초임검사. 어쩌면 사회생활조차 처음일 초임검사. 그 허당미 넘치는 이야기만큼 또 재미있는 것이 없다.

초임검사들은 실전에 돌입하기 전에 첫 스승을 만나게 된다. 사실 어떤 지도검사와 부장님을 만나는지가 너무나 중요하다. 이제 막 알에서 깨어난 병아리의 엄마 같은 존재가 바로 지도검사다. 병아리 검사는 지도검사의 사건 처리 방법, 민원인을 대하는 태도, 조사 방법 등 모든 것을 각인한다. 그 모방이 어느 정도냐 하면 지도검사가 낮에는 슬렁슬렁 일하는 대신 새벽까지 야근하는 스타일이라서 그걸 따라 밤을 새우고 낮에 비몽사몽 자는 초임검사도 봤다. 나는 아주 감사하게도 신속한 사건 처리, 친절한 민원인 응대, 화합 가득한 검사실 운영이 인상적인 지도검사님을 만났다. 문제는 그 훌륭한 스승님 밑에서 '모지리' 같은 내가 나왔다는 것이다.

나의 지도검사님은 내가 시도 때도 없이 질문해도 모든 것을 받아주셨다. 고도의 집중력을 발휘해서 결정문을 쓰고 계셨을 때도 단 한 번의 짜증 없이 모든 질문에 대답해주셨다. 그렇다 보니 기록을 보다가 이해되지 않는 사소한 부분도 질문했고, 조사할 때는 수시로 메신저를 하면서 의견을 여쭈기도 했었다. 그런 지도검사님이 옆에 계셔서 모든 조사가 든든했다.

그러나 초임검사 아니겠는가. 특히나 나는 피의자의 말을 굉장히 잘 들어주는 검사였다. 다른 말로 표현하면 잘 속는 검사였을지도. 하루는 '절도'로 송치된 사건의 피의자 조사가 있었다.

"검사님, 저 진짜 훔친 거 아니에요. 흑흑흑."

50대 중후반쯤으로 보이는 권 씨 부부가 내 앞에 앉아 있다. 부인은 내 앞에서 눈물을 닦고 있고, 남편은 고개를 푹 숙인 채 검사실 바닥만 바라보고 있다. 권 씨 부부는 어쩌다가 절도 사건에 연루되었을까.

대형 마트에서 장을 보던 김 씨는 평소처럼 카트 내부의 유아용 의자 칸에 지갑을 놓았다. 그리고 자율포장대에서 장 본 물건들을 박스에 담았다. 이후 유유히 카트를 밀어놓고 자신의 차를 타고 집으로 돌아왔다. 김 씨는 집으로 돌아온 지 몇 시간이 지난 후에야 자신의 지갑이 사라졌다는 것을 깨닫는다. 바로 마트로 돌아와 CCTV를 확인하고 자신이 자율포장대에 있을 때 권 씨 부부가 카트를 끌고 들어오는 깃을 확인한다. 그러나 희미한 CCTV상에는 부부의 실루엣만 보일 뿐, 다른 단서는 전혀 없다. 지갑이 돌아오지 않을 가능성이 크다는 것을 알지만 일단 112에 신고해본다. 피해 금액은 지갑을 포함하여 약 20여만 원 상당.

도난 신고를 한 지 일주일이 지났을까. 김 씨는 잃어버린 지갑 속의 상품권이 사용되었다는 경찰관의 연락을 받는다. 김 씨는 용하게도 자신이 가지고 있던 상품권의 번호까지 경찰에 진술했던 것이다. 상품권 결제 내역을 통해 정체가 밝혀진 권 씨 부부. 상품권을 사용하고 포인트를 적립한 것이 화근이었다. 이렇게 범행이 발각된 권 씨 부부는 내 앞에서 결코 지갑을 훔친 것이 아니라고 말했다.

"그런데 경찰서에서는 절도를 인정하셨는데요, 어머님?"

"검사님, 제가 경찰서에서 진술할 때는요, 무서운 형사분들 다섯 명이 저를 에워쌌어요. 한 사람은 책상을 치고, 한 사람은 욕을 하고요. 나머지 셋은 저를 닦달했어요."

"조사실 그림 좀 그려보시겠어요?"

권 씨 부인은 내가 건넨 흰 A4용지에 자신을 둘러싼 세 명의 형사, 문 앞을 지키고는 욕하는 형사, 책상을 내리치는 형사까지 다섯 명의 형사를 아이 같은 그림 솜씨로 그려 넣는다. 자신은 강압에 의해 자백을 했을 뿐, 사실은 절취가 아니라는 것이다.

"그럼, 어머님, 이 상품권은 어디서 나셨어요?"

"아, 이거는요, 제가 지하철을 타려고 역으로 가는데 길가 수풀에 하얀 봉투가 떨어져 있지 뭐예요. 그래서 그 봉투를 주웠는데 그 안에 상품권이 있었어요."

"무슨 역이었는데요? 저랑 같이 로드뷰를 보시죠."

같이 로드뷰를 본 지하철역 부근에는 정말 길가에 수풀이 있었다. 내가 너무 몰입해서 권 씨 부인의 변명을 들었나. 로드뷰를 같이 보니 권 씨 부인의 말이 상상이 갔다. 쉴 새 없이 쏟아내는 권 씨 부인의 항변에도 권 씨는 시종일관 말이 없다. 권 씨 부인에게 모든 것을 맡기기로 한 모양이다.

"아버님은 하실 말씀 없으세요? 상품권 어디서 나셨어요?"

"저는 잘 모르지요……. 이 사람이 가지고 와가지고……."

보통 사람들은 잘 모르지만 훔친 것이 아닌 주운 것이라도 그것을 마음대로 사용하면 점유이탈물횡령죄로 처벌받는다. 권 씨 부부도 그걸 몰랐는지 줄곧 훔친 것이 아니라고만 항변했다.

권 씨 부부 모두 초범이었고, 경찰서에서는 절도를 인정했던 진술을 검찰에 와서 바꾸었다. 지갑 속의 상품권 외에 다른 물건들은 발견되지 않았고, 이 부부를 피의자로 지목해줄 단서는 CCTV와 상품권 사용 내역뿐이었다. 그마저 CCTV에는 절도 장면이 찍힌 것이 아니었다.

"그럼 우리 거짓말 탐지기 한 번 해볼까요?"

"검사님, 좋아요. 전 정말 사실이거든요."

"……."

권 씨 부인은 자신의 억울함을 입증하는 데 혈안이 되어 있으나 권 씨는 여전히 말이 없다. 거짓말 탐지로 불리는 심리생리검사는 담당하는 수사관이 따로 있기에 그 일정을 미리 잡아야 한다. 그날 즉시 검사를 할 수 없어서 권 씨 부부의 피의자신문을 마치고 추후 일정을 잡았다. 권 씨 부부를 돌려보낸 후, 고민하는 나를 보시고 지도검사님이 한 말씀 하신다.

"박 검사. 저들이 김 씨와 함께 장을 보고, 우연히 김 씨 지갑에 있는 상품권을 주울 확률이 얼마나 된다고 생각해?"

"가능성이 희박하긴 하지만…… 정말 정말 정말 우연히 주운 걸 수도 있잖아요."

"다른 절도범이 있다 치자. 그 절도범이 김 씨의 지갑을 주워서 내부에 있는 돈을 어떻게 할 것 같아?"

"바로 쓰겠죠?"

"그렇다면 절도범이 왜 상품권은 사용하지 않았을까?"

"그거야…… 상품권을 쓰면 추적될 테니까요?"

"상품권을 쓰면 추적당한다는 걸 아는 절도범이 그 상품권을 지하철역 옆 수풀에까지 가서 버릴 확률은? 그리고 그 상품권을 김 씨와 함께 장을 본 권 씨 부부가 주울 확률은?"

대답하기 어려웠다. 손안에 시계 부품을 넣고 흔들어 시계가 조립될 확률 같아 보였다. 정황상 권 씨 부부가 절도한 것 같은데, 범행은 완강히 부인하고 있고……. 이 정황만 가지고 절도 기소가 가능할까.

"그런데, 박 검사. 절도로 기소하나 점유이탈물횡령으로 기소하나 피해 금액이 적어서 벌금 액수는 같아. 박 검사 마음 가는 대로 해."

지도검사님의 마지막 말이 마음의 짐을 덜어주었다. 아! 형량의 차이는 없구나. 피의자들의 이야기를 받아들여 줄지 말지만 결정하면 되는 거구나.

"그럼, 수석님…… 저, 거짓말 탐지기 하고 결정할게요."

얼마나 줏대가 없었으면 절도인지 점유이탈물횡령인지를 가르기 위해 거짓말 탐지기 수사를 한단 말인가. 돌이켜보면 얼마나 얼뜨기 같은지. 그래도 눈물 콧물로 자신의 억울함을 토로하던 권 씨 부인의 마음을 한 번 더 살펴보고 싶었다.

그 결과는 어떻게 됐을까? 권 씨 부부는 거짓말탐지기 수사를 하기로 약속한 날짜에 나타나지 않았다. 그리고 나는 그들을 더 이상 만나지 못했다. 결국 나는 마지막 조사를 토대로 그들을 점유이탈물횡령죄로 기소했다. 아마 권 씨 부부는 이 사건을 통해 절도가 아니더라도, 주운 물건을 함부로 쓰면 똑같이 처벌받는다는 것을 알았을 것이다. 자신이 쓴 상품권 액수보다 훨씬 큰 액수를 벌금으로 내면서.

너무나 명백한 사건을 두고 고민했다고 생각되는가? 초임검사에게나 일어날 수 있는 해프닝 같지만, 당시에 나는 매우 심각했다. 이후 많은 사건을 마주하면서 지도검사님이 가르쳐준 '여러 번의 우연이 겹칠 수 있는 확률 이론'을 내 나름대로 확립했다. 보통 '여러 번의 우연이 겹쳐 발생하는' 사건은 대개 누군가의 고의적 행동일 가능성이 매우 높다는 사실. 이제야 지도 검사님이 그때 왜 '확률 질문'을 하셨는지 이해한다.

이렇게 사건 하나하나 개별적, 구체적 사안에 맞춰서 법률 적용을 끊임없이 고민하는 자가 바로 검사다. 지금도 모든 검사가 그렇게 고민하고 있고, 앞으로도 그렇게 고민하며 형사사법 트랙을 걸어갈 것이다. 나 역시도 그렇게.

소년범
조사기

김은수

아이들은 대개 해맑고 순진하기 마련이다. 그런데 범죄를 저지른 아이들이라면?

딱히 학창 시절에 비행 청소년들이랑 얽히거나 교류할 일이 없었기 때문에 검사가 되기 전까지 내가 접할 수 있었던 소년범이란 신문이나 뉴스에 나오는 아이들이 전부였다. 그러다 보니 소년범은 인상도 험악하고, 어른보다 더 교활하고, 반성 따위는 하지 않아 교화라는 단어가 무색할 것이라는 편견이 있었다. 그런데 막상 소년범 전담을 맡고 보니 그렇지 않았다. 내가 겪었던 상당수의 소년범들은 다른 평범한 아이들과 다를 바가 없었다.

소년범을 조사하다 보면 그 천진난만함과 귀여움에 감동(?)받고, 심지어는 검사로서의 엄격하고 근엄하고 진지한 표정을 유지

여자사람검사

하기가 너무 어려워서 허벅지를 꼬집어대거나 고개를 쳐들어 먼 산을 본다거나 하는 식으로 표정을 감춰야 할 때가 생기곤 했다.

내가 소년범을 집중적으로 조사했던 시기는 두 번째 발령을 받았던 청에서였다. 언론에 대서특필되거나 사건이 복잡하거나 강력범죄에 해당하는 사건들은 소년1 전담에게, 그 외 성폭력 사건들은 성폭력범죄 전담 검사들에게 배당되었던지라 내게 오는 사건들은 정말 너무나 간단한 것들뿐이었다. 그렇다 보니 이른바 싹수가 노랗기 짝이 없는 녀석들은 몇 명 보지 못했다. 다 세어봐야 1년 동안 다섯 손가락을 넘지 않았다.

호기심에 친구 형네 오토바이를 몇 번 타보다가 걸린 녀석들 (오토바이 무면허운전 범행), 길가다가 남의 지갑을 주워서 횡재한 줄 알았다가 점유이탈물횡령으로 걸린 녀석들, 친구끼리 단순한 말싸움에서 시작해 치고받고 싸우다가 쌍방 폭행으로 입건된 녀석들, 인터넷 게시글에 악플을 달거나 게임 중에 채팅창에 쌍욕을 '시전' 하다가 모욕으로 고소당한 녀석들. 물론 이보다 조금은 더 무겁고 죄질이 나쁜 절도범이나, 동년배 또는 후배들을 물리적으로 심하게 폭행하여 다치게 하는 폭력 사범도 종종 오긴 했지만, 대부분의 녀석들은 자기가 저지른 행위가 범죄인지도 모를 정도로 단순한 범죄를 저지른 아이들이었다.

학교폭력 사건들도 은근히 자주 등장하는 소년 사건 유형이었다. 죄질이 나쁜 괴롭힘, 강제추행이나 준강간 등의 성폭력, 절도나 강도 행위처럼 심각한 범죄의 경우에는 가정법원 소년부로 사건을 바로 송치해서 형사재판을 열 수 있도록 했다. 대신 우리 방을 방문하는 학교폭력 소년범 손님(?)들은 대개 경미한 쌍방폭행 사건에 연루된 아이들이었다.

"부모님이나 선생님한테 이르면 고자질쟁이가 되는 건데요? 그거 나쁜 거랬어요."

검사들은 순번을 정해 한 달에 한두 번 정도 관내 학교들을 순회하며 학교폭력 예방교육을 한다. 나는 그때마다 학생들로부터 똑같은 질문을 받아야 했다. 학교폭력을 겪고 있을 땐 어른들에게 도움을 청하라는 나의 말에 대한 반문이었다. 어른한테 피해 사실을 알리는 것은 결코 비겁한 일이 아니라고 설득하기는 쉽지 않다. 도대체 고자질을 하면 안 된다는 말은 누구로부터 시작된 것일까. 수많은 아이들이 잘못된 훈육 덕분에 고자질쟁이가 되는 대신 스스로 해결하려다 우리 방에 납시곤 했던 것이다. 이제라도 잘못된 말은 바로잡을 필요가 있었다. 그나마 나의 답변들 중 아이들이 고개를 끄덕여주었던 것은 아래와 같은 말이었다.

"너희는 어려서 스스로 문제를 해결할 능력이 없으니, 어른들에게 맡겨주렴. 너희를 괴롭히는 아이들이 어른들한테 이르면 죽인다고 협박하지만, 그것은 뒤집어 말하자면 걔들이 제일 무서워하는 것이 어른들이라는 뜻이거든."

또 다른 질문으로 제일 많이 받은 것은 역시 쌍방폭행에 관한 것이었다.

"쟤가 먼저 때렸는데, 내가 바보도 아니고 가만히 맞고 있으라는 거예요?"

"내가 맞아서 같이 때린 긴데, 정당방위 아니에요?"

저 말을 듣고 있다 보면 심정적으로는 나도 모르게 고개를 끄덕거리게 된다. 말문이 막힌다는 말이 더 적절한지도 모르겠다.

사실 어른인 우리 남편도 나한테 똑같은 질문을 한 적이 있었다. 그때 "어, 정당방위 아니래. 그냥 '선빵' 맞고 곧바로 경찰에 신고해. '깽값'이나 벌어와"라고 말하고 말았지만, 아이들에게는 그렇게 말해줄 수 없지 않은가.

"상대방이 약을 올려도, 설사 먼저 때리더라도 폭력으로 대응하면 안 됩니다. 상대방이 나를 때리는 것을 막기 위해서 밀치거나 붙잡는 정도까지만 정당방위로 인정될 수 있어요. 먼저 공격당했다는 사실은 나중에 처벌의 정도를 정할 때 정상참작이 됩니다. 똑같이 폭력으로 대응하는 건 문제를 악화시킬 뿐, 해결책이 될 수 없어요."

학생들에게 쌍방폭행은 양쪽 모두 처벌받는다는 사실, 정당방위의 인정 범위를 설명해주다 보면, 나도 모르게 법원이 너무 정당방위를 엄격하게 보는 것은 아닐까 하는 생각이 든다. '눈에는 눈, 이에는 이'는 야만적이기 짝이 없는 격언이지만, 현재의 형사법 체계나 피해자 보호 시스템이 이 말을 뛰어넘어 피해자에게 복수하지 말 것을 설득할 수 있을지는, 솔직히 나조차도 의문이었다.

우리 방에 찾아오시는 녀석들은 대개 검찰청이 뭐 하는 곳인지도 모르고 그냥 교무실에 반성문을 쓰러 오듯 가벼운 발걸음으로 들어와서 '저 오라고 하신 분 누구세염? 저 뭐 해야 되나요?'란 표정으로 서 있기 일쑤였다. 해맑기로만 따지자면 텔레토비 동산에서 살고 있는 보라돌이, 뚜비, 나나, 뽀오가 따로 없었다. 내게 "검사님 보러 왔는데요, 안녕하세요!"라고 밝게 복창하는 녀석들을 보고 있자면 '아, 너를 내가 어떻게 해야 하니'라는 탄식이 절로 나온다.

이런 아이들은 조사받을 때 자신이 크게 잘못했다고 생각조차 못 하는지라 딱히 거짓말을 할 필요성도 느끼지 못한다. 대부분은 자신의 범행 동기나, 범행 방법 등에 대해서 거짓말을 하지 않고 사실대로 당시 상황을 자세히 설명한다. 거짓말을 하는 것도 죄책감이나 처벌에 대한 두려움이 크고, 엄청나게 머리를 굴려야만 가능한 일이기 때문에, 아이들은 완벽한 거짓말을 만들어낼 시도조차 감히 하지 못한다. 어설프게 거짓말을 시도하던 녀석도 몇 번 스무고개를 하는 식으로 질문을 던져보면 머리가 아픈 나머지 그냥 진실을 털어놓고 세상 편한 표정을 짓고 있게 된다.

한번은 ATM기를 사용하려다가 앞 사람이 두고 간 현금을 발견하고는 20만 원을 가져갔던 중학교 3학년 한 군을 조사할 일이 있었다. 이 녀석에게 범행 동기를 물어봤더니, 엄마가 옆에서 거의 도

끼눈을 뜨고 있는데도 활짝 웃으면서 "담배를 피우고 싶은데 돈이 없어서요"라고 대답하는 것이 아닌가. 깜짝 놀란 엄마가 "뭐라고? 너 담배 피운다고? 돈 없으면 담배는 어디서 구하는데?"라고 되묻자 한 군은 "길바닥 잘 쳐다보면 꽁초 중에 긴 것들이 좀 있어"라고 별거 아니라는 식으로 응수했다. 점점 붉어지는 어머니의 얼굴을 보고 있자니 내가 다 죄송할 지경이었다.

간혹 검찰보다 자신의 부모님을 더 무서워하는 녀석도 있다. 심지어는 부모님을 모시고 오라고 했는데도 "엄마 아빠 바쁘다고 하셔서 저 혼자 왔어요"라고 씨알도 안 먹힐 거짓말을 하면서 쌩글쌩글 웃는 녀석도 더러 있다. 이런 경우 검사실은 부모님에게 확인 차원에서 연락을 다시 드리고 조사 일정을 새로 잡아야 하기 때문에 (미성년자를 단독으로 조사하는 경우 아이를 겁박·회유했다는 식의 오해를 불러일으킬 소지, 미성년자가 심리적으로 위축되어 진술을 제대로 하지 못할 가능성, 자신의 법적 권리인 진술거부권, 변호사 선임권을 충분히 행사하지 못할 가능성 때문에 원칙적으로 보호자의 동석하에서만 조사를 진행한다) 두 번 일을 하게 되고, 결과적으로는 다른 사건을 조사할 시간을 뺏기게 된다.

하지만 어린애를 상대로 성질을 부릴 수도 없고. 말 그대로 뭘 모르는 녀석들에게 화를 내봤자 무슨 소용이 있으랴. 그저 이를 앙 다물고 여기는 교무실이 아니라는 점, 나는 죄지은 사람을 처벌해야 할지를 검토하는 사람이라서 마냥 너한테 호의적으로만 행동하지는 않을 수도 있다는 점, 조사 내용에 따라 너는 재판을 받을 수도 있고 심지어 처벌을 받을 수도 있다는 점, 이런 점들 때문에 조사를 받을 때에는 부모님 중 한 분이 너를 도와주셔야 한다는 점을 차근차근 설명해줄 뿐.

그러면 대부분의 아이들은 머리를 긁적이면서 "죄송합니다. 엄마 모시고 다음에 올게요!"라고 고개를 꾸벅이며 멋쩍게 웃는다. 그럼 나도 모르게 속으로 이 녀석들의 무지에서 오는 천진난만함에 피식 웃음을 짓곤 제발 이 녀석의 부모님께서 가정교육의 힘으로 이 우매한 중생을 깨우쳐주시기를 간절히 기원하게 되는 것이다.

그런가 하면 센 캐릭터의 아이들도 있다. 이 바쁘신 몸을 누가 부르시는가 하는 태도로 건들건들 검사실로 들어오는데, 보다 못한 보호자가 나무라기라도 할라치면 "아, 별거 아니라고 쫌! 아 진짜 쪽팔려"라며 보호자에게 짜증을 내기 일쑤다. 어떤 아이들은 검사와 면담 중에 부모님이 오버한다는 생각이 들거나 쓸데없는 이야기까지 한다는 생각이 들면, 갑자기 어른들의 대화에 끼어들어서는 "아! 왜 그래 진짜 쪽팔려, 하지 마, 그만해!"라거나 "내가 언제 그랬어, 뻥 좀 치지 마"라고 부모님께 소리를 지르기도 한다. 이런 일을 거의 매일 겪다 보면 범죄의 죄질보다 녀석들의 꼬락서니가 더 괘씸해져서 '이 녀석 버릇을 어떻게 고쳐놓지?'라는 고민이 생겨버린다.

가장 효과적인 방법인지는 모르겠지만, 내 나름대로는 효과가 있었던 방법들이 있다. 그중 하나는 친한 선배님으로부터 전수받은 '사랑합니다 캠페인'이다.

소년범들이 써온 반성문에는 으레 영혼 없이 "죄송합니다. 다시는 이런 일을 하지 않겠습니다"라는 말이 부동문자처럼 쓰여 있기 마련이기에, 나로서는 정말 반성을 하는지 직접 녀석들의 입으로 들어보는 수밖에 없다.

"피해자한테 죄송해야 하는 것은 당연한 거고, 또 누구한테 죄송해야 하지?"

십중팔구는 "검사님이오"라고 대답한다. 그럼 난 "내가 피해자도 아닌데 왜 나한테 죄송해야 하지? 옆에 계시는 부모님을 보면 느끼는 것이 뭐 없니?"라고 다시 물어본다.

그럼 절반 정도는 슬쩍 동석한 보호자를 곁눈질하면서 "엄마, 아빠 죄송합니다. 다시는 안 그럴게요"라고 기어 들어가는 목소리로 대답한다. 그리고 나머지 절반 정도는 쑥스러움에 고개를 보호자 반대쪽으로 돌려버린다. 이제 내가 할 일은 녀석들의 범죄로 인해 부모님이 얼마나 놀라고 상처받으셨는지, 그 마음이 얼마나 무겁고 복잡하신지에 대해 알려주는 것만 남았다. 그리고 마무리로 "사랑합니다"라고 말하면서 부모님을 안아드리고 잘못했다고 용서를 구하라고 짐짓 엄한 목소리로 얘기하고 나면, 아무리 강한 척하던 녀석이라도 못 이기는 척 보호자를 안으면서 "엄마 아빠 미안" 하고 중얼거리게 된다. 몇몇 녀석들은 부끄러움에 얼굴이 홍당

무가 되고, 몇몇 녀석들은 눈물이 그렁거리는 눈으로 보호자 품에 파고든다.

그러면 부모님들은 한없이 사랑스럽다는 표정으로 아이들을 보듬어 안아주시면서 "다시는 나쁜 짓 하지 않도록 잘 챙기겠습니다. 죄송합니다"라고 답해주신다. 아이들과 보호자의 유대관계가 다시 회복되는 것까지는 바라지도 않지만, 그 회복의 불씨를 살짝 되살리는 것만으로도 아이의 재범 가능성은 현저히 낮아질 것이라 믿는다.

친한 후배님 가라사대, "선배님, 저는 정말이지 소년범 조사할 때가 가장 보람 있는 것 같아요". 정말이지 옳아도 너무 옳은 말이다. 거악을 척결하시는 검사님들께서 보시면 한심해하실 수도 있겠지만, '쪼렙' 형사부 검사인 내게 있어 이만큼 보람 있는 조사도 드문 것 같다. 안녕 아가들아, 만나서 반가웠고 우리 다시는 만나지 말자. 어흥.

"그러니까 30만 원씩이나 주고 티켓을 사지 말았어야죠. 아직 학생이잖아요. 그 가수가 밥 먹여줘요? 아니면 대학을 보내주나?"

중고나라 사기 품목 중 가장 빈번한 것이 바로 콘서트 티켓이다. 버스 타지 않고 걸어 다니며 모은 용돈을, 학원비와 책값을 사기꾼에게 갖다 바쳤다는 10대 피해자들의 하소연을 들으면 난 한심하다는 생각이 먼저 들었다. 등골 빠지게 돈 벌어서 너희들을 뒷바라지하는 부모님들을 위해서라도 정신 차리라며 일장연설을 늘어놓곤 했다.

중고등학생 때도, 물론 대학생 때도, 가수에 푹 빠지는 친구들을 이해하지 못하던 나였다. 친구들과의 대화에서 소외되지 않으려고 H.O.T. 앨범을 사고 노래도 따라 불렀지만, 그들이 해체할 때는 강 건너 불구경하듯 아무렇지 않았다. 내가 아닌 남에게 시간과 에너지를 쏟는다는 게 더없이 어리석게 여겨졌다. 그렇게 평생 난 '덕질'과 무관한 삶을 실 줄 알았다. 오래전 언락이 끊겼던 법대 동기로부터 뜬금없는 메시지가 오지 않았다면 아마도 계속 그렇게 살았을 것이다.

— 그동안 잘 지냈어? 정말 미안한데 부탁하고 싶은 게 있어서.

— 부탁? 뭔데?

보통 이런 경우 셋 중 하나다. 돈을 꿔달라거나, 보험에 들어달라거나, 아니면 결혼 소식을 알리면서 하객석을 채워달라거나. 부잣집 딸에다 사내 변호사로 잘나가는 동기가 나한테 손을 벌릴 일은 없으니 아마 세 번째일 거라고 난 지레짐작했다. 그런데 그게 아니었다.

— 황민현한테 투표 좀 해줄래?

이게 무슨 소리지? 내가 모르는 사이에 애가 정치판에 뛰어들었나? 난 그 이름을 인터넷에 검색해보았다. 알고 보니 황민현은 케이블 TV에서 방영하는 오디션 서바이벌 프로그램의 아이돌 지망생이었다. 매주 인기투표를 통해 생존과 탈락을 가리는데, 황민현이 떨어지지 않도록 투표를 해달라는 게 동기가 연락한 목적이었다.

"황민현이라는 애가 되게 잘생겼나 보네. 공부밖에 모르던 애가 이렇게 푹 빠질 정도면."

다 같이 노래방에 가도 최신곡 하나 부를 줄 모르던 동기를 떠올리면서 난 의아해했다. 그리고 호기심이 생겼다. 당시 난 지방 근무를 하느라 남편과 주말부부 생활을 하는 중이었다. 남편이 일 때문에 내려오지 못하는 금요일 밤, 혼자 침대에서 뒹굴거리다가 TV를 켜보았다. 미국 하이틴 영화에 나오는 것처럼 청재킷에 청바지를 맞춰 입은 연습생 그룹이 리듬에 맞춰 칼군무를 추고 있었다.

"헐, 대박!"

난 리모컨을 쥔 상태 그대로 프로그램이 끝날 때까지 움직이지 않았다. 첫눈에 반해버렸다. 이렇게 멋질 수가! 재밌을 수가! 심장이 쫄깃쫄깃할 수가! 생전 처음 유료결제를 해서 주말 내내 전(前) 방영분을 봤다. 월요일에 출근해서도 머릿속에 프로그램 주제가가 맴돌았다.

"오늘 밤 주인공은 나야 나―. 나야 나―."

재판 일정을 정리하면서 나도 모르게 흥얼거렸다. 그러자 옆 책상에 앉은 후배 검사가 날 쳐다보는 게 느껴졌다. 각자 검사실을 쓰는 형사부와 달리 공판검사실 하나를 같이 쓰는 공판부는 서로 예의를 지키는 것이 아주 중요했다. 일하는 데 방해가 됐겠지. 난 얼른 사과했다.

"미안, 조용히 할게요."

"선배님도 '프듀' 보세요?!"

반갑게 외치는 후배 검사의 눈빛이 반짝반짝 빛나고 있었다. 그녀는 첫 화부터 열심히 보면서 매주 투표를 빼먹지 않은 애청자라고 했다. 당연히 그녀에게도 열렬히 응원하는 연습생도 있었다.

"키 그고 옷 잘 입는 게 완진 제 스타일이에요. 말하는 것노 어벙한 게 사랑스럽고요. 그런데 너무 착해서 손해 보는 것 같아 속상해요. 동생들한테 다 양보하면 데뷔는 어떡하려고!"

"안 하면 되지. 내가 구상한 최정예 데뷔 조에 걔는 없어."

"으악! 선배님! 도대체 안목은 어디다 팔아먹으신 거예요!!"

후배와 내가 신나게 떠드는데, 이번엔 공판검사실 여기저기서 우리를 힐긋거리는 시선이 느껴졌다. 아, 한 소리 듣겠구나. 근엄한 얼굴로 타이핑을 치시던 옆자리 선배님이 입을 여셨다.

"나도 요새 그거 재밌게 보는데. 이대휘 귀엽지 않아?"

"전 라이관린요. 아이돌은 역시 비주얼이죠."

"배진영 보셨어요? 막 치고 올라가는 거?"

선배님이 포문을 열어주시자마자, 그동안 숨어 있던 애청자들이 하나둘씩 튀어나왔다. 공판부 여자 검사들이 일제히 '덕밍아웃' 하는 순간이었다.

'지금 당신의 소년에게 투표하세요!'

승부욕을 필수 DNA로 타고난 우리 검사들은 연습생을 '영업'할 때조차 혼신의 힘을 다했다. 그저 조용필이 좋다는 수사관님을 압박해 문자투표를 시키고, 실무관님의 아이디와 커피 한잔을 맞바꿨다. 점심시간에는 부장님께 각자 응원하는 연습생 사진을 보여드리며 누가 더 나은 것 같냐고 대답을 강요(?)하기도 했다. 결재 기다릴 때처럼 긴장되는 순간이었다.

"외모로만 보면 이쪽이 더 남자다운 느낌이 들긴 하는데."

"아싸! 난 부장님이 인정하신 참 각막!"

"다시 보세요, 부장님! 혹시 안경 흐려지신 거 아닌가요?!"

여자 검사들이 하도 오디션 얘기만 해대니, 질려버린 남자 검사들이 제발 단톡방을 만들어 거기서만 얘기하라고 요청해오기도 했다. 우리는 부리나케 단톡방을 만들었다. 그리고 금요일 저녁부터 새벽까지 프로그램을 보면서 실시간으로 함께 달렸다. 그 방에서 가장 활발히 떠드는 건 물론 나였다.

— 내가 내일 변사체로 발견되면 윙크소년 체포해. 죄명은 심장 폭행치사.

— 저게 말이 돼? 2위였던 애가 어떻게 갑자기 20위로 떨어져? 이건 비리가 있는 거야!

— 지금부터 양심을 버리겠습니다. 02년생이지만 오빠라고 부르겠어요. 잘생기면 다 오빠.

남들이 보기엔 주접이었겠지만, 나에겐 참 재밌는 덕질이었다. 이렇게 순수하게 가슴이 뛰어본 게 얼마만이더라. 산더미 같은 문제집에 파묻혀 감수성을 발휘할 새도 없었던 여고생 시절이 다시 돌아온 기분이었다. 불가능해 보이는 꿈을 이루려고 맹목적으로 달려가는 청춘보다 아름다운 게 또 있을까. 무대에 오르기 위해 밤새워 땀 흘리며 춤추는 연습생들을 보고 있으면, 로스쿨생일 때 참여했던 검찰 심화실습이 떠오르곤 했다. 기록시험 공부하느라, 토론 대비하느나, 소실 통언 준비하느나, 시노 심들 깨뉘누너 하얗게 새우던 밤들. 나에게도 그렇게 뜨거운 시간이 있었다. 꿈이 전부였던 시절이 있었다. 임신 후 매일 '칼퇴'하느라 그리 친해지지 못했던 공판부 식구들과 똘똘 뭉치게 된 것도 참 좋았다. 누가 상상이나 했겠는가. 공식 오찬에 가는 차 안에서 다 같이 노래를 열창하는 여자 검사들의 모습을. 주 5일 중 4일을 공판에 나가고, 하루만으로는 재판 준비가 모자라 야근과 주말근무를 밥 먹듯이 하느라 지쳐 있던 우리였다. 많은 시간과 노력을 들이지 않고도 즐길 수 있는 덕질은 신선한 활력소였다.

하지만 덕질에도 부작용이 있었으니, 바로 남편의 불타는 질투였다. 남자 연예인을 보고 잘생겼다고 말하는 것조차 질색하던 남편은, 내가 덕질에 빠지자 극심한 내적 분노를 표출했다. 어느 정도냐면, 내가 TV를 보는 동안 다른 방에 가서 문을 잠그고 이불을 뒤집어쓰기까지 했다. 그래도 프로그램이 끝나면 괜찮아지겠거니 믿고 참았던 것 같다. 하지만 프로그램에서 만들어진 그룹이 정식으로 데뷔하면서 내 덕질에 박차가 가해지자, 남편은 그만 폭발해버렸다. 임신 4개월인 내가 데뷔 콘서트에 가겠다고 거금을 들여 암표를 구해놨다는 걸 알게 된 날이었다.

"그래, 콘서트 갈 거면 가! 근데, 이혼신고서에 도장 찍고 가!"

이혼당하고 싶지 않았던 난 얼른 도망 나왔다. 그리고 가출 소녀처럼 호텔에서 하룻밤을 보낸 후 콘서트에 다녀왔다. 예쁘고 좋은 것만 보는 것, 엄마가 행복한 것이 태교라고 자기합리화하면서. 며칠 후 부부싸움에 대해 알게 되신 친정엄마는 내 등짝에 강렬한 스매싱을 날리셨다. '어려서도 안 하던 짓을 왜 나이 처먹어서 하고 ××이야' 하는 말과 함께.

"열심히 해봐라. 어차피 애 낳으면 싹 다 잊어버릴 테니까."

엄마의 예언과 달리, 아이가 태어났다고 해서 내 덕질이 바로 멈춘 건 아니었다. 산후조리원에 있을 때 남편에게, 롯데리아에서 파는 포토달력이 포함된 버거세트를 사다 달라고 부탁하기도 했으니 말이다. 남편의 반응은? 전국의 롯데리아 매장을 다 폭파시켜버리겠다고 했다. 그래도 난 포기하지 않았다. 친구에게 부탁해 포토달력을 손에 넣은 후 옷장에 넣어놓고 몰래몰래 꺼내보곤 했다. 하지만 산후조리원에서 나온 후 내 덕질에는 결정적인 위기가 찾아왔다. '휴덕' 아닌 '환승'이라는 위기가. 내 눈을 멀게 한 새로운 아이돌은 바로 찐빵처럼 포동포동한 볼과 뽈록한 오리 궁뎅이를 자랑하는 내 아들이었다.

"나? 아들 덕질 중이다. 장난감 조공도 하고, 혼자 촬영회도 하고, 포토카드도 만들어."

갤러리에 가득 찬 4만 장의 사진과 3000개의 영상. '최애'를 보면 꿈에서도 행복하고 가만히 있어도 웃음이 나왔다. 쉴 새 없이 엄마를 찾아대는 아이 덕분에 휴덕도 탈덕도 환승도 허용되지 않는 곳. 바로 육아의 세계였다.

"우리 아들로 서맇게 씩씩아세, 근사하세 사라면 좋겠다."

아직 탈덕을 못 한 내 덕질 메이트들이 가끔 보내주는 사진이나 영상을 볼 때마다, 요즘은 그런 생각이 먼저 든다. 사회에 나와 돈을 벌기엔 너무도 어린 아이돌들을 보며, 그 부모의 심정은 어떨지 그려보게 된다. 냉정한 사회에, 사람들의 무분별한 악플에, 너무 많이 상처받지 않기를 바라게 된다. 우리 모두는 누군가의 '최애'니까. 사랑받기 위해 태어난 사람들이니까 말이다.

박
민
희

　한 사람이 살아가며 경험하는 것은 그 사람의 판단에 지대한 영
향을 미친다. 활자로 이해하는 배움보다 직접 피부로 경험한 배움
의 깊이가 훨씬 깊다.

　사건 처리를 위한 결재를 받다 보면 부장님마다 '극대노'하는
범죄의 포인트가 다르다는 것을 알 수 있다. 어떤 부장님은 사기에,
어떤 부장님은 폭력범죄에, 어떤 부장님은 저작권법 위반에 '극대
노'하신다. 사건 처리를 위해 함께 토론을 하다 보면 '혹시 부장님
이 비슷한 사건의 피해자인 적이 있으셨나?' 하는 생각이 들기도
한다. 사건의 주임검사보다 더 깊이 사건을 꿰뚫어보고 더 절절하
게 피해자의 심정을 대변하시는 부장님을 보면 그간 쌓아오신 경
험치의 깊이를 느끼게 된다.

나 역시 아이를 낳기 전에는 아이에 대한 경험치를 쌓지 못했다. 아이가 피해자인 사건과 일반 성인이 피해자인 사건의 차이점을 법소분, 법성형으로만 알고 있었다. 머리로만 알고 있던 그 사이를 지금은 가슴으로 이해한다.

아이가 피해자인 사건을 볼 때마다 가슴이 미어지고 찢어진다. 내가 아이를 키우는 엄마가 됐기 때문이다. 엄마가 됐기에 마음이 말랑말랑했던 시기의 최고점이 있었으니, 바로 첫아이를 낳고 막 복직했을 때였다.

출산도 육아도 경험하느라 수사 일선에서 멀어진 것이 걱정됐다. 반면에 오랜만에 수사를 하려니 가슴이 뛰는 것도 사실이었다. 그러나 수사검사로 복직하지 못하고 공판을 담당하게 됐다. 공판검사는 재판을 담당하기에 수사를 하는 경우는 드물다. '위증' 수사를 제외한다면.

공판검사의 주요 업무 중 하나가 위증 수사다. 위증은 재판 과정에서 증인이 거짓을 말할 때 성립하는 범죄인데, 공판검사의 역량은 공판에서 위증하는 증인의 오류를 잡아낼 때 발휘된다.

한창 수사 의지가 하늘을 찌를 때라서, 출근 첫날 난 내가 공판검사가 되기 전 6개월치의 공판카드(공판검사가 진행 상황을 상세하게 기록해놓은 서류)를 모두 살펴보았다. 지난 1년간 위증 수사가 진행된 적도 없었고, 위증이 의심되는 사건을 찾기도 어려웠다. 이번에는 전임 공판검사를 찾아갔다.

"위증 의심 사건 인수인계 해주실 것 없으세요?"

"아, 박 검사. 이거 내가 공판검사일 때 수사하려던 사건인데 못 했어. 박 검사가 대신 해주면 좋겠는데……."

턱! 하고 둔탁한 소리와 함께 내 눈앞에 나타난 기록. 언뜻 봐도 기록이 한 뼘을 넘는 두께였다. 전임 공판검사가 아껴둔 이 기록은 무엇일까.

평화롭고 한적한 오후. 권 씨는 차량으로 좁은 골목을 천천히 지나가고 있었다. 그런데 갑자기 '턱' 하는 소리와 함께 자신의 차 옆으로 주 씨가 쓰러진다. 권 씨의 차에 손목을 다친 주 씨는 권 씨를 교통사고 가해자로 신고했다. 그 결과 권 씨는 교통사고 가해자로 처벌받았고, 주 씨는 보험사로부터 보험금을 수령했다.

그런데 사실 이 사건은 교통사고를 가장한 '손목치기' 수법의 보험 사기였다. 이후 권 씨는 자신의 억울함을 풀기 위해 교통사고 사건의 재심을 청구했고, 보험 사기를 친 주 씨를 증인으로 신청했다. 그런데 주 씨는 재판정에서 자신이 사기 친 것이 아니라는 거짓말을 하고 만다. 결국 주 씨는 권 씨를 교통사고 가해자로 신고한 무고죄와 법정에서 거짓말을 한 위증죄를 동시에 범하게 된 것이다.

이쯤 되니 단순한 교통사고 재심 재판 기록이 왜 두꺼워졌는지 이해됐다. 주 씨의 '무고'와 '위증'을 동시에 수사해야 하는 사건이었다. 공판이 쉬는 날, 바로 주 씨의 조사 일정을 잡고 조사를 시작했다.

"주○○ 씨, 교통사고 보험 사기로 사실이 확정됐는데도 왜 권 씨의 재심에서 거짓말을 한 건가요?"

"검사님, 사실 두려웠습니다. 사실대로 말하면 큰일이 날 것 같 았어요. 그래서 겁이 나서……."

"거짓말을 하시는 바람에 위증죄까지 범하게 됐잖습니까."

"죄송합니다, 검사님……. 재심 재판에서 제가 죄를 인정하면 구 속될 것 같았습니다. 곧 셋째가 태어나는데…… 아내가 충격받을까 봐 사건 이야기도 못 했습니다……."

아직 20대인 주 씨를 보면 그 아내도 어릴 것으로 짐작됐다. 그 어린 아내가 벌써 셋째 출산이라니. 이 일을 알면 얼마나 스트레스 를 받을지 나 역시 짐작이 갔다.

"검사님, 제발요. 저 구속시키지 말아주세요. 저 구속되면 우리 아이하고 아내는 누가 보살핀답니까……."

고개를 푹 숙이고 선처를 구하는 주 씨는 집행유예 기간이었다. 집행유예 기간에 무고와 위증이라니. 내가 구속의 ㄱ자도 꺼내지 않았는데 주 씨는 이미 구속에 대한 두려움을 드러냈다.

"아니, 아빠가 아기를 보호해주어야지, 아기가 아빠의 구속을 면하게 해주는 상황이 말이 됩니까?"

곧 태어날 셋째를 핑계로 구속을 면하려는 주 씨가 괘씸했다. 그러나 한 번만 선처해주면 아이에게 부끄럽지 않은 아빠가 되어 열심히 살겠다는 주 씨의 각오를 무시하기 어려웠다. 죄 없는 신생

아며, 아이 셋을 돌봐야 하는 어린 아내는 어찌할꼬. 아기와 아내를 생각하면 마음이 아렸다. 주 씨에게 아내가 임신했다는 사실을 입증할 수 있는 산부인과 기록지, 출산예정일이 담긴 의사의 진단서 등을 요구했다. 그리고 며칠 후 모든 수사가 마쳐진 기록을 들고 부장실 문을 두드렸다.

"부장님, 집행유예 기간에 무고죄와 위증죄를 범한 피의자입니다. 구속도 가능할 것으로 보이나, 깊이 반성 중이고 이제 곧 셋째가 태어날 예정입니다. 불구속으로 기소하고 싶습니다."

"박 검사, 혹시 피의자에게 구속하지 않겠다고 약속했나요?"

"아뇨, 약속하지는 않았습니다만, 사정을 고려해보겠다고는 했습니다."

부장님은 한동안 사건기록을 살펴보신 뒤 조용히 말씀하셨다.

"박 검사님이 판단하는 대로 하세요."

구속의 기로에 있는 피의자에게 '사정을 고려해보겠다'라고 말한 것만으로도 부장님은 검사가 희망을 품게 했다고 생각하셨던 것 같았다. 나는 내가 최종 결정권자가 아님에도 '고려'라는 단어를 꺼낸 것이 매우 부끄러웠다. 그리고 주임검사의 판단을 존중해주신 부장님이 감사했다. 나는 그날 검사의 '고려'의 무게를 가슴에 깊이 새기고 돌아왔다.

"마지막 선처입니다. 출산을 앞둔 아내와 아이에게 잘하세요. 그리고 꼭 재판에 출석하셔야 합니다."

"검사님, 정말 감사합니다. 아이에게도 아내에게도 정말 잘하겠습니다. 꼭 재판에 출석하겠습니다!! 감사합니다, 검사님!!!"

전화로 주 씨에게 구속을 면하게 되있다고 일려주있다. 나의 결정을 기다리느라 잠을 이루지 못할 주 씨를 빨리 마음 편하게 해주고 싶었기 때문이다. 큰소리로 자신의 각오를 말하는 주 씨와의 전화 통화를 마치며 내심 불구속으로 기소하길 잘했다고 스스로를 다독였다. 직구속(검사가 직접 수사하여 피의자를 구속시키는 행위) 실적이 중요한 것이 아니라고. 주 씨에게 부끄럽지 않은 아빠가 될 기회를 주었다고.

그리고 시간이 흘러 내가 수사한 주 씨의 무고와 위증 사건의 공판이 돌아왔다.

"20○○고단3○○호 피고인 주○○."

"……."

"피고인 주○○ 씨?"

"……."

피고인석, 방청석을 샅샅이 훑어보아도 주 씨는 보이지 않았다. 나에게 재판에 꼭 출석하겠다고 약속한, 세 아이의 아빠는 재판에 출석하지 않았다.

검사실에 돌아와 주 씨에게 수차례 전화를 걸었다. 출석을 독려하기 위함이었다. 내가 구속시키지 않은 피의자인데, 주 씨가 재판에 출석하지 않으면 재판정에서 구속영장이 발부될 것이었다. 아기와 아내를 배려해서 구속만은 피하게 해주었는데. 나 혼자 만감이 교차하는 가운데 연락은 닿지 않았다.

나는 수사관님, 실무관님에게 내가 재판에 가 있는 동안에도 틈틈이 연락해줄 것을 부탁드렸다. 그리고 실무관님과 수사관님은 옆방, 옆옆방 전화까지 총동원해 주 씨와 연락하는 데 성공했다. 재판에 출석하겠다는 약속도 받았다고.

그러나 한 달 후 재판 기일에서도 주 씨를 만날 수 없었다. 결국 판사님은 불출석 피고인에 대해 구속영장을 발부했다. '하아, 셋째 아이의 출산을 지켜볼 기쁨을 주고 싶었는데. 어린 산모에게도 남편으로서 든든한 가장 역할을 해주길 바랐는데' 끝끝내 주 씨는 스스로 재판에 나타나지 않았다.

주 씨는 결국 가족들을 지키지 못하고 교도소로 향했다. 셋째 아이를 통해 구속을 연기시키기만 했을 뿐, 아기에게 부끄럽지 않은 아빠가 되겠다는 약속을 지키지 못했다. 내가 엄마가 되어보았기에, 아빠인 그의 사정을 외면하지 않았는데. 결국 구속이었다.

내 결정이 빛을 보지 못했지만, 다시 그때로 돌아간다고 하더라도 똑같은 선택을 했을 것이다. 나도 아이를 출산한 만큼, 아이를 키워본 만큼 세상을 조금 더 경험한 검사가 됐기에. 아……. 그러나 다음번에 만나는 아기 아빠, 아기 엄마들의 불구속 여부는 더욱 신중하게 검토해봐야 할 것 같다. 이 역시 주 씨와 같은 사례를 경험한 검사가 됐기에!

악플러 전담반,
키보드 워리어와의 전쟁

김은수

공부만 하던 범생이과는 결코 아니었지만 딱히 욕과는 친하게 지낸 적이 없었다. 그래서 모욕 사건들을 배당받을 때면 일단 그 욕이 무슨 뜻인지 알아듣는 것부터 시작해야 될 때가 종종 있다. 게다가 인터넷에서는 신조어들이 끊임없이 만들어지는 데다가 도대체 정체를 알 수 없는 이상한 줄임말들까지, 검사들이 배워야 할 속어들이나 은어들은 그 끝을 알 수가 없다.

두 번째 임지로 발령받았을 때의 일이다. 그날의 나는 소년2 전담답게 각종 자잘한 사건들로 골머리를 썩고 있었다. 하루에 두세 명씩 아이들을 소환해, 보호자 앞에서 반성문을 받고 상담에 가까운 피의자 면담을 진행했다. 그날은 3시가 되자 면담을 약속한 김○○ 군이 보호자와 함께 문을 열고 들어왔다. 어딘가 모르게 잔뜩 주눅이 들어 있었는데, 일단 이 녀석이 반성하는지부터 알아보자는 생각에 사무실 한쪽에 위치한 영상녹화실로 안내했다.

한 커뮤니티 게시판에 여성의 사진과 함께 그녀의 얼굴에 대한 품평의 글이 올라왔다. 게시글 속의 여성은 페미니즘을 옹호하는 글을 썼다는 이유로 댓글에 육두문자가 담긴 욕설과 차마 눈뜨고 읽기 힘든 성희롱을 받고 있었다. 그 여성은 자신의 글이 커뮤니티 게시판에서 조리돌림 당하고 있다는 사실을 제보받고는 해당 게시글을 캡처해 게시글 작성자와 댓글 작성자들을 경찰에 고소했다.

내게 배당된 사람은 고소당한 댓글 작성자 중 한 명인 김 군이었다. 김 군의 죄명은 모욕죄였다. 김 군은 해당 글에 각종 욕설과 함께 "아, 얼싸하고 싶다"라는 댓글을 달았다.

얼싸하고 싶다? 아직까지 성폭력 사건이나 성매매 사건들을 접한 적이 없던 나로서는 이 말이 무슨 의미인지 알 길이 없었다.

"이건 도대체 무슨 말인가요? 뜻 좀 설명해봐요."

순간 김 군의 얼굴이 귀까지 빨개졌다. 질문에 답도 없었다. 대체 이 녀석은 반성은 하는 건가 짜증이 확 치밀었다.

"그러니까 그게 무슨 뜻이냐고요."

"저기…… 그게요……. 저…… 그러니까……."

"아, 뭔데 말을 못 해요. 이상한 말이에요?"

한참을 머뭇거리던 빨간 얼굴의 김 군이 비로소 입을 열었다.

"얼굴에 싸대기 때리고 싶다고요……."

"싸대기요? 왜 싸대기를 때리고 싶은데요?"

그러자 김 군은 또 당황해하기 시작했다. 한참을 어버버거리더니 기어들어가는 목소리로 말했다.

"못생겨서요."

아니 이런 외모지상주의자를 봤나. 온갖 쌍욕도 모자라 못생겼다고 때리고 싶다고 했다고?

"네? 못생겨서 사람을 때리고 싶다고요? 누가 당신한테 못생겼다고 '죽빵' 날리고 싶다고 하면 어떨 것 같아요? 외모지상주의 그거 진짜 나쁜 거예요."

순간 분위기가 싸늘해지는 것이 느껴졌다. 무언가 잘못 돌아가고 있었다. 이럴 때는 2보 전진을 위해 1보 후퇴할 순간이다.

"육하원칙 알죠? 진술서 써야 하니 육하원칙에 따라 뭘 잘못했는지 꼼꼼하게 쓰세요."

김 군에게 반성하는 내용이 담긴 진술서를 작성하라고 안내하고 황급히 영상녹화실 밖으로 빠져나왔다. 나는 황급히 우리 방 막내 수사관인 주임님에게 달려갔다.

"주임님, 얼싸가 뭐예요?"

주임님의 반응이 이상했다. 처음 김 군에게 그 뜻이 무어냐고 물었을 때처럼 당황해하는 기색이 역력했다. 대답 대신 이내 그런 단어도 있었냐면서 인터넷으로 검색해보라고 얼버무렸다.

순간 정신이 번쩍 들었다. 내 자리로 돌아와 인터넷 검색창을 열고 그 단어를 재빨리 검색했다. 아뿔싸. 이번엔 내 귀가 새빨개졌다. 김 군의 얼굴이 빨개진 것의 두세 배는 더 빨개졌을 것이다. 이런 멍청한 검사를 보았나. 내가 잘못 본 것인지, 혹시나 하는 마음에 메신저로 옆방 성폭력 전담 선배에게 SOS를 쳤다.

"아니, 김 검사. 이런 단어 처음 들어본 거야? 성매매 사건들에 기본적으로 나오는 단어잖아."

왜 제대로 말을 안 했는지, 왜 나를 정신 나간 사람 쳐다보듯 했는지 이해가 갔다. 굳이 변명해보자면 살면서 그 단어를 접할 일도 없었고 성폭력 전담도 맡아본 적이 없어서 그 말이 무엇의 약어인지 알게 될 일도 없었다(참고로 그 의미가 궁금하다면 각자 알아서 검색해보기를 권한다).

일단 내가 벌인 일을 수습해야 했다. 하지만 차마 다시 영상녹화실에 들어가 김 군을 조사할 용기가 나지 않았다. 결국 주임님께 상황을 설명하고 김 군이 제대로 자백하는지 체크해주실 것을 부탁드렸다. 그날의 뼈아픈 경험을 통해 나는 악플러 사건에 대해 큰 교훈을 얻었다.

'검색을 게을리하지 말자.'

그 사건이 있고 얼마 지나지 않아 또 한 번의 충격적인 모욕 사건을 만났다. 롤이었던가, 오버워치였던가. 다대다 게임을 하던 중에 자신과 같은 편인 플레이어가 발컨(게임에 방해가 된다)이라는 이유로 화가 잔뜩 났던 모양이다. 게임을 하던 이○○는 상대에게 차마 중학생이라곤 믿기 어려울 정도로 패륜적이고 여성 비하적인 욕설을 뱉었다. 그 욕설이 담긴 화면을 피해자는 하나하나 캡처해 이 군을 고소했다. 앞선 교훈을 바탕으로 모르는 욕설은 미리 인터넷 찬스를 통해 익혀두었다.

이 군의 조사가 있던 날이었다. 방으로 들어온 이 군의 옆에는 단호한 표정의 어머니가 함께였다. 어머니는 남다른 포스를 선보이고 계셨고, 이 군은 쭈뼛쭈뼛 한껏 긴장한 상태로 검사실을 두리번거리고 있었다. 이 군의 어머니께 오늘 조사할 내용에 대해 간략하게 설명드리고 두 사람과 함께 영상녹화실로 향했다.

이 군과 이 군 어머니 앞에서 욕설이 가득 담긴 화면을 열었다. 이 군은 차마 말을 꺼내지 못했다. 이 군의 범죄사실에 적혀 있던 욕설은 소년범들의 가장 심한 욕설을 뛰어넘어 어른 범죄자들의 것까지 합쳐서 상반기에 내가 접했던 모욕 사건들 중에 단연 으뜸이었다.

부모의 올바른 훈육 없이 이 군의 개선을 기대하기 어렵다는 생각이 들었다. 이 녀석에 대한 처분을 결정해야 하는 내 입장에서는 부모가 이 군의 범죄를 대하는 태도를 살펴볼 필요가 있었다.

"어머님, 저는 차마 이○○ 군이 써놓은 나쁜 말을 입에 담을 수가 없습니다. 많이 바쁘실 텐데, 그 와중에 꼭 검찰청에 와주십사 부탁드렸던 이유도 이 글 때문입니다. 다시는 이 아이가 이런 범죄를 저지르지 않게 하려면 어떤 조치가 필요할지 심각하게 고민 중입니다."

내 말이 끝나자 이 군의 어머니는 아들 옆에서 소리 내어 범죄 사실을 읽기 시작했다. 하지만 이내 입술을 굳게 앙다물곤 손가락으로 범죄사실을 훑기 시작했다. 한참을 읽어 내려가던 어머니가 말문을 열었다.

"이거 니가 썼니?"

이 군은 조용히 고개를 끄덕였다. 그러자 번개와 같은 속도로 어머니는 이 군의 등짝에 스매싱을 날리셨다. 전광석화란 바로 이런 것이었나 싶을 정도였다. 다시 어머니의 손이 올라가기에 나는 급히 어머니를 막아섰다.

"어머님, 안 됩니다! 아무리 화가 나셔도 때리시는 것은 안 돼요."

"검사님, 저 구속시켜주세요. 제가 아들을 잘못 길러도 한참 잘못 길렀습니다."

어머니는 자신의 두 손을 앞으로 내밀곤 단호하게 말했다.

"아니. 여동생도 있는 녀석이 이런 못된 말은 어디서 배워 먹은 거야! 네 엄마도 여자고, 네 여동생도 여자야. 우리도 네 눈에는 그렇게만 보였어?"

어머니의 목소리는 날카로웠지만, 눈에는 눈물이 맺혀 있었다. 어머니께 너무 가혹했던 것은 아니었을까 나도 모르게 후회가 밀려오던 찰나, 생각지도 못한 돌발 상황이 펼쳐졌다. 이 군이 진심으로 반성하면서 어머니의 손을 잡고 훌쩍거렸던 것이다. 더 이상 내

잔소리나 훈계 따위는 필요 없었다.

이 일로 나는 깨달은 것이 있었다. 아이들의 문제는 부모에게 직접 상황을 전달하여 훈육은 부모가 하도록 최대한 양보하자. 아이들을 바로잡는 것은 결국 부모의 일이니까. 부모가 아이가 저지른 일탈의 심각성을 제대로 깨닫기만 해도 아이들은 변화하리라 믿는다.

참고로 김 군도, 이 군도 피해자들로부터 용서받지는 못했다. 워낙 나쁜 말들로 피해자들의 눈과 마음을 다치게 했던 탓이었다. 김 군과 이 군을 포함한 많은 모욕 사건 소년범 피의자들이 피해자들로부터 용서받지 못한 탓에 공소권 없음 처분은 받지 못했다. 대신 약 6개월 정도 보호관찰소의 선도를 받는 것을 조건으로 기소를 유예받거나 소년부 송치 결정을 받아 가정법원 법정에 서야만 했다. 자신의 혀와 손가락이 저지른 일에는 책임이 뒤따른다는 것, 제발 잊지 말자.

여자사람검사

모두가
거짓말을 한다

서
아
람

"Everybody lies."

내가 좋아하는 미국 의학 드라마의 대사다. 진단의학과장인 주인공은 환자들이 의도적으로 숨긴 행적이나 비밀을 통해 그들의 병을 찾아내고 치료한다. 검찰청에서도 비슷한 일이 벌어진다. 피의자만 거짓말을 하는 게 아니다. 고소인도, 참고인도, 심지어 수사 인력도 마찬가지다. 꼭 적극적이거나 악의적으로 거짓말하는 게 아니라도, 100퍼센트 완전무결한 진실을 말하진 않는다.

그 이유는 다양하다. 자기 잘못이나 실수를 숨기려고, 상대방을 더 나쁘게 보이게 하려고, 친한 사람을 편들어주려고, 자신이 속한 집단을 위해서, 아니면 그냥 분위기상 그렇게 말해야 할 것 같아서. 하지만 그 말 한마디로 인해 수사검사와 수사관은 속된 말로

'삥이'를 치게 된다. 그래서 수사와 재판 과정에서는 자신의 기억에 반하는 진술을 하지 말아야 할 의무가 있고, 이 의무를 위반했을 경우 무고죄나 위증죄로 처벌받게 된다. 위증죄의 경우 법원에서 증언하기 전에 선서를 하고 위증에 대한 경고를 받기 때문에 알기가 쉽다. 반면 무고죄는 그런 죄가 있다는 것은 많이들 알지만, 정확히 언제 적용되는지는 몰라 자주 오해가 생긴다.

"전 횡령한 적이 없는데, 저 사람이 절 횡령범이라고 사내게시판에 글을 올렸어요. 그럼 무고죄 맞죠?"

참 많이 받는 질문이다. 무고죄는 상대방이 처벌받게 할 목적으로 수사기관에 허위 신고나 고소를 했을 때 성립되는 것이므로 저 경우는 명예훼손일 뿐, 무고가 아니다. 또한 형식상 무고에 해당해도 전부 기소할 수 있는 것은 아니다.

몇 년 전 어느 여대생이 일대일 만남 앱에서 만난 남학생을 준강간으로 고소한 사건을 맡은 적이 있었다. 여대생은 만취해 의사결정 능력이 없는 상태에서 남학생이 자신을 모텔로 데려가 관계를 가졌다고 주장했지만, 모텔 CCTV를 확인한 결과 둘이 손을 잡고 다정하게 대화하며 체크인을 했고 심지어 여대생이 방값을 결제한 것으로 밝혀졌다. 남학생은 준강간(잠들거나 만취하는 등 저항할 수 없는 상태에 있는 사람을 간음하는 것)에 대한 무혐의 처분을 받고는 여학생을 무고로 역고소했다. 하지만 난 그 무고 고소에 대해서도 역시 무혐의 처분을 했다. 왜 이런 결과가 생겼을까? 바로 입증 문제 때문이다.

의심스럽다는 정황만으로 누군가를 기소할 수는 없다. 준강간의 경우 남학생이 여학생의 만취 상태를 악용해 모텔로 끌고 갔다는 사실을 입증해야 하는 반면, 무고의 경우 여학생이 합의하에 모텔에 들어간 걸 기억하면서도 남학생을 해코지하기 위해 거짓 신고를 했다는 사실을 입증해야 한다. 두 사건에서 검사가 입증해야 하는 포인트가 완전히 다른 것이다.

"하나도 기억이 안 나서, 강제로 끌려간 줄 알았어요. 제가 원래 필름이 끊긴 상태에서 말도 하고 걸어 다니기도 하는데, 깨어나면 기억을 못 하거든요. 정말 죄송합니다."

이게 여학생의 주장이었다. 실제로 그녀가 악의가 아닌 착각에서 신고한 듯한 정황도 있었다. 온라인 게시판에 "눈을 떠보니 모텔이었어요. 혹시 이런 것도 강간에 해당하나요?"라고 글을 올린 것이라든가, CCTV를 살펴봐달라고 먼저 요청한 것이라든가.

무고를 입증할 때는 피해자, 즉 원래 피의자였던 사람의 진술이 필수적이다. 그런데 무고 피의자와 피해자 간에 특수한 관계가 있을 때는 그게 더 어려워진다. 그동안의 내 검사 인생에서 가장 골치 아팠던 사건 중 하나가 바로 거기서 시작되었다.

"군대 안 가려고 25킬로그램을 뺀 병역 기피자를 고발합니다."

병무청에 익명의 이메일이 도착했다. 내용인즉, 군대에 가지 않기 위해 반년간 헬스장과 사우나에서 땀을 빼고, 단식원에 다니고, 적십자에서 허용하는 최대 빈도로 헌혈을 하면서 저체중을 만들어 면제 판정을 받은 사람이 있다는 것이었다. 이메일에는 그 사람의 본명과 휴대폰 번호, 주민등록번호까지 고스란히 적혀 있었다.

국방부에서는 이 열혈 다이어터를 병역법 위반으로 수사 요청해왔고, 경찰에서는 이메일 IP를 추적해 신고자의 신원을 밝혀냈다. 놀랍게도 신고자는 군면제자보다 일곱 살 많은 군필자, 바로 친형이었다. 경찰에서 1차 조사를 받은 형은 의외로 순순히 자신의 소행임을 자백했다.

"네, 맞아요. 제가 병무청에 찔렀어요. 꼼수 써서 군대 안 가는 거 재수 없어서요."

아무리 그래도 그렇지, 형제끼리 이럴 수가 있나? 설마 싸우고 홧김에 장난친 건 아니겠지? 일단 얘기를 들어보자며 참고인 소환을 했는데, 검찰청에 불려온 형은 갑자기 말을 바꿨다.

"동생 놈이 일부러 살을 뺀 건 아니에요. 우울증 증세가 있어 잘 먹지도 않고 방에 처박혀 있다가 그렇게 된 건데, 제 입장에선 짜증나더라고요. 게임 '현질'만 해대고 부모님 등골 빼먹는 것 같아서…… 혼 좀 나보라고 거짓말했어요. 죄송합니다."

하핫, 그렇구나. 거짓말이었구나. 형제끼리 그럴 수도 있지. 다음부턴 그러지 마세요. 그러고 끝낼 수가 없는 것이 형사사건이고 수사다. 경찰은 이미 동생의 체중이 반년간 급격히 줄어들었음을 보여주는 건강검진기록과 지나치게 잦은 헌혈 기록을 확보해놓았다. 게다가 동생이 평소 우울한 기색을 보이지 않았으며 딱히 아픈 적도 없어서 갑자기 살이 빠질 이유가 없었다는 주변 사람들의 진술도 갖춰져 있었다.

"동생이 병역기피가 아니라면, 그건 허위 신고가 되니까 무고죄로 처벌받게 될 거예요. 그래도 억울하지 않겠어요?"

"……."

"지금 여기서 거짓말하는 것도 무고죄로 처벌받아요. 그러니 솔직히 얘기하세요."

"……죄송합니다. 실은 경찰서에서 전화 오고 나서 부모님이 울면서 애원하셨어요. 동생 좀 살려주라고요."

조사가 여기서 끝났다면 명료했을 것이다. 그러나 형의 말은 그날을 기점으로 밥 먹듯이 바뀌었다. 동생과 대질조사할 때, 부모님까지 불러다 대질조사할 때, 다시 혼자 조사할 때, 그날그날 이랬다저랬다 했다. 심지어 나중에는 본인도 자포자기 상태가 됐다. 병역법 위반이든 무고죄든 그냥 둘 중 아무나 잡아다 처벌하라는 것이었다.

검사도 그렇게 포기할 수 있다면 편할 텐데, 어느 쪽이든 사실관계를 확정해 기소, 불기소를 결정해야 했다. 난 한 달 내내 동생의 친구들을 조사하고, 동생의 휴대폰에 남겨진 모든 대화기록과 검색기록을 털었다. 심지어 기소 여부를 결정하기 위해 검찰시민위원회까지 소집했다. 그 와중에 동생은 국방부의 명으로 신체검사를 다시 받게 됐다. 신체검사를 받기 전 내가 다른 청으로 이동하는 바람에 그 결과를 듣지 못했지만, 지금도 정말 궁금하다. 그 청년은 과연 국방의 의무를 수행하게 되었을지.

사람들이 잘 모르는 사실이 하나 있다. 무고 혐의를 인지하는 것이 검사에겐 실적이 된다는 것이다. 그래서 우리는 수사할 때 악의적인 허위고소의 가능성이 있는지를 누구보다 날카롭고 철저하게 검토한다. 허위고소의 증거가 확보되면, 즉시 고소인을 피의자로 전환하고 원 사건과 통합해 무고 수사를 시작한다. 그러면 기존의 피의자는 참고인으로 신분이 바뀐다.

"김○○ 씨를 고소하셨던 조○○ 씨의 무고 혐의가 확인되어 수사를 시작했습니다. 김○○ 씨가 피해 진술을 해주셨으면 하는데요."

이렇게 소환 전화를 하면 백이면 백 신속하게 달려온다. 그동안 자기가 수사받으면서 마음 고생했던 걸 갚아주고 싶어서다. 피해자는 강력히 처벌해달라고 탄원하고, 난 그걸 받아적으면서 의욕이 하늘까지 솟구치는 순간이다. 물론 가물에 콩 나듯 그러지 않은 경우도 있긴 하지만.

"어, 수녀님과 같이 오셨네요?"

"네, 제가 지금 성당 부속 시설에서 요양 중이어서요. 수녀님이 돌봐주고 계십니다."

수녀님이 미는 휠체어를 타고 나타난 무고 피해자. 그는 직장 동료에 의해 회사 집기를 훔쳤다는 누명을 쓰고 석 달 넘게 조사를 받았다. 그로 인해 가족들과 불화가 생기고, 스트레스로 지병이 악화됐다. 여러모로 무고 피의자를 미워할 수밖에 없는 상황이었다. 그런데…….

"안 돼요, 베드로. 미움은 미움을 낳을 뿐입니다."

처벌 의사를 밝히는 피해자에게, 수녀님은 성호를 그으며 경건하게 말씀하셨다. 피해자가 멈칫하는 모습을 알아차린 내 마음은 조급해졌다.

"생각해보세요, 그동안 얼마나 괴로우셨는지. 회사에서는 도둑이라고 손가락질당하고, 자녀분은 직장 어린이집에서 왕따도 당했다면서요."

난 그동안 피해자에게 닥쳤던 일들을 열거하며 분노를 이끌어내려 했지만, 주님을 뒷배경으로 삼은 수녀님의 '쉴드'는 만만치 않았다.

"도둑이란 단어는 애초에 성립하지 않습니다. 모든 건 주님의 소유입니다. 우리 모두는 주님 앞에서 똑같은 죄인입니다. 벌할 권한도, 용서할 권한도 주님만이 갖고 계십니다."

'아니, 무고 범죄자와 피해자가 어떻게 똑같은 죄인인가요.' 난 목구멍까지 치밀어오르는 말을 꿀꺽 삼켰다. 창문으로 들어오는 하얀 햇살을 받으며 지극히 평화로운 표정으로 앉아계신 수녀님을 보고 있으려니, 인지 실적 하나 올리자고 피해자의 복수심을 부추기는 내가 갑자기 옹졸한 사람처럼 느껴졌던 탓이다. 수녀님은 경건하게 성호를 그으며 다시 한번 강조하셨다.

"이웃을 사랑하세요. 용서하세요. 그래야 우리 죄도 사해지는 겁니다. 남을 감옥에 보낸다고 내 마음이 편안해지지 않아요. 진정한 평안은 용서해야만 찾아옵니다."

그 말을 들은 피해자는 한참 동안 침묵을 지키고 있었다.

결국 그날 피해자는 피의자를 선처해달라는 말을 남기고 떠났다. 그들이 돌아간 후 난 제자리에 앉아 한참 생각했다. 정말 그게 답일까. 용서하는 게. 그렇게 하면 피의자가 알아서 반성하고 회개할까. 피해자의 억울함은 시원하게 풀어질까.

내가 검사로서 무고로 판단해 또 다른 피의자와 피해자를 만들어내는 건 정의 구현일까, 아니면 분란을 키우는 일일까. 그건 우리 검사들이 평생 안고 가야 할 고민일 것이다. 진실과 거짓 사이, 용서와 처벌 사이. 모두가 조금이라도 덜 불행한 지점을 찾기 위해 우리는 오늘도 골머리를 싸맨다.

"박 검사, 우리 나가서
변사체 보고 올까?"

박민희

검찰청은 쉬는 날이 없다. 사건이 쉬지 않기 때문이다.

재판을 휴정하는 법원처럼 쉬는 기간이 있다면 참 좋으련만, 검사들과 검찰 수사관들은 365일 당직이다. 밤에 지명수배자가 잡히기도 하고 새벽에 사람이 죽어 나가기도 한다. 보통 검사들은 밤 11시까지 청에서 근무하다가 자택에서 대기한다. 그러다 잠을 자려고 누우려는 순간, 또는 막 잠에 들어 렘수면에 빠지려는 순간 전화벨이 울리면 심장이 쿵쾅쿵쾅 뛴다. 검사의 지휘가 필요한 매우 급한 사안이기 때문이다. 아주 드물게, 처음 당직을 서보는 수사관이 가벼운 사안으로 전화를 했다면? 허허허, 아주 즐거운 마음으로 처리 절차를 안내한다. 그깟 잠이 대수랴! 죽은 사람이 없다는데!

사실 검사들은 당직과 상관없이 대부분 늦은 밤까지 야근을 하

287

기 때문에 평일 당직은 '그러려니' 하고 넘어간다. 당직 때문에 근무하고 있어야 하는 시간보다 훨씬 늦은 시간까지도 야근을 하기 때문이다. 반대로 주말 당직이라면 하루를 온전히 근무해야 하는데, 가족들과의 휴일을 뒤로하는 것은 그렇다 쳐도 당직비가 한 손으로 세어도 손가락이 남을 만큼 박하다. 여담이지만, 이런 근무환경을 잘 모르고 검찰직에 지원하는 신입 직원들도 있다. 실제로 첫 출근에 사표를 내는 직원도 보았다. 씁쓸하지만 그 마음을 이해 못 하는 것도 아니다. 그만큼 다들 열악한 근무환경에서 버티고 있기 때문이다.

요즘 신입 검사들은 지도검사의 지도 아래 일명 '수습 기간'을 보내기 때문에 당직도 지도검사와 같이 경험하게 된다. 당직에서 처리해야 하는 사건은 맞는지, 당직 시스템을 어떻게 이용하는지 어깨너머로 배우기도 한다. 나도 나의 첫 주말 당직을 잊을 수가 없다. 그날은 추석을 앞두고 있던 일요일이었다.

"수석님, 안녕하세요!"

"어, 출근했네. 오늘 아무 일도 안 일어나길 기도하자고."

일요일임에도 정시부터 자리를 지키시던 수석님의 첫 마디는 오늘 하루 무사히 지나가도록 기도하자는 거였다. 당시에는 그게 무슨 의미인지 정확히 알지 못했다. 당직 때 어떤 일이 벌어지는지 알지 못했기 때문이다.

"박 검사, 당직 때 사건을 몰고 다니는 검사들이 있어. 정말 드물게 일어나는 사건인데 희한하게 그 검사가 당직할 때만 일어나. 박 검, 네가 그런 검사가 아닌지 오늘 점쳐보자.”

그런 검사가 있다고 했다. 일을 몰고 다니는 검사. 수십 개의 미제가 줄줄이 엮인 지명수배자가 잡혀 와 케케묵은 수사기록까지 모두 꺼내 보게 하고, 언론에 대서특필될 대형 방화가 발생하고, 연쇄살인범이 잡혀 오고. 그뿐만이 아니라 지역에 따라서는 중국 어선이 체포되어 오기도 하고, 고래가 잡혔다는 보고가 올라오기도 한다.

아, 첫 주말 당직으로 내 검사 인생 전체를 점친단 말인가! 온 우주의 기운을 모아 기도하자. 오늘 하루 무사히 지나가길.

나와 수석님의 바람대로 그날은 아주 조용한 날이었다. 수석님도 나도 각자의 자리에서 평일에 처리하지 못했던 사건을 처리하고 있었다.

“이상하다. 오늘 왜 이렇게 조용하니.”

오후 4시였다. 실근무 검사가 60명이 넘는 지검의 주말 당직에 이 시간까지 변사체 검시가 한 건도 올라오지 않다니. 오늘은 사람도 죽지 않는 좋은 날인가? 내가 당직이면 세상이 평화로워질 수 있는 것인가! 이후 한 시간에 한 번씩 수석님은 “이상하다, 너무 조용하다”를 외쳤다. 곧 퇴근이 임박한 시간이었다.

“이제 조금 있으면 퇴근이네, 조금만 더 힘내, 박 검.”

“네, 수석님. 오늘 정말 무사한 날인가 봐요!!”

밤 9시. 평온이 깨졌다. 수사관님이 한 손에 기록을 들고 헐레벌떡 뛰어온 것이다.

"검사님, 살인 사건입니다."

"살인사건요?"

오. 마이. 갓. 올 것이 오고야 말았다. 오늘 하루 무사히 지나갔다고 생각했는데! 살.인. 사.건.이라니. 내 가슴은 이미 쿵쾅거리고 있는데, 수석님은 무덤덤한 얼굴로 기록을 읽어 내려갔다. 그러더니 강력 전담 검사와 몇 마디를 나눈 후 나에게 말씀하셨다.

"박 검사, 우리가 나가서 변사체 보고 오자."

"네! ……네?"

"남편이 아내를 죽였어. 살인 사건인데 사체는 직접 봐야지."

그때까지 장례식장도 제대로 가보지 않아, 조문객 예절도 잘 모르던 나였다. 그런데 사체라니. 검사가 나가서 사체를 확인함이 마땅했으나 마음의 준비도 되지 않은 채 사체와 얼굴을 마주해야 했다. 아직 보지 못한 사체를 상상하는 것만으로도 두려웠다.

검찰청을 나서 20분 거리에 있는 병원에 도착했다. 그 이름도 낯선 영안실에 도착했을 때, 이미 난 수석님 뒤꽁무니를 졸졸 쫓고 있었다. 사체들이 보관된 커다란 냉동고 앞에 선 우리에게 경찰관이 말했다.

"검사님, 사체 훼손이 심해서 아직 깨끗하게 정돈되지 않은 상태입니다."

덜컹 소리와 함께 냉동고 한 칸이 쑤욱 빼어져 나왔다. 그 순간 너무나 긴장해서 숨까지 멈추고 있었는데, 기대했던 사체는 보이지 않았다. 대신 공업용으로 보이는 두꺼운 반투명의 비닐포가 나왔다. 비닐포는 마치 그 안에 사체가 있음을 알려주듯 붉은빛이 비쳤다. 저게 사체 피구나, 저 안에 사체가 있겠구나. 하필 첫 사체가 살인 사체라니.

수석님은 거침없이 비닐포를 벗겨내더니 능숙하게 사체를 살폈다. 니트릴(합성고무 재질) 장갑을 끼고 사체의 입안도 살펴보고 심지어 입 가까이에서 냄새도 맡았다. 머리에 흉기로 인한 손상이 없는지 눈으로 살피는 것에 그치지 않고 손으로 꾹꾹 눌러보기도 했다.

사인으로 보이는 자상과 몸싸움에서 발생한 것으로 추정되는 자상들을 면밀히 살펴보셨다. 목 부위에 15회 이상 뾰족한 것에 찔린 자상들이 있었다. 피의자가 얼마나 화가 난 상태로 범행을 저질렀는지 선명하게 그려졌다. 차마 눈뜨고 보기 힘들었지만, 살인 사건 사체 앞에서 능숙하게 검시를 하시는 수석님이 계시기에 그 시간을 버틸 수 있었다.

영안실을 나와 검찰청으로 돌아오며 수석님께 물었다.

"수석님, 살인 사건 변사체도 자주 보나요?"

"나도 몇 번 못 봤어."

살인 사건 사체는 15년 경력의 수석님도 많이 보지 못하셨다는

데, 나는 첫 주말 당직에 살인 사체를 본 것이었다. 첫 당직이 앞으로의 당직 운을 가른다는데, 제발 이게 나의 당직 운을 가르는 시초가 되지 않길 기도했다. 오늘이 20년치 사체 액땜한 것이길.

방금 같이 선혈이 낭자한 사체를 보고 왔건만, 수석님은 처음 사체를 본 수습검사의 표정이 마냥 재미있었던 것이 틀림없다. 수석님은 내게 내장탕을 먹으러 가야 한다는 농담을 하셨다. 난 그 말을 뒤로하고 청으로 돌아와 보고서를 작성했다.

살인 사건 발생 경위와 수사 상황을 대검찰청과 법무부에 보고한 시각은 밤 11시였다. 밤 9시의 살인 사건을 위해 오늘 저녁 8시 59분까지 조용했나 보다. 보고서를 작성한 후 같이 퇴근하자시던 수석님께 "조금만 더 일하다 들어가겠습니다"라고 자신 있게 말했다.

"너, 조금 이따가 비닐포에 싸인 피투성이 사체가 복도에서 걸어오면 어떡할래?"

수석님은 아이같이 싱글벙글 웃으며 나에게 던진 농담이었건만, 정작 나는 두근거리는 심장을 숨겨야 했다.

"에이, 수석님. 농담하지 마시고요. 먼저 들어가세요! 제가 정리하고 들어가겠습니다!!"

오기 부리지 말걸. 혼자 검사실 불을 끄고 나가는데 불 꺼진 검찰청 복도가 야속하게 느껴졌다. 그 어떤 건물보다도 암울하고 침울해 보이는 검찰청 복도에 불까지 꺼졌으니. 심지어 검찰청은 공동묘지터 위에 짓는다는 소리도 있던데. 스치는 바람에도 소리를 지를 것 같은 겁을 어깨에 얹고 으슥한 길을 걸어 원룸으로 들어 왔다.

겨우 씻고 잠자리에 누웠다. 그러나 눈을 감으면 피가 흥건한 반투명 비닐포가 검사실 복도를 뛰어다니는 상상이 머릿속을 떠나지 않았다. 혼자 있다는 생각에 더 무서워져서 그날은 방안 전체 전등을 켜고 TV 소리를 들으며 선잠으로 아침을 맞이했다.

그다음 날 살인 사체를 보고 온 무용담을 동기 검사들에게 말했다. 그랬더니 동기 검사도 자신의 지도검사님이 몸이 흩어지고 터진 사체 사진이 잔뜩 있는 살인 사건기록을 주며 의견을 이야기해보라고 했다는 것이다. 놀란 가슴을 진정시키고 아무렇지도 않게 대답하느라 힘들었다고. 그래, 우린 아직 장례식장도 몇 번 못 가본 친구들이었는데. 이렇게 검사가 되어가는 거겠지.

요즘에는 영화나 TV프로그램을 보다가도 놀랄 때가 많다. 어쩜 저렇게 사체를 잘 만들어냈는지. 사체의 색깔이며 부검하는 방식이며 그 선명한 묘사에 내가 지금 '현장에 있다'는 착각을 하게 만들 정도다. 그 이후 나의 당직운은 어땠을까? 사건을 몰고 다니는 검사였을까, 그 사체가 검사 당직운의 20년치 액땜이었을까? 그건 여러분의 상상에 맡기도록 하겠다.

생애 첫
감사 편지

김은수

    검찰청 사람들이 이용하는 내부 포털에는 미담 사례를 공유하는 게시판이 있다. 그곳에는 전국 각지에서 피의자, 피고인, 피해자, 고소인 등 각종 이해관계인으로부터 받은 감사 편지가 하루에도 몇 건씩 올라온다. 그중 귀감이 될 만한 사례들은 우수 사례로 선정해 포상을 하기도 한다.

    잠시 머리를 식히고 싶을 때면 종종 들어가서 읽어보는데, 그 편지를 받은 사람들이 얼마나 고생해서 그 사건을 공들여 처리했을지 눈에 훤해 나도 모르게 "정말 고생 많으셨습니다" 하고 모니터를 향해 목례를 하게 된다. 솔직히 말하자면 나는 감사 편지를 자주 받는 친절한 검사가 전혀 아니기 때문에 감사 편지들을 읽을 때마다 다소 무뚝뚝하고 지극히 업무적인 말투로 당사자들을 대하는 내 모습이 떠올라 나도 모르게 반성하게 되는 것이다.

　나의 무뚝뚝해 보일 수도 있는 조사 태도에 대해 변명해보자면, 내 콤플렉스의 영향이 매우 컸다. 초임검사로서의 나의 콤플렉스는 한껏 처진 눈과 눈웃음이었다. 사적으로 처음 만난 사람들에게 어쩔 수 없이 직업을 알려야 될 때가 있는데, "그렇게 순하게 생겨서 어떻게 검사를 해요?"라는 말을 정말이지 골백번은 더 들어봤다. 딱히 애교가 많다거나 곰살맞은 성격도 아니다. 그런데 타고난 나의 처진 눈과 눈웃음이 나를 세상에 다시없을 호인처럼 보이게 하는 것이다. 개인적으로 만난 사람들에게 첫인상이 '순하다'라는 것은 매우 큰 장점이 되어주겠지만, 일터에서만큼은 치명적 단점이었다. 검사실에 들어오는 사람들에게 밝게 웃으면서 무슨 일로 방문했는지 묻는 나에게 "저기요, 검사님 보러 왔는데요. 어디 계시죠?"라는 대답이 돌아오는 일이 비일비재했고, 내가 검사라는 사실을 밝힐 때마다 "어머, 너무 순하게 웃고 있어서 몰라봤어요"라는 말을 듣는 것이 고역 중의 고역이었다.

　심지어는 피의자들이나 고소인으로부터 가시 돋친 말투로 "어머, 이렇게 순하게 생겨서 조사는 하시겠어요?"라는 말을 듣기도 했다. '너 같은 어린애가 무슨 검사를 한다고 그러냐?'라는 비아냥처럼 들려서 밤에 잠을 잘 수가 없을 정도였다. 초임검사 특유의 어리바리함이 산전수전 다 겪은 피의자들이나 고소인들의 심기를 건드렸을 것이고, 나의 외모를 핑계 삼아 자신들의 불편한 심기를 한껏 드러냈던 것이겠지만, 이제 막 사회생활을 시작한 초임검사가 그런 사정까지 알 턱이 없었다. 어디 얘기도 못 하고 속으로 끙끙 앓으면서 좀 더 무표정해지기 위해 노력했다. 얕보이기 싫어서 날카로운 질문들을 준비하기 위해 밤을 지새우는 날도 많았다.

29세에 초임으로 임관한 이래 경력이 조금씩 쌓여가다 보니 어느 순간부터는 그런 이야기를 듣는 일이 없어졌다. 아마 날로 늘어가는 주름살과 새치들, 피곤에 찌든 표정으로 더 이상 어려 보이는 일 따위는 없어진 탓도 크겠지만, 만만한 상대로 보이지 않도록 눈물 나게 고쳐온 나의 표정과 말투, 피의자들의 허세에 말려들지 않도록 단호하게 맞받아치는 태도 등도 도움이 되었을 것이다. 그렇게 몇 년간 일하다 보니 감사하다는 편지 하나 받아보지 못한 채 시간이 흘러갔다.

사람의 마음은 갈대와 같다고, 이제는 감사 편지를 못 받아보는 것이 묘하게 신경 쓰이기 시작했다. 어느덧 순한 인상이라는 말은 나를 아프게 하지 못했다. 대신 친한 선후배, 동기들의 감사 편지 게시글에 "너무너무 고생하셨습니다. 정말 멋져요!"라는 댓글을 달 때마다 '내가 너무 기계적으로 업무를 처리하고 있는 것은 아닐까?'라는 질문을 던지곤 했다.

그러던 어느 날이었다. 월말을 앞두고 장기 사건들을 하루바삐 정리해야 될 시점이 다가왔다. 그러나 몇 주 동안 계속된 야근에 체력은 이미 오래전에 바닥나버렸고, 갑자기 도져버린 비염에 눈물 콧물이 그냥 홍수처럼 흘러내렸다. 월말까지만 버티자는 심정으로 물에 타 먹는 감기약을 레몬차처럼 수시로 들이마시고 아침저녁으로 비염약을 들이부었는데, 그렇게 3일 정도 과다복용을 일삼은 결과, 정신이 몽롱해지다 못해 조사하다가 눈꺼풀이 강제로 감기는 대참사까지 일어났다.

"어머, 죄송해요. 비염약 부작용인 것 같은데, 조사 도중에 제 눈이 감기더라도 이해해주세요. 저의 의지와 상관없이 지금 눈꺼풀이 계속 내려앉아요. 보기 흉하지만 그래도 다 맨정신으로 듣고 있습니다. 걱정하지 말고 진술해주세요."

피의자들 앞에서 파업해버린 눈꺼풀을 포기하고 눈을 반쯤 겨우 뜬 채 우여곡절 끝에 오전 조사를 마쳤다. 그리고 잠시 쉴 틈도 없이 곧바로 오후 조사가 시작되었다. 기록을 읽는 내내 한숨만 나왔다.

다방 아가씨들의 사기 사건이었는데 실체 관계는 오리무중이었다. 누가 처음 범행을 제안했는지, 범행 수익은 어떻게 분배되었는지, 누가 범행에 가담했는지 등이 쟁점이었다. 피의자가 세 명이었는데 서로 다른 변명을 하면서 남 탓하기 바빴다. 심지어 각자 다른 도시에서 행적을 감추기 급급했던지라 3자 대질도 불가능한 상태였다. 금액도 200~300만 원 규모의 사기에 불과했고, 저마다 자기가 있는 곳에서 수사하면 조사에 응하겠다는 태도였기 때문에 3자 대질을 거부한다고 하더라도 이들을 강제 소환해서 수사할 방법은 묘연했다.

한 명을 조사하면 나머지 두 명의 이야기를 들어봐야 했고, 나머지 두 명의 이야기를 들어보려면 그들이 살고 있는 도시로 사건을 이송하는 수밖에 없었다. 결국 이 사건은 전국 곳곳을 떠돌면서 각 피의자들의 변명만 덧붙여지기 시작했고 그 기록이 거쳐간 오래된 시간만큼 사건의 실체도 희미해져갔다. 사건의 실마리를 찾기 위해 기록을 샅샅이 뒤지고 또 뒤졌더니 기록만 봐도 멀미가 날 지경이었다.

기록을 손에 붙들고 나도 모르게 한숨을 내쉬던 차에 수의를 입은 앳된 20대 초반의 한 씨가 내 앞에 앉았다. 부스스한 머릿결에 푸석해진 창백한 피부. 세상 좀 험하게 살아본 언니 포스를 뿜으면서 '또 조사냐, 해볼 테면 해봐라' 식의 태도로 의자에 비스듬히 등을 기대고 있었다. 하지만 한편으로는 계속 검사실을 두리번거리면서 이번엔 또 어떤 사건으로 불려온 것인지 걱정하는 표정을 짓고 있었다.

수의를 입고 있기에는 너무나 앳된 얼굴이었다. 다방 아가씨로 살면서 할아버지들을 상대하기에도 너무 어렸다. 평범하게 살았더라면 지금쯤 대학 캠퍼스에서 친구들과 신나게 수다를 떨고, 팀 과제를 어떻게 해야 할까 고민하고 있었겠지. 하지만 이 친구는 자신을 뒷바라지해줄 사람 하나 없이 가출해서 일하다 만난 동성의 지인이나 동료들의 집에서 숙식하는 것으로 생계를 겨우겨우 버텨내고 있었다.

　머리는 아파 죽겠고, 비염약 과다복용으로 정신은 몽롱하고, 나의 눈꺼풀은 계속 아래로 번지점프를 시도하고 있었다. 약으로 인해 마음이 말랑말랑해진 것인지, 범죄경력조회회보서와 그동안 이 사람이 받아온 판결문들의 내용을 읽어나가는데, 갑자기 이 여성의 삶이 너무 고달파 보였다. 집에 있는 것보다 가출하는 것이 더 나은 10대 후반~20대 초반의 삶은 도대체 얼마나 각박하고 참담한 것일까. 이 쌀쌀한 날씨에 면회 와서 챙겨주는 가족이나 지인이 있기는 할까. 한껏 센 척 중인 이 아가씨 앞에서 나도 모르게 내 속내를 드러내고 말았다.

　"가족들과 연락은 하고 지내나요. 이런 질문이 실례일 수도 있겠지만, 걱정이 돼서요. 그동안 많이 힘들었겠네요."

　죄는 미워하되 사람은 미워하지 말란 말이 와 닿는 순간이었다. 쓸데없는 오지랖이겠지만 피의자의 앞날까지 걱정되기 시작했다. 그런데 이런 심각한 나의 마음과는 별개로 그 와중에 눈꺼풀은 속절없이 내려앉았고, 눈물 콧물은 다시 대홍수의 시대를 예고하기 시작했다. 피의자에 대한 애틋하고 안타까운 마음은 둘째 치고 어떻게든 빠른 시간 안에 조사를 끝내야 되었다. 피의자 앞에서 비염약을 먹고 졸음에 취해 눈물 콧물을 뿜으면서 졸도해버리는 초유의 상황이 벌어질 판이었다. 크리넥스 티슈로 코를 틀어막은 채 엄청 추한 모습으로 피의자에게 코맹맹이 소리로 겨우겨우 말을 이어나갔다.

"셋이 서로 다른 이야기를 하는데, 말이 앞뒤가 다 안 맞아요. 누구 하나 제대로 상황을 솔직하게 말하는 사람이 없는 것 같아요. 보시다시피 저도 지금 전혀 멀쩡한 상황이 아니라서 길게 조사할 여력이 없어요. 있는 그대로 얘기해준다면 서로 얼굴 붉히거나 힘들 일도 없을 것이고 조사도 금방 끝날 거예요. 제발 부탁인데, 있는 그대로 사실만 얘기해주세요. 지금 말은 못 해도 너무 힘들죠? 보시다시피 저도 너무 힘들어요. 눈도 못 뜰 지경이에요. 우리 서로 고생하지 말고 사실만을 정리해봅시다."

갑자기 한 씨의 눈시울이 붉어지더니, 자신이 주범이었다며 사실을 털어놓기 시작했다. 왜 이 사건의 범행을 주도하게 되었던 것인지, 다른 피의자들은 이 사건에 어떻게 연루된 것인지, 공모의 내용은 무엇인지. 다른 피의자들의 진술 중 어떤 부분이 사실이고, 어떤 부분이 거짓이며, 그 근거는 무엇인지. 정말 세세하고 정교하게 자신의 기억을 되살려서 수사에 협조했다. 나도 모르게 기적이 일어나는 듯했다!

조사가 빨리 끝난 것에 기뻤던 나머지, 나는 한 씨에게 "출소 전까지 꿈을 가져보세요. 지금 너무 예쁜 나이이고, 세상에서 하고 싶은 것도 다 해볼 수 있는 나이란 말이에요. 하고 싶은 것이 생기면 삶이 덜 막막할지도 몰라요. 지금 있는 곳에 다시 가기도 싫어질 거예요"라는 매우 식상한 훈계도 빼놓지 않았더랬다. 그렇게 망하기 일보 직전에 놓여 있던 조사는 한 씨의 자백 덕분에 성공적으로 마무리되었고 사건도 조속히 종결될 수 있었다.

얼마 지나지 않아 기적의 이유가 밝혀졌다. 한 씨로부터 감사 편지가 도착했던 것이다. 그날 조사받을 때 따뜻하게 대해줘서 감사했다는 내용이었다.

그날 한 씨가 순순히 자신의 잘못을 털어놓았던 이유는 자신에게 "많이 힘들지?"라고 물어본 것이 가족이나 친구, 지인을 통틀어 난생처음 있는 일이었기 때문이라고 했다. 그 말에 적잖이 감동받고 위로받았단다. 꿈을 가져보라는 말에 희망과 용기를 얻었다고, 자기도 변화된 삶을 살아보겠노라는 다짐의 말도 잊지 않았다.

감기약에 취해 감상적이 되어버린 채 '너도 힘들지? 나도 힘들다. 우리 빨리 정리하자'라는 식으로 대응했던 내 태도가 너무 부끄러워지는 순간이었다. 그런 내 태도에 비하면 정말이지 너무나 과분한 감사 편지였다. 한 씨에 대한 나의 걱정과 안타까움이 잘 전달되었다는 사실에 안도한 나머지 나도 모르게 눈물이 왈칵 쏟아졌다. 오히려 한 씨의 감사 편지로 내가 더 크게 위로받았고, 검사로 살아갈 용기가 조금 더 커졌다.

한 씨를 만난 이후에도 나는 여전히 무뚝뚝하고 무미건조한 상태로 조사를 진행한다. 그러나 한 씨의 감사 편지로 달라진 것이 있다면, 나의 진심이 무용하지만은 않다는 믿음, 인간은 달라질 수도 있다는 믿음을 가지고 조사에 임하게 되었다는 것 정도. 사람에 대

한 믿음이나 기대가 사라지던 와중에 나의 냉소적인 마음을 고쳐
준 정말이지 너무나 고마웠던 한 씨의 편지. 퇴직할 때까지 그 편지
를 읽을 때의 내 모습을 잃어버리지 않는 것, 내게 남은 어렵고 고
된 숙제일 것이다.

박
민
희

검사는 법률상 단독관청이라지만 그 단독이라는 말이 참 무색하다. 최종 결정이 나가기까지 지휘부의 검토와 결재를 끊임없이 받기 때문이다. 법원은 부장판사와 배석판사 3인이 합의체를 이루는 합의부를 제외하곤 각 판사가 단독으로 결정을 내린다. 각 조직의 결정 방법에는 장·단점이 있겠지만 결재받는 것이 얼마나 까다로운지는 회사 생활을 조금만 해본 사람은 누구나 다 아는 사실.

경력이 짧은 검사일수록 단번에 결재를 통과하는 경우는 드물다. 부장님 결재를 받았다고 좋아해도 차장님 결재에서 막히는 경우가 허다하다. 만약 부장님, 차장님, 검사장님 의견이 모두 다르다면? 주임검사는 탁구 국가대표가 치는 탁구공 신세가 된다. 핑! 퐁! 핑! 퐁!

나는 경력이 아주 일천한 검사라 수많은 반려를 겪으며 배워가고 있다. 아무래도 가장 많은 것을 가르쳐주시는 분은 부장님. 그런데 이 부장님들도 반려하시는 스타일이 천차만별이다.

최고로 친절한 반려는 메신저로 응원의 메시지와 함께 반려 내용을 명확히 해주시는 것이다. 이런 부장님은 천사다. 반려 사유가 명확하게 전달되기 때문에 검사들이 부장님의 의중을 파악하느라 시간을 허비하지 않기 때문이다.

포스트잇으로 반려하는 스타일도 있다. 이 유형도 몇 가지 세부 유형으로 나눌 수 있다. 가장 많은 비중을 차지하는 유형은 글자를 깨알같이 적어두어서 마치 점자책을 읽듯 하나하나 짚어가며 읽어야 하는 스타일이다. 흩날리는 꽃잎처럼 A4 한가득 붙어 있는 파스텔 톤의 포스트잇이 중간에 한 장이라도 분실되는 날에는 하던 일을 멈추고 포스트잇을 찾아야 한다. 중간에 슬쩍 포스트잇을 분실해버리고 싶어도 기가 막히게 사안을 다 기억하시는지라 그런 얕은 꼼수는 통하지 않는다.

다른 유형은 포스트잇에 날아가는 '?' 하나만 덩그러니 남기는 스타일이다. 포스트잇이 그렇게 넓어 보일 수가 없다. 그 넓은 면적에 물음표가 아주 시원하게 그려져 있다. 부장님의 의중을 독심술로 간파해야 한다. 이런 반려 앞에서는 나도 다시 포스트잇에 이렇게 써서 보내드리고 싶다. '?????'

후배를 아끼는 마음으로 하나라도 더 가르쳐주시기 위해 부장실로 소환하는 유형도 있다. 많을 땐 하루에 열 번 이상 불려가기도 한다. 그래서 나는 하이힐을 신지 않는다. 부장실 소환 유형도 호통 스타일과 미소 스타일로 나뉜다. 아이러니하게도 '메신저로 반려하는 천사 부장님'과 '부장실로 소환하는 호통 스타일'을 동시에 보여주는 부장님도 계신다. 메신저로 반려할 때는 분명 천사 부장님이셨는데, 부장실로 불려가면 정반대다. 그 부장님의 메신저에 부장실로 오라는 메시지가 뜨면 심장이 64분의 1로 쪼그라드는 것 같다.

반려에 대처하는 검사들의 유형도 다양하다. 반려가 오면 기록을 캐비닛에 넣는 스타일. 이런 유형의 검사들은 머리를 비우고 새로운 마음으로 다시 기록을 보기 위해 일단 반려된 기록은 눈에 보이지 않는 곳으로 넣어버린다. 캐비닛으로 들어간 기록이 좀처럼 빛을 보기 힘들다는 것이 단점이지만.

반려 내용을 명확히 하기 위해 바로 부장실로 달려가는 스타일도 있다. 이 유형의 검사들은 신속한 사건 처리를 위해 부장님과의 의사소통 오류를 줄이고자 한다. 그도 그럴 것이 검사가 한 달 동안 처리하는 사건 수가 적게는 150건, 많게는 300건이 넘기 때문이다. 그러니 마음이 급해질 수밖에. 문제는 빠르게 사건을 처리하겠다는 좋은 의도로 어렵사리 부장실을 방문하지만, 고민한 흔적 없이 왔다고 부장님 역정을 듣고 나오는 경우가 많다는 것. 초임 시절 내가 그랬다. 결재 앞에서는 나의 빨리빨리도 성질머리를 좀 죽여야 했다.

일을 정말 잘하는 검사는 물음표 반려에도 굴하지 않고, 한 템포 쉬었다가 캐비닛에서 일주일 내에 다시 기록을 꺼내드는 검사다. 이건 정말 달인에 가까운 검사다. 이런 검사는 미제 관리도 잘되고, 다른 일도 신속히 할 확률이 매우 높다.

한번은 사기 진작과 단합을 위한 검찰청 축구대회에 '묻지도 따지지도 않고 한 건 프리패스'가 부상으로 걸린 적이 있다. 우스개 부상이었겠지만 그만큼 결재 통과의 간절함을 단적으로 표현하는 적절한 예다. 열 건 결재를 올렸는데 아홉 건 반려당하기도 하니, 검사들의 사기가 결재에 달렸다고 해도 과언이 아니다.

가장 좋은 부장님은 뭐니 뭐니 해도 주임검사의 결정을 믿어주시는 부장님이다. 나는 그런 부장님을 초임 시절에 만났다. 초임검사가 어깨를 한껏 펼 수 있게 해주시는 그런 부장님이셨다.

어머니뻘 되는 피의자가 내 앞에서 눈물을 훔쳤다. 마트에서 3만 원 상당의 음식을 훔치다 적발된 이 피의자는 감정 기복에 따라 도벽이 도질 때가 있다고 했다. 어리석게도 3만 원 절도 사건을 회피하려고 경찰 조서에 다른 사람의 이름까지 써버렸으니, 절도에 사서명위조(다른 사람의 서명을 권한 없이 위조하는 것), 위조사서명행사(위조한 다른 사람의 서명을 제시하거나 이용하는 것)까지 죄명을 늘려버렸다. 3만 원짜리 절도보다 사서명위조, 위조사서명행사가 법정형이 더 무거워서 요단강을 건너게 생긴 것이다.

여자사람검사

"어머님, 조서에 왜 다른 사람 이름을 쓰셨어요. 이거 절도보다 더 위험한 거예요."

"검사님, 제가요…… 딸이 미국에 있어요. 딸이 미국에서 곧 영주권을 따는데…… 그때 같이 살려고 아등바등 버티고 있었는데……. 저 처벌받으면 미국 못 가요. 그래서 동생 이름을 썼는데……."

벌금형도 없는 이 사서명위조죄를 어찌할꼬. 집행유예 이외에는 답이 없다. 본질은 3만 원짜리 절도 사건인데 이렇게 일이 커지는 게 맞는 걸까 하는 생각이 들었다. 일단 미국 비자가 어떻게 발급되는지 잘 모르니 국제법 변호사에게 전화해보기로 했다. 알아보니 미국은 전과를 가진 자에게 비자를 발급하지 않았다. 특히 이 피의자처럼 딸과 미국에서 영주할 목적이라면 더더욱이나 그 절차는 까다로웠다. 집행유예 전과가 있다면 실상 비자 받는 것이 불가능해 보였다.

"어머님, 따님이 미국 영주권을 언제 받는데요?"

"한 달 정도 걸린다고 했어요. 어떡해요, 검사님…… 저 딸 못 만나나요? 흑흑……."

합의가 안 된 3만 원짜리 절도 사건. 검사가 아무리 가볍게 처벌하려 해도 법정형까지 바꿀 수는 없다. 마지막 카드가 하나 남아 있으니, 그것이 바로 기소유예. 나는 어머님의 이야기를 확인하기 위해 한 달 이상을 기다렸다. 그사이에 위조된 서명의 당사자인 피의자의 동생으로부터 서명위조를 선처해달라는 탄원서를 받았고, 한 달 후 그녀의 딸로부터 영주권을 취득했다는 서류를 받았다. 그리고 부장실 문을 조심스럽게 두드렸다.

"부장님, 저…… 이 피의자의 사정이 너무 딱합니다. 절도 액수도 작고요. 제가 실형을 구형하면 미국 비자가 안 나와서 딸과 생이별을 시키게 되는 형국입니다. 기소유예 결재를 해주시면 안 되겠습니까."

기소유예의 끝판왕은 부장님이다. 내 결정이 부장님을 설득할 수 있어야 한다. 결재를 올리기 전, 기록을 들고 가서 부장님께 먼저 대면보고를 하라는 것은 지도검사님의 조언이었다.

"생이별하는 게 와 니 잘못이고. 니는 법정형에 맞춰서 구형하면 되는 거재. 절도한 사람 잘못 아이가."

"부장님 말씀이 맞습니다. 하지만 제게 선택권이 있다면 이 피의자에게 기회를 한 번 더 주고 싶습니다."

잠시 침묵으로 내 기록을 보시던 부장님이 말씀하셨다.

"그래, 마, 박 검사가 사건 꼼꼼히 살피고 결정했으면 그기 맞는 기지. 결재 올리라."

나의 첫 기소유예 사건이었다. 마치 내가 이산가족을 만나게 해준 것처럼 큰일을 해낸 기분이었다. 결재를 받은 후 점심 식사 시간, 부장님이 말씀하셨다.

"박 검사, 법정형도 법이 정한 거지만 사정을 종합적으로 고려해서 검사한테 기소를 유예할 권한을 부여한 것도 법인기라. 니는 법대로 잘했데이.”

아마 연차 높은 검사였다면 큰 고민이 없었을 사건이었겠지만, 나는 당시 부장님께 내 결정의 타당성을 인정받은 것 같아 너무 기뻤다. 이후 피의자의 딸로부터 길고 긴 메일이 도착했다.

박민희 검사님께.

검사님, 저는 엄마로부터 절도 사건을 전해 들었을 때 깊은 절망과 탄식에 빠졌습니다. 엄마와 함께 살기 위해 지난 몇 년을 고생했는데, 절도라뇨. 엄마를 얼마나 책망했는지 모릅니다. 엄마를 한국에 혼자 두고 온 것은 항상 제 마음의 짐이었습니다. 이제야 엄마와 같이 살 수 있게 되었는데. 절도 사건은 저를 너무 좌절시켰습니다. 그러나 검사님과 같이 따뜻한 검사님을 만나 얼마나 다행인지요. 저와 엄마에게 베풀어주신 온정은 평생 잊지 않겠습니다. 검사님과 같이 따뜻한 검사님도 있다는 것을 알게 해주셔서 감사합니다.

아마도 자신의 첫 기소유예 사건을 기억하는 검사는 드물 것이다. 초임 시절 하늘 같은 부장님을 설득하고자 했던 나의 가상한 노력. 그리고 그 가상한 노력을 화끈하게 받아주신 나의 첫 번째 부장님을 아직도 잊을 수 없다.

간단한 사건으로 결재받은 것을 뭐 그리 아름답게 회상하느냐고 말할 수도 있다. 그러나 초임 시절 모녀의 천륜을 끊어낼 수도 있었던 내 결정의 무게를 아직도 잊지 못한다. 그리고 부장님께는 새털같이 가벼워 보일 수도 있는 이 사건을 홀로 무겁게 감당하던 초임검사의 어깨를 두드려준 그 결재를 아직도 잊을 수 없다.

나는 여전히 부장님, 차장님, 검사장님의 결재를 받아야 하는 경력 일천한 검사다. 그때와 달라진 것이 있다면, 이제는 헐벗은 용사가 아닌 목검 정도는 쥐고 있는 용사라는 것! 앞으로도 수년간 결재를 받으며 성장해야 하는 용사로서 매일 다짐한다. 내일은 사건 결재를 100퍼센트로 통과해보자!!

여자사람검사

5. 나는 엄마 ——————— 검사입니다

저, 방독면 쓰고
재판하면 안 될까요?

서
아
람

"검사님, 오랫동안 재판을 미뤄온 사건이 있어서 이제 기일을 잡으려고 하는데요."

동그랗게 부른 배를 안고 검사석에서 일어나는 내게 판사님이 말씀하셨다. 난 임신 중기에서 후기로 넘어가는 중이었다. 우여곡절 끝에 가진 첫아이 '이유'. 내가 살아가는 이유, 앞으로 살아갈 이유라는 뜻(남편은 '열심히 벌어야 할 이유'라고 이해했다)에서 태명을 붙인 아기는 다행히 건강했다.

임신 초기까지 형사부에 있다가 공판부로 옮긴 난 당직 면제와 등산 면제, 회식 2차 면제, 잔소리 및 구박 면제라는 파격적인 혜택을 누리며 행복한 나날을 보내고 있었다. 맡게 된 재판부 중 하나가 성범죄 전담이라 어마어마한 재판 건수와 빡빡한 일정에 처음엔 조금 고달팠지만, 거기에도 다 적응한 후였다. 그런데 내가 모르는 사건이 있다고?

"실은 피고인이 슈퍼 박테리아 감염자입니다. 검사님도 미리 알고 계셔야 할 것 같아서요."

언제나 철(鐵)의 여인처럼 강인해 보이던 판사님의 얼굴에, 내가 처음 보는 걱정과 불안이 서려 있었다.

'슈퍼 박테리아? 그게 뭐지? 헬리코박터균 그런 건가?'

그 자리에서 휴대폰을 꺼내 인터넷 검색을 해보는데, 갑자기 등골이 서늘해졌다. 슈퍼 박테리아라는 것은 약도 없고 자연 완치도 안 되어서, 한 번 걸리면 평생 감염자로 살아가야 한다고 했다. 게다가 모체(母體)에서 태아에게 감염되는 것도 가능했다.

"감염 위험을 줄이기 위해, 모든 절차는 하루에 끝낼 겁니다. 검사님도 협조해주세요."

국민참여재판이 아닌 일반 형사재판이 하루 안에 끝나는 경우는 거의 없다고 봐도 된다. 일단 공소사실에 대한 피고인의 인정 여부를 확인한다. 다툼이 있으면 검찰과 피고인 양측에서 입증계획을 세우고, 증인을 소환해 신문하고, 그 밖의 증거들을 조사한다. 변론 종결 후 그동안의 심리 결과를 바탕으로 판사가 최소한 2주, 길게는 한두 달까지 걸려 판결문을 쓴다. 그 과정을 한 번에 끝내겠다는 건, 법원에서도 이 사건 때문에 어지간히 고심했단 뜻이었다.

검찰청으로 돌아온 난 더 자세한 내용이 적힌 기록을 전달받았다. 병명을 밝힐 수는 없지만, 피고인이 걸린 박테리아는 발열과 오한, 근육통, 면역력 저하와 만성피로가 증상이었다. 주로 체액을 통해 옮겨가지만, 이론적으로는 공기를 통한 감염도 가능하다고 했다. 그래서일까. 기록은 성범죄 사건치곤 이례적으로 얇고 깨끗했다. 피의자가 범행을 부인하는 사건임에도 피의자 조사는 경찰에서 한 번 한 게 끝이었고, 나머지는 피해자 조사를 통해 보완했다. 실무관님이 준비해주신 일회용 장갑을 낀 채 기록을 넘기면서, 난 인생 처음으로 감염의 공포에 떨었다.

"저, 재판할 때 방독면 끼면 안 될까요?"

난 휴정시간에 판사님께 조심스럽게 물었다. 나름대로 고민해서 내놓은 궁여지책이었다. 전국의 모든 검찰청에서는 매년 국가 비상사태에 대비하기 위한 '을지훈련'이라는 것을 하고, 그 훈련의 일환으로 검사실마다 인원수대로 방독면을 지급해준다. 받을 때는 '그냥 돈으로나 주지'라며 구시렁댔지만, 막상 위기가 닥치자 캐비닛 구석에 처박힌 그 방독면이 까마득한 절벽에 드리워진 한 가닥 동아줄처럼 보였더랬다.

"아니, 검사님! 지금 혼자만 사시겠다 이겁니까?"

옆에 계신 계장님이 농담 섞인 진담으로 받아치셨다.

법원은 우리와 달리 방독면 의무 비치 같은 것은 하지 않는 모양이었다. 내가 알아서 살길을 찾겠다는데 그것도 하지 말라니. 억울해하는 내게 판사님은 차분히 설명하셨다. 방독면을 쓰면 원활한 대화가 불가능할 뿐만 아니라, 숨쉬기도 어려워 임신부에게는 오히려 더 힘들 거라고. 하지만 난 아주 사소한 일로도 하루 종일 불안에 떠는 임신부 검사였다.

"다 같이 온몸을 비닐로 꽁꽁 싸매면 어떨까요, 숨구멍만 남기고?"

"그럴 바엔 그냥 피고인을 비닐로 싸는 게 낫지 않아요?"

어차피 실행 못 할 온갖 대책을 떠드는 동안, 시간은 속절없이 흘러 결국 디데이가 되었다.

"왜 이렇게 늦게 부른대요? 답답허게!"

폐쇄된 법정에 바락바락 짜증을 부리며 나타난 피고인은 나이 많은 할아버지였다. 정상인과 다를 바 없이 정정해 보였다. 하긴, 그러니까 동네 치킨집에서 여주인에게 치근덕거렸겠지. 어쩔 수 없이 피고인과 함께 앉아야 하는 국선변호인의 낯빛은 거무죽죽했다. 피고인은 쿨럭쿨럭 마른기침을 하면서 거세게 항변했다.

"전 억울허요! 허지도 않았는디 뭘 했다고, 자꾸!"

나도 모르게 한숨이 새어 나왔다. 피고인이 공소사실을 인정하면 증거기록만 제출하고 바로 종결할 수 있는데 그는 인정하지 않았다. 설상가상으로 부인 내용도 단순하지 않았다. 피고인은 무려 네 번에 걸쳐 피해자의 신체 부위를 만진 것으로 기소되었는데, 그중 두 번은 아예 접촉한 적이 없고, 나머지는 실수로 살짝 스친 것이라고 주장했다. 판사님은 난감한 기색을 드러내셨다.

"어쩔 수 없군요. 증인을 부릅시다."

한적한 시간대 치킨집 홀에서 벌어진 사건이라 목격자는 없었고, 증인은 피해자뿐이었다. 피고인이 공소사실을 부인할 때를 대비해 미리 대기실에 와 있던 피해자가 의연하게 법정으로 걸어 나왔다. 둥글둥글하면서도 다부져 보이는 사십대 초반의 치킨집 여자 주인이었다.

그녀는 감염 위험을 알면서도 증언을 거부하지 않았다. 피고인을 퇴정시키고 증언해도 된다고 알려주었지만, 그럴 필요도 없다고 했다. 치킨집에 오래 다닌 단골 손님이고 같은 동네 어르신인데, 무서울 게 뭐 있냐면서. 겁쟁이 검사와 달리 대단히 용감한 태도를 보였다.

"모월 모일 치킨과 맥주를 주문한 피고인이 증인에게 '단골 서비스 차원에서' 아픈 다리를 마사지해달라면서 증인의 손을 잡은 사실이 있지요?"

"그랬어요."

"증인이 순간적으로 당황해 뿌리치지 못하자, 피고인이 시범을 보여준다면서 다른 손으로 증인의 허벅지를 두 번 주무른 사실이 있습니까?"

"맞아요."

"증인은 슬쩍 몸을 빼서 얼른 주방으로 돌아갔는데, 피고인이 거기까지 따라와 끈질기게 마사지를 요구하였지요?"

"네."

주신문을 이어가던 난 회심의 미소를 지었다. 순조로웠다. 증인이 이대로 일관성 있게 증언을 유지해주기만 하면 된다. 자백을 보강해주는 증거로 치킨집 여주인과 경찰관의 면담기록, 피고인의 이름과 사건 날짜가 적힌 영업장부도 있으니, 전부 유죄를 받아내는 데 아무 문제도 없을 것이다. 다음은 국선변호인의 차례였다.

"피고인은 고단하게 일하는 증인이 안쓰러워서 마사지를 해주겠다고 제안했는데, 증인이 사양하는 바람에 가벼운 실랑이를 벌이다 우연히 손이 증인의 허벅지를 스치듯 눌렀다고 하는데요."

사명감이 투철한 국선변호인은 감염의 위험을 무릅쓰고 피고인과 사전면담을 했다. 그리고 그 횡설수설한 주장을 일목요연하게 정리해놓은 상태였다.

"어, 사실 기억이 잘 안 나는데요. 그랬던 거 같기도 해요."

증인은 자신 없는 말투였다. 거의 1년이 지난 사건이니 기억이 흐려질 만도 했다. 어쩌면 예전보다 더 늙은 모습으로 법정 피고인석에 서 있는 노인의 모습이 그녀의 마음을 한층 약해지게 만들었는지도 모른다. 증인은 판사와 내 눈치를 살피며 무척 조심스럽게 말을 이었다.

"저도 흥분한 상태로 형사님과 면담한 거라서……. 지금 와서 생각하니까 그렇게 볼 수도 있을 것 같아요."

유일한 직접 증거라고 할 수 있는 증인의 진술이 번복되면서 재판 진행은 느려졌다. 애초 계획과 달리 서너 번의 주신문과 반대신문, 판사님의 직권신문까지 반복되었다. 어느새 슈퍼 박테리아의 존재는 잊혔다. '만졌다'와 '스쳤다'. 그 가운데 어딘가 있을 진실을 찾기 위해 모두가 열변을 토하고 있었다.

"증인은 피고인이 처벌받기를 바랍니까?"

"아뇨, 아프신 분이라 괴롭게 해드리고 싶지 않아요."

기나긴 신문의 말미에, 증인은 피고인을 용서해달라고 말했다. 처음부터 피고인에게 적대적이지 않았던 걸 보면, 추행이 전부 사실이라 해도 철딱서니 없는 노인네의 나쁜 손버릇 정도로 여기는 듯했다. 증인이 퇴정한 후 변론이 종결되고 곧바로 판결이 이루어졌다.

"공소사실 1항에 대해서는 벌금 100만 원, 2항에 대해서는 무죄를 선고한다."

공판검사에게는 제일 골치 아픈 일부 무죄 판결. 불타는 금요일을 분석보고서를 쓰며 보내야 할 생각에 한숨을 쉬며 일어나는데, 판사님이 넌지시 물어오셨다.

"검사님, 항소하실 건가요?"

이 사건이 항소심에 올라가는 걸 바라는 사람은 아무도 없었다. 항소심 재판부도, 다신 법정에 나오고 싶지 않다던 피해자도. 많은 사람이 감염 위험에 노출될 것이다. 그래도 난 항소할 수밖에 없었다. 1년이 지난 후에 이루어진 법정 증언보다는, 피고인이 했던 말과 몸짓까지 생생히 묘사했던 범행 직후 피해자의 경찰 진술에 더 신빙성이 있다고 보았기 때문이다. 피해자조차 같은 편에 서주지 않는 이런 사건을 끝까지 붙잡고 가야 할 때, 공판검사는 제일 외롭다. 그래도 그냥 내던져버릴 수는 없었다. 슈퍼 박테리아에 걸렸든 아니든, 피고인이 누군가를 성추행한 게 사실이라면 그에 대한 응분의 대가를 치러야만 하니까.

그 후 항소심 진행 상황과 결과가 무척 궁금했지만, 출산휴가를 들어가는 바람에 알지 못하게 되었다. 아마 최대한 늦게 재판을 열었을 거라고 짐작만 할 뿐이다. 당시에는 정말 법정 출석을 거부하기라도 해야 하나 고민할 만큼 심각하고 아찔했던 사건이었지만, 아기가 무사히 태어나고 시간이 지나고 나니 이제는 웃으면서 얘기할 수 있는 하나의 에피소드로 남게 되었다.

코로나19 사태로 전 세계가 혼란에 빠진 지금, 거리에서 마스크를 쓰고 다니는 사람들을 보며 난 가끔 떠올리곤 한다. 보균자라면서 마스크도 쓰지 않은 채 당당히 법정으로 걸어 들어오던 그날의 그 피고인을. 지금도 일선에서 재판과 수사 업무에 매진하고 있는 판사들, 검사들과 그 직원들은 사실상 목숨 걸고 일하고 있다. 판검사뿐만 아니라 병원 의료진, 공공기관 공무원, 택배 배달원 등 외부인을 대면해야 하는 모든 직종의 사람들이 마찬가지다. 이 암울한 시대, 부디 우리 모두 무사히 살아남았으면 좋겠다. 그래서 이 무시무시한 팬데믹도 언젠가 과거의 한 조각으로 남겨지기를 간절히 바란다.

"선생님이
절 만졌어요"

박민희

우리는 아이들이 피해자인 사건을 심심치 않게 접한다. 자기 의사로 무언가를 명확히 결정할 수 없는 아이들이 피해자인 사건은 늘 그렇듯 전국 부모님들의 마음을 아프게 한다. 국민적 공분을 사기도 하고 그로 인해 입법도 이뤄진다. 아이들이 피해자인 만큼 사건 수사도 섬세하게 진행돼야 한다. 피해자 진술을 아이들이 직접해야 하기 때문이다.

대개는 부모가 피해 아동을 대신해 고소를 한다. "우리 아이가 이런 말을 했어요"가 그 시발점이다. 부모님이 아이들의 진술을 대신해주는 것으로 피해 진술이 완전하다면 참 좋으련만, 형사처벌을 하기 위해서는 엄격한 증명이 필요하다. 피해자의 입으로 정확한 사실관계를 진술할 수 있을 때, 그 가치가 있다.

어린이집 부원장으로부터 아이가 성추행을 당했다는 사건이 송치되었다. 아이 엄마는 다섯 살 아이가 성추행당한 사실을 자신에게 진술했다고 녹취록을 제출했다.

"엄마…… 나 여기 아파."

"어디가 아픈데?"

"여기 아래."

"왜 거기가 아플까?"

"남자 선생님이…… 만졌어."

어린이집에 남자 선생님은 부원장 단 한 사람뿐이었다. 아이 엄마는 어린이집에 사실 확인을 요구했으나 거절당했다. 원장과 부원장이 남매였기 때문이다. 사실 아이의 진술로는 행위시점을 특정할 수도 없었기에 CCTV를 확인하기도 어려웠다. 설사 CCTV를 본다 한들 다섯 살 아이가 "바로 이때 저를 만졌어요"라고 진술하는 것도 불가능에 가까웠다.

아이 엄마가 성추행 피해를 주장하자 어린이집에서는 '아이가 원래 성기 부분을 문지르는 버릇이 있었다'라는 반대 주장을 펼쳤다. 심지어 이와 관련해서 교사 회의도 있었다면서 수사기관에 회의록까지 제출했다. 아이에게 불리한 정황이었다. 양심 선언하는 선생님이 나오기 전까지는.

실습 중인 보조교사 선생님은 이 성추행 문제가 불거지고 나자 아이의 평소 생활태도에 대해 집요한 회의를 하게 되었다고 진술했다. 자신이 보기에는 아이에게 성기를 문지르는 버릇은 없었는데 원장의 요구에 의해 교사일지가 허위로 작성되었다고. 어린이집 퇴직을 각오하고 사실을 진술해준 선생님 덕분에 수사가 진척될 수 있었고, 어린이집 부원장은 기소되었다.

그러나 결국 부원장은 무죄선고를 받았다. 아이가 재판 과정에서 입을 열지 않았기 때문이었다. 아이 엄마의 녹취록 이외에 아이의 진술을 들을 수 없었던 판사. 아이의 진술과 일치하는 정황증거가 발견되었지만, 판사는 재판 과정에서 피해자 진술 없이 유죄를 선고할 수 없다고 판단했다.

엄마 앞에서 이뤄진 단 한 번의 진술. 그 뒤로는 들을 수 없었지만 아이가 가장 자유로운 상태에서 진술한 그 내용을 '진실'이라고 보아야 할까, 아니면 시간이 지나도 수차례 진술할 수 있을 만큼 똑똑히 기억하고 있어야 '진실'인 것일까. 어른의 기준으로 보는 '진실'에 아이들의 '진술'이 꼭 들어맞지는 않는다. 그래서 아이들의 진술만으로 사건을 판단하는 것은 매우 힘든 일이다.

"제가 아이 잘되라고 때린 거지, 학대라뇨! 아이가 공부를 안 해서 그런 건데요!!!"

"그렇다고 아이를 이렇게 멍이 들도록 구타하는 게 말이 됩니까?"

언성을 높이며 나와 싸우고 있는 피고인은 자신의 친아들을 학대한 사건으로 기소되어 재판에 출석했다. 아이의 멍투성이 사진과 사회복지사의 진술, 사회복지기관의 일지, 이웃들의 진술로 피고인의 범행은 충분히 입증된 상태였다. 그럼에도 피고인은 자신의 범행을 끝끝내 인정하지 않고 기어코 피해자인 여덟 살 아들을 증인석에 세우겠다고 말했다.

피고인의 아들은 사회복지기관에서 지내면서 엄마가 무섭다고, 집에 가기 싫다고 일관되게 진술했다. 사회복지사들도 그 내용을 기록하고 있었고 그간 아동학대 의심 신고도 수차례 있었기에 아들의 진술은 신빙성이 있었다. 그런데 갑자기 피고인이 아들을 데리고 집으로 돌아간 뒤 아들이 법정에서 증언을 하겠다고 했다. 도대체 아들이 어떤 증언을 준비하고 있기에 부득불 증인신청을 받아달라고 하는 것일까.

"판사님…… 엄마는요, 저를 때린 적이 없어요."

"판사님, 지금 증인의 진술은 신빙하기 어렵습니다. 객관적인 증거들로 사건을 살펴주시기 바랍니다. 그리고 어린 증인에 대한 신문을 그만하도록 하겠습니다."

역시나 수사와 정반대의 내용으로 증언하는 아들. 내가 질문할 때마다 피고인의 아들은 거짓말만 늘어놓을 것이 분명했다. 그것이 위증인지도 모르고. 나의 의도를 알아챈 판사님 역시 증인에게 더 이상 질문하지 않았다. 그 대신 나는 피고인의 아들이 제출한 진술서를 피고인에게 제시했다.

"피고인, 초등학교 1학년 아들이 쓴 진술서입니다. 피고인의 주장과 100퍼센트 일치하고 있죠. 이 진술서, 아들에게 쓰라고 지시한 건가요?"

"아뇨, 아들이 스스로 쓴 겁니다."

"A4 두 장이나 되는 진술서를 맞춤법 하나 틀리지 않고, 오기 하나 없이 스스로 썼다는 겁니까?"

"네, 저는 지시한 적 없습니다."

A4 두 장 분량의 진술서는 삐뚤삐뚤한 글씨였지만 내용을 알아볼 수 있도록 또박또박 볼펜으로 적혀 있었다. 맞춤법도 틀리지 않고, 오자도 하나 없었으며, 중간에 글씨를 지운 흔적조차 없었다. 엄마가 작성한 진술서 초안을 보고 그대로 베껴 쓴 것으로 강하게 의심되는 진술서. 그조차도 몇 번이고 연습해서 깨끗한 글씨로만 채운 진술서를 법정에 제출했을 터였다. 뻔히 보이는 거짓말임에도 아이는 엄마를 감싸기에 여념이 없었다.

"검사님, 그거 제가 쓴 거 맞아요. 판사님, 저희 엄마 좀 봐주세요. 다 저 잘되라고 하신 거예요. 제가 공부를 안 해서 그런 거예요."

어른들도 증언대에 서면 떨리고 두려울 텐데. 처음 오는 법정, 그리고 증언대에서 아이는 검사와 판사를 향해 엄마와 연습했을지도 모를 발언들을 쏟아내고 있었다. 아…… 이 아이를 어떻게 보호해야 한단 말인가. 마음에 가득 담긴 두려움을 숨기고 입으로는 거짓을 말해야 하는 아이.

아이의 증언에도 피고인은 유죄가 선고되었다. 그리고 선고 날에는 아무런 저항 없이 범행을 인정하듯 아이의 손을 잡고 나갔다. 그 아이의 손에서 아직도 두려움이 보이는 것은 나의 착각이었을까.

내가 맡았던 친족강간 사건에서도 유사하게 피해자의 진술이 오염되는 경우가 있었다. 피해자는 오랫동안 의붓아버지에게 성폭행을 당한 상태였다. 그 피해사실을 수사기관에서부터 일관되게 진술을 잘해왔던 아이였는데 재판에 출석하여 진술을 모두 번복했다. 친엄마의 개입 때문이었다. 구속된 남편을 풀어주지 않으면 우리 모녀를 먹여 살릴 사람이 없다고 판사를 향해 소리 지르는 엄마. 자기 딸의 아픔은 온데간데없었다.

"판사님, 죄송해요……. 제가 거짓말을 했어요. 아빠는 저에게 아무 일도 하지 않았어요."

아이는 판사, 검사, 수많은 방청객이 있는 곳에서 자신은 성폭행을 당하지 않았는데도 아빠를 모함했다고 증언하고 있었다. 고개를 들지도 못하고 떨리는 목소리로. 가슴이 먹먹해지고 아려왔다.

자신의 아픔을 이해해주고 돌봐주어야 할 엄마로부터 거짓말을 하라고 강요받았을 소녀. 의붓아버지의 처벌은 피해 소녀의 마음을 위로하는 가장 작은 일의 시작이었을 텐데, 소녀는 그조차도 제대로 위로받지 못했다. 의붓아버지의 유무죄를 떠나 소녀의 마음은 이미 갈기갈기 찢어지지 않았을까.

아이들의 진술은 정확하지 못하고, 오염되기도 쉽다. 부모의 유도 질문에 그 뜻을 모르고 대답하는 경우도 많다. 때로는 자신이 상상하거나 믿는 것을 '보았다'고 진술할 수도 있고, 그것을 굉장히 구체적으로 형상화하기도 한다. 거짓말이라는 인식 없이 자발적으로 거짓 정보를 생산해내기도 하고, 그것을 통해 관심을 받았다면 이를 반복적으로 생산해내기도 한다. 아이들의 인지 발달과 같이 '진술 능력'도 성장하기에 우리는 그 특성을 잘 이해하고 보듬어야 한다. 그리고 그러한 진술을 토대로 수사하는 나 역시 아이들을 한 걸음 한 걸음 배워나간다.

다만, 더 이상 어른들의 눈으로 아이들의 진술이 오염되지 않고, 어른들의 개입으로 아이들이 상처받는 일이 발생하지 않길 바란다. 우리의 아이들은 어른들로부터 보호받아야 마땅한 존재들이기에, 우리는 그들을 지켜줘야 하는 어른들이기에.

서
아
람

"오늘이 금요일인가? 아니, 수요일? 화요일이었나? 여긴 어디?
나는 누구?"

첫 번째 육아휴직 기간을 보내는 동안, 난 하루에도 몇 번씩 웃
고 울었다. 천사 같은 미소를 지어주는 내 아기를 보는 건 경이로운
경험이었지만, 젖을 먹이고 기저귀를 갈고 이유식을 만드는 그 바
쁜 일상 속에서 나 자신은 점점 뒤로 밀려나는 기분이었다. 엄마인
내가 점점 커지면서, 검사인 나는 눈에 보이지 않을 만큼 작아졌다.

검찰 소식은 뉴스로 듣는 게 고작이었고, 간간이 소식을 전해주
던 동기들도 연락이 뜸해졌다. 출산 후 빠졌던 체중은 집에 틀어박
혀 있으면서 다시 늘어났다. 미용실 갈 시간이 없어 새치가 성성한
머리에 축 늘어진 가슴은 이따금 하는 외출도 싫어지게 만들었다.

기록 읽고 싶다. 진상 피의자와 고래고래 소리 질러가며 대면 조사하고 싶다. 심지어 부장님의 잔소리까지 듣고 싶어지는 기현상을 겪으며, 난 복직일이 다가오기를 손꼽아 기다렸다. 그런데 첫째가 돌을 맞이하기 한 달 전, 이상한 꿈을 꾸었다.

"저리 가! 가까이 오지 마!"

난 필사적으로 도망 다니고 있었다. 날개 달린 황금색 코브라가 허공을 가르면서 날 쫓아오더니, 결국 발목을 콱 물어버렸다. 난 아야 하면서 발목을 잡고 주저앉다가 잠에서 깨어났다.

"이거, 로또 꿈인데?"

황금색은 재물의 상징이 아니던가. 남편과 나, 아들의 생일을 조합한 번호를 마킹하고 토요일이 오기만을 기다렸다. 당첨되면 아파트를 살지 적금을 들지 고민하면서.

"3, 7, 16, 23, 34, 38. 에이 씨, 다 꽝이잖아."

이상할 만큼 생생한 꿈이었는데, 그럼 뭐지? 또 다른 가능성에 문득 생각이 미쳤다. 에이, 설마. 난임병원을 1년이나 다녀도 안 생겼던 애가 저절로 생기겠어? 그날 밤 아무도 모르게 임신테스트를 해보고서 어안이 벙벙해졌다. 연년생 확정이었다.

— 검사님, 혹시 한 달 빨리 복직하실 수 있을까요? 결원이 생겨서요.

검찰청에서 전화가 왔을 때, 난 임신 4개월째였다. 산부인과에서는 첫째 때 임신중독으로 긴급 수술을 했으니 둘째 때도 비슷한 일이 생길 가능성이 매우 높다면서 겁을 주었다. 하지만 고민은 길지 않았다. 못 견디게 그리웠다. 검찰청 복도를 걸어갈 때의 그 경쾌한 발소리와 기록을 가득 실은 수레가 굴러가는 소리. 후지다고 욕했던 검찰청 로고송마저도.

둘째를 배에 안고, 첫째의 3개월 출산휴가와 11개월의 육아휴직을 마치고 복귀하던 날, 난 그토록 하고 싶었던 일을 했다. 정장 차림에 공무원증을 목에 걸고, 청 앞 카페에서 뜨거운 초코라떼를 사서 우아하게 마시며 출근하는 것. 엄마를 찾으며 우는 아이를 안고 화장실 변기에 앉던 날들이여, 안녕. 바닥에 쪼그려 앉아 아이가 먹다 뱉은 사과 쪼가리를 주워 먹던 날들도 안녕.

내가 배치받은 검찰청 공판부는 정말 화기애애하고 활기찬 곳이었다. 게다가 수석, 차석님이 전부 초등학생 자녀를 키우는 여자 선배님들이라, 임신 중인 검사에 대한 배려가 각별했다.

"이번 주 일요일에 청사 이전하는 거, 서 검사는 나오지 마. 우리가 다 알아서 할게."

"아뇨, 저 괜찮은데요. 어차피 짐은 다 업체에서 옮겨줄 거고 포장만 하면 되는 건데."

"떽! 나오기만 해봐, 가만 안 둔다! 집에서 푹 쉬고 첫째랑 놀아줘!"

힘들게 왔다 갔다 하지 말라며 회의를 주 1회로 줄여주신 부장님, 점심시간마다 육아 꿀팁을 전수해주시는 수석님, 일과 시간에 태교 클래식을 틀어도 싫어하지 않고 분위기 좋다고 칭찬해주는 선배님과 후배님들, 입덧하는 날 위해 틈만 나면 생과일주스를 사다주던 막내 검사까지. 공판검사실에 있을 때면 친정에 와 있는 것처럼 마음이 따스해졌다.

그러나 친정이 편하다고 해서 시댁까지 편하다는 보장은 없다. 내게 있어 시댁은 바로 옆에 있는 법원이었다. 주 4일, 하루 두 번씩 꼬박꼬박 드나들어야 하는, 까다롭고 비위 맞추기 어려운 시댁.

"검사님. 구형은 그렇다 쳐도 공소사실은 일어나서 읽어주셨으면 합니다."

재판에 들어간 첫날 판사님이 내게 말씀하셨다. 원칙적으로 공판검사는 피고인의 공소사실을 낭독할 때, 변론을 종결하고 검찰 측의 최종 의견을 진술하며 구형할 때 자리에서 일어나게 되어 있다. 하지만 임신부 검사를 만날 때면 대부분의 판사님께서 먼저 "앉아서 편하게 하시라"고 말씀해주셨다. 오전 재판 같은 경우 최소 30여 건, 많게는 50여 건까지 쉬지 않고 진행하는데 그때마다 일어서서 A4용지를 빽빽하게 메운 공소장을 낭독하는 건 임신부 검사에게는 쉽지 않은 일이기 때문이다.

"불공평해. 왜 우리만 일어나? 그럼 판사도 선고할 때 일어서서 해야지!"

가뜩이나 호르몬 분출로 성격은 더러워지고, 첫째 때는 없었던 입덧까지 생겨 뭘 먹어도 입에선 쇠 맛이 나는데. 조금만 움직일라

치면 방광이 압박되어 화장실로 쪼르르 달려가야 하는데. 지금이야 그렇다 쳐도, 나중에 만삭이 되면 그때도 한 시간에 수십 번씩 일어났다 앉았다 하라는 거야? 온몸이 띵띵 부어서 내 발도 안 보일 텐데? 판사님이 날 괴롭히려고 일부러 그런다는 피해망상에 가까운 생각마저 들었다. 오해가 풀린 건 그로부터 몇 주가 지나간 후였다.

"죄송합니다. 검사님이 홑몸이 아니신 걸 몰랐습니다. 재판 절차는 앉아서 진행하셔도 됩니다. 앞으로도 불편하신 점이 있으시면 언제든 알려주세요."

그러니까 판사님이 내가 임신 중이라는 사실을 모르신다는 걸 난 몰랐던 거다. 사실 펑퍼짐한 법복 안에 들어가 있으면, 49킬로그램의 S라인 몸매인지 임신 9개월의 텔레토비 몸매인지 구분하기도 어렵긴 하다. 난 혼자 꽁해 있던 것에 대해 판사님께 속으로 조용히 사과드렸다. 그때는 미처 알지 못했다. 가만히 앉아 있기만 하는 것도 문제라는 걸.

'졸립다. 너무 졸립다…….'

임신 중기에 접어들면서 희한할 정도로 잠이 많아졌다. 원래 초기에 졸음이 쏟아지다가 중기가 되면 나아진다는데, 이건 갈수록 더해서 거의 기면증 환자 수준이었다. 검사실 책상 옆에 180도까지 눕혀지는 의자를 갖다 놓고 점심시간엔 아예 드러누워 잤다. 뭐가 덜컹거리는 소리에 부스스 일어나면, 기록을 가지러 왔던 실무관님이 삐죽 튀어나온 내 머리를 보고 깜짝 놀라 소리를 지르시기도 했다.

"어멋! 검사님! 거기 계신 줄 몰랐어요!!"

다행히 검사실에선 내 일정을 스스로 관리할 수 있었다. 재판 없는 날에는 비교적 상태가 양호한 오전에 바짝 집중해서 일을 해치우고, 오후에는 충분히 휴식을 취하며 다음 공판 일정을 정리하곤 했다. 하지만 법정에 있을 때는 그렇게 내 페이스대로 할 수 없었다. 피고인 불출석이나 증인 불출석으로 기습적으로 주어지는 휴정시간을 제외하곤, 오전 9시 50분부터 12시까지, 다시 오후 1시 50분부터 5시 30분까지 꼿꼿한 자세로 앉아 집중해야 했다. 그나마 오전은 좀 나았다. 주로 그동안 종결한 사건들을 몰아서 선고하거나, 새로 들어온 건들에 대한 인정신문을 했으니까. 문제는 증인신문이 진행되는 오후였다.

현실의 증인신문은 영화에서 보는 것처럼 드라마틱하고 속도감 있게 진행되지 않는다. 특히 변호인 측 증인이 나올 때는 최소한 30분은 걸릴 거란 각오를 해야 한다. 대개는 유도신문(신문하는 사람이 자신이 얻고자 하는 특정한 답변을 암시하며 문답하는 것)에 가까운 기나긴 문장을 변호사가 신문 사항을 보면서 읊어주면, 증인이 짧게 대답하는 식이다.

"같은 학교 친구인 증인이 보기에 피고인은 평소 과대표를 하면서 주변 친구들뿐만 아니라 학교 전체에 모범이 되어왔고, 사랑의 집짓기 봉사활동을 하면서 과외로 용돈도 벌어오는 성실한 학생이지요?"

"네."

"피고인이 비록 욱하는 감정에 피해자에게 다소 좋지 않은 말을 하긴 했지만, 그 후 자신의 행동을 깊이 반성하면서 피해자에게 사과 문자를 여러 차례 보냈다는 말을 증인도 들었지요?"

"네."

이런 식의 예측 가능한 문답이 계속 반복된다. 변호인도, 증인도 의욕이 없다. 기계에 가까운 단조로운 목소리가 무한정 이어질 뿐이다. 폭행, 모욕 같은 단순한 사건이라면 그래도 괜찮다. 하지만 금융 사기, 주가 조작, 다단계 같은 복잡한 사건이라면 변호인 측 신문 사항만 50페이지를 거뜬히 넘어가는 사태가 벌어진다. 두 시간이 걸리기도 하고 세 시간이 걸리기도 한다. 평생처럼 느껴지는 그 시간 동안 난 졸지 않으려고 필사적으로 애썼다. 찬물을 마시고, 글씨를 쓰고, 얼굴을 꼬집고, 심지어 허벅지를 펜으로 찔러보기도 했다. 쏟아지는 잠을 이겨보려고 슬쩍 자리에서 일어나 투명의자를 하다가 그 상태로 잠이 들어 옆으로 콰당 쓰러졌다는 배석판사님 얘기가 생각났다. 나도 투명의자라도 해야 하나 싶었다.

"방금 나온 답변에 대해 검사님은 어떻게 생각하세요?"

제일 난감할 때는, 희뿌연 안개 속에서 간신히 깨어났는데 이런 질문이 덜컥 던져졌을 때였다. 진지하고 엄숙한, 그러면서도 빛

나는 눈으로 날 보고 있는 판사님을 향해, 난 죄책감을 슬쩍 감추며 최선의 대답을 했다.

"중요한 논점이어서 검찰 측도 검토가 필요하므로, 향후 의견 서를 제출하겠습니다."

가끔은 주신문의 끄트머리에 일시적으로 심신미약에 빠졌던 내가 피고인이 이미 답변한 내용을 반대신문에서 다시 물어볼 때도 있었다. 피고인이나 변호인이 아까 말한 걸 왜 또 묻냐고 불평하면, 난 마찬가지로 진지하고 엄숙하게 말했다.

"공소사실에서 핵심적인 부분이기 때문에 다시 한번 확인할 필요가 있습니다."

사회에선 눈치가 빨라야 살아남는다. 난 옆에 앉은 속기사나 앞에 앉은 법원 계장님의 컴퓨터 화면을 훔쳐보며 내가 놓친 것들을 재빨리 복기하곤 했다. 재판에서 오고 가는 모든 말을 조서에 기록해야 한다는 건 누가 정한 걸까. 어쩌면 잠 많은 판사님이었을지도 모른다. 몽롱했던 몇 분이 지나가고 나면 난 낭떠러지 끝에 선 기분으로 후다닥 진행 상황을 따라잡았다. 검사가 검찰청에 있을 때는 부장님, 차장님, 검사장님께 결재받으며 오류를 줄여나가지만, 공판검사로 법정에 섰을 때는 오롯이 혼자다. 아무런 안전장치 없이 재판을 책임져야만 하는 것이다. 그 무서운 사실을 잊지 않았기에, 졸았으면서도 실수 없이 지나갈 수 있었다.

"어떻게 검사가 재판 중에 졸 수가 있어!"

그렇게 추궁한다면 입이 열 개여도 할 말이 없다. 재판이 그 당사자에게는 일생을 좌우할 만큼 중대한 일이라는 걸 나도 너무나 잘 알기 때문이다. 하지만 검사도 인간이다. 밥을 안 먹으면 배가 고프고, 잠이 부족하면 졸리고, 감정과 호르몬에 좌지우지되는 나약한 존재다. 인간은 누구나 실수를 한다. 우리는 인간이지만, 실수하면 안 된다. 그런 압박에 짓눌리며 살아가는 검사들의 고충을, 민원인들이 조금이라도 알아주었으면 하는 바람이다.

죽음의 문턱에 선
천사들

박
민
희

우리 둘째는 내 가슴을 쪼그라들게 만드는 데 선수다. 신생아 때부터 분유를 먹을 때마다 숨넘어가는 꺽꺽 소리를 연거푸 내는데, 그럴 때마다 터질 것 같은 시뻘건 아이의 얼굴은 내 얼굴을 하얗게 질리게 했다. 산후조리원에서부터 아이의 등을 얼마나 두드려댔는지. 조금만 더 빨리 얼굴색이 돌아오지 않았다면 아이를 거꾸로 들어 흔들어댔을 순간이 수차례는 됐다.

곧 두 돌이 되어가는 지금도 변함이 없다. 형이 먹는 것은 지지 않고 양손에 쥐여줘야만 울음을 그친다. 젤리며 초콜릿이며 각종 과자를 이미 다 섭렵했다. 형이 달달한 아몬드를 오독오독 깨물어 먹고 있으면 그 딱딱한 아몬드를 씹어보겠다고 울고불고 난리. 딱딱한 아몬드를 운이 좋게 잘게 부쉈더라도 입안에서 간질간질하게

338

여
자
사
람
검
사

퍼지는 아몬드 조각들이 아이의 식도를 타고 넘질 못한다. 또 꺽꺽
대는 아이 등을 두드리며 놀란 가슴을 진정시켜야 하는 것은 오롯
이 내 몫이다.

아침에 누룽지라도 끓여줄 요량으로 누룽지를 샀다. 내가 맛
좀 보겠다고 누룽지 조각을 입에 베어 문 순간을 둘째가 놓치지 않
는다.

"누룽지 줄까?"

"응!"

"누룽지 먹을 사람 손!!"

앞에서 두 손을 들어 올린 둘째가 초롱초롱한 눈빛으로 내 손만
을 바라본다. 이 누룽지를 쥐어주지 않는다면 한동안 둘째 우는 소
리에 집 안의 평화가 산산조각 날 것이 분명했다. 아몬드도 먹었는
데 뭐. 누룽지도 씹을 수 있겠지라는 생각에, 작은 조각을 떼어 아
이에게 주었다. 그런데 작은 조각은 성에 차지 않나 보다. 작은 조
각을 던져버리고 누룽지를 통째로 달라고 난리다. '그래, 뭐. 어차
피 깨물어 먹을 테니 괜찮겠지' 하는 생각에 양손에 먹을 것을 쥐어
야 하는 둘째의 성향대로 동그란 누룽지 한 덩이를 통째로 아이에
게 건넸다.

그런데 곧 "컥컥" 소리가 들려온다.

"으이그, 잘 좀 먹지."

이젠 놀라지도 않는다. 그리고 아이를 살펴보는데 여느 때와 다

르다. 아이 얼굴이 파랗게 질리더니 곧 고꾸라진다. 나는 감히 아이의 등을 두드릴 생각조차 할 수 없었다. 비명을 지르며 남편을 불렀다. 나는 반쯤 정신이 나간 채로 울면서 주저앉았다. 두 다리, 두 손 모두 부들부들 떨려서 온전히 서 있을 수 없었다. 눈을 뜨고 아이를 볼 수 없었다.

안방에 있다가 내 비명소리에 놀라 달려 나온 남편은 침착하게 아이의 상태를 살피고 등을 두드렸다. 소리를 지르며 정신을 놓고 있는 나에게 고함도 쳐가며. 다행히 아이는 곧 호흡이 돌아왔다. 한참을 주저앉아 울었다. 짧은 시간이었지만 나는 내 아이가 차가워지는 것을 보았다. 그것도 내가 주는 것을 먹다가.

아이들은 생각보다 강하다. 어떤 때는 어른들보다 질병에 강하고, 질병에 걸려도 잘 이겨낸다. 열이 39도까지 올라가도 이내 곧 잘 놀고 잘 먹는 것을 보면 분명 아이들은 내 생각보다 강한 생명체라고 느껴질 때가 많다. 그래서 잊을 때가 많다. 내 앞의 이 작은 생명체가 한없이 약하다는 것을. 내 생각보다 강할 뿐, 아이들이 절대적으로 강한 것은 아니라는 것을. 마음을 내려놓는 순간, 그 순간에 어떤 일이 벌어질지 알 수 없다는 것을.

검사들끼리 점심을 먹고 있는데 당직 검사인 후배가 자리를 뜬다. 변사체 검시를 다녀와야 한다며. 밥을 먹다가 중간에 나가야 할 정도로 중요한 변사체가 발견된 것인가? 서둘러 변사체 검시를 가는 후배 검사의 뒷모습이 싸했다. 그리고 어떤 변사체를 보고 왔는지는 그날 저녁 식사를 하면서 들을 수 있었다.

"무슨 변사체였기에 급하게 갔어? 무슨 일이었어?"

"아…… 그게…… 아기였어요."

"아기? 아기가 죽었다고? 어쩌다가?"

"질식사였어요……."

후배 검사도 한 아이의 아빠였다. 담담하게 말할 수 있는 변사체가 아니었다.

"질식사? 뭐 때문에 질식했는데?"

함께 저녁을 먹던 검사들의 질문이 쏟아진다. 그냥 단순한 변사 사건이 아니었기 때문이다.

"간식을 먹다가 기도가 막혔어요. 점성이 있는 젤리 같은 거더라고요."

"……사고 맞아?"

아이의 사망 사고에 이렇게 질문할 수밖에 없는 검사. 우리는 이미 알고 있었다. 수많은 아이들의 사망 사고에 고의가 개입하는 경우가 허다하다는 것을.

"네…… 사고 맞아요, 선배님. 아이의 집은 아주 행복한 집이었어요. 온통 아이 사진이었고, 온 공간이 아이를 위한 집이었어요."

아이 아빠인 후배가 보기에도 기록에서 확인된 사건 현장은 명백히 사랑을 듬뿍 받고 자라는 아이의 집이었다.

"그리고……"

말끝을 흐리며 검사들에게 아이의 질식사가 사고임을 알려주는 후배의 입이 무거웠다.

"아이 엄마가 아이를 살리려고, 아이 입으로 손가락을 넣어 젤리를 꺼내려고…… 엄마 손이랑 아이 입이 피투성이였어요……"

가슴이 미어지다 못해 찢어질 것 같았다. 눈앞에서 파랗게 질려가는 아이를 보는 엄마의 최선이었을 것이다. 후배 검사의 이야기에 그 자리에 있던 검사 전부가 말을 잃었다. 조금 뒤에 다른 검사가 입을 연다.

"나도…… 전에 있던 청에서 아이의 질식사 사건을 겪었어. 과일을 먹다가 질식했던 걸로 기억해. 엄마 무릎에서……"

변사 사건 중에 아기의 변사 사건은 매우 드물다. 경험한 사람도 많지 않다. 그러나 아기의 변사체 검시를 다녀온 검사들은 다들 입을 모아 그 모습이 천사 같다고 말했다. 바라만 보아도 눈물이 날 만큼 아름다운 아이들. 차가운 영안실에 누워 있는 것이 어울리지 않는 천사들.

그리고 아이들 옆에는 그 천사를 다시 하늘로 보내줘야 했던 엄마들이 있었다. 내게 천사를 보내주셨기에, 그 천사가 다시 하늘로 가는 것이지만, 결코 보내줄 수 없는 엄마. 자신의 천사를 절대 홀로 떠나보낼 수도, 그렇다고 같이 갈 수도 없었던 엄마.

나도 엄마가 되고 나서야 아이와 관련된 사건들의 의미를 깨달는다. 엄마의 눈앞에서, 또는 엄마의 눈을 피해 도움의 손길이 닿지 않은 곳에서 일어나는 사건들. 다 '같은' 피해자가 아니라는 것을. 죽음의 문턱 앞에 서 있는 작은 천사들이 문턱을 넘지 못하게 하는 것은 모든 어른들의 책임임을.

아이를 낳기 전에는 '사랑'의 깊이를 알지 못했다. 아이를 낳고 나서야 한 사람이 다른 생명에게 얼마나 무한한 사랑을 쏟아낼 수 있는지 배운다. 아이로 인한 슬픔 역시 그 사랑의 깊이 만큼 깊고 무한하다는 것도.

더 이상 그 어떤 곳에서도 우리 천사들이 일찍 하늘나라로 돌아가는 일이 없길 기도한다. 그들이 사랑과 행복만이 가득 찬 세상을 배울 수 있길. 그리고 어른들 모두가 우리의 천사들을 지킬 수 있길.

어느 보육원
학대 사건의 이면

서
아
람

"저 악마는 국민들 발에 밟혀 죽어야 한다. 내장이 터지고 끊어지는 고통을 겪어봐야지, 천벌도 아까운 것들."

도대체 세상이 왜 이럴까. 요즘 들어 경악을 금치 못하게 하는 끔찍한 아동학대 사건이 연달아 일어난다. 그 가해 주체도 친부모, 양부모, 조부모, 어린이집 교사, 학원 교사 등 다양하다. 제도의 결함과 어른들의 무관심 속에서 눈도 못 뜬 갓난아기가, 어린아이가, 청소년이, 가혹하게 방치당하고 학대당하고 있다. 이런 사건을 접할 때마다 우리는 이루 말할 수 없이 분노하게 된다. 나 또한 마찬가지다. 양부모의 학대로 췌장이 절단된 아이의 사건을 접했을 때는 그 아이와 같은 개월 수인 딸아이를 보며 하루 종일 펑펑 울기도 했다. 맞으면 맞았다고, 아프면 아프다고 제대로 호소할 수도 없는

아기나 아이들에게 정신적, 육체적 폭력을 가하는 건 짐승이나 하
는 짓이다. 상식을 지닌 사람이라면 당연히 그리 생각하지 않을까.

"세상에, 그 조그만 걸 때릴 데가 어디 있다고."
　보육원 아동학대 사건을 맡게 됐을 때 내가 내뱉은 첫 마디였
다. 피의자는 보육원 교사. 피해자는 만 2세의 남아였다. 아이가 밥
먹는 것을 거부하고 도망 다니다가 급기야 식판을 던져버리자, 화
가 난 보육교사가 식판 끄트머리로 아이의 머리를 친 사건이었다.
애초부터 안전을 고려해 만들어진 플라스틱 재질의 식판이라 다행
히 크게 다치진 않았지만, 아이의 관자놀이 부근에 동전만 한 멍자
국이 생겼다. 매주 한 번씩 아이를 보러 오는 엄마가 그걸 발견해
경찰에 신고한 것이다.
"때려도 아무도 모를 줄 알았겠죠! 부모가 곁에 없다고 무시한
거예요!"
　보육원은 일반 어린이집과는 다르다. 여의치 못할 사정으로 부
모가 양육할 수 없는 아이들이 사는 곳으로, 예전에는 고아원이라
불리던 복지시설이다. 경제적 능력이 없는 미혼모라 어쩔 수 없이
아이를 보육원에 맡겼다는 친모는 피해자 진술을 하면서 서럽게
울었다. 그 모습을 보고 있자니 나도 분노가 끓어올랐다. 가뜩이나
엄마와 떨어져 사느라 마음이 상처투성이인 아이일 텐데, 따뜻한
사랑으로 보듬어주지 못할망정 폭행을 가하다니.

"너무 졸리고 힘들어서 저도 모르게 손이 나갔어요. 때린 건 아니에요. 그냥 가볍게 톡 치기만 했는데. 애들 피부가 워낙 약해서 그래요. 살짝만 건드려도 멍이 들거든요."

30대 초반의 보육교사는 그렇게 변명했다. 관리 의무 태만으로 함께 고발된 원장의 혐의를 밝히기 위해서라도 보육원의 근무환경을 살펴볼 필요가 있었다. 난 원장에게 전화해 기록에 첨부된 사건 당일의 보육일지 외에, 그해의 일지 전체와 보육원 운영에 관한 모든 서류를 제출해달라고 요청했다. 하루 만에 산더미 같은 서류가 내 책상에 쌓였다.

"⋯⋯이 정도면 사람이 죽을 수도 있겠는데?"

보육원 관련 서류들을 살펴본 후 내 입에서 절로 나온 말이었다. 이 보육원에는 0세부터 17세까지 70여 명의 아이들이 살고 있는데, 그들을 돌보는 보육교사의 수는 고작 여덟 명이었다. 법령에 정해진 것에 턱없이 못 미치는 비율이지만, 갑자기 그만둔 교사들을 충원하지 못해 그대로 운영되는 상태였다. 자원봉사자들에게 의존할 수도 없다고 했다. 진지하게 장기 봉사하기보다는 호기심이나 충동으로 한두 번 왔다 가는 사람들이 대부분이어서, 아이들에게 상처가 된다고 했다.

원장은 턱없이 부족한 예산을 메우기 위해 후원금을 모으러 다니느라 바쁘니, 결국 모든 일은 보육교사들의 몫이었다. 영아반 교사의 경우 갓난아기 넷을 혼자서 돌보고 있었다. 일반 가정으로 치면 네쌍둥이를 독박 육아하는 셈이었다. 그렇다고 큰 애들은 좀 쉬우냐 하면 그것도 아니었다. 정에 굶주린 아이들은 관심을 받기 위해 끊임없이 사고를 치고, 교사들은 엄마를 대신해 학교로, 경찰서로 뛰어다니며 뒷수습을 했다. 이번에 피의자가 된 교사는 원래 유아반 담당이 아닌데, 동료 교사가 아파서 결근하는 바람에 대신 나온 것이었다. 원래 근로계약상으로는 24시간 교대 근무였지만, 사건이 일어날 당시 문제의 교사는 48시간째 근무 중이었다. 잠도 제대로 못 자고, 밥도 거의 못 먹으면서.

'보육교사가 처해 있던 열악한 상황이 이 사건을 정당화할 수 있을까?'

난 스스로에게 물었고, 답은 금방 나왔다. '아니다'였다. 보육원 교사들은 모두 똑같은 근무환경에 처해 있었다. 그렇다고 다들 아이 머리를 식판으로 때리진 않았다. 이건 인성과 자질의 문제다. 그렇게 생각했다.

피의자를 다시 불러놓고 가차없이 몰아붙였다. 자신의 짜증과 화를 아이에게 푸는 건 훈육이 아니라 폭력이다. 그 어린아이가 느꼈을 공포와 충격을 생각해봐라. 트라우마가 될지도 모른다고 일장연설을 했다. 결국 그녀가 고개를 떨구며 펑펑 울 때까지.

"제가 미쳤었나 봐요. 정말 죄송해요. 보육원은 이미 그만뒀지만, 이제 교사 일은 안 하려고요. 다른 일을 찾아보겠습니다. 아이에게 평생 사죄하는 마음으로 살게요."

내게는 세 가지 선택지가 있었다. 보육교사와 원장을 기소유예, 즉 기소하지 않거나, 벌금형으로 약식 기소하거나, 아니면 법정에 보내는 것. 난 세 번째를 선택하면서 대신 집행유예를 구형했다. 그게 내 기준에서 할 수 있었던 최대한의 선처였다. 그대로 집행유예를 선고할지, 벌금형을 선고할지, 아니면 한 번 봐준다는 의미로 아무런 처벌을 하지 않는 선고유예 판결(범행이 경미하거나 선처할 만한 사유가 있을 때 형의 선고를 일정 기간 미루어주고, 그 기간이 지나면 선고를 받지 않도록 하는 것)을 할지 그건 법원의 몫이었다. 그 후로 난 오랫동안 그 사건을 잊고 지냈다. 그로부터 몇 년 후, 나 자신이 그와 비슷한 상황에 내던져지기 전까지는.

"으아아아앙!"

눈앞에서 새파랗게 질린 아이가 발버둥치며 울고 있었다. 부엌은 사방에 튄 밥알과 국물로 난장판이었고, 싱크대에는 더러운 그릇들이 쌓이다 못해 넘치기 직전이었다. 난 벌게진 손바닥을 들여다보며 충격에 빠졌다. 내가 아이를 때렸다. 그것도 이제 겨우 18개월 된 내 아들을. 각종 채소와 고기를 다져 부쳐준 밥전을 아이가 입에 넣자마자 뱉어버리고, 급하게 말아준 소고기 김밥을 밟아 짓뭉개버리고, 마지막으로 만들어준 볶음밥을 그릇째 던져버린 후였다. 프라이팬에 손을 데어가며 서툰 솜씨로 열심히 볶은 오색 빛깔 밥이 바닥에 흩어지는 순간, 내 이성은 날아가 버렸다. 정신을 차려

보니 내 손이 아이의 뒤통수를 퍽 소리 나게 후려치고 있었다.

"미안해, 엄마가 미쳤나 봐. 정말 미안해……."

숨도 못 쉬고 울어대는 아이를 끌어안고 나도 대성통곡했다.

"맞을 짓 했네."

퇴근하고 돌아오자마자 부엌의 아수라장을 보고 기겁했던 남편은, 전후 사정을 듣더니 고개를 끄덕이며 명쾌하게 말했다. 괜찮다고, 그럴 수도 있다고, 오히려 날 다독여주었다. 하지만 내가 날 용서하기 어려웠다. 손자국이 남은 아이의 두피를 쳐다볼 수도 없어, 방에 들어가 혼자 하염없이 울었다. 육아서에서는 무슨 일이 있어도 애를 체벌하진 말라고 했는데. 단호하고 엄격한 어조로 훈육하라고 했는데. 난 정말 끔찍한 엄마, 애 키울 자격도 없는 엄마라는 생각이 머릿속을 온통 지배했다. 그리고 문득 미혼 검사 시절에 수사했던 그 보육원 사건이 떠올랐다. 그때 그 보육교사도 지금의 나처럼 이랬을까. 아이들을 진심으로 사랑하면서도, 때로는 아이들 때문에 견딜 수 없었던 건 아닐까. 피곤하고 우울하고 화가 나서 미쳐버리기 일보 직전이었던 건 아닐까. 난 고작 아이 하나에 쩔쩔매는데 그 교사는 대체 얼마나 힘들었던 걸까. 만일 내가 그 교사에게 기소유예 처분을 해주었다면 어땠을까. 그녀가 그 일을 양분 삼아 훌륭한 보육교사로 거듭날 수도 있지 않았을까. 어쩌면 내가 그 사람에게 주어야 했던 건, 질책과 호통이 아니라 공감과 위로가 아니었을까.

심리학 책에는 부모가 자식에게 끼치는 부정적인 영향이 어마어마한 비중으로 쓰여 있다. 그걸 읽고 있으면 부모, 특히 엄마는 자식을 망쳐놓기 위해 존재하는 것이 아닐까라는 생각이 든다. 관대한 부모는 아이 버릇을 망치고, 엄격한 부모는 아이 기를 죽인다. 아이를 붙잡고 가르치지 않으면 바보가 되고, 붙잡고 가르치면 스트레스로 엇나간다. 모든 게 엄마 잘못이다.

"엄마, 나한테 왜 그래? 그럴 거면 왜 낳았어?"

내 친구 중에는 다섯 살짜리 딸로부터 이런 말을 들은 엄마도 있다. 하지만 부모는 자식에게 "그럴 거면 왜 태어났니?"라고 말하지 않는다. 어찌 보면 불공평하다. 자식에게는 완벽한 부모를 요구할 권리가 있는데, 부모에게는 그에 상응하는 권리가 없다. 아이는 그 누구보다 연약하고, 소중하고, 보호받아야 할 그런 존재이므로.

하지만 엄마도 인간이다. 엄마뿐만 아니라 모든 양육자는 인간이다. 완벽한 육아를 위해 설계된 AI가 아니다. 부실하기 짝이 없는 엄마들의 멘탈은 아이가 태어나는 그 순간부터 공격받기 시작한다. 몸 바쳐 사랑할 준비를 열 달에 걸쳐 마쳤건만, 아이는 좀처럼 호응해주는 법이 없다. 밤낮 가리지 않고 두 시간마다 깨어나 미친 듯이 울어재끼고, 유두에서 피가 줄줄 흘러나와도 가차없이 빨아댄다. 기저귀 채워주는 게 좀 느리다 싶으면 엄마 손바닥에, 얼굴에 대소변을 튀게 만든다. 아이가 클수록, 힘이 세질수록, 엄마는 갑에서 을로 변해간다. 머리카락을 한 움큼 쥐어뜯기기도 하고, 콧구멍을 손가락에 찔려 코피가 줄줄 나기도 한다.

'네가 뭔데 날 이렇게 함부로 대해? 나도 우리 엄마한테 귀한 자식이거든!'

가끔은 서러워서 왈칵 목이 멜 때도 있었다. 감정적으로 굴지 말자고 매번 다짐하면서도, 단전에서부터 올라오는 뜨거운 분노를 참지 못하고 고래고래 소리 지를 때도 있다. 가끔은 손이 나가기도 한다. 그리고 또 죽도록 후회한다. 단 하루도, 한순간도 평온할 날이 없다.

하물며 보육교사는 어떨까. 서너 명에서부터 예닐곱 명까지 한나절 동안 혼자 돌봐야 한다. 틈틈이 해야 하는 학부모 면담과 교구 준비와 청소와 각종 서류 업무는 보너스다. 상상만 해도 눈앞이 아득해진다. 엄마가 된 후 난 보육교사들을 진심으로 존경하게 됐다. 내 기준에서는 화마(火魔)와 싸우는 소방관에 맞먹는 영웅들이다.

'돈 받고 하는 일인데 당연하지.'

그런 말을 하는 엄마들은 이제 없었으면 좋겠다. 아이가 평소보다 크게 울기만 해도 신경을 날카롭게 곤두세우며 보육교사를 달달 볶고 잠재적 범죄자 취급을 하는 엄마들도 마찬가지다.

아동학대에 관대해지자는 말이 결코 아니다. 악의(惡意)를 가지고 아이들에게 해를 끼친 어른들은 제대로 처벌받아야 마땅하다. 그러나 그런 소수로 인해 선량한 다수를 싸잡아 매도하진 말자는 것이다. 가끔은 그들도 실수할 수 있다는 걸 이해하고 받아들이자는 것이다. 아이에 관해서는 작은 실수조차 용납되지 않는다며 길길이 날뛰는 사람들을 그 자리에 갖다 놓는다면, 아마 하루도 못 버티고 줄행랑치고 말 것이다. 수십 명의 엄마가 되어주느라 영혼까지 닳을 지경이었을 그때 그 보육교사는 지금 어디서 뭘 하고 있을까. 그때 너무 매정하게 말해서 미안했다고, 지금이라도 사과의 말을 전하고 싶다.

"내 새끼도 아닌 남의 새끼를 키우시느라 오늘도 고생이 많으십니다. 선생님들이 계셔서, 엄마들은 안심하고 일할 수 있습니다."

부장님,
진통 보고드립니다

김은수

"갑자기 경부 길이가 많이 짧아졌는데요? 1.7센티미터밖에 안 돼요. 회사는 그만 나가고 계신 거 맞으시죠?"

"아, 저희 인사이동 날짜가 아직 정해지지 않아서 출산휴가를 신청하지 못했어요. 2주는 더 회사에 나가야 할 것 같은데요."

"아직 29주인데, 경부 길이가 심상치가 않아요. 30주 이전에는 출산휴가에 들어가셔야 안전할 것 같은데, 지금도 너무 늦었어요."

'정말 이러다가 법정에서 양수 터지는 것 아냐?' 담당 교수님의 심란한 표정을 보고 있자니, 별별 생각이 다 들었다. '에잇, 모르겠다. 월요일에 출근하면 부장님께 이번 주 중에 출산 휴가 들어가야 된다고 양해를 구해야겠다.' 그렇게 마음을 단단히 먹고 부장님을 찾아갔다. 지금의 상황을 설명하며 조심스레 출산휴가 이야기를 꺼냈다.

"어쩌죠, 김 검사님. 당연히 지금 당장이라도 들어가시면 되는데, 인사이동이 얼마 남지 않은 상태라서 후임 검사는 인사이동 이후에야 받을 수 있을 것 같아요."

"그러면 인사이동이 발표 날 때까지 제가 담당하던 재판에 들어갈 검사가 없는 것인데요?"

"우리 부 검사들이 돌아가며 대직을 서야지 별수 있나요."

정말이지 믿을 수 없는 청천벽력 같은 말씀이었다. 같은 부 검사들은 주 4~5일 재판 일정이 잡혀 있었다. 내 재판까지 돌아가며 소화하려면 부원들 모두가 주 5일 동안 재판에 들어가야 했다. 부장님은 나의 출산휴가 공백을 메우기 위해 부원들 전체의 뼈를 갈아 넣겠다고 선언하신 거나 다름없었다. 주 4일 재판이어도 매일같이 야근을 해야 하는데, 다른 검사의 재판까지 기약 없이 떠맡아야 한다면, 주 5일 상시 야근에 주말을 모두 반납해도 모자랄 일이었다.

게다가 공판검사에게서, 일주일에 딱 하루밖에 없는 재판 없는 날을 빼앗는다는 것은 엄청난 위험을 감수해야 하는 일이었다. 선고가 내려진 사건에 대해서는 일주일 이내에 내부 결재를 받아야 할 서류가 정말 많은데, 주 5일 내내 법정에 들어가야 한다면 이 서류들을 제때 결재받지 못하는 경우가 발생하기 쉬웠다. 아니, 단순히 결재가 문제가 아니라 누락이 되기라도 한다면 그 후폭풍은 끔찍한 것이었다.

　부장님에게 우리 부원들을 그런 위험에 몰아넣을 수 없다고 읍소해보았지만 소용이 없었다. 부장님의 뜻은 완고했다. 부장님이 윗분들에게 말도 못 붙일 정도로 공판검사들이 홀대받는 것인가라는 생각에 답답하고 막막했다. 한숨만 나왔다.

　"병원에서도 지금 당장 출산 기미가 있는 것은 아니라고 하고 제가 느끼기에도 컨디션이 나쁜 상태는 아니에요. 휴정기가 끝날 때까지 더 버텨보겠습니다."

　보통 인수인계라 함은 재판 진행의 경과와 향후 대응 방안 정도를 간략히 전달하는 것이 전부인데, 주 5일 재판에 들어가야 하는 동료들에게 갑자기 내가 들어갔던 재판의 준비에 필요한 서류들을 직접 작성하라고 할 수도 없는 노릇이었다. 첫 번째 제왕절개 수술을 받았던 상처 부분이 욱신거리고 배가 뭉치는 기분이었지만, 내게 남은 선택지는 쑥떡이들을 달래가며 야근하는 것뿐이었다.

　그렇게 일주일이 흘렀다. 오후 4시쯤부터 배 뭉침이 심상치 않았다. 쿡쿡 쑤시는 것이 묘하게 신경에 거슬리더니, 어느새 의자에 앉아 있는 것조차 힘들 정도로 강도가 세져 갔다. 다니던 병원은 거리가 제법 멀기도 하고 이 정도 통증으로는 애들이 나올 일도 아닌 것 같아서 일단 회사 근처 여성병원으로 달려갔다.

　"경부 길이가 1센티미터가 안 되는데요? 진통은 아닌 것 같은데, 쌍둥이라 자궁이 많이 압박된 듯합니다. 혹시 모르니 내일 아침에 바로 다니던 병원에 가보세요."

진통이 온 것은 아니라는 말에 안심했던 것일까. 회사로 돌아가서 다시 야근에 돌입했다. 문득문득 통증이 오긴 했지만, '에잇 진통이 아니라는데 뭘'이라며 대수롭지 않게 여겼다. 내일은 정말 부장님이 난감해하시더라도 오전까지만 근무하고 출산휴가에 들어가야겠다고 굳게 다짐했다.

관사에 돌아오니 시계는 11시가 넘어 있었다. 주말부부로 생활하던 중이었기 때문에, 아프다고 하소연할 남편도 집에 없었다. 씻고 방바닥에 놓인 접이식 매트리스 위에 누웠는데 배가 너무 아파 똑바로 누워지지가 않았다. 왼쪽으로 돌아누운 채 통증이 가시기만 기다렸다. 한 10분 아프면 한 시간 반 정도는 괜찮았다가 다시 10분 아프고 한 시간 반 정도 괜찮아지기를 수없이 반복하며 밤을 지새웠다.

어차피 잠도 더 오지 않았고 해야 할 일도 많이 남아 있었기 때문에 출근시간보다 한두 시간 정도 일찍 길을 나섰다. 걸어서 10분도 안 되는 거리였지만 도무지 땅바닥에 발을 내딛을 자신이 없었다. 택시를 불러 기사님께 배가 아픈데 회사에 가야 하니 잘 좀 부탁한다고 힘겹게 말을 걸었다. 기사님은 남산만 한 내 배를 보고 기겁하시곤 "병원에 안 가시고요?"라고 되물었다. 어렵사리 출근에 성공해서 사무실 책상에 앉았다. 부랴부랴 기록들을 키만큼 쌓아놓고 증인신문사항을 작성하기 시작했다.

'어랏. 배가 왜 이리 아프지. 숨을 못 쉬겠는데?'

이상했다. 20분마다 배가 아프기 시작했는데, 한번 배가 아프면 숨을 쉴 수가 없었다. 자리에서 일어선 채 질문 하나 입력하고 한 숨 쉬고, 질문 하나 입력하고 한 숨 쉬기를 반복하고 있는데 하나둘 우리 부 검사님들이 출근하기 시작했다. 내 꼴을 보고 경악한 동료 검사님들의 호출에 옆 부에 있던 두 아이의 엄마인 후배 검사님이 뛰어왔다.

"선배님, 이거 진통이에요! 얼른 택시 타고 병원에 가셔야 돼요. 둘째는 원래 금방 갑자기 확 나와요."

"에이, 설마요. 어제 병원 갔는데 진통 아니라고 하던데요. 이것만 마저 쓰고 오후에 병원 갈게요."

나를 지켜보던 동료 검사님들은 자기들이 다 알아서 할 테니까 병원에나 빨리 가보라고 재촉했다. 그래도 내가 말을 듣지 않고 의자에 다시 앉으려고 하자 내 책상에서 기록들을 빼앗아서 캐비닛에 집어넣어버리곤 나를 부장실로 내쫓았다.

그랬다. 그건 진통이었다. 하지만 첫째 때 제왕절개를 했던 나는 그게 진통인 줄도 모르고 밤새 끙끙 앓았던 것이었다. 무식한 자는 용감하다고 했던가. 그때까지도 진통이라고는 전혀 생각하지도 못했던 터라 억지 춘향으로 부장님을 찾아갔다. 그리고 배가 갑자기 아파서 병원에 다녀오겠다고, 아무래도 출산휴가를 앞당겨서 오늘 중에 들어가야겠다고 말씀드렸다.

"김 검사님, 출산휴가 들어가시는 것이니, 1차장님께 인사드리고 가셔야 하지 않을까요?"

"오늘 1차장님이랑 검사장님 모두 휴가 가셨는데요?"

"1차장님 대직이 2차장님이시니까, 2차장님께 보고드리시면 됩니다."

하도 경황이 없었던 탓일까, 뭐라 반박 한 번 못 한 채 아픈 배를 부여잡고 숨을 가다듬으며 3층에서 8층까지 겨우 올라갔다. 평소 부장님은 쌍둥이를 임신한 내가 혹시나 잘못될까 싶어 "야근은 도대체 왜 하냐, 임신했는데 야근 좀 하지 말아라", "무리하면 안 된다", "오늘은 괜찮으냐"를 입에 달고 사시던 분이었다. 그러다 보니 나로서는 딱히 그분의 의도를 나쁘게 오해할 여지가 없었다. 지금 생각해보면 부장님께 "너무 아픈데요?"라고 되물어보기라도 할걸 싶기도 한데, 그때는 '아, 그렇지. 3일짜리 연가도 검사장까지 보고를 해야 하는 곳인데. 이건 무려 출산휴가인데'라는 생각이 들어 그만 부장님 말씀에 쉽게 납득해버렸다. 우여곡절 끝에 2차장실에 도착하고 보니 2차장님께 보고를 드리기 위해 기다리고 있는 부장님들과 선배 검사님들이 진을 치고 있었다.

'이분들이 보고를 마치려면 한 시간도 더 기다려야 할 텐데, 이를 어쩌나.'

갑자기 또 배가 아프기 시작해 눈물이 날 지경이었다. 입술을 꽉 깨물고 떨리는 목소리로 얼마나 더 기다려야 할지 차장실 실무관님에게 물어보았다. 옆에서 지켜보고 계시던 다른 부 여자 부장님께서 내 이상한 기색을 눈치채셨다.

"김 검사, 무슨 일 있어?"

"부장님, 배가 갑자기 너무 아파서 지금 출산휴가 들어가야 될 것 같아요. 차장님께 보고드리고 들어가려는데, 어쩌죠."

부장님은 어서 빨리 들어가 보라고 문을 열어주셨고, 나는 부장님의 배려 덕분에 곧바로 차장님을 만날 수 있었다. 갑자기 찾아온 극심한 통증 때문이었을까, 나도 모르게 눈물을 뚝뚝 흘리면서 출산휴가에 들어가야 될 것 같다고 보고드렸다. 하도 경황이 없어서 지금 생각해보면 놀란 차장님의 표정밖에 기억이 나지 않는다. 무사히(?) 보고를 마치고 동료들의 손에 이끌려 택시를 타고 병원으로 향했다. 세상에나. 이미 진통이 꽤 진행되어, 자궁문이 4센티미터나 열려 있는 상황이었다.

"아직 31주밖에 안 되었는데요? 애들 못 나오게 막는 맥 수술 좀 해주시면 안 되나요?"

"어머, 도대체 무슨 소리를 하시는 거예요. 이미 애들 나오고 있어요. 도대체 어젯밤에 안 오시고 지금 이 지경으로 오면 어떡해요!"

나는 고열과 높은 염증 수치에 시달리고 있었고, 아이들 역시 상태가 좋지 않았다. 지금 수술하지 않으면 아이들을 잃어버릴 수도 있다고 했다. 갑자기 콧구멍으로 긴 면봉이 확 들어왔다. 고열로 인한 코로나 검사였다. 수술대 위에 올라간 상태로 코로나 확진이 될 수도 있으니 접촉자들을 얘기해달라는 질문을 받았다. 공판검사라 매일 재판에 들어갔기 때문에 하루에도 수십 명씩 재판정에서 마주쳤다는 말을 했더니 모두의 표정이 어두워졌다.

마취과 교수님은 내 목덜미를 잡아보시더니 "여기 혈관이 튼실하네! 수혈할 때 여기 찌르면 돼!"라고 호기롭게 외치시곤, "자, 수술합니다!"라는 말과 함께 나를 재워버리셨다.

눈을 뜨고 보니 여섯 시간 정도 지나 있었다. 사색이 된 남편의 얼굴이 내 눈에 들어왔다. 내 혈전 성향으로 인해 아이들이 유산될까봐 아스피린과 크렉산을 투약하고 있었는데, 그 때문에 수술 내내 출혈이 잡히지 않아 수술이 오래 걸렸다고 했다. 하마터면 과다 출혈로 죽을 뻔했다면서 내 손을 잡아주는 남편의 목소리가 많이 흔들렸다.

"쑥떡이들은 괜찮아?"

"태어나자마자 호흡을 못 해서 곧바로 인큐베이터에 들어갔어. 니큐로 옮겨졌는데 호흡도 안정되었고 별 이상 없대."

어쩐지 남편은 나의 질문에 2초 정도 머뭇거리더니, 이내 괜찮다고 밝게 웃어주었다. 뭔가 이상했지만 나는 더 질문할 기력이 없었다.

남편은 내게 동료 검사님들에게 감사 전화를 하라고 재촉했다. 모두 너무 걱정하고 있으니 빨리 전화해주라고. 그는 동료 검사님들이 나를 병원에 보내지 않았으면 어떻게 되었을지 상상조차 하기 싫다고 했다. 만약 사무실에서 의식을 잃은 상태로 근처 병원에 후송되었으면 내가 평소 투약하던 아스피린이나 크렉산의 존재도 모른 채 응급수술에 들어갔을 것이다. 그러면 의료진은 잡히지 않는 출혈에 당황했을 것이 분명했고, 어쩌면 나는 요단강을 건넜을지도 모를 일이었다.

"감사합니다, 검사님들. 무사히 출산했어요."

나를 택시에 욱여넣은 뒤 도로에서 걱정 가득한 눈빛으로 지켜보던 동료 검사님들의 얼굴이 떠올랐다. 생명의 은인들에게 기쁘고 감사한 마음을 가득 전하며 쑥떡이들의 탄생을 알리기 시작했다. 그렇게 나는 동료들의 보살핌 덕분에 무사히 또 하루를 이어갈 수 있었다.

가해자의 엄마가
된다는 것

서
아
람

"영화 <엑소시스트>나 <곡성> 보셨어요? 빙의된 애가 나오잖아요. 요즘 저희 애 하는 짓이 그거랑 비슷해요. 우리 귀여운 순둥이는 어디 갔을까요?"

아동심리 상담센터의 의자에 앉아 하소연하던 난 급기야 울음을 터뜨렸다. 첫째는 정말 착하고 순한 아기였다. 그 흔한 잠투정도 없었고, 아침에 일어나면 찡찡대는 대신 날 보며 까르르 웃었다. 이유식은 주는 대로 한 그릇 뚝딱이고, 심지어 어린이집 적응도 잘했다. 그런데 동생이 생기면서 모든 게 달라졌다. 그토록 좋아하던 장난감을 다 집어던지고는 무조건 밖으로 나가자고만 했다. 밖으로 나가면 그때부턴 전쟁이었다. 찻길을 향해 돌진하고, 다른 아이의 킥보드를 뺏고, 슈퍼에 난입해 진열된 사탕을 와구와구 뜯어 먹었다. 하고 싶은 걸 못 하게 하면 벌러덩 바닥에 드러누웠다. 그리고 무시무시한 괴성을 지르며 더러운 시멘트 위를 떼굴떼굴 굴러다녔다. 지나가는 엄마들은 날 불쌍해하는, 또는 한심해하는 시선으로 쳐다보았다. 애를 왜 저렇게 가르치느냐는 무언의 비난. 난 세상에서 제일 하찮은 사람이 되는 기분이었다. 그대로 작아져서 쥐구멍에 숨을 수 있기를 간절히 바랐다.

"어머님, 알고 계셔야 할 것 같아서 말씀드리는데, 요즘 친구들하고 자꾸 문제가 생기네요."

나한테만 떼쓰는 거라면 괜찮은데, 그게 폭력적인 행동으로 이어지니 더욱 문제였다. 집에서는 동생에게, 어린이집에서는 친구들에게, 밖에 나가면 놀이터나 엘리베이터에서 만난 아이들에게 상처를 입혔다. 두 손으로 밀어 넘어뜨리고, 피가 나도록 꼬집고 할퀴고, 몸으로 짓누르고, 주먹으로 때리기도 했다. 열 번이나 꼬집혔다는 원아의 어머니가 울면서 전화하신 날, 남편과 난 선물을 사들고 가서 손이 발이 되도록 싹싹 빌었다. 억장이 무너졌다. 다친 아이의 얼굴에 남은 시뻘건 손톱 자국을 떠올릴 때마다 내 가슴엔 피멍이 들었다. 얼마나 미안하고 죄송한지.

"도대체 왜 그러지? 뭐가 문제야?"

첫째가 소외감을 느낄까봐, 둘째를 가졌을 때부터 열심히 육아서를 읽으며 거기서 시키는 대로 다 했다. 아직 말도 못 알아듣는 애한테 여기 엄마 뱃속에 동생이 있다고 알려주고 만지게 해주었다. 조리원에서 데려올 때는 내가 아닌 남편이, 첫째에게 동생이 생긴 기념으로 선물을 잔뜩 안겨준 다음에 조심스럽게 안고 들어오게 했다. 둘째가 배고프다고 울 때도 마음 아픈 걸 꾹 참고 첫째와 끝까지 놀아주고, 누가 둘째 칭찬을 하면 첫째 칭찬도 반드시 해주었다. 그런데도 부족한 걸까? 첫째의 비뚤어진 행동들은 엄마 아빠의 사랑을 동생에게 빼앗긴 질투라고 보기엔 정도가 너무 지나쳤다. 꼭 다 큰 어른이 악에 받쳐서 그러는 것 같았다. 엄격하게 꾸짖어보고, 상냥하게 달래보았다. 너도 아픈 걸 느껴보라고 똑같이 꼬집어보기도 하고, 친구와 사이좋게 지내는 내용의 책도 목이 쉬도록 읽어줬다. 좋다는 방법은 다 써봤지만 아무 소용이 없었다.

"돈은 얼마가 들어도 상관없어요. 주 5일 다 오라면 올게요. 폭력적인 행동만 고쳐주세요."

결국 우린 전문가의 도움을 청했다. 상담센터에서는 우리가 애를 너무 오냐오냐 키우면서 '건강한 좌절'을 겪지 못하게 한 것이 원인이라고 했다. 정말 그런가? 딱히 버릇없이 응석을 받아준 기억은 없었다. 이런 돌발 행동을 시작하기 전까지 우리 애는 쓸데없는 고집을 부리는 애가 아니었으니까. 하지만 전문가가 그렇다고 진단하니 믿는 수밖에. 또래보다 말이 늦어 제 의사를 언어로 표현하지 못하는 것도 또 다른 원인이라고 했다. 센터에서는 말은 억지로 늘게 할 수 없으니 천천히 기다리면서, 적절한 훈육을 시작해보자고 했다.

"'주세요'라고 말하면 우유를 줄 거야."

원하는 걸 당연히 받는 것이 아니라 예의 바르게 요구하는 습관을 길러줘야 한다고 했다. 그런데 문제는 20개월 된 아이가 '아빠'라는 말도 간신히 한다는 점이었다. 할 수도 없는 말을 강요하며 우유를 주지 않으니 애는 더 심통이 났다. 아이는 두 시간이고 세 시간이고 우유를 달라며 울고불고 집 안을 굴러다녔다. 체중 13킬로그램인 아이와 그렇게 한바탕 씨름을 벌이고 나면 난 녹초가 되어 쓰러졌다. 예전과 달라진 엄마 아빠의 태도가 센터 때문이라는 걸 눈치채자, 아이는 센터 자체를 극도로 싫어하게 되었다. 아이는 상담실에서 도망가지 못하게 붙잡아두려는 선생님을 할퀴었고, 선생님은 아이의 양팔을 붙잡아 억지로 벽을 보고 있게 하는 '타임아웃'을 했다. 남편과 난 그 광경을 조마조마한 심정으로 지켜보았다.

'저렇게까지 하기엔 너무 어리지 않나? 아냐, 그래도 폭력적인 행동은 고쳐야지.'

내가 이러지도 저러지도 못 하고 속만 끓이고 있을 때, 사고가 터졌다. 아이가 선생님에게서 벗어나려고 몸부림치다가 넘어지면서 장난감들이 진열된 선반을 들이받은 것이다. 이마가 찢어지고 피가 줄줄 흘렀다. 급히 애를 데리고 병원에 갔다.

"꿰맬 상처는 아니에요. 하지만 흉터가 남을 겁니다. 가로가 아니라 세로라서 좋지 않네요."

소아과 선생님의 말을 듣고 펑펑 울었다. 내가 애를 잘못 키워서, 무리하게 상담을 받게 해서, 애를 지키지 못해서 이렇게 된 것 같았다. 천사처럼 사랑스러운 얼굴을 어떻게든 지켜주고 싶어서 유명한 성형외과에 한 달 동안 데리고 다니면서 방사선 치료를 받게 했다. 마지막 방사선 치료를 끝낸 날, 난 생각했다. 내 자식 얼굴에 상처 나는 게 이렇게 아픈데, 우리 애한테 꼬집히고 맞는 다른 애들의 엄마는 어떤 심정일까. 내가 느꼈던 것보다 천 배 만 배 더했을 것이다. 어린이집 퇴소는 진작부터 고려하고 있었다. 그러나 EBS 육아방송에 나온 아동심리 전문가는 꼬집는 애를 집에만 가둬두는 게 결코 해결책이 아니라고 했다. 평생 가둬둘 게 아니라면 언젠가는 기관에 보내야 하는데, 그러면 그때 더 심하게 꼬집을 거라고. 힘들더라도 계속 다른 애들과 상호작용하는 연습을 시키라고 했다. 그 말이 그럴듯하게 들렸다. 난 열심히 알아본 끝에 유아 체육관을 끊었다. 신나게 뛰어다니면서 스트레스를 해소하면 아이의 정서에도 좋을 것 같았다. 하지만 그건 내 착각이었다.

"어머니, 아이한테서 똥 냄새가 나는데요."

체육관에 나간 첫날, 우리 애는 수업을 시작하자마자 똥을 쌌다. 그리고 기저귀를 갈지 않겠다고 시끄럽게 떼를 쓰며 여기저기 굴러다녔다. 수업을 위해 세팅해놓은 교구들이 무너지고 매트가 밀려났다. 20분이 지나도 울음을 그치지 않자 결국 나가달라는 요청을 받았다. 체육관에선 아주 흔쾌히 수강료를 환불해줬다.

"여기서 포기할 순 없어!"

아이가 제일 좋아하는 게 물놀이라는 점에 착안해 이번에는 유아 수영장에 도전했다. 초반엔 잘되어가는 것처럼 보였다. 아이는 음악에 맞춰 발을 첨벙거리기도 하고, 다른 애들과 손을 잡고 돌면서 춤을 추기도 했다. 그러다 또 사고가 터졌다. 튜브에 앉아 있는 여자아이를 끌어내기 위해 얼굴을 연거푸 세 번이나 꼬집은 것이다. 수업은 중단되었고, 여자아이의 엄마는 내게 삿대질하며 소리쳤다.

"애를 단속 못 할 거면 데리고 나오질 말든가!"

여자아이 엄마에게 사죄하고 수영장을 그만둔 날, 이젠 울 기운도 없었다. 내가 세상에서 가장 사랑하는 이 아이가, 그만큼 사랑받는 다른 아이를 아프게 한다는 게, 그로 인해 누군가로부터 미움받는다는 게 너무도 아프고 힘들었다. 속상하고 화가 났다. 비참했다. 그 이유를 이해할 수 없었기에, 명확한 해결책이 없었기에 더욱 그랬다. 막막하기 짝이 없었다.

난 지금까지 살면서 단 한 번도 '가해자'의 편에 섰던 적이 없었다. 검사로서의 나는 항상 피해자 편, 정의로운 편에 섰다. 그렇기에 언제나 떳떳할 수 있었고, 당당하게 가해자를 꾸짖고 호통칠 수 있었다. 서슴없이 무거운 구형을 내릴 수 있었다. 그런데 우리 아이가 때리고 괴롭힌 아이들의 엄마들을 쫓아다니며 사과하는 과정에서, 난 그들을 떠올렸다. 내가 만났던 가해자들, 특히 소년범의 엄마들을. 그 심정이 어땠을지 어렴풋이나마 알 것 같았다.

"잘 가르치세요. 다시는 이런 짓 못 하게 하시라고요. 아시겠죠?"

내가 뭐 대단한 사람이라도 된 것처럼 의자에 앉아 그들을 향해 던졌던 말들. 그게 얼마나 거만하고 어리석은 것이었는지, 이제 알았다. 엄마라고 해서 아이의 모든 행동을 통제할 수는 없다. 통제할 수 있는 건 극히 일부분일 뿐. 아이가 중학생이라면, 고등학생이라면, 엄마보다 훨씬 덩치가 커지고 힘도 세진다면 그건 말할 것도 없다.

"원래 착한 아이예요. 도대체 뭐가 잘못되어서 이러는 건지 모르겠어요. 정말이에요."

아이의 일기장, 친구들로부터 받은 편지, 어버이날에 쓴 카드 따위를 잔뜩 들고 와서 내게 제출하며 흐느끼던 그 엄마들의 심정을, 나는 이제야 조금은 알 것 같다.

이 글을 쓰는 지금, 우리 애는 아직도 '문제아'를 벗어나지 못했다. '꼬집기 교정 전문가'가 있다는 심리 상담센터를 수소문해 놀이 치료를 받기 시작했고, 다행히 아이가 새로운 선생님을 좋아하고 잘 따른다. 이유 없는 떼쓰기나 폭력적인 행동이 확실히 줄어들었지만, 완전히 사라지진 않았다. 난 여전히 방책을 찾으려고 절절맨다. '무조건 사랑으로 감싸기' 캠페인을 자체적으로 벌이기도 하고, 손인형을 사다가 '친구와 사이좋게 놀기' 인형극을 해보기도 하고,

생활습관을 교정해주는 TV 프로그램에 애와 함께 출연하기도 했다. 그러면서 이 모든 시도가 '일관성 없는' 교육으로 애의 정서를 망쳐놓는 것은 아닌지 또 고민한다. 육아에 정답이란 없는 것 같다. 모든 아이는 다르기에 각자에게 딱 맞는 방법을 찾아내야 한다. 그러기 위해선 끝도 없는 시행착오를 겪을 수밖에.

초임검사 시절 내게 깊은 인상을 안겨준 엄마가 있었다. 스쿨버스 안에서 옆에 앉은 여학생의 다리를 휴대폰으로 촬영한 남학생의 엄마였다. 다른 엄마들과 달리, 그 엄마는 조사받는 내내 단 한마디도 아들을 위해 변명하지 않았다. 선처해달라는 말조차 하지 않았다. 피해 학생이 원하는 강제전학 조치도 받아들이겠다고 했다.

어찌 보면 좀 매정할 수도 있었다. 하지만 그 엄마는 검사실에 들어서는 순간부터 나가는 순간까지 계속 아들의 손을 꼭 잡고 있었다. 무슨 일이 있더라도 난 네 편이다. 널 지켜줄 거다. 그렇게 말하는 듯했다. 남학생은 모든 잘못을 인정하고 눈물을 뚝뚝 흘리며 반성문을 제출하고 떠났다.

그때 왜 그랬는지 모르겠지만, 난 슬쩍 그들을 따라 나가 뒷모습을 지켜보았다. 엄마와 아들이 서로 어깨를 맞댄 채 걸어가고 있었다. 여전히 손을 꼭 잡은 채로. 가해자의 엄마란 그런 존재가 아닐까. 자식의 잘못은 엄격히 비판하면서도, 자식은 사랑할 수밖에 없는. 내게 다시 그들을 대면할 기회가 주어진다면, 어쭙잖은 질책보다는 한마디 위로를 건네고 싶다.

우리 애 좀
씻겨주세요

박
민
희

워킹맘에게 가장 중요한 사람은 누구일까. 남편? 아니다. 바로
엄마가 회사에서 일을 하는 동안 아이를 돌봐줄 사람이다.

부모님이 도와주실 수 있는 가정이라면 더할 나위 없이 좋겠지
만, 그렇지 못한 집이 더 많은 시대. 그래서 요즘엔 베이비시터(시
터)복을 오복(五福) 중 하나라고 한다. 그만큼 시터가 맞벌이 가정
내에서 갖는 의미가 매우 크다. 검사 엄마인 나도 예외는 아니다. 2
년마다 인사발령을 받을 때, 부임지 발표만큼 걱정되고 가슴 졸이
는 것이 바로 시터 구하기다.

감사하게도 좋은 시터를 만났다 하더라도 2년이 지나면 여지없
이 헤어져야 한다. 이 지역, 저 지역 떠돌이 검사 엄마는 시터를 미
리 구할 수 없다. 어느 지역으로 발령날지 모르기에 시터 고용을 확

정 지을 수 없기 때문이다. 그나마 정부에서 운영하는 아이돌봄서비스는 각 지역마다 센터가 있기에 대기를 걸어놓을 수 있지만 그 대기마저도 쉽지 않다.

"제가 이사 예정인데요, 돌보미 선생님 대기를 걸어놓을 수 있을까요?"

"네, 어느 동으로 이사 오시는데요?"

여기서 벌써 말문이 막힌다. 나는 어느 지역, 어느 동에 살 수 있을지 알 수가 없다.

"아…… 그게 아직 정해져 있지 않아서요……."

"지금 대기가 6개월 정도 밀려 있는데요, 우선 이름하고 연락처를 주시면 대기자 메모는 해드릴게요."

"네, 너무 감사합니다, 선생님. 꼭 좀 부탁드릴게요."

아이돌봄센터 선생님들은 친절했다. 날 위해 대기자 메모도 해주신다고 하고. 그러나 그들은 다시 연락을 주지 않았다. 발령받기 5개월 전에 다섯 지역에 대기를 걸어놓았으나 연락이 온 곳은 단 한 곳뿐이었다. 그마저도 내가 발령받지 않은 지역이었기 때문에 '죄송하다'라는 인사로 마무리 지어야 했다.

격년으로 시터를 구하는 스트레스에 시달리는 엄마. 워킹맘 중에도 이런 짧은 주기로 시터를 구하는 스트레스를 겪는 직장이 또 있을까. 일을 내려놓을 수 없기에 시터를 구하건만, 구할 때마다 상처도 참 많이 받는다. 어떤 시터들은 아이를 돌보기로 해놓고 돌연 연락이 두절된다. 그래도 일을 시작하기 전에 연락이 두절되면 그나마 나은 상황이다. 아는 판사님은 시터가 일을 며칠 하다가 "오늘까지만 일할게요" 하는 통에 모든 일이 마비가 됐었다고 했다.

"나는 아이들이 부모님하고 하루 한 끼 식사도 못 해서 사고를 치는 것이라 생각해요. 애들이 사고치는 건 다 부모 잘못이더라고요. 엄마가 전문직 정도 돼서 일하는 거 아니면 애들을 돌봐야지. 나는 사범대 나왔어도 애 키우는 걸 가장 우선시했어요."

내 앞에서 자신의 의견을 피력하는 이 시터는 일하는 나의 마음에 대못을 박았다. 출근하느라, 야근하느라 내가 제때 따뜻한 끼니를 차려줄 수 없어서 나 대신 그 역할을 해줄 사람을 찾는 것인데……. 안 그래도 죄인처럼 하루하루 출근하는 엄마를 더욱 죄스럽게 하는 발언이었다. 그러나 그러한 평가를 받는 것도 일하는 엄마의 몫인지라, 뻥 뚫린 가슴을 조용히 쓸어 내려야 했다.

"밥은 다 준비해놓고 가죠? 나 예전에 다니던 집 엄마는 국수도 다 끓여놓고 갔어. 국수 다 불을 텐데도 준비해놓고 가더라고."

나에게 아이의 식사를 다 준비해놓고 가라고 요구하는 시터도 있었다. 시터 면접에서조차 다른 엄마들과 비교당해야 했다. 내가 도움을 받기 위해 시터 면접을 보는 줄 알았는데, 내가 시터에게 얼마나 좋은 근무 여건을 제공해줄 수 있는지 역면접을 당하고 있었다.

"나, 애들은 못 씻겨요. 땀나고 너무 힘들어서."

미세먼지에 코로나바이러스까지 창궐하는 이 시국에 하루 종일 땀 흘리며 뛰어노는 아이를 씻겨줄 수 없다는 시터. 늦게 들어오는 엄마는 아이들을 먼지투성이인 채로 놔둘 수밖에 없는 것인가. 아이의 청결은 돌봄의 가장 기본이 아닌가. 어디서 엄마가 일하느라 아이를 챙기지 못한다는 소릴 들을세라 아이의 손톱 길이를 항상 체크하는 나였다. 그런데 아이를 씻기지 않는 것이 시터의 근무 조건이라 하니, 나는 면접을 보면서 또 큰 상처를 받았다.

생각해보면 첫아이를 돌봐주던 시터도 같은 취지의 말을 했었다.

"내가 이제 애 못 씻겨. 이번 달까지만 씻기고 그만 씻길게."

미세먼지 농도가 연일 최악이던 날이었다. 집에 오자마자 아이를 씻겨야 하는데 이게 무슨 소리인지 알 수 없었다.

"네? 못 씻기다뇨?"

"센터 지침에 36개월까지만 목욕을 시켜주라고 하더라고."

"센터에서 그렇게 교육을 시킨다고요?"

"그렇다니까. 다른 돌보미들은 아이가 24개월만 넘어도 목욕을 안 시키던데. 내가 오래해준 거야."

36개월이 지난 아이는 씻겨주지 못한다니. 그럼 아이는 미세먼지에 파묻혔어도, 여름에 땀을 뻘뻘 흘렸어도, 빗물에 젖어 들어왔어도 씻을 수 없다는 건가? 이런 상태에 아이를 두는 것이 과연 '돌봄'인가?

아이돌봄센터에 전화를 했다. 돌보미 선생님이 오해해서 그렇게 말하는 것인지, 아니면 정말 그런 방침이 있는 것인지, 있다면 그 근거가 무엇인지 들어야 납득할 수 있을 것 같았다.

"아이가 만 36개월이 넘어서면 목욕을 시키지 말라고 돌보미 선생님들한테 교육한 게 사실인가요?"

"네. 맞습니다."

의사소통의 착오이길 바랐건만, 아이돌봄센터 담당자의 답은 담담했다.

"만 36개월이 넘으면 목욕을 시켜주지 못할 이유가 있나요?"

"만 36개월까지 제공되는 서비스 항목에 목욕이 있거든요. 그래서 만 36개월이 넘으면 그 서비스를 하지 않는다고 교육시키는 거예요."

뒤통수를 맞은 것 같았다. 그들의 논리는 이랬다. 아이돌봄지원법 등 그 어디에도 근거는 없지만, 홈페이지에 만 36개월 '이전에만' 목욕이 서비스 항목으로 들어가 있으니, 그 이후에는 서비스를 하지 않는다는 것이다. 이 무슨 궤변인가 싶었다.

"그건 그냥 36개월 이하 영아에 대한 돌봄 서비스의 내용을 예시로 표현한 거지, 37개월 이상에게는 목욕 서비스를 제공할 수 없다는 뜻은 아니잖아요?"

"그러게요. 그런데 여가부에서도 그렇게 지침을 내려서요."

"여가부에서요?"

"네. 저희도 어쩔 수가 없어요."

여가부에서 37개월 이상에게는 목욕 서비스를 제공하지 말라고 교육시킨단다. 그대로 두기엔 너무나 부당한 해석이었다. 여가부에 전화를 했다.

"만 37개월 이상에게는 목욕을 시키지 말라고 지침을 내린 적이 있나요?"

"네, 만 37개월 이상에게는 목욕을 시키지 않습니다."

"합리적인 이유가 있나요?"

"저희도 서비스 내용을 정해야 하니까요. 36개월 이하에게는 목욕 서비스를 제공한다고 돼 있거든요. 그게 서비스의 내용이죠. 그러니까 36개월이 넘으면 제공하지 않아요."

한국말인데 무슨 말인지 알 수가 없었다. 전화를 받은 남자 공무원은 언뜻 들어도 아이가 없을 법한 젊은 목소리였다. 내가 질문하는 것이 무슨 문제인지, 합리적인 이유가 왜 필요한지 알지 못하는 것 같았다.

"저…… 아이돌봄 서비스 관련 책임자랑 통화할 수 있을까요?"

"회의 들어가셔서요. 지금은 통화가 어렵습니다."

"회의 끝나시면 전화 통화 부탁드려도 될까요?"

"네, 메모 남겨놓겠습니다."

전화 회신을 기대하지 않았지만 역시나 회신은 없었다. 여가부 책임자에게 '규정의 반대해석'은 아무 때나 하는 해석법이 아니라고 알려주고 싶었다. 돌봄 서비스를 나열해놓은 예시문을 반대로 해석해서 일정 개월수가 지나면 서비스를 제공하지 않는다라고 해석하는 것은 목적에 맞지 않는 해석이라고. '반대해석'은 명시적 표현으로 규정이 해석되지 않을 때에나 제한적으로 해석하는 방법이라고. 아이돌봄지원법 제5조 제2항 제3호에는 아이의 청결과 위생의 유지가 돌보미의 직무로 규정돼 있다고 말해주고 싶었건만. 그들에게 나는 그저 진상 아줌마일 뿐이었다.

워킹맘들은 하루하루가 위태롭다. 특히나 코로나 시대에는 하루하루가 가시밭길이다. 아이를 기관에 맡기는 것만으로도 미안한데, 그마저도 원격 수업으로 지침이 내려오면 기관에 아이를 맡길 수도 없다. 도대체 어떻게 하루하루를 유지하고 있는 것일까. 엄마들이 이중, 삼중의 방비책을 세워둔 까닭에 그 어떤 돌발 상황에도 모두 방어 가능한 것일까.

검사가 되고 나서 내 삶의 일정 부분은 불안정해졌다. 그 덕에 몇 수를 내다보고 미리 걱정하고 계획을 세우는 것에 도가 텄다지만, 아이를 키우는 방법에는 당장의 내일도 미리 계획할 수 없다. 아이 키우는 것을 사회 시스템이 뒷받침해주지 못하고 여전히 개인의 몫으로 감당하게 하니 워킹맘의 하루 하루는 매일이 위태롭다.

한 아이를 온 마을이 키운다고 했던가. 아니, 지금의 대한민국에서는 한 아이를 온 사회가 키워야 한다. 부디, 회사에서는 일에만, 집에서는 아이에게만 집중할 수 있는 사회가 오길. 그 어떤 엄마도 아이를 낳아 '기르는 것'을 두려워하지 않는 사회가 오길 바란다.

"이건 엄연히 아동학대예요! 다시는 애들 근처에 가지도 못하게 호되게 처벌해주세요!"

가끔 사실관계에 아무런 다툼이 없는데도 이걸 기소해야 할지 말아야 할지 고민하게 만드는 사건이 있다. 내게는 '수학 교사 아동학대 사건'이 그랬다.

고등학교 수학 선생님이 여학생 세 명을 체육관으로 불러내 약 30분간 소위 '기합'을 줬다. 수업을 땡땡이치고 몰래 매점에 갔다는 게 이유였다. 그런데 그중 한 명이 그로부터 일주일 후 혈뇨를 보기 시작한 것이다. 여학생은 신장 기능에 이상이 생겼다는 진단을 받았고, 열흘간 입원해 치료를 받느라 기말고사도 치르지 못했다. 그러자 여학생의 어머니가 펑펑 울면서 교육청과 경찰서에 고발장을 넣고, 검찰청에도 엄벌을 원한다는 탄원서를 제출한 사건이었다.

난 주임검사로서 고민하지 않을 수 없었다. 교사가 학생에게 징계 목적으로 달리기, 쪼그려 뛰기, 앉았다 일어나기를 반복시킨 행위가 아동학대에 해당한다고 볼 수 있을까. 그 행위와 학생의 병증에 직접적인 인과관계가 있다고 입증할 수 있을까. 해당 교사는 이 일이 있기 전에는 교육청의 우수 교사 표창을 받을 만큼 깨끗한 전력을 가진 사람이었다. 게다가 세 여학생이 똑같이 기합을 받았는데, 나머지 두 학생은 아무 이상이 없었다. 심지어 그중 한 명은 그날 헬스까지 다녀왔다고 했다.

"와, ××, 튼튼한 년."

"닥쳐, 이년아."

사태의 심각성도 모른 채 저희끼리 낄낄대는 두 여학생을 보며 난 골머리를 썩였다. 한 학생의 건강과 한 교사의 인생이 이 사건에 걸려 있었다.

"거, 애들이 말 안 들으면 선생님이 혼낼 수도 있지. 안 그래요? 애들은 강하게 키워야 돼."

검찰시민위원회에 사건을 회부했을 때, 대부분의 위원들은 별일 아니라는 반응을 보였다. 시민위원회의 과반수가 남자, 그것도 중년 이상이라는 점을 고려하면 이런 사건에서는 편중된 의견이 나올 위험이 있었다. 그래서 난 선배 검사님들께 설문 조사하듯 물어보고 다녔다. 대부분 나와 같이 확신이 없었다. 그런데 여자 선배님들, 특히 아이를 낳아 키워본 경험이 있는 선배들의 반응은 달랐다. 다들 사건 개요를 듣자마자 엄청나게 흥분해서 화내셨다.

"기소가 문제가 아니라 당장 구속해야지! 어디 남의 귀한 자식을 탈진할 때까지 바닥에 굴려? 그건 징계가 아니라 화풀이야. 교사 자격이 없는 사람이라고!"

"하지만 선배님, 영구적인 손상은 없었고 지금도 학생의 건강 상태는 양호한데요."

"그러면 다야? 신장은 한 번 나빠지면 평생 조심해야 하는데 그 집 엄마 심정이…… 어휴, 됐다. 서 검사도 엄마가 되어보면 알 거야. 아직은 몰라."

어릴 때부터 참 많이 들어본 말이었다. 너도 나중에 자식 낳아봐라. 자식을 낳아 키워봐야 사람이 된다. 낳아보지 않으면 모른다. 그런데 이게 검사한테도 적용되는 모양이었다. 정말로 자식을 낳아 키워보면, 한 인간으로서도 한 검사로서도 새로운 차원에 접어들게 되는 걸까.

난 이제 엄마가 됐다. 그것도 두 아이의 엄마가. 그래서 뭔가를 정말 알게 됐을까?

솔직히 아직은 잘 모르겠다. 엄마가 된 후 내게 확실한 변화가 있긴 했다. 바로 공감 능력이 엄청나게 향상되었다는 것이다. 그전의 난 시니컬한 회의주의자, 염세론자에 가까웠다. 걸핏하면 남의 뒤통수나 치는 인간이란 종족이 싫었고, 사는 게 피곤해서 당장 지구가 멸망해도 크게 상관없다는 생각도 했다. 그런데 요즘은 혹시 지구가 환경오염으로 멸망할까봐 분리수거를 열심히 하고 친환경 세제도 쓴다. 그전에는 짜증나서 못 봤던 뉴스를 이제는 가슴 아파서 보기 힘들어졌다. 살인이나 묻지 마 폭행 같은 강력 사건, 화재나 홍수 같은 재해, 자살 사건 보도를 보면 그렇게 안타까울 수가 없다.

　매번 똑같은 생각이 머릿속을 메운다. 피해자 엄마는 어떤 심정일까. 금이야 옥이야 귀하게 키운 자식일 텐데, 앞으로 어떻게 사나. 심지어 동물에게까지 공감한다. 채널을 돌리다 우연히 나온 다큐멘터리에서 아기 펭귄이 빙하 아래로 떨어져서 엄마 펭귄과 헤어지는 장면을 보고는 남편과 서로 껴안고 꺼이꺼이 운 적도 있다. 참혹한 시신 사진이 담긴 기록을 눈 하나 깜짝하지 않고 보는 검사로서의 나, 냉철한 표정으로 법정에 서서 검찰 측의 증거를 하나하나 깨부숴버리는 변호사로서의 남편은 온데간데없이 사라졌다. 그저 아이를 가진 한 엄마로서, 누군가 저 가여운 펭귄 모자 또는 모녀를 도와주기만을 두 손 모아 간절히 빌 뿐이었다. 이렇게 매사 공감하다가, 객관적인 사건 처리가 어려워지진 않을까 하는 걱정마저 든다. 검사는 사건 당사자들에게 냉정하면 안 되지만, 그렇다고 너무 감정이입을 해서도 안 된다. 검사는 피해자의 변호사가 아니라 객관적 정의를 실현하는 중립자이기 때문이다.

눈에 넣어도 안 아픈 둘째가 태어난 후부터는 희한한 버릇이 생겼다. 밤마다 전쟁을 치르며 애들을 재우고는 옆에 우두커니 앉아 얼굴을 들여다보고 손발을 어루만지면서 걱정 삼매경에 빠지는 것이다. 이렇게 험한 세상에서 누가 우리 애들을 해치면 어떡하지. 밖에 차가 저렇게 많은데, 사고당하면 어떡하지. 어디 아프면 어떡하지. 사람의 심장이 365일, 24시간 쉬지 않고 쿵쿵 소리 내며 뛰는 것이 이토록 경이로우면서도 불안한 일이라는 걸, 예전엔 전혀 몰랐다.

물론 정반대의 걱정을 할 때도 있다. 내가 아프면 어떡하지. 정신 나간 피의자한테 해코지당하면 어떡하지. 내가 언제까지 애들 옆에 있어줄 수 있을까. 애들이 없으면 난, 내가 없으면 애들은 어떻게 살지. 부질없음을 알면서도, 나와 애들이 더는 한 몸이 아니라는 게 그렇게 안타까울 수가 없다.

이렇게 말하면 내가 무척 헌신적인 엄마인 것 같지만 사실 그렇지도 않다. 아침이 되면 언제 극성을 떨었냐는 듯 아이를 어린이집에 보내고, 시터 이모님을 부르고, 친정엄마한테 달려가고, 남편에게 의지하고. 학생 때 공부하기 싫어서 뺀질거렸던 것처럼 이제는 육아 시간을 줄여보려고 뺀질거린다. 학생 때와 다른 점이 있다면, 지금은 재미 아닌 죄책감을 느낀다는 것이다.

'내가 지금 하는 일이 그렇게 대단한가? 애들을 떼어놓고 할 만큼?'

보리수나무 아래의 붓다처럼 워킹맘으로서의 난 끊임없이 번민한다. 사람들은 내게 검사인데 애도 둘 키우고 거기에 글까지 쓴다면서 대단하다고 칭찬한다. 하지만 난 항상 두렵다. 무능한 검사에 무심한 엄마, 거기다 형편없는 작가까지 될까봐. 셋 중 무엇도 제대로 해내지 못할까봐. 일을 하거나 글을 쓸 때는 애들을 내팽개쳐둔 것 같은 느낌에 마음이 무겁고, 반대로 애들과 있을 때는 자신이 퇴보하는 것 같아 불안하다.

이렇게 막막할 땐, 자연스레 내가 아는 가장 훌륭한 엄마가 생각난다. 바로 우리 엄마. 중학교 1학년 때부터 고등학교 3학년 때까지, 난 언제나 독서실에서 제일 늦게 나오는 학생이었다. 새벽 1시. 그리고 우리 엄마는 정말 단 하루도 빼놓지 않고 독서실 앞에서 날 기다리고 계셨다. 비가 와도, 눈이 와도, 디스크 수술 직후에도. 내 손을 잡아주며 수고했다고, 힘들면 안 해도 된다고 말해주었다. 로스쿨에 다닐 때는 지방에서 일주일에 세 번씩 올라와 자취방을 치우고 따뜻한 밥을 지어놓으셨다. 내가 중요한 시험을 치기 전에는 영험하다는 사찰을 돌아다니며 3000배 순례를 하셨다. 허리 디스크를 앓는 몸으로 말이다. 내가 검사가 되고, 지방으로 발령을 받아도 마찬가지였다. 다리가 부러졌을 때는 가게 문을 닫고 병실에서 한 달 내내 간호해주셨다. 같은 병실에 있던 사람들이 저렇게 헌신적인 엄마는 처음 본다고 입을 모아 말했다. 내가 아프면, 잠을 못 자면, 밥을 못 먹으면, 속상해하면, 엄마는 물도 넘어가지 않는다고 했다. 난 지금까지 두 번의 제왕절개를 포함해 네 번의 수술, 여섯 번의 입원을 했고, 한 번의 교통사고를 당했는데, 그게 얼마나 큰 불효였는지 뒤늦게 깨달았다.

"상황이 아무리 개판이어도 엄마는 도와준다. 그건 그들의 본능이다. 우리가 기억해야 할 것은, 그들에게 도움이 필요하다고 반드시 말해야 한다는 것이다."

어릴 때 엄마와 함께 봤던 드류 배리모어 주연의 영화 <라이딩 위드 보이즈>에 나왔던 대사다. 열여섯 살에 임신하고, 스무 살에 마약중독자인 남편을 떠나보낸 여주인공은 자신의 꿈을 포기한 채 아들을 키우면서 미혼모로 산다. 아들은 아버지의 부재를 견디지 못하고 방황하고, 엄마가 내 인생을 망쳤다고 원망한다. 여주인공은 정신 차리라며 아들을 들볶고, 모자는 서로 죽일 듯이 대립한다. 그러나 결정적인 순간에 아들이 도움을 청하면, 여주인공은 언제 그랬냐는 듯 노기를 가라앉히며 한결같이 대답한다.

"그래, 뭘 도와줄까?"

아마 내가 배운 엄마는 그런 존재인 것 같다. 꼭 너 같은 딸 낳아서 키우라고 바락바락 소리치다가도, 내가 위기에 처하면 짜잔 나타나 구해주는 원더우먼. 검사도 비슷하지 않을까. 범죄에 희생당한 누군가가 아파하며 울고 있을 때, 도움이 필요할 때, 우리는 그곳으로 달려간다. 때로는 조금 늦기도 하고 때로는 기대에 못 미치기도 하지만, 그래도 달려가는 걸 멈추지 않는다. 그런 존재들이 있기에, 한 치 앞도 내다볼 수 없는 이 무서운 세상을 우린 용기 내어 살아갈 수 있는 거겠지. 난 아직 1인분의 엄마도, 1인분의 검사도 되지 못했지만, 언젠가 꼭 그렇게 되고 싶다. 오늘의 이 글은, 더 사랑하고 더 열심히 살겠다는 나의 다짐이고 약속이다.

여자 사람 검사 셋이 만나면

by 서아람

"아람아, 너 혹시 TV에 나왔어?"

왼손으로 이유식을 만들고 오른손으로 똥 기저귀를 치우던 어느 날 오후, 메시지가 날아왔다. 연수원 이후 연락이 뜸해졌던 동기, 박민희 검사였다. 큰아이의 편식과 꼬집는 버릇을 고쳐보려고 멘토링 프로그램에 출연한 날, 우연히 나를 보고 깜짝 놀라 연락했다고 했다.

가벼운 안부로 시작한 우리의 이야기는 끝도 없이 이어졌다. 척, 하면 딱. 내가 말을 시작하면 민희가 끝을 맺었다. 검사 생활을 하면서 두 아이를 낳아 키운 공통의 경험이 우리를 단단히 묶어주고 있었다. 코로나로 인해 아이들과 집에 갇혀 "아기 상어 뚜르르 뚜르~"만 100만 번을 불러대던 내겐 구세주가 나타난 것이나 다름

없었다.

"은수 언니도 부르자."

내 로스쿨 동기이자 아이 셋의 엄마인 김은수 검사가 합류하면서 '육휴맘 단톡방'이 탄생했다. 고단한 육아와 철없는 대한민국 남편들, 부조리한 사회를 향해 은수 언니가 날려주는 찰진 라임의 디스 랩은 우리의 속을 시원하게 뻥 뚫어주었다.

그날부터 단톡방은 내 일상의 일부가 되었다. 우리 셋은 잘 통한다는 표현으로는 부족했다. 검사이자 엄마이자 여자. 상충하는 이 정체성들을 온전히 이해해주는 건 서로뿐이었다. 친한 선배의 사직 소식을 들었을 때, 복직 시점을 두고 고민할 때, 검찰 관련 뉴스를 들었을 때 난 무조건 단톡방부터 찾았다. 첫째가 어린이집 퇴소 위기에 처했을 때, 부부싸움을 했을 때, 애교쟁이 둘째를 자랑하고 싶을 때도 마찬가지였다. 그동안 공공연히 비밀에 부쳐왔던, 소설을 쓴다는 사실도 털어놓았다. 할 일 없냐는 면박을 들을까봐 걱정했는데, 둘의 반응은 의외로 열광적이었다. 민희도, 은수 언니도, 책을 쓰는 게 버킷 리스트라고 했다. 쭉쭉 뻗어나가던 대화 속에서 민희가 제안했다.

"그럼, 우리 다 같이 책 한 권 써볼까?"

충동적으로 시작한 프로젝트였다. 우리 셋이 키워야 할 아이가 일곱 명인데, 복직까지 얼마 안 남은 시간 동안 우리의 파란만장한 인생사를 털어낸다는 건 불가능해 보였다. 에세이라는 장르도 부담스러웠다. 소설이야 내 머릿속에서 찍은 한 편의 영화를 상영한다는 느낌으로 쓴다지만, 에세이는 아니다. 그리 잘나지도, 자랑스럽지도 못한 나 자신을 치부까지 속속들이 꺼내 하얀 화면에 펼쳐놓아야 했다.

'적당히 윤색해서 써야지.'

하지만 내 다짐은 첫 글에서부터 와장창 깨지고 말았다. 노트북을 켜고 두 손을 키보드 위에 얹자마자, 홀린 것처럼 학창 시절 왕따 당했던 기억을 쏟아내버리고 말았다. 뭐가 그렇게 만들었을까. 어쩌면 가슴에 차곡차곡 담아둔 것들을 하소연하고 싶은 욕구가 내 안 어딘가에 숨어 있었는지도 모르겠다. 자신의 진실한 이야기를 쓴다는 게 이렇게 사람을 몰입하게 만드는 줄 그전에는 미처 몰랐다.

즐거운 작업이었지만, 다른 두 검사가 없었다면 결코 끝마치지 못했을 것이다. 내게 있어 글을 쓴다는 건 언제나 아주 외로운 일이었다. 벽을 마주 보고 앉아 들어주는 이 없는 독백을 끝없이 늘어놓는 것 같은, 그런 고독한 취미이자 자기 수련이었다. 그런데 이번 책은 달랐다. 물리적으로는 떨어져 있지만, 셋이 한 방에 앉아 함께 글을 써 내려가는 듯한 착각이 들었다. 소재가 고갈되면 함께 머리를 맞대 고민하고, 글을 쓰다 막히면 서로 응원해주고, 글이 맘에 안 들면 조언하고 격려해주었다. 셋이 호흡을 맞춰야만 앞으로 나아갈 수 있는 3인 4각 경주처럼.

원고들에 각자의 이름을 달았지만, 어느 한 단어 한 문장도 오롯이 혼자의 힘으로 쓰인 건 없다. 모두 세 여자가 밤을 하얗게 지새우며 고민하고 토론한 결실들이다. 그렇기에 이 책은 우리에게, 나에게 정말 특별할 수밖에 없다. 언제나 아웃사이더를 자처해왔던 나이지만, 이 책을 쓰면서 무서우리만큼 실감하게 되었다. 우정의 힘과 연대의 위력, 사람이 사람에게 주는 온기의 따스함을. 동기지만 존경스러울 만큼 멋지고 훌륭한 두 검사와 이 특별한 경험을 함께할 수 있었던 것을 더없는 영광으로 생각한다.

아울러 아내가 키보드를 두들기는 동안 아낌없는 격려를 보내며 육아를 맡아준 내 반려자에게 고맙고 사랑한다고 말하고 싶다. 내 남편이 신(神)처럼 완벽한 존재라고 믿었던 때도 있었다. 이제는 안다. 그도 나와 같이 외롭고, 힘들고, 나약한 한 인간이라는 걸. 다만 우리 가족의 행복을 지키기 위해 초인적인 노력을 할 뿐이라는 걸.

날 울고 웃게 만드는 사랑스러운 말썽꾸러기 민현이, 철철 넘치는 애교와 총기로 가족 모두를 '심쿵사' 위기에 빠뜨린 예쁜 딸 은채, 내가 세상에 나온 순간부터 지금까지 변함없이 든든한 지붕이 되어준 아빠와 오빠, 며느리의 또 다른 출발을 응원해주신 시어머니에게도 깊은 애정을 전한다. 마지막으로, 내가 알고 있는 모든 이 중 가장 멋지고 위대한 사람, 나의 어머니 김인옥 여사님께 이 부족한 글을 바치고자 한다.

옆집 사는 여자 사람 검사 이야기

by 박민희

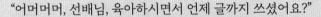

"어머머머, 선배님, 육아하시면서 언제 글까지 쓰셨어요?"

친한 후배와 안부를 주고받으며 인사를 하는 말미에 넌지시 나의 책 출간 소식을 알렸다. 그렇다. 육아하면서 어떻게 글까지 쓸 생각을 했는지 나도 모르겠다. 수개월 전의 박민희에게 어디서 그런 용기가 났는지 지금의 내가 알 수 없다. 전 세계가 힘들었을 2020년은 나에게 개인적으로도 지극히 힘들었던 해였다. 그럼에도 아이를 재운 새벽, '할 일'이 있다는 것이 나의 가슴을 뛰게 했다. 짧은 경력이지만 그간 경험했던 검찰 생활과 사건들을 글로 표현하면서 이와 같은 기회가 주어진 것에 감사했다.

학창 시절 나의 다이어리에는 '책을 만드는 것'이 인생 목표 중 하나로 적혀 있었다. 당시 '위인'이 돼야 책을 낼 수 있는 것으로 알

앉던 나에게는 '달나라 우주여행'과 같은 목표였다. 그럼에도 매년 다이어리에 적혀 있었던 그 목표를 40대가 오기 전에 이루었다. 에필로그를 쓰고 있는 이 순간이 한없이 벅차기만 하다.

이 책을 쓰기로 결심하기까지 많은 고민이 있었다. 내면의 정치적 목적이 있는 글로 오해받지 않을까. 일천한 검사 경력으로 고작 신입사원 이야기 같은 에피소드일 뿐인데 웃음거리가 되지 않을까. 묵묵히 일하는 검사들에게 피해가 가지 않을까. 수만 번을 고민한 끝에 두려움을 내려놓기로 했다. 내 손에 책 한 권 쥐는 것을 인생에 다시없을 기회로 여기고 지금까지 꿈꿔왔던 큰 목표를 이뤄보자고 생각하며.

지금까지 멋진 부장님들이 쓴 멋진 검사 이야기는 정말 많았다. 경력 18년 이상의 검사들이 쓴 이야기는 어쩌면 사람들이 알고 있는 '검사'의 모습을 더 많이 담고 있을지 모른다. 그분들의 경력의 반절밖에 되지 않는 우리가 '검사'라는 직에 대해 말하는 것이 섣부르게 보일 수도 있다. 그러나 우리는 '내가 검사야!'라는 메시지를 담기보다, '나는 검사지만'이라는 메시지를 담은 소소한 이야기를 하고 싶었다. 일하는 여성들이 많아졌지만, 아직도 일하는 엄마의 직업으로는 생소한 '검사'. 그러나 우리도 평범한 여자이고, 사람이며, 엄마일 뿐이라는 이야기를 풀어보고 싶었다. 옆집에 살고 있는 여자 사람 검사의 평범한 이야기. 여론의 질타와 뭇매를 맞는 검사도 한 가정의 평범한 엄마이고 아빠인 그런 이야기다.

여자사람검사

이 책은 그 어떤 내면의 의도가 담긴 글이 아니다. 여자로 태어나 엄마가 되기까지 그리고 고시 공부하던 학생이 교과서 밖 세상을 마주하는 어른이 되기까지의 성장기다. 우리의 서투른 표현력이 '의도'로 해석되지 않길 바란다. 우리가 한 자, 한 자 꾹꾹 눌러쓴 행간의 진심이 통하길 바란다.

덧붙여 지금까지 검사와 함께 살면서 고생만 한 우리 가족들에게 감사한 마음을 담고 싶다. 엄마가 사회의 병을 마주하는 직업을 가지는 바람에 태교가 형편없었음에도 깨끗한 미소를 가지고 태어나준 우리 아들. 나를 숙제 '검사'하는 사람으로 알고 있는 해맑은 나의 아이. 세 잎 클로버를 나에게 가져다주며 행복을 알려준 나의 아이. 긴 글을 읽고 이해할 수 있는 나이가 되면 이 책을 통해 엄마가 어떤 일을 하는지, 어떤 마음을 가진 사람인지 가볍게 읽고 웃을 수 있길.

그리고 검사가 뭔지 제대로 알지 못하고 결혼해서 2년마다 이직하며 희생해준 사랑하는 나의 남편. 책을 쓰는 동안에도 수많은 의견을 같이 나눠주고 걱정해준 나의 남편. 앞으로도 희생이 예고된 날들이 많겠지만, 지금까지처럼 이해해주고 든든하게 그 자리를 지켜줄 것이기에 고맙고 사랑한다는 말을 전하고 싶다.

마지막으로 이 어려운 목표를 나와 함께 끝까지 완주해준 김은수, 서아람 검사에게 감사함을 전한다. 3년 후 여자 사람 검사가 또 얼마나 성장해 있을지 기대하며.

여자 사람 검사 셋의 우정

by 김은수

"어때? 아직도 애들 검사 시킨다고 하면 등짝 때려달라는 말 유효해?"

에필로그로 골머리를 앓고 있는 나를 향해 던지신 어머니의 기습 질문에, 그만 말문이 막혀버렸다. "네!"라고 단호히 말하지 못하는 나를 발견하고는, 우리 고부는 한참을 깔깔거리고 웃었다. '자식들까지 이 고생길을 걷게는 못 하겠다!'라고 어머니께 응석 부리던 것이 기억나셨나 보다. 이놈의 회사 때려치우겠다고 입버릇처럼 말하던 내가 노트북 앞에 앉아서 눈물 콧물 흘려가며 검사 생활이 뿌듯(?)했다고 글을 쓰는 것이 기특하고 대견하시단다.

"무사해서 정말 다행이야."

응급 수술이 끝난 후 침대에 누운 채 수술실 밖 복도로 나와보니, 남편이 빨갛게 충혈된 눈으로 나를 기다리고 있었다. 수없이 많은 낯선 이들의 때 이른 죽음을 서류상으로나마 지켜봐 왔던 나였지만, 나도 언제든 죽을 수 있다는 생각은 해본 적이 없었나 보다. 내 삶이 하염없이 부질없고 허망해 보였다.

조산 직후 찾아온 끝없는 죄책감과 무기력함에서 나를 구원해 준 것은 다름 아닌 동료 검사들이었다. 그들은 사내 메신저에서 갑자기 내 아이디가 로그아웃된 것을 발견하자마자, "괜찮냐", "뭔 일 있냐", "보는 대로 연락해라!"라며 내 휴대폰으로 메시지를 남겨놓았다. 다행히 나는 한 톨의 먼지보다는 무겁고 소중한 존재였구나. 동료들이 너무 보고 싶어 왈칵 눈물이 쏟아졌다.

육휴 중인 동기 검사들에게 "에잇, 진짜 회사에서 애 낳다 죽을 뻔했어"라며 투덜댔다. "이거 레전드인데?", "실화냐?"라는 반응이 시초였던 것일까. 정신 차리고 보니, 욱신거리는 수술 부위를 부여잡은 채 화장대에 노트북을 올려두고 첫 원고를 작성하고 있었다. 출산 후 20일도 채 지나지 않았던 때였다.

소중한 이들에 대한 마지막 인사를 대신할 내 이야기를 남겨두고 싶었다. 내 삶의 절반은 가족에게, 나머지 절반은 직장에 있었다. 일하다 죽을 뻔한, 아이들도 덩달아 데리고 갈 뻔한 대역죄인이었지만, '가족에게 부끄럽지 않은 내가 되려고 그랬노라'고 변명이라도 해두어야 할 것 같았다. 내 반쪽인 동료들에게도 나를 버티게 해준 것은 당신들이라고, 찐득한 연서를 남겨두고 싶었다. 동료들

덕분에 내가 힘을 낼 수 있었던 것처럼, 이 글이 우리네 팍팍한 삶에 소소한 위로가 될 수 있으면 얼마나 좋을까.

돌쟁이 첫째와 갓 태어난 둥이들의 돌림노래 같은 울음바다 속에서, 한 손에는 아이를 끌어안고 나머지 한 손으로 타이핑을 쳐가며 틈틈이 원고를 써 내려갔다. 아들 둘의 엄마 박민희 검사도, 연년생 남매의 엄마 서아람 검사도 예외는 아니었다. 코로나로 어린이집에 아이들도 보낼 수 없는 막막함 속에서 처절하게 밤낮으로 원고와 치열한 사투를 벌여야 했다. 그런데 벌써 에필로그라니! 잠이 부족한 탓인가, 몽롱하고 얼떨떨할 따름이다.

에필로그를 쓰고 있는 지금, 둘째들을 출산한 지 딱 5개월이 되었다. 조산으로 인해 감정들이 혼란스럽게 뒤엉켜 있었던 나머지, 뭐에 홀린 것마냥 동기들의 집필 제안에 고개를 끄덕이고 말았다. 나라는 존재는 기억되고 싶지 않지만, 내가 살았던 이야기는 세상에 남겨두고 싶은 욕심이 더 컸다. 담당자분들과 두 검사님의 배려로, 필명을 쓸 수 있었는데, 그 덕분에 내 안에 쌓여 있던 솔직하고 깊숙한 이야기들, 다소 부끄럽고 민망하기도 하지만 사람 냄새 가득한 이야기들을 풀어낼 수 있었던 것 같다.

사고부터 쳐놓고 패닉에 빠져버린 '쫄보' 언니에게 용기를 북돋아준 똑순이 여동생, 나의 징징거림을 다 받아주고 행여나 내가 이상한 놈이 될까 백신 노릇을 마다 않는 친구들, 매일 친정에 들러 철부지 올케와 조카들을 돌보아주신 작은 형님, 커피와 함께 위트

넘치는 메시지들로 유쾌한 일상을 선물해주신 큰 형님, 그리고 사랑으로 못난 며느리를 인내해주시고 가족으로 품어주신 우리 어머니. 모두에게 정말 감사하다는 말씀을 전하고 싶다.

세상에서 제일 다정한 내 편, 사랑하는 나의 곰님. 하마터면 마지막 인사도 못 하고 죽을 뻔해서 정말 미안. 연애할 때부터 누군가 '손'이라고 말하면서 손을 내밀면, 나머지 한 사람이 씩 웃으면서 그 손을 잡곤 했는데, 그게 어찌나 따스하고 또 달달하던지 죽어도 그의 손을 놓고 싶지가 않았다. 앞으로도 우리 여덟 식구(반려견 몽이, 까미 포함) 모두 서로의 손을 꼭 쥐고 세상 그 누구보다 씩씩하고 행복하게 깨 볶으며 살아갈 수 있기를.

마지막으로 박민희 검사님, 서아람 검사님께, 실없기 짝이 없는 욕쟁이 언니를 잘 달래가며 작업해주어 고맙다고, 함께할 수 있어서 큰 영광이었다고 말씀드리고 싶다. 책을 준비하는 동안 우리는 슬프고 억울했던 순간들, 연약했던 순간들, 바보 같았던 순간들을 가감 없이 공유했다. 이상하게도 그 과정은 부끄러움과 괴로움보다는 즐거움의 연속이었다. 서로가 서로를 더욱더 깊이 이해하고 위로하는 시간이었으며, 우리 셋이 그동안 한층 더 성숙한 사람으로 성장했다는 것을 확인해주는 계기가 되었다. 이 소중하고 행복했던 시간들을 어찌 잊을 수 있을까. 그대 마음이 곧 내 마음인 우리들, 슬프고 화나는 일이 유난히 많았던 2020년은 뒤로하고, 새로운 2021년에는 행복하고 즐거운 일만 가득하기를 기도해본다.

여자 사람 검사

초판 1쇄 발행 2021년 3월 25일
초판 3쇄 발행 2021년 4월 15일

지은이 서아람, 박민희, 김은수

펴낸이 최지연
기획 카카오페이지
마케팅 이유리, 홍윤정
디자인 [★]규
교정 윤정숙
제작 어진

펴낸곳 라곰
출판등록 2018년 7월 11일 제2018-000068호
주소 서울시 마포구 큰우물로75 성지빌딩 1406호
전화 02-6949-6014 **팩스** 02-6919-9058
이메일 book@lagombook.co.kr

ⓒ 서아람, 박민희, 김은수, 2021

ISBN 979-11-89686-29-1 03810